DER
CHWIPSTE PFAFFE
WEG IN DEN WALD
EUM
KIRCHE
DIE WESSELBURG
DER TURM
SCHINDELWAGEN
MIT PFERD

Heiko Hentschel

Das flüsternde Glas

HEIKO HENTSCHEL

DAS FLÜSTERNDE GLAS

DIE WELT DER GLAS-TRILOGIE:

Bisher erschienen:

Das hungrige Glas (Band 1)

Lügen haben spitze Zähne (Kurzgeschichte, E-Book)

Das flüsternde Glas (Band 2)

Wir kaufen nichts! (Kurzgeschichte, E-Book)

Das ewige Glas (Band 3)

Südpol

Das Buch wurde auf FSC-zertifiziertem Papier gedruckt und leistet damit einen aktiven Beitrag zur nachhaltigen Bewirtschaftung der Wälder rund um den Globus.

ISBN 978-3-96594-060-4

3. Auflage Oktober 2021

Umschlaggestaltung und Illustrationen: Heiko Hentschel

www.suedpol-verlag.de

Bibliographische Information der Deutschen Nationalbibliothek
Die Deutsche Nationalbibliothek verzeichnet diese Publikation in der Deutschen Nationalbibliographie; detaillierte bibliographische Daten sind im Internet über http://dnb.ddb.de abrufbar.

FSC
www.fsc.org
MIX
Papier aus verantwortungsvollen Quellen
FSC® C014496

FÜR MEINEN VATER

PROLOG

Ein hühnerbeiniges Hexenhaus im Dezember 1512

Edgar van Lichtholm starrte auf die Tasse, in der eine purpurne Flüssigkeit schimmerte. Die alte Frau, die sie ihm serviert hatte, weigerte sich mit ihm zu sprechen, und deutete stattdessen auf den Trank. »Пей, чучело!«*

Edgar stutzte. Er verstand, dass er trinken sollte, aber … hatte sie ihn gerade als *Vogelscheuche* bezeichnet?

Die Alte heizte ihren Ofen nach, um einen Kessel aufzusetzen. Alles um sie herum wirkte seltsam überdimensioniert. Vermutlich, weil sie hutzeliger war als jeder andere Mensch, den Edgar je gesehen hatte. Trotz ihrer Kleinwüchsigkeit hatte die Alte jedoch keinerlei Probleme, Geschirr oder einen Topf aus den riesenhaften Regalen zu holen – sobald sie sich dem Inventar näherte, passte es sich von selbst ihrer Größe an. Ein irritierender Trick, der Edgar in seiner Vermutung bestärkte, dass es sich bei dieser Frau um eine Hexe handeln musste. Als ob ihr seltsamer Fuchsschwanz und die gebogenen Hühnerkrallen, die unter ihrem traditionellen Bauernkleid mit der Schürze hervorragten, nicht genug Indizien gewesen wären.

** Russisch, sprich: Pei, tschutschelo! = Trink, Vogelscheuche!*

Ihr Blick traf ihn. Sie hatte zwei unterschiedlich farbige Augen. Eines hatte die Farbe frischer Erde, das andere schimmerte grau wie Eisen. Wieder stieß sie dieselben Worte aus, die ihn aufforderten, zu trinken.

Edgar schaute auf die rote Flüssigkeit, seufzte und stürzte die Brühe in einem Zug herunter. Sie schmeckte bitter und legte sich wie Sirup über Zunge und Gaumen. Seine Ohren wurden augenblicklich warm. Er schluckte mehrmals, bevor er bemerkte, dass die Alte weitergesprochen hatte.

»Jetzt fallen dir die Haare aus.«

Erschrocken griff Edgar in seine roten Locken. Er hatte die Worte so deutlich gehört, dass er nicht glaubte, sie sich eingebildet zu haben.

Die Alte kicherte und entblößte Zähne, die ebenfalls die Farbe von Metall hatten. »Jetzt verstehen wir einander.«

Edgar starrte sie verblüfft an. Sie benutzten dieselbe Sprache. Oder kommunizierten sie durch den Trank auf einer anderen Ebene? Er blickte auf die Tasse hinab und seine Überraschung wuchs. Sie war nicht mehr leer, sondern wieder randvoll – diesmal mit einer Flüssigkeit, die smaragdgrün funkelte.

»Ihr seid die Frau, nach der ich gesucht habe.« Er sah auf. »Die, die man Großmütterchen *Jadwiga* nennt.«

»So ist es«, sagte die Alte und setzte sich zu ihm an den Tisch. Im Widerschein des golden schimmernden Möbelstücks bemerkte Edgar, dass ihr graues Auge nicht nur die Farbe von Eisen hatte, sondern aus Metall bestand. Genau wie ihre Zähne. »Lass uns keine Zeit verschwenden. Ich weiß, warum du hier bist.«

Sein Blick glitt durch die geschnitzte Stube mit ihren unzähligen eingelassenen Kästen, mysteriösen Türchen, einfarbigen Intarsien und aufwändigen Schnitzereien. Das Innere einer Rätselkiste.

Eine kühle Brise streifte sein Gesicht und er wandte sich dem einzigen Fenster im Raum zu. Es war weit geöffnet. Draußen tobte der Schnee durch die Dunkelheit. Die Wälder von Smolensk waren unter einer meterhohen weißen Decke begraben. Manche behaupteten, dass das auch im Frühling, im Sommer und im Herbst der Fall wäre. Ewiger Winter.

Edgar war geneigt, das zu glauben. Er wusste, dass es mystische Orte und verhexte Stätten gab. Gegenden, die sich weigerten, sich den Gesetzen der Welt zu unterwerfen. Genau dort war er zu Hause.

»Meine Schwester Helene wurde verflucht«, sagte er halblaut. »Sie wurde ...«

»... von einem Nachtalb gebissen und ist seitdem untot«, ergänzte Großmütterchen Jadwiga. »Ihr wart in einer Herberge in Prag und du hast zugelassen, dass sie den Köder für eines dieser Schattenwesen spielt. Nun machst du dir Vorwürfe und hoffst, ich könnte dir helfen. Du hast mit Jilda Scvablon vom Wittlitz-Hof gesprochen und auch mit der fetten Frau Gruell. Beide haben dich zu mir geschickt.« Die Alte spulte die Sätze herunter, als hätte sie sie schon hundert Mal gehört. »Komm bitte zur Sache, ich erwarte Besuch.«

Edgars Blick glitt zu einer Anrichte neben der Tür, auf der eine einsame Schatulle ruhte. Sie war dunkel und glatt und mit Pfauenaugen verziert.

Die Worte der Frau kreisten in seinem Kopf. Woher wusste sie all das über ihn? Konnte sie etwa …?

»Nein, ich lese keine Gedanken. Es sei denn, die Gesichter der Menschen sind wie ein offenes Buch. Es handelt sich auch um keinen Zauber – zumindest keinen herkömmlichen – wie du mich anschließend fragen wolltest.« Sie verschränkte die Arme vor der Brust. »Sagen wir einfach, du bist ein *Echo*. Ein Schonmal-gesehen, das mir immer wieder erscheint, weil dein Wunsch, der dich hierher geführt hat, einen komplexen Zauber betrifft.«

»Ein Echo?«

Großmütterchens braunes Auge schielte zur Decke. »Ich sehe dich heute schon zum siebten Mal. Beim ersten Mal, als du dein Anliegen vorgebracht hast, wurde eine neue Schraube im Haus angebracht. Und weil es ein schwieriger Zauber ist, muss sich dein Wunsch erst festigen. Eine Schraube braucht mehrere Umdrehungen, bis sie fest im Holz sitzt. Erst dann fließt die Zeit wieder in die richtige Richtung. Solange hängen wir hier fest.«

»Aber wenn ich schon mal hier gewesen bin, warum erinnere ich mich nicht daran?«

»Weil das, worum du mich bitten wirst, dein Leben für immer verändert.« Sie machte eine Pause. »Mein Haus möchte sichergehen, dass du es ernst meinst.«

Edgars Mund wurde trocken.

»Es ist unhöflich, eine Tasse nicht zu leeren, wenn sie einem angeboten wurde«, fügte sie hinzu.

Edgar löste sich nur langsam aus seiner Starre. »Aber, wenn ich heute schon sieben Mal bei Euch war, dann wisst Ihr, was ich hier will. Warum also die Frage?«

Großmütterchen Jadwiga wiegte den Kopf und ihr flaumiges weißes Flusenhaar wogte hin und her. »Weil wir den Kreis nicht durchbrechen dürfen. Du musst dein Anliegen vortragen, wie es beim ersten Mal geschehen ist. Nur so bleibt die Schraube gerade. Und es gibt nichts Schlimmeres als krumme Schrauben ... Es ist Teil eines *Vertrages*, wenn man so will. Deine Tasse, bitte.«

Edgar hob sie an die Lippen und leerte sie gehorsam. »Ich möchte Helene erlösen«, sagte er dann. »Könnt Ihr den Fluch von ihr nehmen?«

»Nein. Nächste Frage.«

Edgar wurde bleich. Er hatte so sehr gehofft, endlich jemanden gefunden zu haben, der die Kraft besaß, das Unglück, das seine Schwester vor nunmehr elf Jahren ereilt hatte, ungeschehen zu machen. »Aber, ich dachte ...«

»... ich wäre eine mächtige Hexe? Das ist wahr. Doch ich bin nicht dumm. Ich werde mich in keine Angelegenheiten einmischen, die mit *Zhatka*, dem Knochenmann, zu tun haben. Er hat seine eigenen Regeln. Wenn deine Schwester untot ist, hängt sie zwischen den Welten. Sie ist nicht diesseits und nicht jenseits. Falls der grimmige Schnitter bereits seine Hände auf sie gelegt hat, kann ich nichts für sie tun.«

Diese Antwort schnürte Edgar die Kehle zu. Er klang müde, als er leise fragte: »Heißt das, meine Schwester ist für immer verloren?«

»Das habe ich nicht gesagt.« Großmütterchens Hände machten eine vage Geste. »Wenn sich die Welt der Menschen und die der Monster überschneiden, gibt es gewisse *Besonderheiten*. Häufig ist es so, dass nur eine der beiden Seiten einen Fluch wieder aufheben kann. Wenn also ein Schattenwesen wie ein Nachtalb für den Zustand deiner Schwester verantwortlich ist, dann würde ich dort nach einer Lösung suchen. In der Welt der Monster.«

Edgars Magen wurde von Sekunde zu Sekunde schwerer. Der grüne Trank schien ihn in die Tiefe zu ziehen. Er war weit gereist – hatte Bücher gewälzt, Städte besucht und Menschen befragt – alles, um Helene zu retten. Und er war keinen Schritt vorwärtsgekommen. Jetzt, mit siebenundzwanzig Jahren, war das Gefühl, sich im Kreise zu drehen, übermächtig geworden. Was, wenn er niemals eine Lösung für den Zustand seiner Schwester finden würde? Was, wenn er irgendwann sterben würde und sie ganz allein zurücklassen müsste? Allein in einer Welt, der sie entrückt war. Ohne Gefühle, ohne Liebe, ohne Schutz. Ein endloses, unsterbliches Dasein, ohne Hoffnung auf Erlösung. »Ich habe nicht genügend Zeit …«

»Ah«, sagte Großmütterchen Jadwiga. »Da haben wir es.«

Edgar hob den Blick. »Was?«

»Dein Anliegen«, lächelte sie.

Edgar blinzelte und fühlte, wie die Tasse in seinen Fingern heiß und schwer wurde. Zögernd sah er hinab. Sie war wieder randvoll mit dem smaragdgrünen Getränk. »Ich verstehe nicht«, sagte er und schwenkte die Flüssigkeit. Sie schwappte tanzend hin und her.

Großmütterchen Jadwiga sagte nichts, sondern deutete auf die Tasse. Edgar verstand und stürzte den Inhalt hinunter. Ein seltsames Kribbeln überkam ihn. Es erfasste seinen ganzen Körper und ließ die Haut prickeln.

»Du liebst deine Schwester sehr«, sagte Großmütterchen Jadwiga leise.

»Ja.«

»Und du würdest alles für sie tun, nicht wahr?«

Edgar nickte.

»Was wir aus Liebe tun, ist niemals falsch«, sagte die Alte. »Ich kann dir Zeit verschaffen. Dann kannst du nach einer Lösung für dein Problem suchen.«

In der darauffolgenden Stille hörte Edgar das Feuer im Ofen knacken. »Was schlagt Ihr vor?«

Großmütterchen Jadwiga beugte sich vor. »Ich besitze ein Elixier, das die Zeit anhalten kann. Wer es trinkt, altert nicht. Verletzungen und Wunden heilen schneller und man bleibt so jung und stark wie an jenem Tag, an dem man den Trank zum ersten Mal zu sich genommen hat.«

Edgar hob eine Augenbraue. »Ewiges Leben?«

»Nicht ganz«, wandte Großmütterchen Jadwiga ein. »Mein Trank verlängert das Leben – er lässt es nicht ewig währen. Sonst kämen wir wieder mit Gevatter Tod in Konflikt. Der Trank verliert mit den Jahren seine Wirkung, aber wenn man genug davon trinkt und immer wieder und wieder ...« Ihre Stimme ähnelte einem Echo.

»Und Ihr würdet mir den Trank überlassen?«

»Wenn der Preis stimmt.«

Ein kurzes Schweigen. »Was verlangt Ihr?«

Großmütterchen Jadwiga schwieg. Es war kaum zu ertragen.

»Ihr könnt *alles* von mir haben«, sagte Edgar. »Nennt Euren Preis.«

Die alte Frau bleckte die Zähne und schenkte ihm ein Lächeln, das schmerzte. »Deine unsterbliche Seele.«

Edgar lachte auf. »Ist das Euer Ernst?«

Großmütterchen Jadwiga gab keine Antwort.

»Und Gevatter Tod?«

»Was kümmern ihn die Entscheidungen der Lebenden? Wenn wir zwei einen bindenden Vertrag aushandeln und mit Blut besiegeln, kann nicht einmal das alte Knochengesicht etwas dagegen sagen. Wir nehmen ihm nichts weg, wir verzögern die Sache nur. Er kommt schon zu seinem Recht.« Sie zwinkerte. »Das tut er immer.«

Edgar schwieg lange. Sein Blick wanderte hinüber zum geöffneten Fenster, hinter dem ein unbarmherziger Winter lauerte. Er dachte an Helene. Sie befand sich mehrere Kilometer entfernt in ihrem Wagen, der vor den Toren von Smolensk abgestellt war. Obwohl es tiefschwarze Nacht war, würde sie nicht schlafen. Ihre Augen wären weit geöffnet und ausdruckslos wie die einer Eule. Und das würde so weitergehen. Für immer.

»Ihr könnt meine Seele haben«, sagte er. »Wenn meine Aufgabe auf Erden erledigt ist – wenn meine Schwester erlöst ist.«

Großmütterchen Jadwiga atmete auf. »Das ging schneller, als die letzten Male.« Sie erhob sich und wackelte hinüber zum Ofen und ihrem brodelnden Kessel. Sie warf Kräuter und Gewürze in das kochende Wasser und rührte darin herum. Ein herber Geruch verteilte sich im ganzen Raum.

»Und jetzt?«, fragte Edgar.

Großmütterchen Jadwiga rührte weiter. Ewigkeiten.

Edgar stellte seine Tasse ab und ging zu ihr. Leider passte sich das Inventar nicht *seiner* Größe an, sodass er eine gebückte Haltung vor dem Ofen einnehmen musste. Er starrte auf den Inhalt des Kessels. Da war ein Sud, goldbraun und seidig. Er funkelte und glitzerte geheimnisvoll. »Ist das der Trank?«

»Das ist mein Abendessen, Dummkopf«, sagte Großmütterchen Jadwiga.

»Und der Trank?«

Die alte Frau deutete auf die kleine Tasse, die auf dem Tisch stand. »Das meiste davon hast du bereits getrunken. Zwei Tassen von dem grünen Sud. Das reicht für die ersten zweihundert Jahre. Mehr davon findest du draußen im Schnee. Dort steht ein Karren für dich bereit. Mehr habe ich nicht.«

Edgars Atem ging schneller. Ein ganzer Karren? Wenn zwei winzige Tassen für zweihundert Jahre reichten, für wie lange würde dann ein ganzer Karren reichen?

»Du hörst nicht richtig zu«, knurrte die Alte, als ob sie seine Gedanken erraten hätte. »Mein Haus ist ein besonderer Ort. Alles, was sich hier befindet, gehört nicht in die Welt der Menschen. Eine kleine Tasse hier bedeuten mehrere Liter da draußen. Wundere dich also nicht, wenn es dir in den nächsten Tagen sehr, sehr schlecht geht. Nach menschlichen Maßstäben hast du etliche Tage ohne Unterlass getrunken.«

Edgar schnappte nach Luft.

»Der Zauber wird wirksam, sobald du den Vertrag unterschrieben hast«, sagte sie und wies auf den Tisch.

Edgar ging hinüber und suchte nach einem Schriftstück, doch er fand keines. Da stand nur die Tasse auf goldenem Grund.

»Sieh hin«, brummte Großmütterchen.

Edgar beugte sich tiefer hinab und besah sich die Tischplatte. Jede Maserung, jede Erhebung und jede Unebenheit bestand aus massivem Gold. Fein gearbeitet und täuschend echt. Und versteckt im Firnis befanden sich Linien. Eine schräge, wohlbekannte Handschrift: Edgars.

Dort standen Sätze. Dutzende davon, so als hätte ein Floh die gesamte Unterhaltung der letzten Minuten in das Metall eingeritzt. Von dem Teil, wo Edgar um Hilfe gebeten hatte, bis hin zu seinen eigenen Worten:

… Ihr könnt meine Seele haben. Wenn meine Aufgabe auf Erden erledigt ist – wenn meine Schwester erlöst ist.

Edgars Herz raste. Der Trank in seinem Magen wurde von Sekunde zu Sekunde schwerer. Panik ergriff ihn. Wie sollte er unterschreiben? Es gab keine Schreibfeder oder Anweisung. Seine Finger berührten die Stelle unter dem letzten Satz und ein kleiner Schmerz durchzuckte ihn. Überrascht zog er seine Hand zurück. Ein goldener Splitter steckte in der Spitze seines Fingers. Und wo er das Gold berührt hatte, stand nun ein Name, geschrieben mit Blut:

Edgar van Lichtholm.

»Oh!« Sein Magen machte ein seltsames Geräusch.

Ein weiterer Name erschien. Edgars Augen tränten, als er versuchte, ihn zu entziffern.

Baba Jaga

»Du solltest jetzt gehen«, sagte Großmütterchen Jadwiga, den Kopf über den Kessel mit Brühe gebeugt. »Mach bitte keine Pfütze wie beim letzten Mal. Der Teppich ist neu.«

Edgar stürzte durch den Vorraum zum Eingang. Alles, woran er denken konnte, war seine Schwester Helene. Noch während er zur Tür lief, winkelte das Hexenhaus die Hühnerbeine an und senkte sich dem Erdboden entgegen. Es setzte auf im tiefen Schnee.

Draußen wartete ein Karren. Er war halb so groß wie ein Fuhrwerk, verfügte am Kopfstück über zwei Traggabeln mit Gurten und war unter dickem Weiß begraben. Edgars Magen wurde sekündlich schwerer. Durch dichte Flocken besah er sich die Ladung. Da waren Flaschen in allen Formen. Bauchige, längliche, kleine, große, durchsichtige und vielfarbige. Und alle waren mit einer Flüssigkeit gefüllt, die smaragdgrün leuchtete.

Edgar stöhnte, als ihn eine Welle aus Schmerz überkam. Die Flüssigkeit dehnte sich in seinem Bauch aus und drohte, ihn zu zerreißen. Er musste schnell weiter! Sich bewegen!

Er spannte sich selbst vor den Karren und begann zu ziehen. Der Wagen rollte nur mühsam durch den knietiefen Schnee. Doch Edgar gab nicht auf. Er musste zu Helene, musste ihr erzählen, was er erlebt hatte und musste seine Suche fortsetzen.

Durch die Worte der Hexe hatte er ein neues Ziel. Ein Monster, das ihm helfen würde, seine Schwester zu erlösen. Ein heilendes Wesen. Wo auch immer es stecken mochte, er würde es finden. Und wenn er jedes Buch, das jemals geschrieben worden war, und jeden Menschen, der lebte, befragen müsste.

1. KAPITEL

Über 300 Jahre später

»Moritz, du hast da etwas.« Konstanzes Stimme drang durch das Brausen des Dampfwagens. Der Fahrtwind im Ausguck hoch über der Glaskuppel zerzauste Moritz' schwarzes Haar, als er in der Dunkelheit auf den Weg vor ihnen spähte. Mit dem Finger deutete seine Schwester auf seine Schulter. Moritz wandte den Kopf, um zu erkennen, was dort saß. Ein *Schattengeck*.

Die eigenwillige Mischung aus Raupe und Dompfaff starrte ihn mit kleinen Knopfaugen an, ihr dunkelrotes Gefieder wurde vom Wind zerwühlt. Die Kreatur war absolut harmlos, aber eindeutig zu anhänglich.

Moritz nahm eine Hand vom Steuer, zupfte den Schattengeck von seiner Jacke und schnipste ihn vom Wagen. Er glaubte ein winziges HUIII! zu hören, während das Geschöpf in der Nacht verschwand.

Konstanze starrte ihn entsetzt an.

»Was?!«, schnaubte Moritz. »Der Kleine ist in fünf Minuten sowieso wieder da. Außerdem kann er fliegen.«

Konstanze schüttelte den Kopf und widmete sich wieder dem

grauen *Boogelbie* auf ihrem Schoß. Die Kreatur mit Namen Brummi *schronzte* schon seit geraumer Zeit aus voller Kehle. Seine leuchtend gelben Augen drehten sich nach außen und traten aus den Höhlen hervor. Wäre Moritz zu einer solchen Grimasse fähig, wäre auch ihm danach gewesen. Der Gestank, der in dieser Gegend herrschte, erinnerte an etwas, was vor langer Zeit in einer schmutzigen Ecke verendet war.

Der Dampfwagen sauste eine finstere Schotterpiste entlang. Scharf rechts, dann links und wieder links. Mit einem Hüpfer verließ das monströse Konglomerat aus Kupfer, Holz und Glas die festgelegten Pfade, jagte eine Böschung hinunter und bretterte über eine Pflasterstraße. Eine Brücke kam in Sicht, das dazugehörige Namensschild am Straßenrand flog so schnell vorüber, dass Moritz es von oben kaum entziffern konnte. Sankt Grafenschwein? Das klang nicht sonderlich einladend ...

Der Wagen passierte ein Stadttor und tauchte in einen von schummrigen Gaslaternen beleuchteten Irrgarten aus Sträßchen und Gässchen ein.

Brummi wandte die Ohren und *pleurrte* dumpf.

»Links!«, rief Konstanze.

Moritz drehte eilig an der Kurbel neben seinem Sitz. Der Wagen legte sich in die Kurve, krängte wie ein Schiff in Seenot. Knapp schrammte er an einer Hauswand entlang und zog einen Funkenschweif hinter sich her, als er die Fassade touchierte.

»Das andere Links!«, brüllte seine Schwester.

Moritz stöhnte. »Also rechts!«

»Sag ich doch!«

Moritz kurbelte erneut, als die nächste Häuserecke auf sie

zuschnellte. Einmal links, dann noch einmal links, immer im Kreis. Die Gebäude glitten in aberwitziger Geschwindigkeit an ihnen vorbei. Der Dampfwagen schepperte und pfiff, seine Achsen glühten vor Anstrengung. Noch eine Kreuzung und sie waren wieder auf der richtigen Straße.

»Jetzt rechts«, murmelte Moritz und begann in die entgegengesetzte Richtung zu steuern. Ächzend bog der Wagen ab, das Pflaster fegte unter ihnen hinweg.

Brummis Ohren streckten sich. Er *chracherte* zweimal kurz, einmal lang.

»Es ist nicht mehr weit!«, rief Konstanze und hielt sich die Nase zu. Der Gestank wurde stärker.

Moritz hoffte, dass der alte Boogelbie sie nicht in die Irre führte. Und er hoffte, dass die Bremsen hielten, wenn er sie betätigte. Es würde ein Halt bei voller Fahrt werden.

Sie waren einer Spur gefolgt – einer Spur toter Tiere über mehrere Höfe im Südwesten. Was auch immer für den Tod in dieser Gegend verantwortlich war, es hatte sie gehörig im Kreis herumgeschickt. Beinahe hatte es sich angefühlt, als ob man sie verfolgte, nicht umgekehrt. Der Gedanke war absurd, aber Moritz erschauderte. Inzwischen hielt er nichts mehr für unmöglich.

Ein Blick auf den Sitz an seiner Seite ließ ihn erstarren. »Was wird denn das, wenn's fertig ist?«

Konstanze zurrte eine kleine Netzpistole mit einem Gurt an ihrer Brust fest. »Du hast gesagt, ich dürfte diesmal mithelfen!«

»Helfen, aber nicht mit Waffen herumspielen!« Moritz warf einen Blick auf die Straße unter ihm und streckte die Hand aus. »Los, her damit!«

»Aber …«

»Sofort!«

Konstanze verdrehte die Augen und reichte ihm die Waffe. Ihre gemurmelten Flüche gingen im Schnaufen des Dampfwagens unter.

»Du darfst helfen, aber du musst tun, was ich sage.« Heftige Schläge erschütterten seine Stimme. »Deine Aufgabe ist es, dich um mögliche Verletzte zu kümmern. Du bringst die Menschen mit der Elster in Sicherheit.«

»Edgar«, sagte Konstanze.

»Wie bitte?«

»Die Elster hat einen Namen. Sie heißt Edgar!«

Moritz schluckte und verriss die Kurbel. Der Wagen geriet ins Trudeln – er tanzte über das Pflaster. Eilig packte Moritz den Griff des Steuers und stemmte sich dagegen, bis das Schlingern aufhörte.

»Konstanze, wir haben keine Zeit für eine weitere Diskussion darüber.«

»Warum weigerst du dich, ihn bei seinem Namen zu nennen?«

Moritz stöhnte. »Es ist eine Elster, verflixt! Sie ist treu, klug, liebt Glitzerkram und hat schöne Federn, aber was viel wichtiger ist: sie gehört zu jemandem, auf den ich mich heute verlassen können muss. Keine Alleingänge, verstanden?«

Der Boogelbie bewegte die Ohren und chracherte erneut. Eigentlich hätte Konstanze ihm nun die Richtung ansagen müssen, schließlich musste er sich auf die Straße konzentrieren – doch sie fixierte ihn über das Gerüttel des Dampfrosses hinweg. »Was stört dich an dem Namen Edgar?«

Moritz holte tief Luft und bereute es im selben Moment. Der Gestank wurde immer erbärmlicher. »Gar nichts stört mich daran!« Er deutete auf den Boogelbie. »Könntest du dich jetzt bitte wieder auf deine Aufgabe konzentrieren?«

Konstanze kniff die Augen zusammen und antwortete mit gerümpfter Nase: »Wir sind fast da.«

Moritz nickte. Mit dem Schuh trat er gegen das Metall unter ihm. Zweimal. Im Fußraum öffnete sich eine schmale Luke und ein blasses vollkommenes Gesicht kam zum Vorschein. Violette Augen funkelten ihn an. Helene van Lichtholm.

»Wie weit bist du?«

»Ich habe eine Mischung aus blauem Mohn, Alraunen, Bilsenkraut und Alkohol zusammengebraut. Ich denke, das wird nützlich sein.«

»Was ist, wenn du dich irrst?«

Die Elster im Wageninneren keckerte leise und Helene schenkte ihm einen geheimnisvollen Blick. »Die Tiere hatten Stichwunden überall. Sie wurden erwürgt, ihre Köpfe auf den Rücken gedreht. Etwas hat versucht, sie unter die Erde zu ziehen, vermutlich, um sie zu verspeisen. Wir wissen beide, was das bedeutet.«

Moritz nickte.

Der Boogelbie in Konstanzes Armen chracherte dreimal kurz.

»Wir sind da!«

Helene wollte bereits die Luke schließen, doch dann stockte sie. »Moritz, du hast da etwas auf deiner Schulter ...«

Moritz' Brust entrang sich ein Seufzen. Er machte sich gar nicht die Mühe nach dem Schattengecken zu sehen. »Ich weiß, ich weiß«, murmelte er nur. Seine Hand glitt zur Bremse. »Festhalten!«

Der Dampfwagen vollführte einen letzten Satz, dann blockierten die Räder und schabten über das Pflaster. Ein metallisches Kreischen hob an, das sich mit einem Schrei in der Nähe vermischte. Einem Jammerlaut, der aus einem Wirtshaus drang.

2. KAPITEL

Die Dielenbretter knarrten leise im Schankraum der *Schwarzen Katze*. Es war die Mitternachtsstunde des 1. Septembers 1813 und Rita Holzer hatte gerade die Fensterläden überprüft, als eine Erschütterung das ganze Wirtshaus erfasste. Die eisernen Kronleuchter schwankten hin und her und ließen die Schatten im mächtigen Gebälk unheilvoll tanzen.

Die wenigen Gäste, die zu dieser Stunde noch in der Stube saßen, reckten ihre Köpfe. Da waren Kante, Tonke und Stiller, die geistigen Väter und einzigen Mitglieder der selbsternannten *Respektablen Greifensteiner Wach- und Schutzgesellschaft*, kurz RGWSG. Einer Gemeinschaft, die es sich zur Aufgabe gemacht hatte, über Angriffe und Todesfälle in der Stadt Bad Greifenstein penibel Buch zu führen.

Kante, eigentlich Friedrich Spöttel, war der Sprecher der Gesellschaft, weil er über die lauteste Stimme verfügte. Ein drahtiger, kleiner Kerl, der durch seinen Dienst in der Pfarrei über jede Bewegung in der Stadt bestens unterrichtet war. Wie üblich trug er die Haare zu einem kecken Scheitel geformt und wirkte fromm wie ein Chorknabe (allerdings mit einer Schwäche für Messwein). Zu seiner Rechten saß Tonke, mit bürgerlichem Namen Freiherr Willem von Tonkwitz, und blickte von seinem Schreibheft auf. Er war der Schriftführer und erinnerte an ein zu groß geratenes, unrasiertes Kind in zerschlissenem Mantel und Kniebundhose.

Das Trio wurde von Josef Stiller vervollständigt, der seinem Nachnamen alle Ehre machte. Er sprach nie. Rita hatte sich oft gefragt, ob er stumm war oder einfach klug genug, den Mund zu halten. Auf jeden Fall vertrug Stiller das meiste Bier und brachte seine Kameraden nach Hause, wenn diese zu angeheitert waren, um geradeaus zu laufen. Nicht selten war er derjenige, der zahlte, was ihn zum unfreiwilligen Schatzmeister der Gesellschaft machte.

Weiter hinten, verborgen in einer düsteren Ecke, starrte eine vierte Person nach oben. Ein schweigsamer Geselle, der von allen nur *Jauche* genannt wurde. Er gehörte weder zur RGWSG noch trank er Alkohol. Niemand kannte seinen wahren Namen, niemand wusste, wo er herkam oder wohin er in der Nacht verschwand. Er war schlicht Jauche. Den Spitznamen hatte ihm seine ungepflegte Erscheinung eingetragen. Er sah aus, als hätte jemand oder etwas lange und mit Hingabe auf ihm herumgekaut. Sein schiefes Gesicht glänzte wie ein Laib Käse und seine Haare waren fettig wie Gänseschmalz. Nicht einmal Ritas hausgemachter *Muntermacher* hätte diesem ungesunden Kerl etwas Farbe ins Gesicht zaubern können.

Die vier Männer waren so fest in ihrer Heimatstadt verwurzelt, dass sie den allgegenwärtigen Gestank kaum noch wahrnahmen. Rita Holzer hingegen nahm ihn sehr wohl wahr. Heute war es eine Mischung aus fauligem Blumenwasser und welken Blättern.

Eilig richtete sie ihr Trachtenmieder und wollte den Schankraum durchqueren, als ein weiterer, weitaus heftigerer Stoß Tische, Stühle und Gäste auf und ab hüpfen ließ. Bier schwappte aus den Krügen und ergoss sich über den Boden. Das Wirtshaus ächzte.

Rita erstarrte. Der Geruch veränderte sich. Er erinnerte nicht mehr an verdorbene Pflanzen, nein, da war eine süßliche Note: totes Fleisch! Der Geschmack von Verwesung.

»Nicht schon wieder!« Sie raffte die Röcke und begann zu laufen, als ein Bersten und Knacken die Dielen vor ihr splittern ließ. Fünf, sechs, sieben Dornenranken zwängten sich durch die Ritzen im Bretterboden und wuchsen unkontrolliert in sämtliche Richtungen. Sie warfen Tische, Bänke und Stühle um. Jede Einzelne von ihnen sah gefährlich wie ein Morgenstern aus und brachte gammlige Schwaden mit sich.

»Himmel Sakra!«, entfuhr es Rita. Mit einem Satz sprang sie durch eine Lücke zwischen den Ranken, die sich wie Tentakel hierhin und dorthin wanden. Sie musste zum Tresen kommen!

Die Respektable Greifensteiner Wach- und Schutzgesellschaft hatte den ersten Schrecken überwunden und bewaffnete sich routiniert mit Stühlen und Krügen. Die Dornenranken schlichen sich an Kante, Tonke und Stiller an und versuchten sie zu packen, doch sie hatten nicht mit Jauche gerechnet. Der unscheinbare Vierte sprang aus seiner Ecke und zog eine beeindruckende Feuerwaffe unter dem Mantel hervor. Sie erinnerte an eine Kombination aus kurzen Messern, gepaart mit überlangen Dolchen. Alles an dieser Waffe blitzte im Schein der Kerzen. Ein Schießmesser.

Die Luft explodierte, als eine Vielzahl von Klingen mit Getöse durch den Raum zischte. Sie zerfetzten die dicken Ranken. Eine nach der anderen klatschten sie wie nasse Taue zu Boden, begleitet von einem markerschütternden Schrei, der unter den Dielen hervordrang.

Kante, Tonke und Stiller schnappten sich die herumliegenden Ranken, um sie als Peitschen zu benutzen.

Derweil schwang sich Rita über den Tresen und duckte sich. Hastig kramte sie in einer mit Holzspänen gefüllten Kiste unter dem Zapfhahn. Wo steckte das Ding? Sie hatte es neulich erst poliert und hier verstaut. »Aha!«

Rita zog eine schwere Waffe mit einem Tragriemen aus den Spänen und legte sie auf den Boden. Eilig prüfte sie das kleine 10-Liter-Schnapsfässchen, das als Munitionstrommel in der Mitte angebracht war, und zog ein Schubfach an der Unterseite auf. Es war gefüllt mit massiven Eisennägeln. Zweihundert Stück. Das reichte hoffentlich, um die Bestie zu erledigen!

Mit dem geladenen *Brezelwächter* kam Rita aus ihrer Deckung hervor und feuerte auf die Stelle, aus der die Ranken und der Gestank aus dem Boden krochen. Ein blechernes Rattern bellte durch die Schwarze Katze. Rostige Nägel, dick wie die Finger eines starken Mannes, flogen durch das Wirtshaus und gruben sich tief in das Rankenfleisch. Die Respektable Greifensteiner Wach- und Schutzgesellschaft zog gemeinschaftlich die Köpfe ein.

Mit jeder Salve wurden die Schreie des Wesens, das durch den Boden an die Oberfläche drang, lauter und schriller. Dann tat sich der ramponierte Dielenboden vollends auf und eine Welle aus Dornen, Ranken und Tentakeln ergoss sich in das Wirtshaus. Wie unförmige graugrüne Würmer schwappten sie aus der Tiefe empor und verteilten sich rasend schnell. Kante, Tonke, Stiller und Jauche wurden überrollt und zu Boden gedrückt.

Die Kreatur, die unter der Oberfläche gelauert hatte, war größer, als Rita angenommen hatte. Sie hörte, wie die Ranken gegeneinanderschlugen, während sich die stacheligen Pflanzententakel auf sie zuschoben. Der Tresen, der ihr Schutz geboten hatte, wurde aus seiner Verankerung gerissen. Wenn sie nicht schnell reagierte, würde sie zerquetscht werden.

Sie stülpte sich den Tragriemen des Brezelwächters um den Hals, kletterte auf den umgestürzten Tresen und wagte einen beherzten Sprung zu einem Querbalken unter der Decke. Sie bekam ihn zu fassen und zog sich hinauf. Die Ranken unter ihr zermalmten nicht nur den Ausschank, sondern fegten auch Geschirr und Glasballons mit Branntwein von den Regalen. Im Nu roch die gesamte Stube wie eine Destille.

Die Angst verlieh Rita Bärenkräfte. Sie hangelte durch die Balkenanlage und versuchte sich einen Überblick zu verschaffen. Unter ihr krochen die Ranken über den Boden wie dicke Schlangen in einem Bottich. Dann ließ ein Schrei sie aufhorchen. Ihr Blick glitt durch den Raum und sie entdeckte die Mitglieder der Respektablen Greifensteiner Wach- und Schutzgesellschaft. Mehrere Fangarme hatten sich auf die wild rufenden Männer gelegt und zerrten sie einen nach dem anderen in Richtung des Lochs im Boden.

Rita kletterte den Balken entlang bis zu einem eisernen Kronleuchter, der sich über dem Loch im Boden befand und spähte hinab ins Herz der Kreatur.

Ein seltsam verkümmertes Köpfchen prangte wie eine Perle in einer Muschel inmitten der Fangarme. Rita sah ein schiefes Maul, das ständig auf- und zuklappte und ein kleines, schlankes Horn auf der Stirn der Kreatur.

Eine *Mimose*!

Die absurde Mischung aus Wurzelgemüse und Pflanzengeschöpf öffnete zwei faltige Äuglein, die nicht größer waren als Maikäfer, und gab einen gellenden, übelriechenden Schrei von sich. Er dröhnte wie ein Wehklagen durch das Gasthaus und ließ das Fensterglas erzittern.

Rita senkte ihren Körper auf den Kronleuchter herab. Der schwere, doppelt geschwungene Reif aus Eisen schwang hin und her und sorgte dafür, dass die Aufhängung im Querbalken wie die Ketten eines Schlossgespenstes rasselte. Als der Leuchter zur Ruhe gekommen war, brachte Rita ihr Schießeisen in Position. Sie wollte bereits den Abzug betätigen, als ein Körper in ihr Schussfeld geriet: Kante! Die Fangarme hatten ihn, Tonke, Stiller und auch Jauche gepackt und in die Luft gehoben. Sie zappelten und schrien – alle bis auf Jauche, der verzweifelt an seiner Messerwaffe herumnestelte. Der Abzug schien zu klemmen. Irgendwann warf er die Waffe von sich und langte nach einem der Messer, die überall in der Holzvertäfelung steckten. Er begann die Ranken von Hand zu zerschneiden.

Die Kreatur stöhnte und schüttelte die Männer. Sie baumelten wie überreife Äpfel in der Luft und näherten sich bedrohlich dem Maul des Ungeheuers.

Rita erhob den Brezelwächter und zielte auf den Kopf. Fangarme schoben sich vor ihr Visier, dann Tonkes Brust, anschließend Kantes Allerwertester, gefolgt von Stillers Kopf.

»Verdammt, so wird das nichts!« Rita warf den Tragriemen der Waffe über die Schulter und zog sich auf den Querbalken zurück, auf der Suche nach einem besseren Schusswinkel. Doch sie fand keinen. Immer war einer der vier Männer im Weg und blockierte ihr die Sicht.

Plötzlich mischte sich etwas Neues in die Szenerie. Ein lärmendes Geräusch, ängstlich und fremdartig. Es erinnerte entfernt an einen Warnruf: ein Quäken, ein Schnarren, ein *Zarren* und *Pleurren*.

3. KAPITEL

Ein Vogel mit schwarz-weißem Gefieder segelte herbei. Er tauchte aus dem Nichts auf und stieß hinab auf den Kopf der Mimose. Rita kniff die Augen zusammen. Eine Elster, zweifellos. Aber wie war sie hier hereingekommen? Etwa durch den Schornstein?

Wieder und wieder stieß das Tier hinab und sorgte dafür, dass sich der Kopf des Pflanzenwesens mehrmals um sich selbst drehte, bis er vor Schwindel bebte. Die Männer, die an den Fangarmen hingen, wurden gehörig durchgeschüttelt.

Die Mimose langte nach der Elster. Doch bevor eine der Ranken den Vogel erreichte, wurde das Ungetüm von etwas getroffen.

BLAMM!

Kleine Glasgeschosse verspritzten eine leuchtend blaue Flüssigkeit und sorgten dafür, dass die Fangarme auf der Stelle vereisten.

Der Kopf der Kreatur reckte sich und versuchte, den neuen Angreifer ausfindig zu machen. Rita suchte ihrerseits nach dem Schützen und fand ihn: Es war ein bleiches Mädchen, nicht älter als dreizehn Jahre, mit langen kohlrabenschwarzen Haaren. Es trug ein Kleid, das im Kerzenschein wie frisches Blut schimmerte. Das Mädchen stand inmitten der unzähligen Fangarme und hielt eine gläserne Armbrust im Anschlag. Es erhob die absonderliche Waffe und zielte auf das Gesicht der Kreatur.

»Der Vogel gehört zu mir.«

BLAMM!

Ein bläulich glühendes Geschoss zischte durch die Luft und wurde im letzten Augenblick von einer dicken Dornenranke abgewehrt. Die Kreatur fauchte, keifte und bemerkte dann, dass das Mädchen nicht allein war.

Ein weiteres Mädchen hüpfte und sprang wie ein Floh zwischen den Dornenranken herum. Dieses Mädchen war jünger – vermutlich nicht älter als acht Jahre. Es hatte wilde, dunkle Zöpfe und hielt im Getümmel nach irgendetwas Ausschau.

Sofort attackierte die Pflanzenkreatur das kleine Mädchen. Ein gewaltiger Tentakel mit nadelspitzen Dornen rollte auf es zu und bohrte sich auf seinem Weg in den Holzboden.

»Vorsicht!«, rief Rita und zielte mit dem Brezelwächter auf den Fangarm. Doch bevor sie abdrücken konnte, sprang ein hochgewachsener Junge mit einem Salto herbei. Er landete auf einem großen Rankenarm und benutzte ihn wie eine Rampe. Er schlitterte herunter, rasierte dabei einige der Dornen mit den Hacken seiner Schuhe ab und packte das kleine Mädchen im Vorbeirutschen, bevor es von der anderen Ranke zerquetscht wurde.

RUMS!

Rita beobachtete, wie der Junge im hinteren Teil des Schankraums absprang und zum Stehen kam. Da sie von ihrer gegenwärtigen Position kaum etwas hören konnte, kletterte sie durch das Gebälk, bis sie über den Köpfen der Kinder angekommen war.

Den Jungen schätzte die Wirtin auf vierzehn oder fünfzehn Jahre. Er war ein Bild in Schwarz und Weiß, trug eine silberne Fellweste und hatte einen hohen Käfig auf dem Rücken. Rita musste zweimal hinsehen, um zu erkennen, was sich darin befand: ein grauer Boogelbie! Wer um alles in der Welt war so verrückt, einen Boogelbie mit sich herumzutragen? Offenbar war das Wesen nicht sonderlich begeistert von dem Salto seines Besitzers – die gelben Glubschaugen rollten in den Höhlen hin und her und die violette Zunge hing weit aus dem Maul, als ob es sich jeden Moment übergeben würde.

»Was soll das, Moritz?! Lass mich sofort runter!«, rief das kleine Mädchen.

»Oh, Verzeihung«, erwiderte der Junge und setzte es ab. »Das nächste Mal sehe ich einfach zu, wie du von einer Mimose zerquetscht wirst!«

Ein dornenbewehrter Fangarm schnellte auf ihn zu. Im Bruchteil einer Sekunde hatte er einen Stab mit Schwertklinge gezückt und hackte ihn der Länge nach in zwei Hälften. Die Mimose schrie vor Schmerz.

»Konstanze, wir hatten eine Abmachung: Ich kämpfe gegen die Mimose und du bringst die Leute in Sicherheit! Jeder hat seinen Platz.«

Das Mädchen mit Namen Konstanze sah einen Tentakel auf sich zukommen und trat genau im richtigen Moment zur Seite. Der Tentakel bohrte sich in einen Stützpfeiler hinter ihr. »Ich weiß, wo mein Platz ist. Und ich kann den Leuten nur helfen, wenn du sie da oben runterholst!« Sie deutete auf die kopfüber baumelnden Männer.

»Oh, verstehe«, murmelte der Junge und lächelte schief. »Entschuldige mich bitte.« Damit warf er sich ins Getümmel.

Rita beobachtete, wie das Mädchen wütend davonstapfte. Es schien sich nicht dafür zu interessieren, dass es um ein Haar von einer Ranke getroffen worden wäre. Es pfiff zwei Mal – sofort flog die Elster zu ihm.

»Edgar, wir müssen die Leute hier rausbringen. Öffne die Hintertür!«, sagte das Mädchen.

»Scha-rack!«, antwortete die Elster.

Rita stutzte. Kinder, die sich mit Monstern anlegten? Aber sie schienen sich damit auszukennen. Welches kleine Mädchen kannte schon Mimosen und Boogelbies? In Bad Greifenstein war man auf Derartiges vorbereitet, doch die Kinder stammten nicht von hier.

Sie hatte genug gehört und sprang von den Dachbalken hinab. »Lasst die Türen geschlossen.«

Die Elster stieß einen Warnschrei aus und das Mädchen reagierte schnell. Es wirbelte herum und trat Rita gegen das Schienbein.

»Au! Hör auf! Ich tu dir nichts!«

Das Mädchen starrte sie atemlos an. »Wer bist du und warum schleichst du dich so an?«

»Ich bin Rita«, sagte sie. »Mir gehört dieser Laden.«

»Oh, das tut mir leid«, erwiderte das Mädchen mit einem Blick auf den Trümmerhaufen.

»Mir auch«, murmelte Rita. »Ist bereits das dritte Mal dieses Jahr und wir haben gerade mal September.«

»Immer Mimosen?«

»Meistens *Feuerspeier* und *Dickschädel.*«

Das Mädchen nickte stumm. Es verhielt sich wie ein Kenner, dem man nicht erklären musste, dass ein Feuerspeier kein Fakir und ein Dickschädel kein Mathematikprofessor war. »Warum sollen die Türen geschlossen bleiben?«

Rita kniff die Augen zusammen. »Damit nicht noch mehr von den Biestern hereinkommen.«

Das Mädchen verstand. »Was tun wir dann?«

»Wir wechseln die Strategie«, antwortete Rita. »Weißt du, was das bedeutet?«

»Das ist das, was mein Bruder nicht ausstehen kann.« Das Mädchen lächelte breit. »Ich heiße Konstanze.«

»Freut mich, junge Dame. Dann stutzen wir die Mimose mal zurecht«, sagte Rita und lud den Brezelwächter durch.

4. KAPITEL

Wo war Moritz? Helene ließ die Armbrust sinken. Die vereisten Fangarme erstarrten vor ihrem Gesicht und bildeten eine unheimliche Skulptur. Sie erinnerten an geschwungene, mit Dornen verzierte Schwanenhälse. Das Eis zerbrach, als sich die Fangarme bewegten, und ließ nur abgebrochene Tentakelspitzen zurück. Die Mimose heulte auf.

Helene spähte durch das Dickicht. Das Durcheinander wand sich ohne erkennbares Muster und schien nur auf Zerstörung aus. Und mittendrin steckte Moritz! Er kämpfte sich vor, schnitt und hackte in die Tentakel und versuchte zum Zentrum des Monsters zu gelangen. Seinem Kopf.

Helene schloss sich ihm an, feuerte die Glasgeschosse ab und sah zu, wie ihre selbstgebraute Mixtur wahre Wunder wirkte.

BLAMM-BLAMM!

Sofort stießen neue Dornenarme nach. Sie schlugen nach ihr, schnappten nach ihren Füßen und ihrer Waffe – doch Helene ließ sich nicht beirren. Sie lief weiter, auch wenn die Stacheln ihr blutrotes Kleid zerfetzten und ihre Haut aufritzten. Sie spürte keinen Schmerz. Einer der Vorteile, wenn man untot war.

BLAMM!

Die Ranken vereisten zwar, doch augenblicklich wuchsen wieder neue empor.

»Moritz, das funktioniert nicht«, rief sie in das Gewühl. »Es sind zu viele!«

Moritz wandte den Kopf. »Ich kümmere mich darum!«, brüllte er. »Hilf Konstanze!«

BLAMM!

Helene versuchte ein weiteres Mal, durch die Ranken zu gelangen. Es hatte keinen Sinn. Sie brauchten etwas Stärkeres.

RATT-TATT-TATT!

Die Fangarme vor ihr zerplatzten wie Kohlköpfe. Pflanzenfasern spritzten überall hin.

»Brauchst du Hilfe, mein Täubchen?«, fragte eine Stimme.

Helene drehte sich um und entdeckte eine kolossale Frau. Sie trug eine Waffe um den Hals, die eine Mischung aus Schnapsfässchen, Zapfhahn und doppelläufigem Ofenrohr war. Das Gebilde wirkte tonnenschwer, doch die Frau hatte Oberarme wie Baumstämme. Neben der Fremden stand Konstanze. Sie hatte eine ähnliche Waffe in der Hand – allem Anschein nach die kleinere Schwester dieses wuchtigen Schießeisens.

In Helenes Kopf entstand ein Bild: Es war, als ob hier Zukunft und Vergangenheit aufeinanderträfen. Konstanze und die fremde Frau schienen vom selben Schlag. Beide wirkten aufgeweckt, entschlossen und angriffslustig. Rotwangige Schönheiten, mit denen nicht zu spaßen war.

»Ich brauche keine Hilfe«, sagte Helene, »aber er.« Sie deutete auf den Tumult, in dem Moritz kämpfte.

»Dann sind wir hier richtig«, sagte die Frau und nickte Konstanze zu. »Los, junge Dame!«

Das ohrenbetäubende Geräusch knatternder Waffen vermischte sich mit den Schreien der Mimose, als das Fleisch der Ranken in Fetzen gerissen wurde. Konstanze rannte nach rechts, während die Frau die linke Seite übernahm. Gemeinsam umrundeten sie das Pflanzenwesen und beschossen es aus allen Winkeln. Die Elster segelte über sie hinweg und wich geschickt zwei Querschlägern aus.

Helene konzentrierte sich auf die Fangarme, an denen die Männer hingen, und schoss.

BLAMM!

Die Mimose erzitterte. Ihr Kreischen und Wehklagen wurde stetig lauter.

Moritz' Kopf dröhnte. Sein Körper war mit Rissen und Kratzern übersät und sein Gesicht brannte wie Feuer. In den vergangenen zwei Jahren waren ihm unterschiedlichste Kreaturen begegnet, aber diese hier schien entfesselter zu sein, als alle, die er bisher erlebt hatte.

Auf Moritz' Rücken pleurrte Brummi in seinem Käfig. Der altersgraue Boogelbie hielt sich tapfer. Wo dieses besonnene Exemplar sonst nur brummte und grummelte – weshalb ihm Konstanze diesen Namen gegeben hatte –, machte es heute Nacht seinen Artgenossen alle Ehre.

Mehrere Rankenarme knallten immer wieder gegen den Käfig und versetzten ihm heftige Schläge. Doch Moritz ließ sich nicht beirren.

Am zweiten Tag, als Moritz von seinem Freund und Meister Edgar van Lichtholm in die Wissenschaft der Monsterkunde eingeführt worden war, hatte er gelernt, dass der Kopf einer Mimose einen wunden Punkt besaß: das Horn. Es saß mitten auf der Stirn, direkt über den Augen und dem Schnabel, und war das Kraftzentrum der Bestie.

Wenn er es abschlagen konnte, wäre der Kampf beendet und die Männer gerettet.

Moritz kämpfte sich voran, hackte und stach mit dem Schwert und versuchte zum Haupt des Untiers vorzudringen. Es lag verborgen unter Tentakeln, Dornen und wuselndem Gewirr.

Er bemerkte nicht, wie die Kreatur begann, ihre inneren Arme einzudrehen und einen Kokon um ihn und ihren Kopf zu bilden. Dornige Schlingen flochten ein zwiebelartiges Gefängnis. Eng und tödlich.

BLAMM!

Die Mimose zuckte. Helene beobachtete, wie sich die Struktur der Fangarme veränderte. Von einer zur anderen Sekunde ließ das Monstrum die gefangenen Männer los und sammelte sämtliche Ranken aus dem Wirtshaus über dem Loch. Während die Losgelassenen kopfüber auf dem harten Trümmerboden landeten, pressten sich die Pflanzenarme aneinander und schufen einen Käfig, der sich wie ein Dutt zusammendrehte. Moritz verschwand darin.

Konstanze und die Frau namens Rita stellten das Feuer ein und rannten zu den bewusstlosen Männern. Helene jedoch blieb ruhig stehen. Sie hatte begriffen, was vor sich ging. Die Kreatur hatte ihre Beute freigegeben, weil sie ein neues Ziel hatte – Moritz. Sie wollte ihn ersticken.

Moritz klammerte sich an den Ranken fest, die ihn umgaben, schob sich kopfüber nach unten und spürte, wie die Dornen seine Hände durchstachen. Er wusste, dass sie nicht giftig waren, aber sie verursachten brennende Schmerzen. Nur noch wenige Meter trennten ihn vom Kopf des Monsters.

Auf seinem Rücken wurde es plötzlich still. Brummi hatte aufgehört aus vollem Halse zu pleurren. Vermutlich hatte ihn die Anstrengung so erschöpft, dass er in Ohnmacht gefallen war. Moritz musste sich beeilen. Tentakel schlugen ihm im immer finsterer werdenden Licht entgegen und leckten ihm über das Gesicht. Ein Schwall ekligen Gestanks traf ihn, faulig und gärend wie ein Kadaver. Das Maul!

Moritz zog sich voran, spürte, wie die spitzen Ranken in sein Gesicht schnitten. Er versuchte, seine Klinge nachzuziehen, doch die Dornen hielten sie fest. Wild zerrte und riss er daran und sorgte dafür, dass sich immer neue Stacheln in seine Hände gruben. Mit einem Ruck befreite er sein Schwert – die Schmerzen waren kaum zu ertragen. Weiter! Das Biest aufhalten!

Moritz schlug nach vorne, hoffte, den Kopf blind zu treffen, doch er verfehlte sein Ziel. Schmale Ranken zischten ihm entgegen und ohrfeigten ihn. Er kniff die Augen zusammen und spürte im selben Moment, wie spitze Dornen seine Lider trafen. Moritz schrie auf. Der beißende Schmerz ließ die Tränen unkontrolliert hervorquellen – oder war es Blut? Sein Blick war verschwommen, doch das machte keinen Unterschied. Je tiefer er gelangte, desto dunkler wurde es. Der Kokon aus Armen, der ihn gefangen hielt, schirmte das Licht vom Wirtshaus ab und schickte ihn hinab ins pechschwarze Nichts.

Helene hörte einen Schrei und sah Konstanze an. »Dein Bruder«, war alles, was sie sagte.

Konstanze, die Rita dabei half, die Männer zur Eingangstür der Schwarzen Katze zu schleifen, erstarrte mitten in der Bewegung. Zusammen traten sie näher an die eingedrehte Mimose heran, die sich mehr und mehr einwickelte. Die Knolle erinnerte an einen Kochtopf, der kurz davor stand zu explodieren.

Helene kniete nieder und legte ihre gläserne Armbrust ab. Auf allen vieren kroch sie voran und näherte sich dem Loch, das die Kreatur in den Holzboden des Wirtshauses gerissen hatte. Die Öffnung in den Dielen war so riesig, dass Helene an dem Wesen vorbei in die staubigen Schatten unterhalb des Wirtshauses starren konnte. Steine, Holzbalken, Erde und Schutt waren in zwei Metern Tiefe beiseitegeschoben – alles, um dem Pflanzenwesen Platz zu machen. Es musste sich mit seinen Fangarmen meilenweit durch die Erde gewühlt haben, auf der Suche nach frischer Beute. Nun hockte es wie eine fette Zwiebel im Dreck – das Haupt gut geschützt unter Dutzenden eingedrehter Tentakel.

»Haltet meine Beine fest!«, befahl Helene.

Rita und Konstanze packten zu und ließen sie in die Tiefe hinab. Helene hing kopfüber neben dem rauen Körper des Monsters. Die Abmessungen des Gewächses waren gewaltig: Fünf ausgewachsene Männer hätten problemlos darin Platz gefunden. Nun beherbergte es neben all seinen kleinen und großen Dornenranken auch Moritz. Hätte sich die Mimose jetzt schlagartig ausgedehnt, hätte sie Rita, Konstanze und sie selbst mühelos zerquetscht. Es gab wenige Gedanken, die Helene in ihrem untoten Zustand zu einer menschlichen Regung veranlassten, aber die Vorstellung, von einer riesenhaften Pflanze zerschmettert zu werden, gehörte mit Sicherheit dazu.

Am unteren Ende des Geflechtes, der Wurzel, gab es keine Dornen. Nicht ohne eine gewisse Faszination streckte Helene die Hand aus und berührte die Pflanzenhaut. Die Mimose ächzte und knarzte wie ein Baum im Feuer, doch Helene spürte nichts. Ihre untote Hand übertrug zwar die Vibration auf ihren Arm, doch sie empfand weder Kälte noch Wärme. Aber was hatte sie erwartet? Dass die Berührung ihr plötzlich die ganze Welt der Gefühle eröffnen würde? Dass sie das Zittern eines anderen Körpers wahrhaft spüren könnte? Lächerlich.

Ein weiterer, gedämpfter Schrei riss sie aus ihren Gedanken. Moritz' Stimme, wie unter dicken Ballen aus Stoff begraben. Versteckt im Wehklagen der Mimose.

Helene sah nach oben. »Reichen Sie mir bitte die Armbrust, Frau Rita.«

Moritz blinzelte gegen die Dunkelheit und den Schmerz an. Er tastete sich im Trüben voran und hoffte auf etwas zu stoßen, das ihm half, sich zu orientieren. Der Kopf mit dem Horn musste direkt vor ihm sein. Doch je mehr er vorankam, desto mehr Schlingen wickelten sich um seinen Körper. Mehrmals versuchte er, mit dem Schwert die Ranken zu durchstoßen, damit Licht ins

Dunkel fiele, aber das führte nur dazu, dass ihn Fangarme packten und er unabsichtlich die Knöpfe des Teleskopstabs drückte.

KLICK! KLICK! KLICK!

Die Tentakel um sein Handgelenk zogen sich weiter zu, bohrten ihre Stacheln in sein Fleisch, bis sich seine Hand öffnete und ihm die Waffe entglitt.

»Nein! NEIN!«

Eine Ranke legte sich um seinen Hals. Langsam und bedächtig. Sie wickelte sich um seine Kehle und fuhr ihre Dornen aus. Nur ein Ruck genügte und es würde vorbei sein.

BLAMM!

Ein kühler Windhauch strömte ihm entgegen.

BLAMM-BLAMM!

Die Kälte nahm zu. Etwas splitterte. Ein dünner Lichtstrahl erhellte die Finsternis. Moritz blinzelte. Seine Augen tränten, aber er konnte Schemen und Umrisse erkennen. Urplötzlich war da eine Hand. Sie bahnte sich ihren Weg hinein ins Innere des Kokons und verschwand dann wieder.

BLAMM!

Frische Luft, wie eisiger Atem, blies im entgegen und kühlte sein Gesicht. Die Hand tauchte erneut auf und brach die vereisten Stücke der Ranken auseinander. Das Loch wurde größer und die Lichtstrahlen erhellten mehr und mehr von seinem Gefängnis.

Moritz riss die Augen auf, so weit er konnte. Er entdeckte sein Messingschwert, es klemmte zwischen einigen Dornen fest. Doch selbst als er sein Gewicht verlagerte, sich streckte und danach langte, reichte er nicht heran. Er ergriff die erstbeste Ranke, um sich in Richtung des Schwertes zu ziehen. Die Schlinge um den Hals zog sich enger. Er japste und schnappte nach Luft. Wilde Punkte tanzten vor seinen Augen und Schwärze kroch auf ihn zu. Ein drohender Schatten vernebelte seine Sinne. Seine ausgestreckte Hand tastete ein Stück weiter, stieß auf Metall, schloss die Hand und bediente einen der Knöpfe. KLICK! Der Teleskopstab verlängerte sich und durchstieß die Ranken vor und hinter ihm. Licht flutete durch die Löcher. KLICK! Mit einem weiteren Knopfdruck verwandelte sich der Stab zurück in ein Schwert. Moritz keuchte. Langsam wurden die Punkte vor seinen Augen träge. Etwas Heißes umspülte seinen Kopf. Es fühlte sich an wie schlimmstes Fieber. Sein Schädel stand in Flammen. War das der Tod?

Auf einmal hörte er eine Stimme. Es war Helene, die aus einem langen Tunnel zu ihm herüberrief: »Moritz ... pass auf ... ich schieße.«

Er schloss die Augen. Ein frostiger Blitz raste auf ihn zu. Zuerst dachte er, Helene hätte auf ihn geschossen, doch schlagartig lockerte sich die Schlinge um seinen Hals. Etwas knirschte und brach, dann rutschten ihm Eissplitter über Nacken und Rücken. Das tat so unendlich gut.

Moritz konnte wieder atmen, auch wenn seine Brust und seine Beine weiterhin von den Ranken umschlugen wurden. Er schnaufte zwei, drei Mal und bewegte vorsichtig den Kopf. Sein Genick war nicht gebrochen. Er sah das Schwert in seiner Hand, spürte, wie Luft seine Lungen füllte. Da war der Kopf der Mimose – sie schrie und klagte in einem Gewirr aus Armen. Der Kopf zog sich zurück, versuchte in der Tiefe zu verschwinden.

Ranken schoben sich schützend davor. Moritz schnitt sie mit einem kräftigen Hieb durch. Die Bestie quiekte und schrie. Ihre kleinen, schrumpeligen Äuglein glänzten im Zwielicht wie dunkle Perlen. Das Horn war in Reichweite, es stach ihm entgegen. Das Maul klappte auf und zu, kläglich und hilflos.

Moritz schluckte. Da war etwas im Blick der Kreatur, das ihn zögern ließ. Ihr borkengleiches Antlitz sah gequält aus. Da waren Risse, feine rote Linien, die ihr Gesicht verunstalteten. Als ob sie sich selbst verletzt hätte. Moritz entdeckte seltsame Pusteln und Narben überall, sogar an den Ranken. Sie schimmerten violett und erinnerten an Blutergüsse. Was hatte das zu bedeuten?

Die Mimose knurrte und schrie, dann ruckte sie herum und öffnete erneut ihr Maul. Eine dunkle Zunge war zu sehen, ebenfalls mit violetten Pusteln. War das eine Krankheit? Bevor Moritz einen weiteren Gedanken fassen konnte, bäumte sich das Wesen auf. Der kleine Kopf wuchs in die Höhe und spie giftigen Atem aus. Moritz' Arm zuckte nach vorn und das Schwert trennte das Horn mit einem sauberen Schnitt vom Kopf ab.

Das Wesen erstarrte. Der eingedrehte Kokon aus Ranken hielt inne und vertrocknete in rasender Geschwindigkeit. Ein bedrohliches Knacken war zu hören, bevor die Kreatur zu modrigem Staub zerfiel.

Eine giftige Wolke wirbelte empor, als Moritz inmitten der in sich zusammenfallenden Bestie unter dem Wirtshaus im Schutt aufschlug.

5. KAPITEL

Moritz erwachte mit einem Japsen, das einem Ertrinkenden zur Ehre gereicht hätte. Ein kühles Tuch bedeckte seine Lider und hüllte die Welt in milchiges Licht.

Als er den Lappen von den Augen zog, starrte ihn jemand mit triefenden Schielaugen an. Ein Mann mit fettigen Haaren und schiefem Gesicht. Der Fremde musterte Moritz, pustete ihm seinen käsigen Atem ins Gesicht und wandte sich dann nuschelnd ab.

Sofort kam eine große Frau herbei und sah ihn von oben herab an. Moritz kannte diesen Ausdruck. Er erinnerte ihn an den seiner Mutter. Sie hatte ihn immer aufgesetzt, wenn er tief in der Patsche saß. Frauen mit Autorität. »Du lebst«, sagte sie. »Erstaunlich.«

Moritz' Kopf hämmerte und seine Augen schmerzten. Er saß auf dem Boden, sein Oberkörper wurde von einer zerschmetterten Tischplatte gestützt. Etliche Lagen feuchtwarmer Tücher waren um seinen Körper gewickelt. Sie umschlangen den Hals, die Hände und Beine.

Im Raum herrschte ein einziges Chaos. Nur ein paar zerbrochene Krüge und Fässer verrieten, dass dies einmal der Schankraum eines Wirtshauses gewesen war.

»Sind alle unverletzt?«, krächzte er und versuchte sich aufzusetzen.

»Glücklicherweise«, sagte eine Stimme mit österreichischem Akzent. Sie gehörte einem jüngeren Mann, der neben Rita einen Schritt vortrat. »Wir haben uns Sorgen um dich gemacht.« Der Fremde kam dicht an ihn heran und kniete nieder. Er setzte einen Zwicker auf und untersuchte Moritz' Augen. »Ich bin Dr. Julius Mehltau. Wie viele Finger siehst du?«

Moritz zögerte. »Drei.«

»Es sind vier«, schmunzelte der Doktor. »Hast du Kopfschmerzen?«

Sanft bewegte Moritz seinen Schädel – sein Nacken brannte wie Feuer. Vor Schmerz zog er scharf die Luft ein.

»Ich sehe schon, der Kopf ist nicht das Problem«, sagte der Arzt. »Aber dein Körper ist übersät mit Stichen. Sogar deine Lider sind durchstochen. Es ist besser, wenn du die Kompressen mit der Tinktur vorerst darauf lässt. Versuch dich so wenig wie möglich zu bewegen.«

Moritz wollte nicken, stoppte und antwortete nur mit »Ja«.

Der junge Doktor lächelte. Sein Gesicht strahlte Ruhe aus. Moritz sah unzählige Sommersprossen und Haare, die so blond und hell waren, dass sie fast weiß wirkten.

»Woran erinnerst du dich?«, fragte der Arzt.

»Wir haben gegen eine Mimose gekämpft«, sagte Moritz. »Wir wollten die gefangenen Männer befreien. Ich habe den Kopf des Monsters attackiert, um ihm das Horn von der Stirn zu schlagen.«

Hinter der Schulter des Arztes erkannte er die vier Männer. Sie hatten den dornigen Würgegriff der Mimose scheinbar gut überstanden, wenn auch der Vierte bei genauerem Hinsehen an eine wandelnde Leiche erinnerte – der triefäugige Herr mit dem Käseatem. Neben ihm entdeckte er Helene, Konstanze und die Elster. Die drei waren wohlauf.

»Du hattest unglaubliches Glück«, sagte Helene. »Leider hatte Brummi das nicht ...«

Sie kam näher und hob vorsichtig Moritz' Käfig an. Der graue Boogelbie lag reglos am Boden. Sein gesamter Körper war zerstochen und zerquetscht. Sein Kopf war auf den Rücken gedreht.

»So hättest auch du enden können«, sagte Helene, woraufhin die Elster zustimmend krächzte.

»Aber ich dachte, dass niemand verletzt wurde ...« Moritz schluckte. Brummi war einer ihrer letzten beiden Boogelbies gewesen. Die anderen hatten in den vergangenen Monaten allmählich den Verstand verloren und Moritz kannte den Grund dafür. Nun blieb ihnen nur noch der kleine Fips.

»Verzeih«, sagte Dr. Julius Mehltau, »ich nahm an, du hättest dich nur nach Menschen erkundigt.« Er erhob sich und machte Platz für Helene und Konstanze. Die Mädchen ließen sich neben Moritz nieder und auch die Elster flog hinzu.

»Wir dachten, du wärst tot«, sagte Konstanze leise. »Deshalb hat Frau Rita schnell den Herrn Doktor gerufen.«

Die große Frau im Hintergrund nickte knapp.

»Das sind nur ein paar Kratzer«, scherzte Moritz und besah sich Helenes geschundenes Gesicht und ihr zerrissenes Kleid. »Ist bei dir alles in Ordnung?«

Sie sah ihn aus großen violetten Augen an. »Es geht mir immer gleich«, antwortete sie tonlos.

Moritz hob einen Arm, um sie zu berühren, doch ein sengender Schmerz machte seinen Versuch zunichte.

»Sachte, mein Junge. Es wird noch eine Weile dauern, bis du wieder gesund bist«, bremste Dr. Mehltau ihn. »Ich bereite alles für einen Aderlass vor, danach fühlst du dich besser.«

Moritz riss die Augen auf. »Das ist nicht nötig!« Allein der Gedanke, dass irgendjemand ihm den Arm aufschnitt, um Unmengen Blut abfließen zu lassen, weckte schlimme Erinnerungen. »Welche Stadt ist das hier?«

»Bad Greifenstein«, antwortete die Frau namens Rita. »Der ehemalige Wallfahrtsort.«

Bei der Erwähnung des Ortsnamens begann Moritz' Herz zu rasen. »Wirklich?« Er atmete durch den Schmerz. »Aber wieso *ehemalig*?«

Dr. Mehltau legte die Fingerspitzen aneinander. »Nun, es kommen kaum noch Menschen nach Greifenstein, um zu gesunden, denn wir teilen uns diesen Ort mit, äh, diversen anderen Gästen.«

»Ich wette, Sie meinen damit weder Russen noch Franzosen«, entfuhr es Moritz.

Dr. Mehltaus Lachen klang freudlos. »Nicht, wenn Russen und Franzosen jetzt wie Mimosen, Nachtgiger oder Rasselböcke aussehen.«

»Dann sind wir hier richtig«, sagte Helene und sah in die Runde.

Eine Pause entstand, bis Moritz schließlich das Wort ergriff:

»Wir sind auf der Suche nach einem Wesen mit besonderen Fähigkeiten. Laut Alphons Deysingers *Atlas fantastique* gehört Bad Greifenstein zu den am meisten heimgesuchten Orten. Deshalb wollten wir hierher.«

»Waf füh eiin Wefen?«, fragte der Mann mit den Triefaugen.

Moritz starrte ihn irritiert an.

»Was für ein Wesen?«, übersetzte Rita.

Da war sie, die große Frage. Moritz sog tief die Luft ein, was höllische Schmerzen verursachte. Er versuchte, sich zu entspannen. »Wir suchen nach einem Wesen, das *Mock* genannt wird. Es verfügt angeblich über die Gabe, Krankheiten zu heilen. Wir brauchen es, weil ...«, sein Blick glitt zu Helene, »... wir hoffen, dass es einen Fluch brechen kann.«

Keiner der Anwesenden lachte. Niemand rümpfte die Nase oder griff zu einer Mistgabel, um Moritz und seine Freunde aus der Stadt zu jagen. Das lief besser als gewohnt.

»Was ist passiert?«, fragte Rita nur.

Helene erhob sich. »Ich wurde gebissen. Von einem Nachtalb.« Sie schien zu jedem der Anwesenden einzeln zu sprechen. »Seitdem bin ich untot.« Niemand unterbrach sie. »Es heißt, der *Atem* des Mock hätte heilende Kräfte. Vielleicht kann er mir helfen.«

Wieder entstand eine Pause, in der niemand nach einem Irrenarzt schickte. Die Menschen von Bad Greifenstein schienen das Ungewöhnliche längst in ihr Leben gelassen zu haben. Es aß mit ihnen zu Abend.

»Und wie sieht dieser Mock aus?« Ohne es zu wissen, hatte Dr. Julius Mehltau die zweite große Frage gestellt.

»Es gibt verschiedene Beschreibungen«, sagte Helene. »In Bellhopps *Dämonenlexikon Band IX* und Herrmann Liebkinds Werk *Die sieben Sünden des Hubertus Langsam* steht geschrieben, dass der Mock so groß sei wie ein Bär und sechs Beine hätte, mit denen er nur rückwärts laufen könne. Bei Prinzlein und Eggerts *Schwarze Verheißungen und Verwünschungen* ähnelt er einem Habicht mit Menschenkopf und Schlangenschwanz. Und in Dillbert Gelbfuß' *Enzyklopädie der geringen Wunder* heißt es, der Mock hätte zwei Beine, die sich auf seinem Kopf befänden, und er könne sich nur kriechend bei Vollmond fortbewegen. Mit anderen Worten ...«

»Wir wissen es nicht«, sagte Moritz bitter.

Helene schlug die Augen nieder.

Während sich das Schweigen wie ein Tintenfleck in dem verwüsteten Gasthaus ausbreitete, spürte Moritz eine Bewegung unter den Kompressen. Ein Krabbeln. Er wandte den Kopf, soweit es die Schmerzen zuließen, und sah aus dem Augenwinkel, wie ein wurmähnliches Etwas unter den Verbänden seinen Ellenbogen hochkletterte. Als es die Schulter erreicht hatte, lugte es unter den Tüchern hervor. Der Schattengeck war zurück.

Die Elster keckerte leise und Konstanze zupfte das Geschöpf vorsichtig von seiner Schulter. Es rollte sich zusammen und bildete auf ihrer Handfläche eine schützende Kugel aus weichem dunkelrotem Flaum.

»Ich sperre ihn besser in ein Glas«, murmelte Konstanze.

Moritz nickte und begriff, dass alle Anwesenden die seltsame Szene mitverfolgt hatten.

Rita stemmte die Hände in die Hüften und Dr. Mehltau

polierte verwundert seinen Zwicker. Die vier Männer blickten sich gegenseitig an.

»Hast du schon mal von einem Mock gehört, Tonke?«

»Nein, Kante, noch nie. Stiller?«

Kopfschütteln.

»Jauche?«

»Gnumpf ... hbn ...«

Schweigen.

»Wer will ein Bier?«

Rita reckte das Kinn. »So weit kommt das noch! Macht dass ihr rauskommt! Und ich erwarte euch morgen früh für die Aufräumarbeiten. Pünktlich um acht!«

»Aber Rita ...«, versuchte es der Mann namens Tonke.

Der strenge Blick der Wirtin ließ ihn sofort verstummen.

»Wir nehmen besser die Hintertür«, murmelte der Herr namens Kante. Es schien ihm sicherer zu sein, nicht noch mal an Rita vorbeizumüssen. Die Männer verschwanden in einem Durchgang links von dem, was einmal der Schanktisch im hinteren Teil des Wirtshauses gewesen war.

Dr. Mehltau wandte sich an Moritz. »Tut mir leid, Junge, aber ich habe noch nie von diesem Mock gehört.« Er blickte Rita hilfesuchend an.

»Die Hintertür?«, brummte diese mehr zu sich selbst. »Entschuldigt, ich schaue kurz, dass diese Halunken nichts mitgehen lassen.« Sie hob einen der letzten unversehrten Krüge vom Boden auf und folgte den Männern.

Moritz, Konstanze und die Elster sahen sich an. Helene hingegen glättete ihr zerrissenes Kleid und ging hinterher.

Ein kleiner, niedriger Raum erwartete Helene auf der anderen Seite des Durchgangs. Bruchsteinwände und Deckenbalken, die von Ruß geschwärzt waren. Die Küche der Schwarzen Katze.

Ein großer Arbeitsblock, quadratisch und steinern, stand in der Mitte des Raumes, bedeckt mit Töpfen, Kellen, Messern, Tellern und allerlei anderen Küchenutensilien. Der Rest der Einrichtung presste sich an die umliegenden Wände. Helene entdeckte zu ihrer Rechten eine große Tür, die von einer Sitzbank und einer offenen Feuerstelle flankiert wurde.

Dort standen die Herren Kante, Tonke, Stiller und Jauche – Namen, die zweifellos zu ihren Besitzern passten. Einer nach dem anderen passierte Rita auf dem Weg hinaus in die stinkende Nacht und musste eine kurze Taschenkontrolle über sich ergehen lassen. Ein halber Krug Bier, eine Wurstpelle und eine vertrocknete Mohrrübe kamen zum Vorschein. Letztere zog Rita dem Mann namens Stiller aus der Manteltasche, der nur entschuldigend die Schultern hob.

»Morgen früh um acht«, knurrte Rita den Herren hinterher, ein Küchentuch vor den Mund gepresst. Im Hintergrund schlug eine Turmuhr die dritte Stunde.

Der Einzige, der nichts hatte mitgehen lassen, war Jauche. Dafür verweilte er etwas länger auf der Schwelle und sog die unappetitliche Luft in vollen Zügen ein. Rita schloss die Tür erst, als auch er in der Dunkelheit verschwunden war. Dann legte sie ihre absurde Waffe auf einem Schränkchen ab und kramte in einer Schublade. Sie fand ein Medizinfläschchen und entkorkte es mit den Zähnen, bevor sie etwas von der Arznei auf ein Tuch träufelte. Vorsichtig betupfte sie damit ihren Arm.

»Wie ist der Schmerz?«

»Himmel Herrgott!« Rita stand der Schrecken ins Gesicht geschrieben. »Schleich dich nie wieder so an, Mädchen!«

»Das war keine Absicht.«

Ein Moment verstrich, in dem Helene sie anstarrte. »Können Sie den Schmerz beschreiben?«

»Es brennt höllisch«, brummte die Wirtin.

»Möchten Sie, dass ich Dr. Mehltau hole?«

Rita schüttelte den Kopf und wickelte sich den Lappen um den Arm. »Lass nur, mein Täubchen. Das heilt schneller, als du denkst.« Mit einer Hand versuchte sie, einen Knoten festzuzurren.

»Warten Sie, ich helfe Ihnen.«

Rita ließ das Mädchen gewähren.

»Eine interessante Waffe haben Sie da«, sagte Helene mit einem Blick auf das dickbäuchige Schießeisen.

»Mein Brezelwächter? Der ist uralt.« Rita tätschelte den Lauf des Unikums. »Aber funktioniert noch wie am ersten Tag!«

»Brezelwächter?«

Rita grinste schief. »Mein Mann Alfred hat ihn so getauft. Hat ihn selbst gebaut, von unseren letzten Groschen.«

Helene suchte die Augen der Frau und tauchte einen Moment darin ein. Sie fand Schmerz und Einsamkeit und Vermissen. »Wie ist er gestorben?«, fragte sie leise.

Ritas Gesicht veränderte sich. »Du redest nicht lange um den heißen Brei herum, was?«

»Verzeihen Sie«, sagte Helene.

»Schon gut. Das Ganze ist ein paar Jährchen her.« Rita lächelte. »Zu viele.«

»Was ist ihm zugestoßen?«

»Eines dieser Biester«, sagte Rita und deutete vage in die Nacht jenseits der Küche hinaus. »Er wurde verschleppt. Habe ihn nie wieder gesehen ...«

Helene nickte kaum merklich.

Rita rang sich ein Lächeln ab. »Mein Alfred war ein zäher Hund. Ich schätze, das Biest ist an ihm erstickt.« Sie mühte sich redlich, ihren Schmerz zu verbergen. Helene sah jedoch, wie ihre Hand flüchtig etwas an ihrer Brust berührte: einen silbernen Anhänger – die Hälfte einer zerbrochenen Brezel. »Möchtest du etwas trinken, mein Täubchen?«

»Danke, ich trinke nie.«

Rita sah sie betroffen an. »Verstehe. Aber die andere Kleine, äh, Konstanze? Sie trinkt doch bestimmt etwas, oder?«

»Sicher.« Helene versuchte erneut, einen Blick in Ritas Augen zu erhaschen. »Es ist bestimmt nicht leicht, hier zu leben.«

»Man gewöhnt sich daran.« Rita holte einen Krug hervor und füllte ihn mit Wasser. »Wenn diese Biester nicht wären, hätten sich zuerst die Franzosen und jetzt die Russen oder die Schweden hier breitgemacht. Wir haben also Glück im Unglück.« Sie reichte Helene ein Tablett.

»Sie leben mit diesen Wesen Seite an Seite?«

»Mehr oder weniger.« Rita stellte ein paar Becher auf das Servierbrett. »Wir haben uns daran gewöhnt, in der Stadt zu bleiben. Meine Großmutter hat immer gesagt: Halt dich fern vom *Beschwipsten Pfaffen* und der alten Wesselburg! Das ist verfluchtes Land.«

»Der *Beschwipste Pfaffe*?«

»Der Berg, auf dem die Wesselburg steht. Niemand geht dort hin – seit Jahrhunderten nicht.«

Helene legte den Kopf schräg. »Warum nicht?«

»Dort wimmelt es nur so von diesen Ungeheuern«, sagte Rita. »Manchmal hört man sie bis in die Stadt. Was auch immer die dort treiben, es ist nichts Gutes, so viel steht fest.«

»Die Monster kommen von der Burg?«

»Worauf du deinen Hintern verwetten kannst, mein Täubchen.«

Helene senkte die Lider. Ein Gedanke flammte in ihrem Geist auf. So nahe waren sie noch nie an der Möglichkeit gewesen, in Kontakt mit unterschiedlichen Monstern zu treten. »Vielleicht ...«, murmelte sie.

»Vielleicht *was*?«

Helene sah Rita geradeheraus an. »Vielleicht kann uns eines dieser Wesen helfen, den Mock zu finden.«

Rita reckte das Kinn. »Ich glaube, du machst dir keine Vorstellung davon, wo du hier bist, mein Täubchen. Das ist Greifenstein! Wir leben hier, weil wir hier unsere Wurzeln haben. Wir haben uns mit den Biestern *arrangiert.*« Sie deutete zum Fenster. »Der Gestank, der draußen durch die Stadt weht, das sind die! Mit dieser Teufelei wollen sie uns loswerden. Jede gottverdammte Nacht! Aber wir gehen hier nicht weg. Das ist *unsere* Stadt und wir verteidigen sie! Und ihr Kinder solltet besser gar nicht hier sein. Wir gehen nicht hinauf und *die* kommen nicht herunter, so lautet die Regel.«

»*Die* sind aber doch schon da!«

Die Stimme kam von der Tür. Moritz lehnte zittrig im Rahmen. Hinter ihm standen Konstanze mit der Elster und Dr. Julius Mehltau. »Diese Kreaturen kommen hierher und zerstören euer Zuhause. Konstanze sagte, es wäre bereits das dritte Mal in diesem Jahr – abgesehen von den getöteten Tieren.«

Rita schwieg.

»Regeln nützen nur dann etwas, wenn sich beide Seiten daran halten.« Moritz blickte finster drein. »Ich glaube, es wird Zeit, dass jemand da hochgeht und herausfindet, was dort vor sich geht.«

6. KAPITEL

Wenig später schlug Moritz den Kragen seiner Jacke hoch, zum Schutz vor den Dämpfen. Mit wackligen Knien brachte er die wenigen Stufen der Schwarzen Katze hinter sich und trat in die Nacht hinaus. Überall lauerte dunkelgrauer Stein. Er blickte die schmucklose Pflasterstraße hinunter, die im fahlen Licht des Halbmondes diesig und verwaschen aussah.

Die wenigen Schritte bis zur rückwärtigen Tür des Dampfwagens schienen seine letzten Kräfte aufzuzehren. Der allgegenwärtige Gestank, der ihn umwehte, hatte sich verändert. Er hatte von schwer und bitter zu einer süßlichen Note gewechselt. Ein Aroma, das er nur allzu gut kannte. Nicht zum ersten Mal in dieser Nacht fühlte er sich an das Innere des Dampfwagens erinnert. Und sein Gefühl wurde bestätigt, als er mit schmerzenden Händen den Türgriff herunterdrückte.

Im Wagen müffelte es wie auf der Straße. Schwächer zwar und weniger niederschmetternd, aber es bestand kein Zweifel: Es roch nach Monstern. Nach vielen, vielen Monstern.

Das Innere des Fahrzeugs erinnerte an eine verwinkelte goldene Höhle, die im Schein unzähliger Kerzen erstrahlte. Schwere

Vorhänge, schiefe Regale und bunte Kissen trennten Arbeits- und Wohnbereiche voneinander ab und verliehen dem Vehikel, das in den Grundzügen Ähnlichkeit mit zwei miteinander verschmolzenen Postkutschen aufwies, einen gemütlichen Charme. Bis unter die Decke stapelten sich Bücher, Waffen und Kuriositäten. Am gegenüberliegenden Ende des Fahrzeugs führte eine schmale Metalltreppe zu einem Wintergarten in Form einer Buntglaskuppel. Unzählige absonderliche Pflanzengeschöpfe fanden darin Platz. Derzeit enthielt der Wagen allerdings noch etwas anderes: Käfige. Sie türmten sich über- und untereinander, waren in allen Größen und Formen auf Regalen und Tischen festgezurrt, hingen von der Decke, stapelten sich auf dem Boden und machten jeden Gang durch den Wagen zum Spießrutenlauf. Und nicht einer der Käfige war leer. Wohin Moritz im Kerzenschein auch blickte – unheimliche Augenpaare starrten ihn an. Monster. Sie waren überall. Die Kreaturen *lummerten*, *higgelten*, *klonzten* und *fidolenzten* unablässig. Ob miteinander oder mit ihm, war schwer zu sagen.

Moritz zog seinen schmerzenden Körper ins Wageninnere. Zittrig nahm er das Labyrinth aus Käfigen in Angriff. Jetzt, da sich seine Knochen anfühlten, als wären sie unter einen Ochsenkarren geraten, wurde die tägliche Zickzackroute zur Tortur.

Dabei hatte alles ganz harmlos angefangen. Vor fast zwei Jahren, am Vorvorabend des Weihnachtsfestes im Jahr 1811, war Moritz, Konstanze und Helene ein Boogelbie zugelaufen. Einfach so.

Diese kleinen Monster, die andere übernatürliche Kreaturen aufspüren konnten wie die Franzosen Schmuggelware, waren außerordentlich scheu. Es grenzte an ein Wunder, dass das Geschöpf freiwillig zu ihnen gekommen war und sich bereitwillig hatte einfangen lassen. Und es blieb nicht bei dem einen Boogelbie. Am Neujahrsmorgen saßen zwei weitere auf den Stufen des Dampfwagens und glotzten ihn kuhäugig an.

Was Konstanze für eine erfreuliche Abwechslung gehalten hatte – sie machte sich einen Spaß daraus, den Wesen Namen zu geben und ihnen Kunststücke beizubringen –, entwickelte sich schnell zu einem Albtraum. Denn ab diesem Zeitpunkt saß jede Woche ein neues Geschöpf auf ihrer Türschwelle und starrte Moritz an, als ob es auf irgendetwas warten würde. Und es waren nicht nur Boogelbies. Leuchtwarten, Brummzargen, Wolpertinger und Schattengecken gesellten sich ebenfalls dazu. Einige der Wesen hatte Moritz noch nie gesehen und selbst Helene fand in den Untiefen des Dampfwagens kein Buch oder Schriftstück, das ihre Gattung oder Herkunft verraten hätte. Was sie hier wollten? Warum sie ihnen folgten? Moritz kannte die Antwort nicht. Er wusste nur, dass jeden Tag neue Monster hinzukamen.

Nach drei Monaten platzten die Käfige aus allen Nähten. Nach einem halben Jahr war kaum ein Fleck im Dampfwagen vor den ungebetenen Besuchern sicher. Sie versteckten sich unter Kissen, Decken, Mänteln, quetschten sich zwischen Regale und Bücher, machten es sich in Tassen und Krügen gemütlich; ein *Gluhschwanz* hatte sogar den Ofen in Beschlag genommen. Der Wagen glich einer Monster-Herberge.

Einen festen Schlafplatz hatten die Kinder schon lange nicht mehr. Sie konnten sich nur dorthin quetschen, wo gerade eine

Lücke frei geworden war, immer auf der Hut, nicht dabei von einem *Schnattermolch* in den Po gebissen zu werden.

Naturgemäß hatten die Boogelbies große Schwierigkeiten mit den fremden Gästen. Sie schlugen Daueralarm. Zuerst *zergelten* sie stoßweise, dann verwandelten sich ihre Laute in *Pleurren* und *Schränzen*. Ein nervtötendes Konzert, von dem Moritz schon fürchtete, es würde nie mehr enden.

Doch nach einer Woche Boogelbie-Rabatz hörten die Alarmrufe auf. Nicht weil sich die Kreaturen nun doch endlich an die neue Gesellschaft gewöhnt hätten, vielmehr war die eine Hälfte vor Erschöpfung in Ohnmacht gefallen und die andere hatte sich derart heiser geschränzt, dass sie keinen Ton mehr herausbekam.

Nur zwei Boogelbies waren davon unbeeindruckt geblieben: Brummi, von dem Konstanze behauptete, dass er der Großvater aller Boogelbies wäre, und Fips, ein zartes Geschöpf mit warmen, fast goldenen Schuppen und schillernden Langohren.

Mit großen, erwartungsvollen Augen starrte der kleine Fips ihn jetzt aus dem Käfig heraus an und *bobbelte* freudig auf und ab, in der Hoffnung, seinen besten Freund auf Moritz' Rücken zu entdecken. Doch Brummi fehlte. Er würde nie wiederkommen.

Das Bobbeln erstarb. Der Ausdruck des kleinen Schuppenmonsters veränderte sich. Eine ganze Welt der Traurigkeit spülte durch die riesigen hellblauen Augen, dann wandte er sich ab und begann leise zu zittern.

Moritz schluckte. Nicht zum ersten Mal an diesem Abend dachte er an Edgar. Der Geist seines Freundes war überall spürbar. In den Kuriositäten, die in den Regalen standen, in den Büchern, die er angehäuft hatte, den Aufzeichnungen und Illustrationen, die er selbst angefertigt hatte. Sogar die silbergraue Weste, die Moritz am Leib trug, und der Teleskopstab, den er immer mit sich führte, waren Edgars ureigene Erfindungen gewesen. Die Weste hebelte die Schwerkraft aus, mit ihr lief man schneller, hüpfte weiter und sprang höher als jedes andere Lebewesen. Das Kleidungsstück war aus dem Fell eines *La-Kas* gefertigt, einem Monster, dessen Haar die Fähigkeit besaß, seinen Träger federleicht zu machen.

Und die Teleskopstäbe waren Edgars ganzer Stolz gewesen. Sie bestanden aus Messing und verfügten über einen versteckten Mechanismus: Man konnte sie auf ein Maß von über zwei Metern verlängern oder sie in eine scharfe Klinge verwandeln, mit nur einem Knopfdruck. Eine praktische Waffe, die nach getaner Arbeit zu einem Zylinder zusammenschrumpfte und sich so in jeder Tasche verstauen ließ.

Moritz seufzte. All das war hier. Nur Edgar nicht. Sein Gehrock in changierendem Weinrot und Violett lag einsam an seinem verwaisten Arbeitsplatz, genau wie sein seidenes Haarband und sein runder Kneifer. Fein säuberlich zusammengelegt, als ob er jeden Moment zur Tür hereinkommen würde – begeistert, eine neue Monstergattung entdeckt zu haben.

Doch Edgar kam nie wieder. Da half es erst recht nicht, dass Konstanze und Helene die Elster nach ihm benannt hatten. Es versetzte Moritz jedes Mal einen Stich, Edgars Namen zu hören.

Sein Leben hatte sich schon einmal schlagartig verändert: Im tiefsten Winter des Jahres 1810 waren seine Eltern Lutz und Luise Brenner an Influenza gestorben. Nach dem schweren

Verlust hatten er und seine Schwester in einem Waisenhaus gelebt, bis zu jener Nacht im November 1811, als Konstanze von einem fliegenden Monster verschleppt worden war. Als weitere Mädchen geraubt wurden, hatte sich Moritz an die Fersen des Untiers geheftet und war so auf Edgar van Lichtholm und dessen Schwester Helene getroffen.

Edgar, seines Zeichens Monster- und Dämonenjäger, hatte ihn in verschiedenen Kampftechniken unterwiesen und ihm eine Welt gezeigt, die ihm vorher undenkbar erschienen war – die Welt der Monster. Gemeinsam waren sie dem Rätsel der verschwundenen Mädchen auf die Spur gekommen.

Auf einem schwarzen Schiff begegneten sie der unheimlichen, kindlichen Komtesse Emilia Flavée und der schwarzen Glasmaske, die die Lebensfunken der vermissten Kinder in sich aufgesaugt hatte. Moritz gelang es zwar, die Maske zu zerschlagen und die darin gefangenen Mädchen zu befreien, doch der Sieg hatte einen hohen Preis gefordert: Edgar war gestorben und hatte Helene allein zurückgelassen. Seit jenem Tage zog Moritz mit Konstanze und Edgars Schwester gemeinsam durch die Lande, auf der Suche nach dem Mock – auf der Suche nach Heilung für Helene. Bloß je intensiver sie nach ihm suchten, desto weiter schien er sich von ihnen zu entfernen.

Bad Greifenstein war ihre letzte Hoffnung. Kaum eine andere Stadt hatte einen derartigen Ruf.

Moritz hatte genug vom Krieg. Von größeren Städten hielten sie sich fern. Ihr Wagen wäre nur entdeckt und im schlimmsten Falle beschlagnahmt worden. Die wenigen Male, in denen sie gezwungen gewesen waren, eine Stadt zu betreten, hatten sie den Dampfwagen etwas abseits der Kontrollpunkte in einem Wäldchen stehen gelassen. Dann hatten sie die bewachten Tore meist ungehindert passieren können. Schließlich waren sie nur Kinder. Von ihnen ging keine Gefahr aus und Konstanze konnte bestechend unschuldig gucken. Man musste schon ein Herz aus Stein haben, um ihrem Engelsgesicht einen Wunsch abzuschlagen. Dass dieser Engel gerne mit Feuerwaffen spielte und einen Zitterwarg mit bloßen Händen fangen konnte, sah man ihm nicht an.

Auf der Straße ertönten Stimmen. Er sah über die Schulter und erkannte Helene, Konstanze und Dr. Mehltau. Während sich seine Schwester und der Doktor ebenfalls Tücher auf Mund und Nase pressten, ging Helene ungeschützt neben ihnen her. Sie nahm den Gestank nicht wahr.

Immerzu hatte Moritz über ihr Schicksal nachgegrübelt. Immer wieder hatte er sich darüber gewundert, dass sie weder Schmerzen noch tiefere Gefühlsregungen empfinden konnte. Sie war abgeschnitten von der Welt, was jedoch nicht bedeutete, dass sie nicht daran teilnahm. Sie war es gewesen, die Schleier und Tücher über einige der Käfige im Wagen gehängt hatte, in der Hoffnung, die Wesen würden dadurch zur Ruhe kommen. Dem war nicht so. Die eine Fraktion wurde in der Dunkelheit nur lauter und aktiver, die andere fraß die Tücher und würgte anschließend die Goldfäden hoch. Offenbar war Gold etwas, das nicht zu einer ausgewogenen Monster-Ernährung gehörte.

Die Verdauung der Wesen entwickelte sich ohnehin zu einem Problem. Wieder war es Helene, die überall im Wagen Schälchen platziert hatte. Zu ihrem Glück ließen die Wesen selten etwas fallen. Stattdessen pupsten sie. Ununterbrochen. In den ersten Wochen hatte Moritz festgestellt, dass es nicht mehr ausreichte, Räucherstäbchen oder Duftöle zu verwenden. Wie gerne hätte er die Bullaugenfenster und Luken, die überall in die Außenhülle des Dampfwagens eingelassen waren, geöffnet, um den Gestank abziehen zu lassen, doch die Gefahr, dass sich neue Monster Zutritt verschafften, war zu groß. Es herrschte eine Atmosphäre, in der Kopfschmerzen wie Unkraut gediehen.

Kraftlos ließ sich Moritz auf ein Kissen fallen – direkt zwischen einem Bücherstapel und einem Weidenkorb, der vor Schriftrollen und Waffenzubehör überquoll. Sein ganzer Körper protestierte und er tastete seinen Hals ab. Der Verband, den der Doktor ihm angelegt hatte, war viel zu eng geschnürt und mutete wie eine altertümliche Halskrause an. Wenigstens stank das Mittel nicht, mit dem der Stoff durchtränkt war.

Moritz rutschte auf den Kissen herum, um eine bequemere Haltung zu finden. Doch etwas stach ihn in die Leistengegend. Mühsam durchforstete er seine Hosentasche und fand ein in ein Tuch eingewickeltes schwarzes Stück Glas. Der Splitter der Glasmaske. Den Teil, den Helene vom Schiff der Komtesse mitgenommen hatte. Er trug ihn stets bei sich, um sich an den Ort zu erinnern, an dem so viel Schmerz und Dunkelheit geherrscht hatte. Und an Edgar, der dort sein Leben verloren hatte. Es gab keinen Trost.

Er nahm eine Bewegung auf seiner Schulter wahr. »Verschwinde!«, schnaufte er, als er einen neuerlichen Schattengecken entdeckte. Oder war es derselbe, den Konstanze zuvor in ein Glas sperren wollte?

Moritz zupfte den Gecken von seiner schmerzenden Schulter und ließ ihn in eine Zinkwanne mit Feuerspeiern fallen. Der Geck wurde sofort von den schreckhaften Speiern begutachtet und zu ihrem neuen Herrscher ernannt. Manchmal reichte ein Auge mehr, um als überlegene Spezies zu gelten.

Moritz wandte sich wieder dem schwarzen Splitter zu. Er schimmerte matt auf seiner bandagierten Handfläche. Welches Geheimnis verbarg das dunkle Glas? Wieso hatte es Mädchen in sich aufgenommen? Warum hatte es ihnen ihre Gesichter gestohlen? Was wollte es?

Das Fragment der Maske hüllte sich in Schweigen.

Moritz fuhr sanft mit den Fingern über das edle Schwarz. Samtig und glatt fühlte es sich an. Doch etwas war seltsam. War der Splitter größer geworden in den letzten Monaten? War er schon immer so spitz gewesen? So scharf? Moritz schüttelte den Kopf. Das bildete er sich vermutlich nur ein. Daran war sicher der Wagen schuld. All die Monster machten ihn verrückt.

Er wickelte den Splitter wieder ein und steckte ihn zurück in die Hosentasche, als Helene mit der Elster auf dem Arm den Wagen betrat und die Tür hinter sich schloss. Selbst der Vogel trug einen Mundschutz – den Fetzen eines Taschentuches.

»Ist der Doktor weg?«, erkundigte sich Moritz.

»Nein«, antwortete Helene. »Er hofft, dass du dir die Sache mit dem Aderlass noch mal überlegst.«

»Auf keinen Fall.« Moritz zog sich auf die Beine. Sie zitterten wie Zweige im Wind. Er versuchte tief ein- und auszuatmen, trotz des Gestanks.

»Du willst wirklich auf die Burg?«, fragte Helene.

»Hast du eine bessere Idee?«

Sie blieb ihm eine Antwort schuldig.

»Dann ist es beschlossene Sache.« Moritz umrundete Käfige, die in anderen Käfigen standen. Not machte erfinderisch und gewisse Geschöpfe hatten nichts gegen Gesellschaft.

»Und was ist mit unserem Problem?«

»Was soll damit sein?«, fragte Moritz und griff nach den Gitterstäben eines Käfigs, in dem sich ein halbes Dutzend Sperlingsmäuler zu einem vieläugigen Klumpen zusammengeschlossen hatten. Eine Verteidigungstaktik.

Helene sah ihn direkt an. »Da oben erwarten uns noch mehr davon.« Sie nahm sich Zeit, um auf alle Käfige im Wagen zu deuten. Es dauerte entschieden zu lange. »Was, wenn das Problem schlimmer wird?«, fragte sie.

Moritz nickte. Ihm war bereits aufgefallen, dass die Monster, die in den letzten Monaten hinzugekommen waren, sich von den ersten unterschieden. Sie wurden angriffslustiger, unberechenbarer und vor allem größer. Es war nur eine Frage der Zeit, bis ein gefährliches Riesenbiest an ihre Tür klopfte. »Denkst du, dass die Mimose der Anfang war?«

Helene legte den Kopf schief – so schief, dass Moritz bereits vom Hinsehen schwindelig wurde.

»Ich weiß es nicht«, antwortete sie und streichelte die Elster versonnen. »Irgendetwas ist hier in Aufruhr. Und ich fürchte, es ist keine Horde Feuerspeier.«

Sie hatte den Satz kaum beendet, als Fips die Ohren aufstellte und lauthals losschränzte. Etwas krachte auf das Dach des Dampfwagens. Vor Schreck verlor die Elster den Mundschutz.

7. KAPITEL

Die Tür des Wagens schwang auf und Konstanze flog in Moritz' Arme. Sie zitterte am ganzen Leib. Auf dem Pflaster stand Dr. Julius Mehltau und starrte hinauf zum Dach des Dampfwagens. Seine Körperhaltung ließ erkennen, dass er das Mädchen in den Wagen gestoßen hatte, um es vor irgendetwas zu schützen.

Ein Geräusch hallte vom Dach. Krallen schabten über Metall. Dann schoben sich bleiche Klauenhände um die Oberkante des Türrahmens. Ein gewaltiges Biest sprang herunter. Sein Fell schimmerte weiß wie Schnee, sein Körper füllte die schmale Tür mühelos aus. Es war fast zwei Meter groß. Eisblaue Augen funkelten wie Diamanten und eine lange, spitze Schnauze stieß ein raues Heulen aus.

»Ein Werwolf!«, brüllte Moritz. Er stolperte rückwärts und zog Konstanze mit sich. Er fiel über Käfige, Bücherstapel und Körbe, während das weißhaarige Biest seine breiten Schultern durch die Tür zwängte. Der Werwolf fletschte die Zähne und setzte zum Sprung an, als ihn etwas am Hinterkopf traf: ein Herrenschuh mit verschnörkelter Schnalle.

Die Bestie wandte langsam den Kopf. Ihr Blick ruhte auf

Dr. Mehltau. Der junge Arzt wollte soeben den zweiten Schuh zur Hand nehmen, um ihn in ein Wurfgeschoss zu verwandeln, erkannte aber scheinbar, wie albern die Idee war, denn er ließ den Schuh fallen und rannte davon.

Moritz zerrte Konstanze, Helene und die Elster tiefer in den Wagen hinein – die Bestie stürzte hinterher. Sie drängten sich in der letzten Ecke des Dampfwagens an die Wand, der Werwolf vor ihnen füllte den Raum bis unter die gebogene Decke aus.

Moritz fischte einen Teleskopstock aus einem Werkzeugkorb und betätigte einen der Knöpfe. KLICK! Der Stab verlängerte sich und traf die Bestie auf die Brust. Das Ungeheuer rang nach Luft. Für Moritz Zeit genug, um sich zu orientieren. Da, der Vorhang zu Edgars früherem Arbeitszimmer! Der Schrecken ließ ihn jegliche Schmerzen vergessen und er hetzte los – der Werwolf japsend hinterher. Im Laufen löste Moritz den dritten Knopf aus und verwandelte den Stock in eine Klinge. Mit einem Hieb durchtrennte er die Vorhangschnur, die den Durchgang markierte. Der Stoff schwang in einer Welle aus Purpur und Gold in den Raum. Die Bestie krachte hinein und riss den Vorhang von der Stange. In einem zappelnden Wust aus Brokat und Kordel schlug sie der Länge nach hin.

»Wir brauchen Silber! Schnell!«

Helene ergriff eine der dicken Stricke, die wie Schlangen über den Boden tanzten. Die Elster krallte sich eine weitere im Flug und ließ sie in ihre Hände fallen. Helene packte die Enden und zog. Mit einem Ruck raffte sich der Stoff und der Oberkörper des Wolfes steckte wie in einem Sack fest. Er knurrte und wehrte sich unbändig. Dabei schnürte er sich immer weiter ein. Eine

Klaue bohrte sich durch den Stoff und zerfetzte ihn mit einem scharfen Geräusch. Helene wich zurück.

Unterdessen kauerte Konstanze unter einer Werkbank und wühlte in Körben und Kisten. »Verdammt, wo steckt das Ding bloß?« Sie fand einen tiefen Kasten und verschwand darin.

Moritz hingegen leerte die Schubladen an Edgars altem Arbeitsplatz. Wo war der Silberbolzen? Schon tausend Mal hatte er die uralte Pistole in den Händen gehabt – groß, sichelförmig, aus purem Silber. Moritz' Kopf dröhnte und sein Körper schmerzte. Alles schien sich an der falschen Stelle zu befinden. »Wo nur? WO?!«, fluchte er.

Der Kopf des Werwolfes drückte sich durch den Vorhangstoff. Zuerst die Nase, dann die hochgezogenen Lefzen, schließlich der Rest des Schädels. Der Kopf war frei. Kalte Augen suchten den Wagen ab und entdeckten Helene. Eine Kralle zwängte sich durch das Loch am Maul vorbei und langte nach ihr. Mit den Hinterläufen kratzte das Untier über den Boden. Ein Ruck stoppte den Wahnsinnigen, als der Vorhangstoff zwischen Dielenbrettern und Metallplatten hängen blieb.

Helene wich zurück, bis sie gegen ein Regal stieß. »Beeilt euch!«

»Ich hab's gleich«, schrien Moritz und Konstanze gleichzeitig von gegenüberliegenden Seiten.

Die Bestie riss am Stoff und seine Krallen erwischten Helenes Unterarm. Schützend zog sie ihn zurück.

Konstanze sprang hinter der Werkbank hervor, als der Werwolf einen weiteren Vorstoß wagte. Er schnappte nach Helene, wieder und wieder. Die Elster flatterte aufgeregt dazwischen, versuchte nach den Augen des Monsters zu hacken, doch sie konnte nichts ausrichten.

Moritz sah, wie Konstanze mit einer Waffe in der Hand auf das Fellbiest zurannte. »Nein, warte, das ist –«

Der Werwolf wandte ihr den Kopf zu.

PAFF!

»Nachtschattenpulver!«, würgte Moritz hervor, als Konstanze den Abzug betätigte. Eine Ladung Dunkelheit explodierte in der Schnauze des Werwolfs. Beißende Schwärze hüllte den Wagen in Sekunden ein. Moritz' Lungen füllten sich mit Qualm.

»Ich weiß«, hustete Konstanze.

Der Werwolf röchelte stoßweise. Er winselte in der Dunkelheit und schien die Orientierung verloren zu haben, so wie Moritz.

»Konstanze? Helene? Wo seid ihr?«

»Hier!« Wieder ein Husten. »Hier drüben!«

Langsam lichteten sich die blauschwarzen Schwaden. Schemenhaft konnte Moritz die Umrisse von Helene und Konstanze erkennen. Sie kauerten hinter einem umgekippten Regal, während die Elster herumflatterte. Der halb eingewickelte Werwolf befand sich zwischen ihm und den Mädchen. Die Bestie wälzte sich auf dem Boden, zog und zerrte am eingeklemmten Stoff und verknotete sich weiter. Seine Schnauze spie schwarzen Speichel aus.

Moritz musste ohne Silberbolzen zu Helene und Konstanze. Er spannte die brennenden Muskeln an, setzte zurück und stieß sich ab. Mit einem Satz war er in der Luft und sauste über das zuckende Fellbündel hinweg. Auf dem Höhepunkt seines Sprungs bäumte sich der Werwolf auf. Ein Gebiss, das wie eine

Bärenfalle aufklappte, schnappte nach Moritz' Bauch und verfehlte ihn um Haaresbreite.

Moritz krachte gegen das Regal, hinter dem sich die Mädchen verschanzt hatten, überschlug sich und landete auf der anderen Seite der Barrikade. Nach Luft schnappend suchte er das nächstbeste Bullaugenfenster, das groß genug war, um hindurchzukriechen, und ließ seinen Teleskopstab darauf zuschnellen. Es zerbrach mit einem Klirren.

»Raus da, los!«, brüllte er, während der Vorhang hinter ihm vollends riss und der Werwolf frei war.

Das Monstrum sprang, als die Mädchen zu klettern begannen.

Moritz blieb nichts anderes übrig: Er breitete die Arme aus und warf sich dem Ungetüm entgegen. Der Aufprall nahm ihm schier den Atem. Er krallte sich im Pelz der Bestie fest und wurde hin- und hergeworfen. Klauen gruben sich in sein Fleisch und fügten ihm Schmerzen zu, die seinen Körper in Brand steckten. Dann wurde Moritz fortgeschleudert und blieb zwischen Käfigen und Büchern liegen. Der Werwolf drehte sich verwirrt um sich selbst, bis sein Blick auf Moritz fiel – die Zecke in seinem Fell.

Das Untier heulte und röchelte in blanker Raserei. Seine vom Nachtschattenpulver geschwärzte Schnauze senkte sich herab und Moritz roch fischigen, heißen Atem.

Ein heiseres Wimmern entrang sich Moritz' Kehle. Er fürchtete, die Kreatur würde ihm in nächsten Moment das Gesicht wegreißen – doch sie biss nicht zu. Sie schnüffelte nur, inhalierte, tastete ihn mit ihrem Geruchssinn von oben bis unten ab.

Dann verharrte der Werwolf. Sein Schnüffeln wurde sanfter, fast zärtlich, als fürchtete er, sich die Nase zu versengen. Er witterte etwas, tastete sich mit all seinen Sinnen voran. Was auch immer er wahrnahm, hielt ihn gleichzeitig auf Abstand. Ehe Moritz einen weiteren Gedanken fassen konnte, hob der Werwolf seinen Kopf und richtete sich zu voller Größe auf. Er warf Moritz einen letzten Blick zu, dann zwängte er sich durch die schmale Hintertür und verschwand in der Nacht.

Moritz zitterte. Er versuchte, sich zu bewegen. Seine Arme waren schwer wie Blei. Langsam wandte er den Kopf. Die Schmerzen raubten ihm fast den Verstand.

Der Wagen war nicht wiederzuerkennen. Käfige waren aufgebrochen, Regale umgekippt, Stoff hing in Fetzen von der Decke, Glasscherben lagen überall verstreut.

Quälend langsam drehte er sich auf die Seite und kroch durch den Wagen. Zentimeter für Zentimeter schob er sich voran, durch Scherben, Holzsplitter und Dreck. Seine Finger krallten sich in die Fugen der Dielen und zogen den schmerzenden Körper vorwärts. Er musste zu Konstanze und Helene, musste sie beschützen!

Tränen schossen ihm in die Augen. Die Hintertür kam langsam näher. Die kühle Nachtluft wehte in den zerstörten Wagen und durchbohrte seine Lunge. Sie schien brennende Löcher in seinen Körper zu stanzen.

Mehrere Augenpaare beobachteten ihn. Einige der Kreaturen, die vor ihren zerbeulten Käfigen hockten, sahen interessiert zu, wie er sich bäuchlings vorwärtsbewegte. Langsamer als langsam. Selbst ein *Scheußlich-schädlicher Schnickschnack* hätte ihn in seiner derzeitigen Verfassung überholt.

Moritz gab nicht auf. Die Hintertür kam in Reichweite. Er streckte seinen rechten Arm aus, umfasste den Rahmen und zog sich nach vorn. Sein Schädel drohte zu zerspringen. Halb hing er aus dem Wagen, dann versuchte er, ein Bein anzuwinkeln. Er fand Halt an einem Regal und schob sich heraus. Wie ein nasses Wäschestück klatschte er auf das Pflaster und blieb auf dem Bauch liegen.

Moritz wandte den Kopf, so gut es ging, und spähte unter dem Wagen mit seinen riesigen Speichenrädern die Straße hinauf. Schatten bewegten sich. Schmutzig weiße Pfoten. Der Werwolf drehte sich um sich selbst. Ein Schnüffeln hob an.

Plötzlich ein Poltern, gefolgt von einem unterdrückten Schrei.

»Konstanze ...«

Moritz kniff die Augen zusammen, dann entdeckte er sie im fahlen Mondlicht. Seine Schwester stand keine zwanzig Meter entfernt an einer hohen Mauer, mitten auf einer kleinen Schutthalde. Kisten, Bretter, Fässer und Müll stapelten sich dort. Helene und die Elster waren bei ihr. Sie halfen Konstanze, den unter ihren Füßen nachgebenden Berg zu erklimmen und versuchten sich gemeinsam über die Steinwand zu retten.

Moritz hörte Schritte über das Pflaster patschen. Dr. Mehltau rannte auf den Werwolf zu. Er hatte offensichtlich seinen Mut wiedergefunden und hielt etwas Rasselndes in der Hand: eine Eisenkette. Der Doktor lief am Dampfwagen entlang, stoppte auf halber Strecke und hantierte am Fahrzeug herum. Schließlich hastete er weiter.

Der Werwolf sprang den Mädchen hinterher. Die Elster sauste ihm entgegen und attackierte ihn im Flug. Die Bestie schnappte nach ihr und krachte ungebremst in den Schutthaufen. Die Hinterbeine des Untiers strampelten und seine Krallen schabten übers Pflaster. Der Werwolf sprang an Kisten und Fässern hoch und versuchte die Mädchen zu schnappen, als sich unvermittelt eine Kette um seinen Hals legte.

Dr. Mehltau stieß einen hellen Triumphschrei aus – und zuckte zurück. Der Werwolf riss an der Kette, verlor den Halt und krachte vom Schutthaufen auf die Straße vor die Füße des Arztes. Der schrie auf und rannte in entgegengesetzter Richtung die Straße hinunter – vorbei am Wagen und an Moritz. Die Bestie wetzte mit klirrender Kette hinterher.

Moritz sah den beiden kurz nach, aber dann erregte etwas anderes seine Aufmerksamkeit. Die Kette, die immer noch um den Hals des Werwolfes hing, spannte sich mit einem metallischen Ruck und der Wagen geriet ins Rollen.

Moritz versuchte fortzukriechen, doch es gelang ihm nicht. Seine Arme protestierten und die Beine waren wie gelähmt. Mühsam blickte er über die Schulter und sah, dass seine Füße genau in der Fahrrinne lagen. Sie würden überrollt und zerquetscht werden.

Der Wagen knirschte auf dem Pflaster. Die Räder holperten erst über einen Stein, dann noch einen und noch einen. Sie kamen auf Moritz zu. Ein Stück weiter die Straße hinunter zog der Werwolf wie von Sinnen an der Kette und brachte das Fahrzeug in Schwung.

Moritz krallte sich in den Lücken der Steine fest und versuchte sich fortzuziehen. Fort von den Rädern, fort von dem malmenden Geräusch, das sie erzeugten. Doch er hatte keine Kraft mehr. Jede Bewegung schmerzte und raubte ihm fast die Sinne. *Weg hier, schnell!*, brüllte die Stimme in seinem Kopf, doch sein Körper war taub.

Hilflos sah er die Räder auf sich zukommen, als er gepackt und fortgezerrt wurde. Ein Schmerz raste durch seinen Körper und ließ ihn aufschreien. Tränen schossen ihm in die Augen. Das Fahrzeug glitt außer Reichweite, bis es keine Gefahr mehr darstellte. Das kolossale Vehikel aus Holz, Metall und Glas rollte die leicht abschüssige Straße hinunter, begleitet von brachialem Scheppern.

Moritz' Körper kam zum Liegen. Da waren große Hände, ein gerötetes Gesicht und dunkle Haare. Rita. Sie hatte ihn behutsam auf den Stufen der Schwarzen Katze abgelegt.

»Beweg dich nicht«, sagte sie.

Ein guter Witz – der beste heute Nacht. Doch Moritz' Galgenhumor erstarb, als er Ritas Augen sah. Sie verrieten ihm, dass er übel zugerichtet war. Ihre Hände glänzten von seinem Blut.

»Der Wagen«, keuchte er.

Rita schüttelte den Kopf. »Das ist jetzt nicht wichtig.«

Moritz versuchte, sich zu erheben. »Unsere Aufzeichnungen ...«

Schritte näherten sich. Helene und Konstanze kamen herbei. Und die Elster. Sie krächzte aufgeregt.

Moritz hörte gar nicht, was sie sagten. Er starrte die ganze Zeit nur Rita an und Rita starrte zurück. »Der Wagen«, flehte er. »Bitte!«

Ritas Ausdruck war so voller Mitleid, dass er glaubte, sie würde in Tränen ausbrechen. Dann richtete sie sich zu ihrer vollen Größe auf, biss sich auf die Unterlippe und rannte dem Wagen hinterher.

Moritz wollte erleichtert seufzen, doch er hielt sofort inne, denn es bereitete ihm Höllenqualen. Konstanze streichelte ihn mit tränenüberströmtem Gesichtchen. Jede ihrer Berührungen ließ ihn vor Schmerz aufstöhnen. Er konnte Helenes zerfetzten Ärmel sehen und die Wunde, die der Werwolf in ihren Arm geschlagen hatte, doch sie blutete nicht.

Moritz drehte den Kopf, so weit er konnte. Am unteren Ende der Straße flammte ein gelber Blitz auf. Eine Stichflamme schoss in den Nachthimmel hinauf. Der Dampfwagen! Er lag umgekippt und verkeilt zwischen den Häusern. Aus seinem schweren Metallbauch loderte eine Feuersäule empor. Moritz spürte die Hitzewelle selbst hier an den Stufen des Wirtshauses.

»Nein«, murmelte er schwach. Die vielen Monster, die Boogelbies, der kleine Fips, die Aufzeichnungen und Erinnerungen an Edgar ... alles brannte.

Rufe vermischten sich mit dem Heulen des Werwolfes, das irgendwann abriss. Moritz glaubte, unheimliche Geschöpfe zu erkennen, die sich aus dem brennenden Wrack befreiten und seelenruhig über das Pflaster spazierten. Sie vermischten sich mit fremden, menschlichen Schemen, die aus ihren Häusern gestürmt kamen und nach Löschwasser riefen.

Doch in all dem Chaos achtete Moritz nur auf Ritas gewaltige Silhouette: Sie stand wie angewurzelt da und starrte in die Feuersbrunst. Sie kam zu spät.

8. KAPITEL

Feurige Bilder tanzten vor Moritz' Augen. Riesige, brennende Mäuler verfolgten Helene, Konstanze, die Elster, Rita und Dr. Mehltau eine gewundene Straße hinunter. Der Mann namens Jauche und etliche Monster rannten zwischen ihnen. Auch Fips war darunter. Dann landeten sie in einer Sackgasse – sie saßen in der Falle. Die lodernden Kiefer stießen auf sie hinab. Glühende Reißzähne schnappten sich einen nach dem anderen und zermalmten sie zu Asche, während ein Nachtalb gehässig lachte …

Irgendwann schlug Moritz die Augen wieder auf. Er lag in einem Zimmer und starrte gegen eine hölzerne Decke. Die niedrigen Schrägen ließen eine Dachkammer erahnen. Vorsichtig wandte er den Kopf und sah ein weiteres Bett mit einer Wolldecke, keine zwei Meter zu seiner Rechten. Es war leer.

Das Zimmer war spartanisch eingerichtet. An einer Wand stand ein dreibeiniger Stuhl, auf den jemand Kleidung gelegt hatte: Moritz' Weste aus La-Ka-Fell, den Teleskopstab, die schwarze Jacke, die ihm langsam zu klein wurde, seine Schuhe und die Hose. Beim Anblick seiner Sachen beschlich Moritz ein komisches Gefühl.

Misstrauisch befühlte er seinen Körper und ertastete Verbände überall. Die Brust war stramm eingeschnürt, auch sein Hals, die Arme, Hände und Füße waren von dicken Wickeln umschlungen. Erleichtert stellte er fest, dass er darunter noch Unterwäsche trug.

Er hob ein Bein, ganz langsam, und versuchte, sich aus dem Bett zu schieben. Es war sehr mühsam, doch das schien eher an den straffen Verbänden zu liegen als an seinen schmerzenden Gliedern. Er stemmte sich nach vorn, um nicht wie ein Käfer hintenüber zu fallen. Dann saß er aufrecht und ließ die Beine an der Seite herunterbaumeln. Sofort überkam ihn ein starkes Schwindelgefühl. Der Raum tanzte vor seinen Augen.

Moritz schlotterte und versuchte, die Schmerzen in seiner Brust zu ignorieren. Es dauerte ein paar Minuten, bis der harte Dielenboden nicht mehr wie bei einem Ritt auf einem Schaukelpferd auf und ab wankte.

Vor ihm, besser gesagt vor seinen bandagierten Füßen, saßen zwei kleine Wesen und starrten ihn an.

Das eine war ein schwarzgesichtiger *Krummschweif*, von der Größe eines Wiesels. Er hatte riesige, buntgescheckte Augen, die an einen Regenbogen erinnerten. Jetzt waren sie vor Schreck geweitet. Sein langer, gefalteter Schwanz schlug ein imposantes Rad und mit einem Satz verschwand er auf der gegenüberliegenden Seite unter dem Bett. Nur seine Augen lugten noch darunter hervor.

Das andere Wesen war Moritz gänzlich unbekannt. Das auffälligste Merkmal waren seine milchig weißen Knopfaugen. Die Augen eines Blinden. Moritz vermutete schon, dass das Geschöpf nichts erkennen konnte, doch er irrte sich. Die stachelige Kreatur, die nicht größer war als eine fette Ratte, verfolgte seine Bewegungen mit wachem Interesse. Die blind anmutenden Augen erfassten jede Regung ihres Gegenübers und beobachteten sie stumm.

Moritz betrachtete seine Hände. Dort, wo die Bandagen endeten, kamen überall Schnitte und Schürfwunden zum Vorschein. Die Fingerknöchel waren verschorft, die Fingernägel vom Blut rotbraun verfärbt. Doch die Schmerzen waren verschwunden. Er roch an den Verbänden. Keine scharfen Salben oder Tinkturen. Womit auch immer der Stoff getränkt war, es wirkte.

Moritz wandte den Kopf dem Licht zu. Zu seiner Rechten am Kopfende seines Bettes befand sich ein niedriges viereckiges Fenster unter dem Giebel. Dahinter sah er Bad Greifenstein aus einem ganz neuen Blickwinkel.

Symmetrisch angeordnete Gebäude wurden von Rund- und Vierecktürmen mit roten Dächern in unterschiedlicher Höhe unterbrochen. Die Kirche machte keine Ausnahme – auch sie war ein Bollwerk. Mit zwei wehrhaften Türmen überragte sie die umliegenden Bauten. Greifenstein wirkte aufgeräumt, sauber und vor allem steinern. Sogar die Dächer waren mit rotem Stein gedeckt. Es herrschte eine Strenge, die jedes Haus und jeden Turm in eine mittelalterliche Festung verwandelte. Bereit sich zu verteidigen, bereit zurückzuschlagen. Eine gemeißelte Stadt, die den nächsten Angriff erwartete.

Weite bewaldete Gebirgskämme und Täler erhoben sich im Hintergrund. Dann betrachtete Moritz den Berg, der ihm am nächsten war: ein überhängender, bläulich schimmernder Fels, auf dem eine Burg thronte.

»Wie geht es dir?«

Moritz fuhr herum und entdeckte ein Gesicht, hell wie frische Milch. Dr. Julius Mehltau. Er stand in der Tür, ein Tablett mit Kompressen, einem Becher und einem Wasserkrug in der Hand. Er wollte eintreten, zögerte jedoch. »Da ist es schon wieder«, murmelte er.

Moritz folgte seinem Blick und bemerkte, dass der Arzt das unbekannte Stachelwesen auf dem Fußboden fixierte. Das Wesen musterte ihn ebenfalls kurz, dann wandte es sich wieder Moritz zu.

»Sie kennen sich?«, fragte Moritz und spürte, dass sein Mund träge und trocken war, seine Lippen rissig.

Der Arzt nickte und kam in sicherem Abstand zu Moritz herüber. »Das Fräulein Helene hatte es vor die Tür gesetzt. Zu den anderen. Wie ist es wieder hier reingekommen?«

Moritz lächelte schief. »Sie finden immer einen Weg.«

»Warum tut es das?«, fragte Dr. Mehltau und stellte das Tablett auf dem Bett ab.

»Was?«

Der Doktor deutete auf das unbewegt starrende Wesen.

Moritz zuckte die Schultern. »Vielleicht versucht es, uns seinen Willen aufzuzwingen.«

»Glaubst du, es kann Gedanken lesen?«

»Wer weiß.«

Dr. Mehltau schluckte und Moritz konnte sich ein schelmisches, wenn auch schmerzendes Grinsen nicht verkneifen. Wenn man schon mit grässlichen Blessuren im Streckverband lag und von allerhand unheimlichem Getier verfolgt wurde, konnte man wenigstens Spaß dabei haben.

»Wie lange habe ich geschlafen?«, fragte er nach einer Weile.

»Über eine Woche. Heute ist der 10. September.«

»Was?« Moritz ruckte erschrocken hoch und sofort begann sich das Zimmer wie wild zu drehen. Er schwankte und drohte nach vorne zu kippen. Der Doktor fing ihn auf und half ihm aufs Bett zurück.

»Sachte, mein Junge! Du brauchst Ruhe, damit deine Verletzungen heilen.«

Moritz' Atem flatterte. Die Welt um ihn herum kam nur schleppend zur Ruhe. »Was ist mit mir, Doktor?«

Dr. Mehltau räusperte sich. »Du hattest schwere Schnitte, Stiche und Quetschungen – zuerst durch den Angriff der Mimose. Dann kamen durch den zweiten Angriff des ... des ...«

»Werwolfes«, half Moritz nach.

Auf Dr. Mehltaus Stirn zeigten sich Schweißperlen. »Durch den Werwolf kamen weitere Prellungen am Kopf und Wunden am Oberkörper hinzu. Du hattest mehrere Rippenbrüche. Ich musste einige Knochensplitter mit einer Zange entfernen.«

Moritz schluckte.

»Danach habe ich dich zusammengeflickt und mit einem Verband umwickelt. Wenn sich die Wundränder verfärben, werde ich einen weiteren Aderlass durchführen, damit deine Säfte im Gleichgewicht bleiben.«

Moritz überlief ein Schauer bei den Worten des Doktors. Er hatte sich nicht dagegen wehren können.

»Hast du Schmerzen beim Atmen?«

Gehorsam füllte Moritz seine Lungen mit Luft und atmete kräftig ein und aus. Plötzlich rasten schwarze und weiße Punkte auf ihn zu und hüllten ihn ein. Alles drehte sich.

»Sachte!«, sagte Dr. Mehltau erneut und hielt ihn aufrecht. »Ganz langsam. Atme ruhig weiter. Du sollst keine Windmühlen antreiben.« Der Doktor legte behutsam ein Ohr an Moritz' Brust und Rücken und horchte. »Du hattest großes Glück, mein Junge.«

Moritz bezweifelte das. Sein Körper fühlte sich fremd und wund an. Eine Frage brannte ihm auf der Zunge. »Was ist mit dem Wagen?«

Der Arzt hielt inne. »Äh, es tut mir leid. Ich fürchte, das war meine Schuld.«

»Was ist passiert?«

Der Doktor legte die Hände in den Schoß. »Ich weiß nicht, wie viel du mitbekommen hast, aber ich hatte keine Wahl. Dieser, dieser ...«

»Werwolf.«

»Ja, er ... er wollte deine Schwester und das Fräulein Helene anfallen und da hab ich die Kette genommen und sie nach ihm geworfen. Das Eisen hat sich um seinen Hals gelegt und ich dachte, wenn ich ihn an eurem Wagen festmache, dann könnte er nicht weg, verstehst du? Aber er ist mir hinterhergerannt und hat den Wagen einfach mitgeschleift. Es ging alles so schnell ... Der Wagen ist die Straße abwärts gerollt und in einer Kurve umgekippt. Dann ist er in Flammen aufgegangen. Ich weiß nicht, wie das passieren konnte, aber das Feuer kam aus dem Wageninneren.« Dr. Mehltau zitterte, er schien die Nacht ein weiteres Mal zu durchleben. Seine Ausführungen deckten sich mit dem Wenigen, an das Moritz sich erinnern konnte.

»Der Wagen ist ausgebrannt«, sagte der Doktor vorsichtig. »Es ist nichts mehr übrig.«

Moritz wurde übel.

»Wir versuchten die Flammen zu löschen, aber es funktionierte nicht! Es war, als ob das Feuer einen eigenen Willen hätte. Als ob es *leben* würde. Furchtbar!« Der Doktor schlug die Hände vor den Mund.

Jetzt bemerkte Moritz, dass Dr. Mehltaus Handrücken und Finger unnatürlich rot und haarlos waren. Sie glänzten, wie mit dicker Salbe eingerieben. Verbrennungen.

Moritz ahnte, was passiert war. »Der Gluhschwanz.«

Der Doktor sah ihn verwirrt an.

»Wir hatten eine Kreatur im Ofen, einen Gluhschwanz«, seufzte Moritz. »Das ist ein Wesen, das – ach, ist vollkommen egal – es hat sich im Feuer sicherlich sehr wohl gefühlt und es zusätzlich angefacht.«

Dr. Mehltau schwieg.

»Was ist mit dem Werwolf passiert?«

Der Arzt räusperte sich umständlich. »Er ist bewusstlos.«

»Wie haben Sie das geschafft?« Moritz klang überrascht.

»Ich habe ihm ein Gift gegeben, das ihn betäubt. Er ist unten im Keller angekettet. Da kann er nicht raus, sagt Frau Holzer.«

Moritz schnaufte. Er befand sich also noch in der Schwarzen Katze. »Im Keller? Aber wie konnten Sie ihn überwältigen?«

Der Doktor lächelte milde. »Das musste ich nicht. Als das Feuer ausgebrochen ist, hat er sich selbst bewusstlos geschlagen.«

»Und wer ist es?«, fragte Moritz gespannt.

Dr. Mehltau zuckte die Achseln. »Wir wissen es nicht. Er hat sich nicht zurückverwandelt.«

»Unmöglich«, platzte es aus Moritz heraus. »Werwölfe verwandeln sich in ihre menschliche Gestalt zurück, wenn der Vollmond vorüber ist.«

»Aber wir hatten keinen Vollmond in jener Nacht«, sagte Dr. Mehltau. »Der ist erst heute Nacht.«

Was der Doktor beschrieb, war ausgeschlossen! Moritz hatte Edgars Aufzeichnungen sorgfältig studiert. Werwölfe, egal welcher Ausprägung sie angehörten, verwandelten sich nur in Vollmondnächten in ihre wölfische Gestalt. Das war Teil des Fluchs. Alles andere ergab keinen Sinn.

Von draußen waren Stimmen zu hören. Als die Tür aufsprang, sah Moritz Konstanze, Helene und die Elster. Sofort füllte sich der Raum mit Leben. Rita blieb im Hintergrund.

»Ich wusste doch, dass ich deine Stimme gehört habe«, rief Konstanze, stürzte zum Bett und umarmte ihren Bruder.

Moritz stöhnte auf.

»Sachte, junge Dame«, mahnte der Doktor und erhob sich. »Dein Bruder ist noch nicht wieder heil.«

»Entschuldige, Moritz«, sagte Konstanze und wich zurück.

Helene trat zu ihm. Ihren verletzten Arm zierte ein dicker Verband, auf dem die Elster hockte. In Helenes untotem Zustand wirkte diese Maßnahme befremdlich, aber Moritz ahnte, dass Dr. Mehltau darauf bestanden hatte.

»Wie fühlst du dich?«, fragte sie.

»Es geht.« Moritz setzte ein schiefes Lächeln auf. Die Wunden in Helenes Gesicht, die die Mimose vor über einer Woche geschlagen hatte, waren so frisch wie am ersten Tag. Sie heilten nicht. Womöglich würden sie das nie. Helene sah im Licht der Nachmittagssonne bleich und geschunden aus. Er hatte fast den Eindruck, sie wäre noch blasser als sonst und hätte Schatten unter den Augen. Moritz war so gelähmt von ihrem Anblick, dass er kaum wahrnahm, dass ihn jemand sanft am Arm berührte.

»Du musst trinken«, sagte Dr. Mehltau. »Viel trinken.« Er deutete auf das Tablett mit dem Wasserkrug und dem Becher, das auf dem Bett stand.

Moritz nickte.

»Wenn sich die Aufregung gelegt hat, sollten wir zwei uns noch mal unterhalten«, sagte der Doktor und zog sich zurück.

Moritz fragte sich, was dieser Satz zu bedeuten hatte, doch er kam nicht dazu, eingehender darüber nachzudenken – Konstanze nahm ihn in Beschlag. Sie erzählte von dem Feuer im Wagen und wie viele Wesen sich gerettet hatten. Sie zählte jedes Geschöpf auf, das sich seit dem Brand im Hinterhof eingefunden hatte und von dort nicht verschwinden wollte. Moritz entging nicht, dass eine Kreatur fehlte.

»Fips?«, fragte er so leise, dass nur Helene ihn hören konnte.

Helene schüttelte kaum merklich den Kopf, um Konstanzes Schilderungen nicht zu unterbrechen. Moritz verstand und presste die Lippen aufeinander. Er versuchte sich weiter auf seine kleine Schwester zu konzentrieren, die begonnen hatte von dem Werwolf zu berichten, der im Keller lag und angeblich so laut schnarchte, dass der Putz von den Wänden rieselte.

Die Elster flatterte aufgeregt zwischen Moritz, Helene und

Konstanze hin und her, während das unbekannte Stachelwesen auf dem Fußboden weiterhin nur Augen für Moritz hatte.

Rita lehnte die ganze Zeit über im Türrahmen und lauschte. Nach einigen Minuten entschuldigte sie sich, um das Essen vorzubereiten. Für einen Moment war da sehr viel Freude und Wärme in der kleinen Dachkammer. Als ob sie vergessen hätten, dass von ihrem alten Leben nichts mehr übrig geblieben war außer Asche.

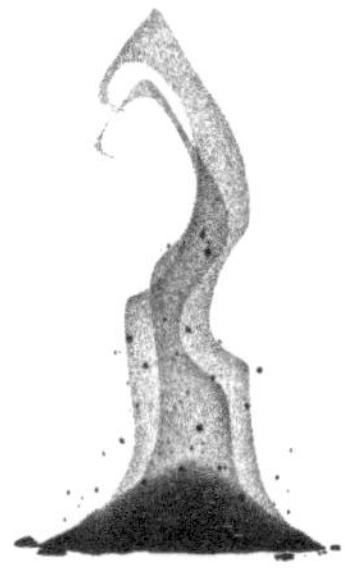

9. KAPITEL

Glut und Hitze wirbelten wie Schneeflocken durch die Luft. Moritz stand auf einer nächtlichen Straße und starrte auf eine Flammensäule, vor der eine Kreatur tanzte. Ein wildes Biest, halb Mann halb Wolf, zuckte und wand sich ekstatisch unter einer Mondsichel. Das zerzauste Geschöpf kam dem Lodern gefährlich nahe. Sein Fell begann zu rauchen und ehe Moritz sich versah, brannte das ganze Ungetüm. Fetzen von Haut und verkohltem Haar stoben rot glühend zum Nachthimmel empor.

Und der Wolf wurde zum Mann und der Mann zu einem Knaben und der Knabe war ...

»Moritz?«

Mit pochenden Schläfen erwachte Moritz. Durch seine halb geöffneten Lider sah er, wie sich ein trüber Schemen von seiner Brust löste und in den abendlichen Schatten verschwand. Ein Nachtalb!

Das Pochen in seinem Kopf verwandelte sich in ein Hämmern, das seinen ganzen Körper erfasste. Es dauerte eine Weile, bis Moritz begriff, dass das Geräusch unter den Dielen hervordrang. Im Erdgeschoss der Schwarzen Katze war man noch mit Aufräumarbeiten beschäftigt. Er hörte, wie Rita ein strenges Regiment führte und die Herren Kante, Tonke und Stiller zu *weniger Bier* und *mehr Arbeit* antrieb. Die Respektable Greifensteiner Wach- und Schutzgesellschaft protestierte mit Feuereifer, aber die Wirtin blieb eisern.

Moritz bemerkte ein einzelnes Kerzenlicht im ansonsten finsteren Türrahmen. Dr. Julius Mehltau. »Ich wollte dich nicht wecken. Besser ich komme morgen wieder.« Er drehte auf dem Absatz um.

»Nein, warten Sie«, sagte Moritz und stemmte sich mit rasselndem Atem in die Höhe. »Ich bin wach.«

Der Doktor betrat die Kammer. Mühsam rückte Moritz auf dem Bett zur Seite. Dr. Mehltau verstand die Geste und setzte sich zu ihm. Er atmete tief ein und aus, wodurch die Kerzenflamme unruhig flackerte.

»Wie geht es dir? Gut? Schön.« Es war offenkundig, dass der Mediziner keine Erfahrung darin hatte, ein Gespräch zu beginnen. »Ich habe viel nachgedacht und in Anbetracht der Tatsache, dass ich an dem Unfall mit eurem Wagen nicht ganz unschuldig bin, wollte ich dir – also euch jungen Leuten – meine Hilfe anbieten.«

Sein Blick erinnerte Moritz irritierend an das seltsame neue Stachelwesen. Helene hatte versucht, es ein weiteres Mal aus der Dachkammer zu verbannen, doch sie hatte aufgegeben, als es sich urplötzlich vermehrt hatte. Nun saßen zwei identische Wesen in den Schatten vor Moritz' Bett.

»Das ist sehr freundlich von Ihnen, Herr Doktor. Woran hatten Sie gedacht?«

Dr. Mehltau lächelte. »Ich habe einen Wagen«, begann er. »Er ist zwar etwas in die Jahre gekommen, aber er hat mir gute Dienste geleistet. Ich überlasse ihn euch.«

Moritz versuchte, eine bequemere Position einzunehmen, doch die straffen Verbände schränkten ihn ein. »Ich verstehe nicht …«

»Ich schenke dir meinen Wagen, unter der Bedingung, dass ihr die Stadt so schnell wie möglich verlasst.«

Moritz schluckte. »Das können wir nicht.«

»Ihr müsst, bevor ein Unglück passiert.« Dr. Mehltau sah ihn fest an.

»Wovon sprechen Sie?«

Mit einem Seufzer stellte der Doktor die Kerze auf dem Boden ab. Erst jetzt bemerkte er die beiden Stachelwesen, die dort saßen und starrten. »Da sind plötzlich zwei von denen«, stammelte er.

Moritz nickte.

»Wie ist das möglich? Vorhin war es doch nur einer, ich …«

»Doktor, bitte.«

»Aber …«

»Dr. Mehltau!«

Der junge Arzt starrte Moritz fassungslos an. »Verzeih, wo waren wir stehen geblieben?«

»Sie sprachen von einem Unglück.«

Dr. Mehltau wischte sich den Schweiß von der Oberlippe. »Ich mag mir nicht vorstellen, dass euch ein Unheil geschieht«, sagte er leise. »Die Kinder sind immer die Leidtragenden, weißt du? Deswegen bekommen die Bürger von Bad Greifenstein kaum noch Nachwuchs. Man will niemanden dieser Gefahr aussetzen.«

»Es tut mir leid, aber wir können nicht gehen.« Moritz schüttelte leicht den Kopf.

Dr. Mehltau wippte mit den Knien. »Es ist mir nicht entgangen, wie du das Fräulein Helene angesehen hast. Du sorgst dich um sie. Ihre Verletzungen heilen nicht. Ich habe so etwas noch nie gesehen. Das hängt bestimmt mit ihren Säften zusammen. Sie sind aus dem Gleichgewicht geraten. Entweder lösen sie sich auf oder verdicken sich. Womöglich versteinern sie, deshalb fließt das Blut nicht mehr. Das ist einzigartig. Eine Sensation! Es gäbe sicherlich viele Wissenschaftler, die gerne ihre Hände auf einen derartigen Fall legen würden. Zu Forschungszwecken, selbstverständlich. Damit könnte man sich als Mediziner unsterblich machen. Oder man landet in der Irrenanstalt.« Er lachte schrill und bemerkte Moritz' besorgten Ausdruck. »Oh, ich werde es keiner Seele verraten. Sicher nicht. Gott bewahre!« Er wischte sich über die Stirn.

»Helene hat niemanden mehr. Sie ist ganz allein auf der Welt. Konstanze und ich sind ihre einzige Familie.« Moritz senkte die Stimme. »Der Mock ist ihre letzte Chance.«

Eine kleine Ewigkeit sagte keiner von beiden ein Wort. Die Geräusche aus den unteren Gefilden des Wirtshauses überschatteten die Szenerie. Beständiges Hämmern, Sägen, Werkeln, Fluchen.

Als der Doktor die Stimme erhob, klang er fahrig. »Der Weg hinauf zur Wesselburg ist gefährlich. Niemand geht dort hoch, verstehst du. Angeblich wimmelt es da von Fallen. Sie stammen aus der Zeit, als die Bürgerinnen und Bürger geglaubt haben, dass man sich den Berg zurückerobern könne.« Er holte Luft.

»Es heißt, dass in den Fallen Skelette stecken. Ich selbst habe sie nicht gesehen, aber ich fürchte, es ist kein schöner Anblick. Schon gar nicht für Kinder. Nur ein Wahnsinniger würde versuchen, dort hinzugelangen. Hatte ich bereits erwähnt, dass dort niemand hochgeht?«

»Ein, zwei Mal«, erwiderte Moritz.

»Gut, gut. Das ist sehr wichtig.« Dr. Mehltau ballte seine verbrannten Hände zu Fäusten.

»Aber wir müssen es tun.«

Dr. Mehltau stöhnte auf und zuckte resigniert mit den Schultern. »Ihr fahrt da keinesfalls ohne Erwachsenen hinauf. Ich werde euch begleiten, zum Schutz. Ich sage nicht, dass ich es billige, dass die Mädchen mitgehen, aber ich verstehe, dass du keine Wahl hast. Es geht um das Fräulein Helene, nicht wahr?«

Moritz warf seinem Gegenüber einen überraschten Blick zu. »Dann helfen Sie uns?«

Der Doktor verfiel in Schweigen, schließlich nickte er stumm.

Moritz atmete auf. »Wann können wir aufbrechen?«

»Wann immer du dich kräftig genug fühlst«, antwortete der Doktor.

Moritz wollte aufspringen und *Wir fahren im Morgengrauen!* rufen, doch der Schmerz, der seinen Brustkorb durchzuckte, vereitelte dies. Alles, was er herausbekam, war kümmerliches Stöhnen.

Dr. Mehltau legte ihm beschwichtigend die Hand auf die Schulter. »Wir warten noch ein paar Tage, bis du dich besser fühlst.«

Moritz versuchte, durch das Brennen in seiner Brust hindurch zu atmen.

Der Doktor stand auf. »Schlaf jetzt, du brauchst viel Ruhe.« Er hob die Kerze vom Boden und stellte nicht ohne Schrecken fest, dass dort nun *drei* stachelige Wesen mit milchig weißen Äuglein saßen. Sein Mund klappte auf.

»Gewöhnen Sie sich besser daran, Herr Doktor«, sagte Moritz. »Das ist erst der Anfang.«

Dr. Mehltau zog sich eilig zurück. Er tastete blind nach der Klinke und ließ auf dem Weg hinaus fast die Kerze fallen, so gebannt starrte er auf die Wesen, die dort im tiefroten Abendlicht vor dem Bett saßen.

Als die Tür ins Schloss fiel, verfluchte sich Moritz. Warum mussten die Schmerzen so höllisch sein? Sie machten all seine Pläne zunichte! In Dr. Mehltau schien er einen Verbündeten gefunden zu haben. Jemanden, der ihm Hoffnung gab und ein neues Ziel. Auch wenn es noch ein paar Tage dauern würde, bis sie aufbrechen konnten.

In der Ferne schlug die Kirchturmuhr die achte Stunde. Der Lärm aus dem Erdgeschoss legte sich und es erklangen versöhnlichere Töne. Rita verteilte Bier – kostenlos! Becher klackten und ausgelassenes Lachen drang bis unters Dach, wo Moritz die Augen schloss.

Seine Gedanken kehrten zu dem Traum mit dem Wolfsmenschen zurück. Feuer und Klauen, Funken und Fell. Der Werwolf, der betäubt und angekettet im Keller lag, hatte Moritz schwer verletzt, doch er hatte ihn nicht gebissen. Edgar hatte zwar betont, dass nur der Biss der Bestie den Fluch des Wolfes übertragen könne, aber nach dem Tod seines Freundes hatte Moritz mehrere Bücher entdeckt, die andere Meinungen vertraten. In einigen von ihnen hieß es, dass eine Verletzung ausreichte, um einen Menschen in einen Werwolf zu verwandeln. Was, wenn sich Edgar geirrt hatte?

Moritz blickte zum niedrigen Fenster hinüber. Das Rot des Abends sickerte wie Blut zur Kammer hinein, erstarb zu guter Letzt und bereitete die Bühne für die Nacht. Eine Vollmondnacht, wenn man des Doktors Worten glauben durfte.

Minutenlang starrte Moritz zum Fenster hinaus und horchte in sich hinein. Die Bandagen engten ihn ein, kratzten, scheuerten, brannten bei jeder Bewegung. Heiße Schauer jagten über seine Haut. Wurde ihm sein eigener Körper zu klein? Begann es so? Unruhig befühlte er seine Eckzähne mit der Zunge. Sie waren nicht spitzer als sonst, aber ihm wurde übel.

Schnell legte er sich flach aufs Bett und schloss die Augen. Der Raum drehte sich auch in der Dunkelheit weiter wie eine gewaltige Töpferscheibe. Jedes Geräusch wurde in seinen Ohren zu einem Paukenschlag. Die Stimmen aus der unteren Etage der Schwarzen Katze donnerten auf ihn ein. Die Sinne eines Wolfes, das mussten sie sein!

Sein Blut rauschte, tobte heißer als heiß. Sein Kopf stand in Flammen.

Moritz hob die Lider, starrte an die Decke, die über ihm in der Dunkelheit tanzte. Er tastete nach den Seitenteilen des Bettes, hielt sich daran fest, was nur dazu führte, dass seine Arme und seine Brust unter den Verbänden höllisch stachen. Er musste sichergehen, dass er niemanden verletzte, sollte er sich verwandeln.

Quälend langsam stemmte er sich in die Höhe und taumelte

auf die Tür am anderen Ende der Kammer zu. In der Düsternis langte er nach der Türklinke, fand einen Schlüssel darunter und drehte ihn um. Als er sich abwandte, öffnete der Nachthimmel seine Tore, entblößte den vollen Mond und warf sein Licht in die Kammer.

Bei einem Kontrollgang kurz vor Mitternacht fand Rita die Dachkammer verschlossen vor. Alarmiert durch das Stöhnen, das daraus hervordrang, wuchtete sie die Tür auf. Moritz lag in sich zusammengesunken auf den Dielen, wirre Worte murmelnd. Er hatte hohes Fieber und fantasierte etwas von einem Werwolf, der sie alle angreifen würde.

Rita verfrachtete ihn zurück in sein Bett, zog sich den dreibeinigen Hocker heran und kühlte seine Stirn mit einem Lappen. Sie wachte bei ihm bis zum Morgengrauen, wobei sie hin und wieder glaubte, ein dunkles, spitzohriges Wesen auf Moritz' Brust hocken zu sehen. Doch immer wenn sie blinzelte, war es verschwunden – nicht mehr als ein harmloser Schatten an der Wand. Sie ahnte, dass es nicht lange dauern würde, bis dieser Sturkopf einen erneuten Versuch unternahm, aufzustehen und herumzuspazieren. Er scherte sich weder um ihre Ratschläge noch um die des Doktors. Sobald er kräftig genug war, würde er seinen riskanten Plan in die Tat umsetzen und zur Wesselburg aufbrechen, um ein Monster zu finden, das vermutlich nicht einmal existierte. Welch ein Dickschädel!

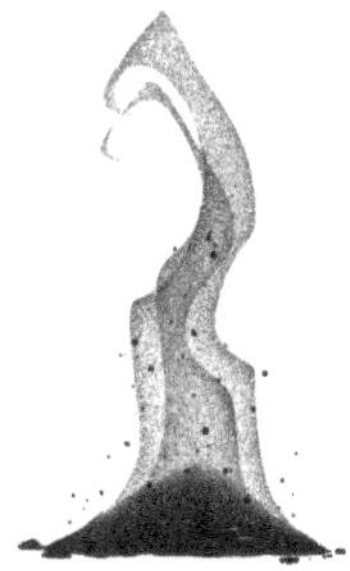

10. KAPITEL

»Wozu in Dreiteufelsnamen braucht ihr Salz?« Rita wirbelte am Morgen des 16. September 1813 durch die Küche und angelte drei Zwei-Pfund-Säcke aus einem Kasten unter dem Küchenblock. Der Raum war erfüllt von frühmorgendlichem Treiben.

»Es dient dem Schutz vor einer Vielzahl von Monstern«, erwiderte Helene. »Eine Linie Salz auf die Türschwelle und die Fenster und ungebetene Gäste bleiben draußen.«

»Ich schwöre eher auf einen rechten Haken! Der ist dann aber gepfeffert, nicht gesalzen.« Rita schnappte sich zwei weitere Salzsäcke und ließ sie zu den anderen in einen Korb fallen. »Aber wenn das stimmt, was du sagst, werde ich ab heute meine Bierfässer damit bestreuen. Zum Schutz vor ungebetenen Männern.« Sie zwinkerte Helene zu. Diese verzog keine Miene. »Ein Scherz«, fügte die Wirtin hinzu.

»Ich weiß«, antwortete Helene.

Rita seufzte und widmete sich den Broten. Sie griff nach einem Backschieber und schaufelte einhändig sechs frische Laibe aus dem Ofen. Sie reichte Helene einen leeren Tragekorb, ließ zwei davon hineinplumpsen und bedeckte sie mit Tüchern.

»Ich weiß, ich klinge wie ein verrückter Wanderprediger, aber das, was ihr da vorhabt, ist Wahnsinn!« Rita strich sich eine dunkle Strähne aus der Stirn, ihre Wangen glühten rosig und rund. »Wenn ihr meine Kinder wärt, würde ich euch einsperren.«

»Moritz lässt sich nicht von seinem Vorhaben abbringen«, sagte Helene und stellte den Korb zu den anderen Lebensmitteln: ein Sack mit Kartoffeln, ein paar Eier, ein Bund Möhren, ein halbes Dutzend Äpfel, etwas Sellerie und das Salz. Alles verschnürt in handlichen Leinensäcken.

Konstanze, die neben diesem Berg aus Proviant stand, wankte leicht hin und her. Immer wieder fielen ihr die Äuglein zu. Auch die Elster, die in einer Tasche saß, die sich das Mädchen umgehängt hatte, kämpfte gegen die Müdigkeit. Es war fünf Uhr morgens und die Welt war schwarz wie ein tiefes Loch.

Moritz war mit Dr. Mehltau losgezogen, um den Wagen zu holen, den der Doktor als einen *unverwüstlichen Kasten* bezeichnete.

»Das ist leichtsinnig! Tollkühn! Unvernünftig!«, knurrte Rita.

Es klang wie eine Liste aller Eigenschaften, die Moritz in letzter Zeit zur Schau trug. Helene fügte in Gedanken *ahnungslos* und *verzweifelt* hinzu und warf einen Blick auf die Elster, die soeben eingenickt war. Weder Moritz noch Konstanze wussten, dass sich Edgars Seele in den Körper des Vogels geflüchtet hatte. Es war sicherer so. Einfacher für alle.

Rita verlieh ihrem Ärger weiterhin lautstark Ausdruck, was sie jedoch nicht davon abhielt, in der Küche herumzurotieren. Getreu dem Motto: Wenn ihr euch schon in Gefahr begeben müsst, dann mit vollem Magen bitteschön!

»Einsperren sollte man euch Kinder und den Schlüssel wegwerfen ... Was braucht ihr noch?«, rief sie. »Soll ich euch etwas Schinken mitgeben? Aber sicher! Besser ihr nehmt ihn als diese Taugenichtse! Die interessieren sich sowieso nur für Bier!« Rita kletterte in eine Kammer neben dem Ofen – es wirkte wie ein Zaubertrick. »Ich habe auch noch Kuchen!«, tönte es aus dem Inneren. »Stollen. Hält sich ewig. Wie wär's damit?«

Helene schwieg.

Rita streckte den Kopf aus der Kammer. »Was? Keinen Kuchen?«

»Er riskiert sein Leben«, sagte Helene leise und sah zu Konstanze, die im Stehen eingenickt war. »Und das ihre.«

Rita kletterte aus der Kammer, den Stollen unterm Arm.

»Und ich denke nur, was wenn ...« Sie blickte Rita an. »Was wenn all die Bemühungen umsonst sind? Wenn der Mock nicht existiert? Wenn er nie existiert hat.«

Rita legte den Kuchen auf die Anrichte und ging vor Helene in die Knie. »Hast du ihm das gesagt?«, erkundigte sie sich.

Helene schüttelte den Kopf.

»Wir sagen so viele Dinge nicht, die uns im Kopf herumspuken und dann ist es irgendwann zu spät.« Ritas Hand war hinauf zu dem silbernen Anhänger an ihrer Brust gewandert.

»Ich will nicht, dass er den Mut verliert.«

Rita presste die Lippen zusammen und berührte Helenes Wange. Diese große, warmherzige Frau schreckte nicht vor ihrer toten Haut zurück.

Stück für Stück schob Helene alle überflüssigen Geräusche beiseite und tauchte in Ritas Augen ein. Sie versuchte, ihre Empfindungen nachzufühlen, doch es gelang ihr nicht. Oft hatte sie in Moritz' Geist hineingeblickt – auch ohne sein Wissen – und hatte dort Gedanken und Gefühle entdeckt, die ihr unendlich weit entfernt vorkamen. Sie hatte sich treiben lassen und in diesen kurzen Seelenmomenten gebadet. Aber wann immer sie aus den fremden Sinneseindrücken aufgetaucht war, wurde sie nur wieder von Leere und Schweigen empfangen.

Helene konzentrierte sich auf Ritas Augen und scheiterte erneut. Was war nur mit ihr los? Warum konnte sie nicht in diese Frau hineinblicken? Es gelang ihr sonst bei jedem Menschen. Jederzeit. Seltsam. Ehe sich Helene versah, hatte sie *geseufzt*. Eine menschliche Reaktion ... Unmöglich! Für einen Moment war Helene so verwundert darüber, dass sie fast geblinzelt hätte.

»Sag ihm, was dich bedrückt«, befahl Rita. »Vielleicht kommt er dann zur Vernunft.«

Pferdehufe klapperten draußen über das Pflaster. Helene stand steif da und beobachtete, wie sich die Wirtin erhob und durch die Zähne pfiff. Sofort erwachten Konstanze und Edgar.

»Es geht los«, rief sie und raffte die Hälfte der Verpflegung mit einer Hand zusammen. Mit der anderen öffnete sie die Hintertür. Der Morgendunst trieb die sonderbaren Gerüche von Greifenstein zur Küche hinein. Es stank nach nasser Katze. Rita reckte die Nase. »Heute ist es gar nicht so übel«, sagte sie und trat auf die Straße.

Auf dem Hinterhof wartete ein tatendurstiges schwarzes Friesenpferd mit Hängebauch und wilder Zottelmähne. Dahinter wuchs ein mittelalterlicher Schindelwagen mit einem verwitterten Bogendach in die Höhe. Seine längliche Kastenform erinnerte an einen Schaustellerwagen. Er hatte eine ausfahrbare Treppe, ein paar schmucklose, zugenagelte Fensterchen und wirkte wie eine Scheune auf Rädern, die schon bessere Tage gesehen hatte. Überall waren Schrammen und Kerben ins Holz geschlagen, als ob das Gefährt von Dutzenden Krallen und Zähnen bearbeitet worden wäre. An der langen Seitenwand prangte ein Schriftzug, halb zerfetzt, halb abgeblättert, von dem nur noch die unvollständigen Worte ...R MEHLTAU und FA...END... MEDI... PHARMAZ... übrig waren.

»Na, was sagt ihr?«, rief Moritz und kletterte vom Kutschbock.

»Wurdet ihr angegriffen?«, erkundigte sich Helene und wies auf den ramponierten Wagen.

»Ach, die alten Kratzer.« Dr. Mehltau band die Zügel fest und stieg auf den Hof hinunter. »Das war ein Willkommensgeschenk anlässlich meiner Ankunft im schönen Bad Greifenstein vor drei Jahren.«

»Was ist Ihnen zugestoßen?«, fragte Helene.

»Eine verrückte Geschichte. Kaum hatte ich den Bauchladen von *Doktor Mehltaus Fahrende Medizin und Pharmazie* umgeschnallt und die Werbeschilder aufgestellt, da wurde ich von einem Bilwiss angegriffen. Schrecklich flinke Biester.«

»Und ob«, pflichtete ihm Moritz bei.

»Gott allein weiß, was in das Untier gefahren war«, sagte der Doktor und schielte zu Konstanze. »Aus Rücksicht auf unser jüngstes Fräulein werde ich nicht schildern, wie ich diese Kreatur in die Flucht geschlagen habe. Ich sage nur so viel: Ich hätte fast meine Nase eingebüßt.«

Helene versuchte, den Blick des Doktors zu ergründen. Es

gelang ihr nicht. Sie *blinzelte*. Zuerst war sie bei Rita gescheitert und nun bei dem Arzt. Was stimmte nicht mit ihr?

Dr. Mehltau schnappte sich ein paar der Säcke und trug sie zum rückwärtigen Teil des Wagens, wo sich eine Tür befand. Das Innere dahinter war düster und muffig. Eine dicke Staubschicht lag auf einem fest montierten Tisch, zwei Stühlen, einer Sitzbank und unzähligen Regalen, die bis auf wenige Fächer alle leer waren. Vereinzelte Fläschchen ohne Inhalt und allerlei medizinisches Zubehör lagen verstreut herum. Der Wagen schlief seit Jahren.

Der Doktor entzündete eine Laterne und platzierte sie auf dem Tisch. Jetzt konnte man die Einrichtung besser erkennen. Zwei nebeneinanderliegende Schlafkojen befanden sich im oberen Teil des Wagens. Auf leeren Kisten waren verschmierte Schilder mit medizinischen Begriffen und lateinischen Vokabeln abgebildet. Aber es waren auch Alltagsgegenstände zu finden. Helene entdeckte eine festgeschraubte Vitrine, die in zwei Hälften unterteilt war. Beide Seiten verfügten über mehrere Schubfächer und waren leer. Jemand hatte sich die Mühe gemacht, die Beschilderung zu entfernen.

Dr. Mehltau ging zu einer Sitzbank und klappte die hölzerne Auflage hoch. Darunter kam ein Hohlraum zum Vorschein. »Hier können wir den Proviant unterbringen«, schlug er vor. »Da drüben ebenfalls.« Er durchquerte den Wagen und präsentierte eine weitere versteckte Truhe.

Eine Weile stand Helene da und nahm die Umgebung in sich auf, während um sie herum geschäftiges Treiben herrschte. Nachdem Rita den Wagen inspiziert hatte, war sie zurück in die

Küche geeilt, um eine kleine Wagenladung Kerzen, zusätzliche Laternen und feuchte Lappen zu besorgen. Und den Stollen brachte sie auch mit.

Wenig später kniete die Wirtin im Wagen und begann den *Saustall*, wie sie es nannte, zu wienern. Unter dicken Schichten Staub kamen immer mehr Farben zum Vorschein. Schattierungen von Grün auf den Regalen und Arzneischränkchen wurden freigelegt. Die Sitzmöbel waren tiefrot und der Boden hatte einen warmen Braunton.

Nachdem der Wagen glänzte wie ein nagelneuer Groschen, konnte selbst Rita die Abreise nicht länger hinauszögern. Obwohl sie weiterhin betonte, dass sie die Kinder nicht in einer *Klapperkiste auf Rädern* fahren lassen könne, gab sie sich geschlagen, als die hellen Wolkenfetzen träge über die bewaldeten Gebirgshänge krochen, die Bad Greifenstein einkesselten. Sie warf die unzähligen Putzlappen in den Eimer mit Schmutzwasser und verabschiedete sich. Moritz hob sie sich bis zum Schluss auf.

»Jetzt zu dir, Werwolfjunge.«

Mit roten Ohren trat Moritz zur Hintertür des Wirtshauses. Die Peinlichkeit mit der eingebildeten Verwandlung in einen Werwolf stand ihm sofort wieder ins Gesicht geschrieben.

»Offenbar bin ich hier die einzige Person, die bei Verstand ist. Nicht mal auf den Doktor ist Verlass!« Rita baute sich vor ihm auf. Sie packte seine Schultern so fest, dass er fast aufgeschrien hätte.

»Tut das weh?«, fragte sie. »Gewöhn dich besser daran, Kleiner. Denn wenn ich recht habe, wird dir Schlimmeres bevorstehen als das. Also reiß dich zusammen, verstanden?«

Moritz nickte steif.

»Ich möchte dir noch eine Geschichte mit auf den Weg geben, also hör gut zu. Es waren einmal ein Bäcker und seine Frau –«

»Sie wollen mir jetzt ein Märchen erzählen?«

»Ich reiß dir die Ohren ab, wenn du mich noch einmal unterbrichst!«

Moritz verstummte.

»Wo waren wir?«

»Der Bäcker und seine Frau.«

»Schön! Also, die beiden wurden von schrecklichen Monstern heimgesucht, die ihre Bäckerei zerstörten und all ihre Waren auffraßen. Das ging mehrere Monate so. Der Bäcker war todunglücklich und wollte die Stadt verlassen, da fasste die Frau des Bäckers einen Plan. Sie stieg mit einer riesigen selbstgebauten Pistole hinab in die Tunnel der Monster und wollte sie alle ins Jenseits befördern. Sie war zornentbrannt und absolut sicher, dass sie nichts zu befürchten hätte. Sie fand das Nest und machte kurzen Prozess.«

Moritz ahnte, dass die Geschichte noch nicht beendet war. Ihm wurde kalt.

»Als die Frau des Bäckers wieder an die Oberfläche zurückkehrte, hatten die Monster ihren Bäcker aufgefressen.« Eine bedrückende Pause entstand. »Ich möchte, dass du dir überlegst, wie die Geschichte ausgegangen wäre, wenn die Frau des Bäckers nicht nach unten gestiegen wäre … und dann beantworte dir die Frage, ob es eine gute Idee ist, hoch zur Burg zu gehen.«

Moritz wollte etwas erwidern, doch Rita kam ihm zuvor. »Du musst nichts sagen. Du musst nur *hierbleiben.*«

Moritz schwieg lange. »Ich kann nicht«, flüsterte er. »Das bin ich Edgar und Helene schuldig.«

Ritas mächtige Schultern hoben und senkten sich. Sie wirkte unendlich traurig. »Lass wenigstens deine kleine Schwester hier.«

Moritz seufzte und blickte sie nachdenklich an. Ohne die Augen abzuwenden, rief er nach Konstanze. Nach wenigen Augenblicken ertönten Schritte. Seine Schwester stand auf dem Hof. Moritz kniete vor ihr nieder.

»Rita schlägt vor, dass du hierbleibst. Und ich finde, das ist eine gute Idee.«

Konstanze sah ihn entsetzt an. »Willst du mich denn nicht dabeihaben?«

»Ich möchte, dass du in Sicherheit bist. Rita wird gut auf dich achtgeben.«

»Und wer gibt dann auf dich acht?«, gab sie mit großen Augen zurück.

Moritz lächelte. »Ich kann schon alleine auf mich aufpassen. Und zur Not habe ich auch noch Helene und Dr. Mehltau.« Er zwinkerte.

Konstanzes Gesicht verdüsterte sich. »Der Doktor rennt bestimmt als Erster weg, wenn es gefährlich wird, und außerdem verstehe ich viel mehr von Monstern als wie du.«

»Als du«, korrigierte Moritz.

»Sag ich doch.« Konstanze verschränkte die Arme. »Oder hast du mich etwa nicht mehr lieb?« Ihre Stimme bebte.

Moritz ertrug es nicht länger. Er sah Rita an. »Ich bringe es nicht übers Herz.« Sanft berührte er Konstanzes Wange. »Es war nur eine Idee, entschuldige. Geh zurück zu Helene, ja?«

Konstanzes Blick flog zwischen Moritz und Rita hin und her, dann lief sie schnell über den Hof.

Eine große Hand legte sich auf Moritz' Schulter. »Vergiss nicht, deine Verbände zu wechseln«, sagte Rita und berührte sein Haar, als ob sie ihm ihren Segen geben wollte. »Und sei vorsichtig!«

Moritz verschwand so schnell von der Schwelle der Schwarzen Katze, dass es ihm fast unangenehm war. Kurz hintereinander hatten ihm zwei Erwachsene zu verstehen gegeben, dass ihre Suche gefährlich sei – sogar lebensgefährlich. Zuerst Dr. Mehltau und nun Rita.

Genau das war der Grund, warum er den Kontakt zu Älteren inzwischen vermied. Sie sprachen etwas aus, das nicht wahr sein durfte ... denn es bedeutete im Umkehrschluss, Helene und Edgar im Stich zu lassen.

Am Wagen angekommen, nahm er Konstanze bei der Hand. Als er sich ein letztes Mal umdrehte, sah er, wie Dr. Mehltau zu Rita trat und ihr eine riesige braune Medizinflasche überreichte.

»Frau Holzer, das ist das Gift, von dem ich Ihnen erzählt habe. Ich habe dem Werwolf vorhin eine Dosis verabreicht. Davon schläft er mindestens einen weiteren Tag. Die nächste ist erst heute Abend dran. Wenn Sie diesen Rhythmus einhalten – morgens und abends – besteht keine Gefahr. Wenn ich wiederkomme, überlegen wir uns eine Lösung für seinen weiteren Verbleib.«

Rita nahm die Flasche entgegen. »Werwolf. Keine Gefahr. Verstanden.«

»Halten Sie die Luft an, wenn Sie die Flasche öffnen. Tauchen Sie einen Lappen in die Lösung, dann werfen Sie diesen umgehend zu dem Gefangenen in den Keller und verschließen die Flasche sorgfältig. Und halten Sie die Herren Kante, Tonke und Stiller davon fern. Der Hauptbestandteil des Giftes ist Alkohol.«

Rita nickte.

Dr. Mehltau reichte ihr die Hand. »Wünschen Sie uns Glück!«

»Ich hab einen Werwolf im Keller, Herr Doktor. Wünschen Sie *mir* Glück!«, brummte Rita. »Und geben Sie auf die Kinder acht.«

»Das werde ich«, lächelte der Arzt.

Dr. Mehltau schüttelte umständlich Ritas Hand und Moritz konnte sich des Gedankens nicht erwehren, dass Konstanze recht hatte. *Sie* würden eher auf den schmächtigen Arzt aufpassen müssen.

Mit einem Ruck setzte sich der Wagen in Bewegung. Helene, Konstanze und die Elster wurden unsanft auf ihren Plätzen hin und her geworfen, während sie durch die Ritzen der Holzvertäfelung spähten. Dunkelgraues Tageslicht erfasste Greifenstein von den Türmen bis zu den Kellertreppen.

Konstanze und die Elster nestelten an den vernagelten Fensterläden herum. Mit einem satten Knacken sprangen sie auf. Sofort strömte der Fahrtwind ins Wageninnere. Es roch nicht mehr nur nach nasser Katze, sondern nach nasser Katze, die in einer Güllegrube gebadet hatte. Konstanze warf das Fenster schnell wieder zu und suchte nach der Elster, die vor dem Gestank unter die Sitzbank geflüchtet war.

Im vorderen Teil des Wagens öffnete und schloss sich eine Luke. Moritz kletterte zu ihnen und präsentierte ein kleines silbernes Döschen. »Hier. Das ist eine Paste, die der Doktor selbst gemacht hat. Sie hilft, den Geruch zu überdecken.« Er öffnete die Dose und eine dicke weiße Salbe kam zum Vorschein. Moritz nahm etwas davon und schmierte sie sich auf die Oberlippe.

Konstanze tat dasselbe. »Riecht genau wie vorher«, bemerkte sie, ein weißes Bärtchen unter der Nase. Sie bestrich den Schnabel der Elster, woraufhin der Vogel sämtliche Federn aufstellte.

»Der Doktor sagte, die Mixtur sei nicht ganz ausgereift.« Moritz setzte sich auf eine Bank und sah Konstanze an. »Das mit Rita tut mir leid. Wir wollten dich nur beschützen.«

»Indem du mich zurücklässt?«, schnaubte Konstanze. »Schöner Bruder!«

Moritz hob beschwichtigend die Hände. »Dummer Bruder, ich hab's verstanden. Aber wenn mein Plan funktioniert, sind wir vermutlich morgen wieder zurück. Wohlbehalten und ohne einen Kratzer.«

Helene sah ihn unverwandt an. »Wie lautet der Plan?«

Moritz lehnte sich vor. »Wir gehen auf die Burg, suchen uns einen Platz, von dem wir alles gut überblicken können. Wir haben genügend Salz, um eine Schutzbarriere zu errichten – das wird die Monster auf Abstand halten. Zumindest solange, bis wir verhandelt haben.«

»Verhandelt?«, fragte Helene.

Moritz nickte. »Rita sprach davon, dass sich die Bad Greifensteiner mit den Monstern auf der Burg *arrangiert* hätten, erinnerst du dich?« Er räusperte sich, um Rita nachzuahmen: »*Wir* gehen nicht hinauf und *die* kommen nicht herunter, so lautet die Regel. Wenn es also irgendeine Abmachung zwischen den Bewohnern und den Kreaturen da oben gibt, muss sie jemand geschlossen haben. Mit dem müssen wir sprechen. Vielleicht erfahren wir dann auch, wo sich der Mock befindet.«

Konstanze schluckte hörbar. »Aber wie willst du ungesehen auf die Burg hochkommen? Die Monster halten doch bestimmt nach Menschen Ausschau.«

»Bestimmt sogar«, lächelte Moritz. »Dabei wird uns etwas helfen, was mir der Doktor verraten hat. Ich habe da eine Idee, lass mich nur machen.«

»Du vertraust ihm also?«, fragte Helene und lugte durch einen Spalt nach draußen.

»Wie meinst du das? Er hilft uns doch«, erwiderte Moritz.

»Oder sich selbst?«

Moritz' Lippen wurden schmal. »Er ist der Einzige, der uns beisteht.«

Helene wandte sich ihm zu. »Ich glaube, er verheimlicht uns etwas.«

»Und was?«

»Die Sache mit dem zerkratzten Schriftzug an der Außenwand kommt mir seltsam vor.«

Moritz zuckte die Achseln. »Du weißt doch, wie unberechenbar Bilwisse sind. Sie tun nie das, was man von ihnen erwartet. Ein unbeobachteter Moment und sie ziehen deine Kleider an und zerlegen das Mobiliar.«

Helene schien ihm nicht zuzuhören. »In den Vitrinen fehlen die Schilder – sie wurden alle entfernt.«

Moritz atmete scharf ein. »Hast du in den Doktor hineingesehen?«

»Ich habe es versucht, aber es gelang mir nicht. Ich konnte nichts sehen.«

Moritz stutzte. »Was bedeutet das, du konntest nichts sehen?«

»Da war ... gar nichts.« Helene schlug die Augen nieder.

Einen Moment lang schwieg Moritz, während die Elster und Konstanze Dr. Mehltaus Paste zum Streichen der Bänke zweckentfremdeten. Dann berührte Moritz sanft Helenes bandagierten Arm. »Der Doktor will uns helfen. Er hat das Herz am rechten Fleck.«

Helenes Blick blieb fest. »Was macht dich da so sicher?«

11. KAPITEL

»Weißt du, warum der Berg dort der Beschwipste Pfaffe genannt wird? Weil er früher der *Blaue Pfaffe* war. Ha! Ich weiß, was du denkst, was redet der verrückte Mehltau da nur für einen Unsinn!? Aber das hängt mit dem Laub zusammen – es verfärbt sich im Herbst bläulich. Das machen die Dämpfe, die überall aus dem Boden kommen. Ist das nicht äußerst bemerkenswert!? Ich habe mir vorgenommen, eine Statistik über den Färbungsgrad und die Intensität der Blautöne anzulegen. Um Tendenzen auszumachen. Wie findest du das? Es wäre doch durchaus interessant festzustellen, ob vielleicht in Schaltjahren die Färbung weniger intensiv ausfällt, schließlich ...«

Moritz schwirrte der Kopf. Neben Dr. Mehltau auf dem Kutschbock zu sitzen, war harte Arbeit. Wenn der junge Arzt nicht dem einen oder anderen Greifensteiner Bürger, der auf der Straße entlangspazierte, einen schönen Tag und guten Weg wünschte, redete er unentwegt. Moritz verfluchte sich, dass er nicht hinten im Wagen geblieben war. Doch Helenes Blick war schwer zu ertragen. Fast bildete er sich ein, so etwas wie Traurigkeit zu erkennen. Was in ihrem Zustand natürlich unmöglich war ...

»Aha«, sagte Moritz mechanisch.

»... wobei mir jüngst aufgefallen ist, dass die Blautöne eine Spur ins Violette tendieren, wenn die Sommer besonders heiß sind. Somit hätten wir zwei wichtige Faktoren, die man in der Statistik berücksichtigen müsste. Und das ist erst der Anfang, denn Niederschläge jedweder Art sind dabei vollkommen außer Acht gelassen ... Ich grüße Sie, Frau Bogenschmied! Dem Herrn Gemahl geht es besser, hoffe ich? Das ist gut zu hören. Ich wünsche Ihnen einen guten Tag!«

»Soso«, sagte Moritz geistesabwesend.

»Wie bitte?«

»Was?«

»Hast du nicht etwas gesagt?« Dr. Mehltau sprühte förmlich vor Begeisterung.

»Ich meinte nur, wie spannend das ist, was Sie erzählen.« Moritz rang sich ein Lächeln ab.

»Nicht wahr!? Ein faszinierendes Forschungsgebiet. Alles hängt miteinander zusammen, die Färbung der Blätter, die Dämpfe, die Jahreszeiten, einfach alles. Aber was, wenn man noch einen Schritt weitergeht? Was, wenn man – ganz verwegen – die Menschen mit einbezieht? Lass uns mal überlegen, in einer Straße leben durchschnittlich zehn bis zwölf Personen und es gibt bis zu zweihundert Straßen hier in Greifenstein, das bedeutet ...«

Moritz' Gedanken schweiften ab. Er studierte die Architektur der Stadt. Wie er bei seinem Blick aus der Dachkammer der Schwarzen Katze festgestellt hatte, bestand Bad Greifenstein hauptsächlich aus Stein. Quaderförmige Bauten, deren Oberflächen wie feiner Sand in der Septembersonne glitzerten. Die Brücken und Torbögen, die sie passierten, glichen Flickenteppichen aus Eisen, Kupfer, Holz und Teer. Sie hatten schon mehr als einem Monsterangriff standhalten müssen. Sogar das Pflaster war metallverstärkt. Häuser, Ladengeschäfte, Balkone und Kellereingänge waren mit Eisenbeschlägen verrammelt und je näher sie dem Beschwipsten Pfaffen kamen, desto mehr glichen die Fenster Gefängnislöchern mit schweren Gitterstäben.

Die Menschen, die ihren Weg kreuzten, sahen wettergegerbt und rechtschaffen aus. Männer und Frauen mit vorgerecktem Kinn, die kräftig zupacken konnten. Kaum einer schützte seinen Mund vor den Gerüchen, die in der Luft hingen.

»Eine ganze Stadt ohne Kinderlachen«, murmelte Moritz nachdenklich.

Dr. Mehltau nickte. »Die meisten Familien ziehen fort, wenn sich Nachwuchs ankündigt. Es ist zu gefährlich. Die Dämpfe, die Angriffe, das ist nichts, was man einem kleinen Putzerl zumuten möchte.«

Moritz warf einen Blick über die Schulter. Vermutlich hatten Konstanze und die Elster hinter der Wagentür bereits den kompletten Innenraum mit der Paste des Doktors beschmiert. *Lass wenigstens deine kleine Schwester hier*, hatte Rita gesagt.

Er fühlte sich hin- und hergerissen zwischen seiner Sorge um Konstanze und dem Ausspruch seines Freundes und Meisters Edgar, der ihm beigebracht hatte, dass man niemanden vor der Welt beschützen könne. Auch nicht vor sich selbst.

Konstanze hatte ihre Entscheidung, ihn zu begleiten, nochmals bekräftigt. Sie war genauso stur wie er.

Für Helene. Für ein neues Lächeln, das hatte er sich vor fast zwei Jahren geschworen. Und in seinen Träumen galt ihr erstes Lächeln ihm.

Dr. Mehltau sprach immer noch. Moritz hoffte, dass er nichts Entscheidendes überhört hatte.

»... das übernehmen die Herren Kante, Tonke und Stiller. Die Respektable Greifensteiner Wach- und Schutzgesellschaft. Sie erfassen jeden Angriff auf Mensch und Tier hier in der Stadt. Aber wenn es um den tierischen Teil der Bevölkerung geht, gibt es bald nichts mehr zu dokumentieren. Bis auf ein paar Schafe, mein braves Pferd Heidi und Frau Holzers Teufelshühner gibt es kaum noch welche.«

Moritz stutzte. »Teufelshühner?«

Ein Lächeln zierte das Gesicht des Doktors. »Ich meine die Hühner, die die werte Rita besitzt. Rabenschwarze Biester, die auf Menschen losgehen, wenn man nicht achtgibt. Frau Holzer hält sie in einem ihrer Kellerräume unter dem Schankraum. Sie lassen nur ihre Besitzerin an sich heran. Mit den Eiern lässt sich gutes Geld machen.«

Moritz nickte und ließ seinen Blick über abgeschottete Häuserfronten den Berg hinaufgleiten. Auf dem Gipfelpunkt thronte die alte Burgruine. Sie saß auf einer überhängenden Felsnase, die aussah, als ob sie jeden Augenblick ins Tal kippen würde.

»Woher stammt der Name Wesselburg?«, fragte Moritz.

Dr. Mehltau räusperte sich. »Von Hieronymus Wessel. Er war vor mehreren Jahrhunderten Markgraf in der Gegend. Auch Glaubringen und Ginsterborg waren ihm unterstellt, an der polnischen Grenze. Damals war die Burg ein wichtiger Bestandteil der Wallfahrt. Morgens stieg man von Bad Greifenstein hinauf zur Burg und konnte am Abend in den Heilbädern der Kellergewölbe baden.«

»Bis die Monster kamen«, murmelte Moritz.

Der Doktor seufzte.

»Sie sagten, die Burg sei von Fallen umstellt?«

»Angeblich. Es heißt, dass sich die Bürger gewehrt hätten. Sie wollten verhindern, dass die Kreaturen von der Burg hinunter in die Stadt gelangten. Deshalb hat man Fallen aufgestellt. Sicherungssysteme, verstehst du?«

»Und wer behauptet so etwas?«, fragte Moritz.

»Patienten«, antwortete Dr. Mehltau.

Moritz blickte ihn abwartend an.

»Wenn man Menschen verarztet, erfährt man allerhand. Der alte Herr Soundso hat sich den Fuß gebrochen, nichts Kompliziertes, und während man so vor sich hin doktert, erfährt man, dass dieser Bruch nichts ist gegen das, was Herrn Soundsos Großvater zugestoßen ist. Der hat als Kind ein Bein und einen Arm auf dem Berg verloren, als er beim Pilze sammeln zu nah an die Burg gekommen ist. Weil es dort vor Fallen nur so wimmelt, hat er – Schnapp! – ein Bein und einen Arm dagelassen.«

»So tauscht man Gliedmaßen gegen Pilze«, murmelte Moritz.

»Seit der Geschichte esse ich keine Pilze mehr«, sagte der Doktor.

»Und die Skelette?«

»Welche Skelette?«

»Die Skelette, von denen Sie mir erzählt hatten«, half Moritz nach. »Die in den Fallen.«

»Ach, die! Die sind vermutlich auch dort. Wo Fallen sind, sind Skelette nicht weit. Schließlich braucht man jemanden, der in eine Falle tappt, wenn man sich die Mühe macht, eine aufzustellen … das gebietet die Höflichkeit.« Dr. Mehltau schwieg eine Weile. »Können wir bitte über etwas anderes reden? Vielleicht über meine Statistik?«

Moritz nickte. In seinem Kopf nahm bereits der erste Teil seines Planes Gestalt an. Da kamen ihm ein paar alte Knochen gerade recht.

Die Landschaft wurde wilder, je näher sie der Wesselburg kamen. Verbarrikadierte Häuser und verlassene Höfe wichen knorrigen Bäumen und wucherndem Gestrüpp. Gegen Mittag befanden sie sich auf einem Waldweg, der sich in Schlangenlinien den Berg hinaufwand.

Mit dem Eintreten in den Wald veränderte sich die Luft. Sie wurde weniger klebrig. Zwischenzeitlich wurde sie so frisch, dass Konstanze die Fenster aufriss. Sie und die Elster waren über und über mit des Doktors Paste beschmiert.

Der Pfad wurde steiler. Die Stute namens Heidi zog sie tapfer den Berg hinauf. Als der Weg durch Dornen von Brombeer- und Himbeerbüschen versperrt wurde, erfuhr ihre Reise den ersten außerplanmäßigen Halt. Die Sträucher, die sich bis zu drei Meter in die Höhe schichteten, bildeten ein unbezähmbares Dickicht, das sich wie ein Wall durch den Wald zog. Moritz und Dr. Mehltau sprangen vom Kutschbock und untersuchten die Blockade. Dann holte Moritz seinen Teleskopstab hervor und die beiden machten sich an die Arbeit. Der Doktor erledigte den Großteil der Aufgabe. Er hackte und schlug mit der Schwertklinge wie ein Fechtmeister auf die Büsche ein. Moritz war für die Unterstützung dankbar, denn er fühlte sich weiterhin, als wären seine Glieder zentnerschwer.

Je tiefer sie vordrangen, desto härter wurde das Dornenwerk. Äste und Ranken waren von Spinnweben und uraltem Laub verklebt und rochen nach modrigen Pilzen. Es dauerte über eine Stunde, bis der Weg vom Gestrüpp befreit war und die Reise weitergehen konnte.

Zurück auf dem Kutschbock versuchte Moritz, zwischen Fetzen lichtdurchfluteten Herbstlaubs einen Blick auf ihr Ziel zu erhaschen. Das Felsmassiv, auf dessen Vorsprung die Burganlage thronte, schien kaum näher gerückt zu sein. Die Hauptburg war verfallen und der mächtige Wehrturm stand nur noch zur Hälfte. Vereinzelt konnte er die Zipfel bläulicher Fichten ausmachen. Den obersten Punkt bildete ein hoher Wohnturm, dessen Dachgeschoss aussah, als wäre es von einem Riesen abgebissen worden. Ein gleichermaßen faszinierender wie bedrohlicher Anblick.

Mit fortschreitender Stunde veränderten sich die Farben des Waldes. Laubbäume, die vormals in Gelb- und Ockertönen geleuchtet hatten, verwandelten sich in graue Gespenster. Ihre Borke bekam einen Blaustich und ihre Belaubung schimmerte in kühlem Violett. Nadelbäume verloren ihr sattes Grün und strahlten nun stahlblau. Moritz blickte verblüfft zu Dr. Mehltau hinüber.

»Der Blaue Pfaffe«, schmunzelte dieser und richtete die Augen zurück auf das, was einmal ein viel befahrener Weg gewesen sein musste. Wurzeln schlängelten sich wie dicke Adern über den Boden und ausgerissene Bäume häuften sich zu beiden Seiten des Wegesrandes. Und noch etwas lag dort – riesige Klauenfüße aus rostigem Eisen, grob und archaisch. Sie glichen Bärenfallen, nur dass sie viel größer waren.

Ohne Vorwarnung ließ sich Moritz vom Bock gleiten. Erschrocken zog der Doktor die Zügel stramm und Heidi blieb schnaubend stehen. »Was hast du vor?«

»Wir müssen uns tarnen«, sagte Moritz. »Wir brauchen etwas, das nach Monster aussieht und riecht.«

Konstanze sprang aus dem Wagen, gefolgt von Helene und der Elster. Sie gesellten sich zu Dr. Mehltau, der einigermaßen skeptisch dreinschaute.

Konstanze wühlte in ihrer Umhängetasche. »Wenn Sie Angst haben, leihe ich Ihnen das hier.«

Moritz' Augen wurden groß. »Wo hast du das her?«

»Hat mir Rita geschenkt«, sagte Konstanze. In der Tasche schlummerte die kleinere Version des Brezelwächters mit Bierkrugtrommel und einem Gewehrlauf, der verdächtig an den Fuß eines Kerzenleuchters erinnerte.

»Geschenkt?« Moritz hob eine Augenbraue.

»Ja-ha!«, blökte seine Schwester. »Rita sagte, ich darf sie behalten! Das ist die *Brezelkonstanze*!«

»Lass mich raten. Du hast sie umgetauft?«

Zur Antwort streckte Konstanze ihm die Zunge heraus.

Dr. Mehltau ergriff die Waffe und wog sie in der Hand. »Beeindruckend«, murmelte er.

»Dann können wir ja losgehen«, sagte Moritz und erklärte

seinen Plan in knappen Worten. Er wollte die Fallen absuchen und alles einsammeln, was sich als Verkleidung verwenden ließ – wenn möglich, ohne einen Arm oder ein Bein zu verlieren.

Moritz und Konstanze durchsuchten die linke Seite des Wegesrandes, Helene folgte Dr. Mehltau nach rechts. Moritz lächelte, als er den schwer bewaffneten Doktor mit Helene zwischen den Bäumen verschwinden sah. Vielleicht half die Zusammenarbeit dabei, Helenes Misstrauen zu zerstreuen. Unter den wachsamen Augen der Elster, die über allen kreiste.

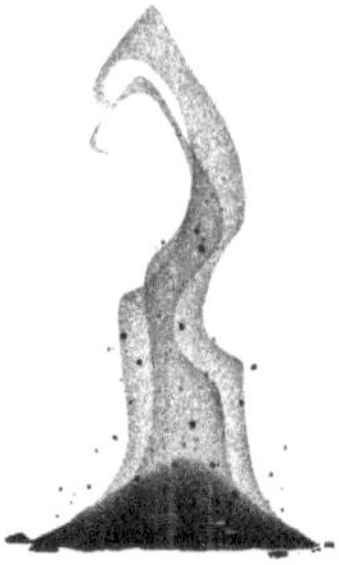

12. KAPITEL

Kein Vogel zwitscherte und keine Grille zirpte, was dem Wald eine unheimliche Aura verlieh. Jedes Geräusch, das Konstanze und Moritz im Unterholz verursachten, schien hundertfach von den Felsen und Bäumen widerzuhallen.

»Pass auf, wo du hintrittst«, warnte Moritz und hielt zwischen hüfthohen Farnen nach Fallen Ausschau. Konstanze folgte ihm in kurzem Abstand.

Nach wenigen Metern entdeckten sie zwei große rostige Schnappfallen, die beide leer waren, und eine dritte, bei der es sich um einen Käfig gehandelt hatte. Letzterer schien von innen heraus zerfetzt worden zu sein. Scharfkantige Gitterstücke steckten noch im Boden und in den umliegenden Bäumen. Was auch immer in diese Falle getappt war, es besaß explosive Kräfte.

Konstanze schluckte angesichts dieser Zerstörungswut. Hastig griff sie nach Moritz' Hand, als keine zehn Meter entfernt etwas im Gebüsch raschelte. Eine bucklige Kreatur, die die Erde durchwühlte. Zuerst dachte Moritz an ein Wildschwein, doch es hatte kein Fell, sondern schien grau und glatt zu sein. Irgendwie kahl.

Moritz ließ seine Schwester los und legte einen Finger an die Lippen. Er zückte den Teleskopstock und betätigte den untersten Knopf. Mit einem Singen zuckte die Klinge aus dem Heft hervor.

Die Kreatur erstarrte. Für einen Moment rührte sie sich nicht von der Stelle. Moritz machte einen Schritt nach vorne. Sofort sprang das Geschöpf davon. Es pflügte durch die Büsche und Sträucher bergauf. Moritz zögerte, unschlüssig, ob er seine Schwester zurücklassen sollte. Aber wenn diese Kreatur zur Wesselburg lief, um ihre Monsterfreunde zu warnen, waren sie alle verloren.

Er flitzte hinterher.

Mit der Kraft seiner La-Ka-Weste sprang er über dorniges Gesträuch und zerklüftete Felsbrocken. Er hechtete nach oben, von Baum zu Baum – weg vom wuchernden Waldboden und möglichen Fallen. Irgendwo unter ihm musste das Wesen sein ... Da! Ein grauer Rücken fegte durch die Farne, dort, wo die Bäume näher aneinanderrückten. Moritz sauste hinterher. Seine Brust begann zu toben und zu schmerzen, als er von Ast zu Ast eilte. Er versuchte, es zu ignorieren, doch das Brennen wurde übermächtig. Seine Augen tränten und als er blinzelte, war das graue Wesen plötzlich verschwunden. Moritz bahnte sich einen Weg durch die Äste nach unten und suchte die Umgebung ab. Nichts. Die Kreatur war fort.

Verdammt! Er starrte durch das Gehölz hinauf zur Burg. Nur wenige Kilometer trennten ihn von seinem Ziel.

Moritz' Lunge brodelte. Jeder Atemzug war eine Qual. Langsam wandte er sich um. »Konstanze?«

»Hier!«, kam es aus der Ferne.

Einige hundert Meter entfernt ragte eine winzige Hand aus einer dicken Farnendecke. Moritz lief darauf zu und erreichte Konstanze Sekunden später.

Sie kauerte an der Stelle am Boden, wo die seltsame Kreatur zuvor in der Erde gewühlt hatte. Als er näher trat, sah er, dass seine Schwester etwas in den Händen hielt. Ein verbranntes, eingerolltes Wesen. Es hatte überall leuchtend rote Sprenkel auf den versengten Schuppen.

Fast hätte er *Vorsicht!* gerufen, wenn nicht Konstanzes mitfühlender Blick gewesen wäre. Das Geschöpf atmete schwer. Bei den Sprenkeln handelte es sich um Blut. Auf dem Boden entdeckte er die Ursache – eine Bärenfalle. Uralt und rostig.

»Es ist verletzt«, flüsterte Konstanze.

Moritz kniete neben der Falle nieder. Überall befanden sich Kratzspuren in der Erde. Das verkohlte Wesen hatte versucht, der Falle zu entkommen, die ihr fast das rechte Bein abgerissen hatte.

Moritz betrachtete das Geschöpf und drehte es behutsam auf den Rücken. Die verkohlten dreifingrigen Händchen und Füßchen hielt es schützend vor den Kopf. Sanft begann er, die Fingerchen zu streicheln, damit das Lebewesen sich beruhigte und entspannte. Langsam rutschten die Vorderkrallen vom Gesicht des Geschöpfes. Moritz und Konstanze erkannten gleichzeitig, um wen es sich handelte.

»Fips!«

Aber wie sah er aus! Sein Körper war schlimm zugerichtet. Das rechte Auge war zugeschwollen und seine zarten Öhrchen abgeflämmt – von ihnen waren nur noch zweigartige Ästchen ohne Haut übrig. Das Feuer im Wagen hatte schreckliche Spuren auf ihm hinterlassen.

»Der Gluhschwanz«, flüsterte Moritz nur. Der kleine Boogelbie musste der Stichflamme des feurigen Monsters aus dem Ofen hilflos ausgeliefert gewesen sein.

»Wir müssen ihn verbinden«, schniefte Konstanze leise. Sie nahm den zarten Fips in ihre Arme und wiegte ihn sanft.

Moritz beobachtete seine Schwester, dann stutzte er plötzlich. Seit langem war kein Wesen mehr vor ihm fortgelaufen. Im Gegenteil. Die Monster suchten seine Nähe. Das graue Etwas, das sich an der Falle mit dem Boogelbie zu schaffen gemacht hatte, hatte sich absolut untypisch verhalten. Nicht, dass Moritz etwas dagegen hatte, Abstand zu Monstern zu bekommen, doch irgendetwas erschien ihm falsch.

»Schade, dass er weggelaufen ist.«

Konstanzes Stimme riss Moritz aus seinen Gedanken.

»Wer?«

»Na, der Herr Jauche.«

Moritz starrte sie verdutzt an. »Wie kommst du darauf, dass Herr Jauche hier war?«

»Na, weil es hier nach ihm riecht.«

Moritz schnupperte. Und tatsächlich, ein Hauch von Käsigkeit lag in der Luft. Offenbar nahm man die einfachsten Gerüche nicht mehr wahr, wenn man zu viel Zeit in Bad Greifenstein verbracht hatte.

»Bestimmt hat der Herr Jauche keine Angst vor den Monstern«, sagte Konstanze und streichelte Fips' schwarze Schuppen.

»Warum?«

»Na ja, er ist doch selber irgendwie eins.«

Moritz starrte sie entgeistert an.

»Hast du das nicht bemerkt?«, erkundigte sich Konstanze. »Er lebt doch gar nicht! Er sieht genauso grau aus wie Helene.«

Moritz stutzte. Helene und Jauche, die beiden hätten unterschiedlicher nicht sein können. Schon rein äußerlich. Trotzdem berührte die These seiner Schwester etwas in ihm. Wenn es um seltsame Geschöpfe und ihre Besonderheiten ging, verfügte Konstanze über ein messerscharfes Gespür.

Konstanze wandte sich schulterzuckend ab und stapfte vorsichtig mit Fips durchs Gestrüpp zurück Richtung Wagen. Moritz folgte ihr langsam. Eine weitere Frage beschäftigte ihn: Wenn das wirklich Jauche gewesen war, was hatte er hier verloren? Allein im Wald?

Am Nachmittag verschwand die Sonne hinter dichten Wolken und ließ die Bäume unterhalb der Burgruine in violettem Zwielicht zurück. Als Moritz und Konstanze aus dem Unterholz heraustraten, wurden sie bereits von Dr. Mehltau und Helene erwartet. Die beiden hatten reiche Beute gemacht.

Helene hatte mehrere runde Panzerplatten entdeckt, die aufgespießt in einer Fallgrube gesteckt hatten. Die Wesen, denen sie gehört hatten, mussten dort ein unrühmliches Ende gefunden haben. Dr. Mehltau präsentierte ein paar sackähnliche Lappen, die wie die zweite Haut von etwas Stachligem aussahen. Offenbar hatte sich der Vorbesitzer in einer Schnappfalle verfangen, konnte aber entkommen, indem er seine Haut abgestreift hatte.

Moritz und Konstanze hatten nur Knochen gefunden – und den armen Fips.

Dr. Mehltau beäugte den verletzten Neuzugang mit Misstrauen, während sie ihre Ausbeute verluden. Es missfiel ihm, eine *derartige Kreatur*, wie er sich ausdrückte, im Wagen herumzukutschieren. »Was, wenn es seinen Schockzustand überwindet und uns angreift? Oder wenn sein Blut andere Ungeheuer anlockt, die ganz wild auf so einen kleinen Braten sind?«

»Fips gehört zu uns«, stellte Moritz klar und legte dem Mann eine Hand auf den Arm. »Von ihm geht keine Gefahr aus. Das versichere ich Ihnen.«

Der Doktor blinzelte nur und bestieg schweigend den Kutschbock.

Moritz beschloss nichts von der Begegnung mit Jauche zu erzählen und auch Konstanze verdonnerte er zum Stillschweigen. Dr. Mehltau war ohnehin schon ein Nervenbündel. Und das würde sich noch verschlimmern, wenn die Nacht hereinbrach und die Ungeheuer aus ihren Löchern krochen. Vermutlich wussten die längst, dass sie auf dem Weg waren.

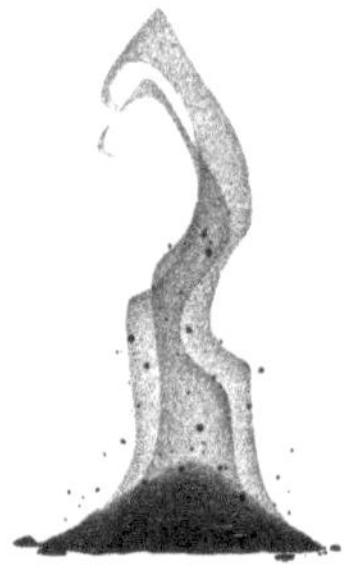

13. KAPITEL

Es krachte im Untergeschoss der Schwarzen Katze. Rita Holzer schob gerade zwei Arme voll Feuerholz in den gemauerten Kasten neben der Feuerstelle, als sie das Geräusch hörte. Sie starrte auf die steile Treppenstiege mit der Kellertür. Sofort spannte sich ihr ganzer Körper an.

Wieder ein Krachen. Etwas rollte über den Boden. Glas klirrte.

»Himmel Herrgott!«

Ein Regal musste umgekippt sein. Das Holz in den Kellern unter der Stadt wurde durch die unvermeidlichen Dämpfe schneller morsch, als man Pilzbefall sagen konnte ...

Mach dir nichts vor!, schalt Rita sich. Ihr Blick zuckte durch die Küche. Der Brezelwächter? Wo war er? Da, auf dem Kartoffelsack.

Mit der Waffe in der Hand stieg sie die schmalen Treppenstufen hinunter und öffnete die Kellertür. Der Vorraum war nur spärlich vom Licht einer kleinen Laterne erhellt, die zu ihrer Rechten an der Wand hing. Dahinter begann ein enges, düsteres Labyrinth aus niedrigen Gängen, das von Lagerregalen gesäumt wurde. Kisten, Weinballons, Bierfässer und Säcke stapelten sich in Nischen. Ein Schlaraffenland für Schatten.

Sie nahm die Laterne vom Haken und schritt in die Dunkelheit. Ein Geruch nach kaltem Moder und faulen Eiern schlug ihr entgegen. Noch stärker und muffiger als sonst. Sie hatte gerade die Ecke erreicht, als es erneut krachte – metallisch diesmal. Etwas bewegte sich in den Untiefen der Kellergänge. Schabte und kratzte über die groben Bruchsteinwände.

Dann war da ein Schrei. Nein, mehrere Schreie!

»Die Hühner«, entfuhr es Rita.

Die Tiere gackerten nicht – sie schrien aus voller Kehle. Schließlich erstarben ihre Todesrufe.

Ritas Atem ging schneller. Ihre Gedanken rasten. Der Werwolf, er war ausgebrochen! Sie musste umkehren. Hilfe holen! Sofort! Es war gerade sechs Uhr. Es befanden sich noch keine Gäste im Wirtshaus. Kante, Tonke und Stiller würden nicht vor zehn Uhr auftauchen. Bis dahin war es zu spät.

Die Kellertür hielt dem Werwolf nicht stand. Doch wie war er aus seinem Gefängnis entkommen? Er war betäubt gewesen! Sie hatte ihm die Mixtur des Doktors erst vor einer Stunde verabreicht!

Wieder ein Scheppern. Näher diesmal. Waren da Augen in der Dunkelheit?

Rita setzte einen Schritt zurück. Sie musste hinaus auf die Straße. Sie sah zwei Punkte am Ende des Ganges, die funkelten wie Diamanten, bevor sich die Bestie auf sie stürzte. Rita hob den Brezelwächter und drückte ab, doch kein Schuss löste sich.

»Sakra–«

Ein Schuss bellte durch die schmalen Kellergänge und traf den Werwolf in die Schulter. Er wurde zurückgerissen und krachte gegen Kisten, Fässer und Regale.

Doch kein Nagel hatte ihn getroffen. Nicht Rita, jemand anders hatte geschossen. Sie wandte sich um und entdeckte eine graue Person, mit einer vierläufigen Steinschlosspistole hinter sich.

»Jauche!«

Der totenbleiche Kerl stand auf der untersten Treppenstufe. »Lof, lauf! Beeil digg!«, brüllte er und packte ihren Arm. Er stieß sie mit erstaunlicher Kraft die Treppe hinauf und schlug die Tür hinter ihnen zu.

Es krachte, als sich der Werwolf dagegen warf.

Einmal, zweimal, dreimal.

WAMM! WAMM! WAMM!

Die Tür hielt keine zehn Sekunden. Sie splitterte wie Glas und die Bestie polterte die Treppe hinauf. Doch da waren Jauche und Rita schon verschwunden.

Er nahm Witterung auf. Seine Sinne waren geschärft. Das Blut der Hühner hatte ihm gutgetan.

Zu lange war er im Keller eingesperrt gewesen. Zu untätig hatte er auf den richtigen Moment gewartet. Jetzt war er frei. Er wäre sonst verdurstet, vertrocknet, wenn er nicht gehandelt hätte. Nun musste er sich beeilen. Die Fährte war fast kalt. Doch er konnte sie auffrischen, er musste nur etwas finden, das seine Sinne stärkte.

Seine Schulter schmerzte. Dieses tote Stück Fleisch hatte auf ihn geschossen, ihn von der Beute abgebracht. Verflucht sollte der Kerl sein! Verflucht! Er würde ihn zerreißen, zerfetzen, sein Blut trinken, wenn er ihn in die Klauen bekäme. Aber nein, dieser Mann war tot. Sein Fleisch würde verdorben schmecken. In Stücke reißen würde er ihn trotzdem.

Aber zuerst musste er den anderen finden. Den Jungen.

Er suchte die Küche ab. Nichts. Kein Geruch, kein Gefühl, nur der Gestank, der von der Straße in die Küche hinüberkam. Die widerlichen Dämpfe ließen ihn schaudern. Die unheilvollen Aromen explodierten in seinem Kopf. Ließen Farben entstehen: Rot und Orange und ein sehr heißes, fast weißes Gelb. Es schmerzte in seinem Schädel und in seinen Augen, deshalb musste er den Jungen finden. All das würde vorbei sein, wenn er ihn hätte. Das spürte er, das wusste er.

Sein riesiger weißer Körper setzte sich in Bewegung. Er sprang durch die Hintertür, hinaus ins Licht der sinkenden Sonne. Das Pflaster fühlte sich glitschig und weich unter seinen Klauen an, obwohl es nicht nass war. Das machten die Dämpfe – sie veränderten nicht nur die Wahrnehmung, sie besaßen auch geheime Kräfte.

Er hatte es am eigenen Leibe erfahren – damals, als er noch ein Mensch gewesen war, bevor das Metall gebrochen war, bevor die Bestie ihn angefallen hatte. Niemals hätte er sich von diesen Verletzungen erholt. Nie im Leben! Doch er hatte überlebt. Er war genesen, schneller als je zuvor. Aber mit der Heilung kam der Schmerz. Das, was ihn gerettet hatte, war zu seinem Fluch geworden. Nicht die neue Gestalt und sein Durst nach Blut, nein, die Dämpfe in seiner Nase und die Schreie der

Farben in seinem Kopf! Er musste sie abstellen. Er musste es schaffen, ihre donnernden Rufe zum Schweigen zu bringen. Für immer!

Der Junge, er würde ihm dabei helfen. Da war etwas an ihm, das ihn geradezu magisch anzog. Ein Gefühl, ein Ruf, gleich einem Lied, das er tief in seinem Innersten hörte und dem er folgen musste. Er hatte keine Wahl.

Der Junge trug etwas bei sich. Er konnte es riechen, förmlich schmecken. Etwas Mächtiges, wie einen Zauber.

Die anderen hatten es auch gespürt, hatten das Lied gehört. Deswegen kamen sie zuhauf und hängten sich an dieses junge Stück Menschenfleisch. Ahnungslos und willenlos. Dumme Beute, die sie waren. Doch er selbst war anders. Er konnte denken und fühlen und riechen und schmecken. Er war keine Beute. Er war der Jäger!

Deswegen ließ er sich auch nicht vertreiben. Dies hier war sein Revier. Nichts und niemand schlug ihn in die Flucht!

Er versuchte erneut, die Fährte aufzunehmen. Er brauchte nur einen Anhaltspunkt dafür, ein kleines Detail. Ein Fetzen von etwas, das dem Jungen gehört hatte. Und wenn er ihn gefunden hatte, ihn in seinen Fängen hatte, dann würde ihm der Junge verraten müssen, wie er das Lied anstimmte. Sonst würde er ihn entzweireißen und in seinem Blut baden.

Sein Blick fiel auf die Müllschütten im Hinterhof. Er riss die Klappe auf, beugte sich in den Abfall und schnüffelte. Tiefer und tiefer. Bis er Rot witterte. Ein besonderes Rot. Es waren fleckige Verbandsstoffe, beschmutztes Leinen, getränkt vom Blut des Jungen.

Mit einem Atemzug nahm er alles in sich auf. Er konzentrierte sich auf das Bild, das vor ihm entstand. Die Beute nahm Gestalt an: dürre Beine, ein magerer Körper, dunkles Haar und Kleidung, die fast nur aus Schwarz und Weiß bestand. Bald würde sie rot sein, so wie das Leinen in seinen Klauen. Die Jagd konnte beginnen!

Als die Schritte des Werwolfes in der Ferne verhallten, öffnete Jauche seinen Mantel. Rita tauchte darunter hervor und schnappte gierig nach Luft. Sie sog die Dämpfe der Stadt in sich ein – alles war besser als der Geruch dieses Mannes! Er roch nach Fäulnis und Verwesung. Es hatte nicht viel gefehlt und sie hätte sich auf den Mann übergeben. Dabei hatte er ihr das Leben gerettet.

Sie zwängte sich mühsam aus der Lücke zwischen den Müllschütten, in die Jauche sie bugsiert hatte. Hier war sein Geruch nicht weiter aufgefallen – selbst dem schnüffelnden Werwolf nicht. Rita hatte die gesamte Zeit über an der fremden Brust gelehnt, die Augen fest zugekniffen, den Mund verschlossen. Jauches langer, schmieriger Mantel hatte den oberen Teil ihres Körpers verdeckt, nur ihr Hinterteil hatte herausgeschaut. Nun waren sie der Bestie fürs Erste entkommen und Rita versuchte, ihre Gedanken zu sortieren. Was hatte der Werwolf getan? Er hatte den Müll durchstöbert. Sofort begann sie, in den Küchenabfällen zu wühlen.

Und sie musste nicht lange suchen. Sie fand die blutigen Verbände und wurde aschfahl.

Der Werwolf hatte Moritz' Witterung aufgenommen. Ihr

schlimmster Albtraum wurde wahr. Die Kinder waren dort draußen, auf dem Weg zur Burg, und jetzt war dieses Monster hinter ihnen her.

Rita griff sich an die Stirn. Wie dumm war sie gewesen. Sie hatte die Situation völlig falsch eingeschätzt! Was hatte sie sich nur eingebildet? Dass die Kinder bei dem geringsten Anflug von Zweifel umkehren und wieder zu ihr zurückkommen würden? Sie hätte sie niemals ziehen lassen dürfen!

»Wir brauchen ein Pferd!«, rief sie und stürzte in die Küche, doch Jauche hielt sie am Arm.

Sein schiefes Gesicht mit den hängenden Augen schimmerte im Abendrot wie feuchtes Wachs. Er blinzelte, wobei sich seine Lider in unterschiedlicher Geschwindigkeit schlossen und öffneten. »Wadde! Igg genne eiin Abgürzugg.«

Rita starrte ihn an. »Was?«

Jauche rollte mit den Augen. »Abgürzugg! Lof mitgommn!« Er zog sie mit sich.

14. KAPITEL

Die Finsternis kroch durch den Wald und erreichte den Fuß der Wesselburg. Etwas versteckte sich in der näher kommenden Nacht und ließ die Luft erzittern. Da war ein *Gnasseln* und ein *Chrachern* zu hören, wie es Moritz sonst nur von den Boogelbies kannte.

Doch die dichter werdenden Laute klangen verzerrt und abgehackt. Sie drangen durch das Unterholz und schienen von Geschöpfen zu stammen, die größer und wilder waren als alles, was Moritz je begegnet war.

Der Wagen stand wenige hundert Meter unterhalb der verlassenen Burgruine auf einem Felsplateau, das von üppig wucherndem Gestrüpp verdeckt war. Dr. Mehltaus Hände zitterten, als er Heidi das Zaumzeug abnahm und sie aus dem Gespann führte. »Lauf davon, wenn du Angst bekommst, altes Mädchen. Lauf!«, flüsterte er.

Heidis große dunkle Augen musterten ihn. Sie trat auf der Stelle, doch sie lief nicht weg. Noch nicht. Dr. Mehltau seufzte, dann gesellte er sich zu den anderen.

Die vier nahmen ein letztes Mahl zu sich, bevor sie sich auf den Weg hinauf zur Burg machten. Konstanze und Helene hatten ein Feuer entfacht und Kartoffeln und Möhren zubereitet, dazu gab es den Schinken aus Ritas Vorratskammer. Alle aßen schweigend, bis auf Helene, die abseits in den Schatten saß und die anderen beobachtete. Es schien, als wolle sie dem Feuer nicht zu nahe kommen.

Moritz setzte sich neben sie und wollte ein Gespräch beginnen, doch Helenes Aura ließ ihn verstummen. Im Feuerschein sah ihr Gesicht düster und rau aus. Die Kratzer und Schmarren in ihrer Haut traten so deutlich hervor, dass es ihm einen Schauer über den Rücken jagte. Ihre sonst so klaren Iriden hatten ihren violetten Glanz verloren und wirkten farblos, fast schwarz.

Als Helene seine Blicke bemerkte, erhob sie sich eilig. Sie murmelte, dass sie weiter an ihren Kostümen nähen wolle und kletterte in den Wagen zurück. Die Elster flog ihr nach und so saßen sie nur noch zu dritt am Feuer.

Der arme Fips hockte in Verbände gewickelt auf Konstanzes Schoß. Seltsamerweise schlug der Boogelbie keinen Alarm. Seine verkohlten Zweigöhrchen schienen kein feindliches Geräusch mehr wahrnehmen zu können. Er war taub.

Moritz war der Appetit vergangen. Irgendetwas stimmte nicht mit Helene. Sie schien vor etwas zu flüchten. Vor der Möglichkeit, den Mock zu finden? Oder vor ihm?

Minutenlang starrte er in die Flammen, während die unheimlichen Rufe gellender wurden. Konstanze, die sich noch einen Nachschlag holen wollte, suchte seine Nähe. Alle erstarrten in ihrer Position und lauschten in die Finsternis. Um sie herum schien eine Jagd stattzufinden.

Was auch immer dort draußen lauerte, es machte keine Gefangenen.

Dann erstarben die Geräusche mit einem Mal.

Stille legte sich über den Wald.

Schrecklicher als die Laute zuvor.

Mit einem Wasserkrug löschte Dr. Mehltau das Feuer. Die Flammen zischten und eine dunkle Rauchsäule schraubte sich in den Nachthimmel empor. Er schluckte hörbar. »Es ist soweit.«

Moritz folgte seinem Blick – Heidi war verschwunden! Sein Herz setzte einen Schlag aus. War sie fortgelaufen? Oder waren die Wesen unbemerkt vorgedrungen und hatten sie geschnappt? Vielleicht war Heidi der Grund, warum die Geräusche verstummt waren ... weil die Ungeheuer beschäftigt waren ... mit Fressen ...

Moritz' Kopf drohte zu platzen, als er plötzlich ein Wiehern in der Ferne vernahm. Erleichtert atmete er auf und nickte dem Doktor zu. Es wurde Zeit. Er fasste Konstanze bei der Hand und sie verschwanden im Wagen.

Wenig später huschten vier eigentümliche Gestalten durchs Unterholz. Die größte von ihnen hatte Panzerplatten am Kopf und an den Beinen, auf dem Rücken trug sie die überdimensionalen Nadeln eines Stachelschweins. Sie bewegte sich durch ein Gewirr aus Farnen, Ästen und niedrigem Gestrüpp. Ihr folgten zwei weitere Kreaturen mit ähnlichem Aussehen. Das vierte und kleinste Geschöpf trug nur einen glatten Panzer ohne Stacheln, der geheimnisvoll im Mondlicht schimmerte.

»Warum darf ich nicht so aussehen wie ihr?!«, quengelte das

kleinste Wesen und pflügte mühsam durch das hohe Gras am Fuß der Ruine.

»Hör auf, dich zu beschweren, Konstanze!«, zischte Moritz unter seiner Verkleidung hervor und spähte durch die Schlitze des Frontpanzers. »Und sei leise! Wir dürfen nicht auffallen!«

»Aber warum dürft ihr alle Stacheln haben nur ich nicht? Die sind so hübsch lang und schwingen so schön!«

»Konstanze, bitte!«, fauchte Moritz.

Ein Schnarzen drang unter Konstanzes Verkleidung hervor.

»Was war das?«

»Ich übe ... Monstersprache«, flüsterte seine Schwester.

Moritz brummte und wandte sich nach vorn. Der Doktor und Helene waren in ihren Verkleidungen bereits weitergelaufen. Sie hielten auf eine breite Lücke in dem überwucherten Burgwall zu. Brombeerbüsche rankten sich an den Mauern empor und säumten die Stelle, die aussah, als hätte irgendetwas Riesenhaftes die Mauer durchschlagen. Moritz wusste nicht, ob ihr Plan funktionieren würde, aber es war der einzige, den sie hatten. Die Angst vor dem, was sie erwartete, lag ihm wie ein Stein im Magen.

Dr. Mehltau ließ Helene als Erste durch die Lücke im Wall steigen und wartete dann auf Moritz und Konstanze. Über ihnen krächzte die Elster. Sie zog ihre Kreise vor einem silbrigen abnehmenden Mond, als sie den Innenhof der verfallenen Wesselburg betraten.

Durch die Schlitze in seiner Tarnkleidung nahm Moritz die Burganlage in Augenschein. Sie war in mehreren runden Terrassen angelegt und ragte vier Stockwerke in den Nachthimmel empor. Das Mauerwerk war außergewöhnlich dick. An vielen Stellen entdeckte Moritz Löcher und eingerissene Torbögen.

Die Natur hatte den Haupttrakt und die erste Terrassenebene zurückerobert. Efeuranken und Brombeersträucher waren an den kolossalen Quadersteinen emporgekrochen. Junge Fichten hatten den Boden durchbrochen. Andere Nadelhölzer und Gräser wuchsen an den Rundtürmen und Treppenstufen hinauf.

Moritz zählte insgesamt drei Aufgänge. Die steinerne Haupttreppe in der Mitte führte zur ersten Terrasse und über zwei Seitentreppen links und rechts davon gelangte man auf die verfallenen Wohnebenen. Dort mussten sie hinauf – zum Wohntrakt mit seinem gewaltigen viereckigen Turm, von dem aus sie die ganze Burg im Blick hatten.

Sie stiegen die verwitterten Treppenstufen empor, die mit seltsamen Spuren übersät waren. Es gab tiefe Kerben im Stein sowie pechschwarze Löcher. An anderen Stellen glühten die Stufen wie leuchtende Flechten. Hier sahen die Bäume aus, als hätten sie in Flammen gestanden. Der obere Teil der steinernen Außentreppe war wortwörtlich geschmolzen. Dort wucherte das Gestein wie ein ätzender Pilz. Die Auswüchse waren teilweise so imposant, dass sie im fahlen Licht des Mondes wie unheimliche Chimären oder fließende Dämonen wirkten. Moritz wurde ganz anders zumute. Was auch immer diese Stufen hinauf- oder hinuntergekrochen war, es verfügte über Kräfte, die alles, was sie berührten, verformen und verändern konnten. Was konnten sie erst mit Menschen anstellen?

Auf der zweiten Ebene thronte der Wohnturm. Der eckige Steinbau ragte fast zwei Stockwerke empor, wobei von der obersten Etage nicht mehr übrig war als die abgebrochenen Außenmauern. Wie ein schräger, hohler Zahn zeichnete er sich vor dem schwarzen Himmel ab.

Sie wandten sich nach rechts und erklommen eine halb verfallene Außentreppe, die seitlich am Turm zu einem Hocheingang führte. Der schmale Eingang gähnte verlassen, wie ein hungriges Maul. Die Tür war mitsamt den Angeln und anderen Schutzvorrichtungen herausgerissen worden.

Das Innere des viereckigen Wohnturms war so still, dass Moritz' Ohren rauschten. Überall lagen gesplitterte Steinquader und staubbedecktes Holz herum. In der Mitte des Raumes stapelten sich Quader übereinander. Der Haufen reichte über fünf Meter in die Höhe und hatte einen Durchmesser, der fast den gesamten Turm bis in die Ecken ausfüllte. Als Moritz seinen Blick nach oben richtete, erkannte er warum. Die Böden und Decken der oberen Etagen waren alle eingestürzt oder – ähnlich wie Teile der Außenmauer und des Schutzwalls – von etwas durchstoßen worden, das über die Gewalt eines fallenden Hauses verfügte. Moritz konnte durch die Löcher bis hinauf in den Sternenhimmel sehen.

Hier würden sie sich auf die Lauer legen.

Während sich Helene und Konstanze einen Fensterplatz zur Westseite suchten, erkundeten Moritz und Dr. Mehltau das, was von der darüberliegenden Etage übrig war.

Über eine steinerne Wendeltreppe erreichten sie das höhergelegene Geschoss. Dort angekommen stellten sie fest, dass ein Steinschlag den weiterführenden Teil der Treppe zum nächsten Stockwerk verstopfte.

Rasch streifte Moritz das seltsame Stachelkleid ab, bis er nur noch seine Kleidung und die La-Ka-Fellweste darüber trug. Er schritt durch den geisterhaften Staub auf den Rand des zerstörten Fußbodens in der Mitte des Turms zu. Eine Landschaft aus Steinbrocken und Holztrümmern erstreckte sich unter ihm. Er blickte nach oben, zückte seinen Teleskopstab und betätigte einen der Knöpfe. Sofort verlängerte sich der Stab auf über zwei Meter. Er nahm Anlauf und katapultierte sich mit einem Satz hinauf zu der abgebrochenen Steinmauer im obersten Stock.

Von hier aus hatte er einen Überblick über die gesamte Burganlage und die Wald- und Wiesentäler. Die Luft war etwas angenehmer als am Boden. Am liebsten wäre er hier oben geblieben und hätte nichts weiter getan, als den Nachtwind in seinen Haaren zu spüren. Er atmete tief ein und stellte überrascht fest, dass seine Schmerzen in den Rippen nahezu verschwunden waren. Irritiert befühlte er seinen Brustkorb. Keine Schwellungen und Verletzungen mehr zu spüren, es war fast, als ob sie ihn niemals gequält hatten.

Neugierig krempelte er seine Ärmel auf und löste die Bandagen von den Handgelenken. Nichts. Weder Striemen noch Rötungen oder blutige Einstiche. Nur eine Perlenkette zarter Punkte war dort zu erkennen, wo die Dornen in sein Fleisch gestochen hatten. Wie war das möglich? War das die Wirkung von Dr. Mehltaus Arznei?

Er befühlte seinen Nacken und den Hals und nahm schließlich die Verbände ab. Sie wirkten frisch und sauber, als ob sie nie benutzt worden wären. Moritz stopfte sie erleichtert in die Jackentasche.

Was auch immer Dr. Mehltau getan hatte, es hatte funktioniert. So gut und erfrischt hatte er sich lange Zeit nicht mehr gefühlt.

15. KAPITEL

Rita hatte sich nicht lumpen lassen. In ihren Proviantsäcken befand sich mehr Salz, als sie brauchten. Moritz sicherte jede Öffnung, jeden Vorsprung und jede Ritze des Turms mit dem weißen Gold und errichtete eine erste Schutzlinie, wobei das Loch in der Decke den größten Teil ihres Vorrats auffraß. Als er fertig war, positionierten sich die vier in allen Himmelsrichtungen. Moritz, Dr. Mehltau und die Elster fungierten dabei als Springer – sie überprüften laufend die Fenster auf sämtlichen Stockwerken und lösten vor allem Konstanze ab, der ständig die Augen zufielen.

Moritz starrte in die Dunkelheit und wartete auf ein Zeichen der Monster. Es war nur eine Frage der Zeit, bis sie sich zeigten. Dann würde er versuchen, zu ihnen Kontakt aufzunehmen – oder, falls das schief ging, gegen sie kämpfen.

Der Stein in Moritz' Magengrube wurde immer größer. Seit Stunden hatten sie keinen Laut aus dem Wald vernommen. Waren sie in eine Falle getappt, ohne es zu bemerken? Vielleicht hätte er doch lieber alleine losziehen sollen. Aber der Gedanke, Konstanze und Helene zu verlassen, war ihm unerträglich ...

»Moritz?«

Er wandte den Kopf. Konstanze stand in der Dunkelheit, todmüde und mit völlig verrutschter Tarnkleidung. »Wir müssen mal.«

»Ausgerechnet jetzt?«

Konstanze nickte träge.

»Kannst du nicht irgendwo in die Ecke machen?«

Konstanze verzog das Gesicht. »Das ist eklig. Wir wohnen doch hier.«

Moritz schnaufte. Also gut. Er ließ seine Tragetasche in den Staub gleiten und half seiner Schwester die Verkleidung abzustreifen.

»Ich trage dich«, flüsterte er und stutzte: »Hast du gesagt, *wir* müssen mal?«

Konstanze wurde schlagartig wacher. »Äh, ich weiß nicht ...«

Moritz starrte auf ihre Umhängetasche. Etwas bewegte sich darin. Er öffnete sie und lugte hinein. »Wir hatten doch besprochen, dass Fips im Wagen bleibt!«

»Aber er fürchtet sich alleine. Außerdem mag er dich.«

Moritz ließ die Tasche mit dem Boogelbie zu Boden sinken. »Wenn die anderen Monster ihn entdecken, denken sie vielleicht, die Verbrennungen wären unsere Schuld.«

Konstanze sah zu Boden. »Na ja, das sind sie ja auch irgendwie.«

Moritz seufzte, schnappte sich den Teleskopstab und hob seine Schwester hoch. »Dass du auch immer das letzte Wort haben musst.«

»Muss ich gar nicht«, murmelte Konstanze und schlang ihre Arme um seinen Hals. »Das passiert einfach so ...«

Er sprang mit ihr los, hüpfte mithilfe der Weste über die riesenhaften Steintrümmer, die überall verstreut lagen. In der Nähe des Eingangs kam er zum Stehen. Hier wachte Helene.

»Wir müssen mal für kleine Wolpertinger«, murmelte er ihr zu.

Helene nickte wortlos und starrte weiter in die Nacht.

Moritz sprang mit Konstanze über die mit Salz gesicherte Türschwelle und verschwand in der Dunkelheit.

Helene wartete, bis die beiden außer Sichtweite waren, dann verließ sie wankend ihren Posten und tastete sich vorwärts. Der Weg bis zu Moritz' Tasche kam ihr endlos vor. Ihr Körper bewegte sich schleppend, als würde er nicht zu ihr gehören. Mühsam kletterte sie über Steinquader und kämpfte sich vor, bis sie ihr Ziel erreicht hatte. Ihre Hände zitterten, als sie den Inhalt durchsuchte. Irgendwo musste sie doch zu finden sein. Irgendwo!

Sie erschrak, als plötzlich ein geflügelter Schatten neben ihr auftauchte. Edgar. Er landete auf einem langen Stachel von Moritz' Kostümierung und krächzte leise. Sie konnte sich nicht um ihn kümmern, sie hatte keine Zeit.

Hektik ergriff sie. Sie musste die Paste finden. Schnell!

Der Gestank war unerträglich. Er erinnerte sie an Buttersäure. Seit 300 Jahren hatte sie dieses Aroma nicht mehr wahrgenommen und nun stürmte es erbarmungslos auf sie ein. Es machte sie schwindelig und beeinflusste ihre Sehkraft. Sie blinzelte einmal, zweimal und befühlte hastig den Innenraum der Tasche, schlotternd, bibbernd. Alles, was ihr helfen konnte, diesen widerwärtigen Geruch aus der Nase zu vertreiben, war ihr recht. Es machte sie halb wahnsinnig. Dann spürte sie eine

Bewegung an ihrer Hand, ein Ding, schuppig und rund, gefolgt von einem Stich, nein, ein Biss! Sie schrie auf und ihr Arm zuckte zurück. Ihr Schrei hallte wie ein Peitschenhieb durch den Turm.

»Warum schreist du?«, fragte Konstanze.

Gehetzt wandte sich Helene um und starrte das kleine Mädchen an.

Eine Pause entstand, in der Edgar unruhig keckerte.

»Was suchst du in meinen Sachen?«, fragte Konstanze neugierig.

Helenes Blick glitt zu der Tasche, die sie für die von Moritz gehalten hatte. Daraus krabbelte ein bandagiertes Wesen hervor. Der Boogelbie! Fips hatte sie tatsächlich gebissen.

»Ich ... ich ...«, stammelte sie und wurde Moritz gewahr. Er stand hinter seiner Schwester und sah sie besorgt an.

»Was hast du?«

»Der Geruch«, sagte sie und fuhr sich mit flatternden Fingern über das Gesicht. »Wo ist die Paste? Schnell!«

Nun war auch Dr. Mehltau zu ihnen gestoßen. Er blickte sie bestürzt an.

»Die Paste!«, rief Helene wieder. »Bitte!«

Moritz starrte sie entsetzt an. So aufgelöst hatte er Helene noch nie erlebt. Er sah zu seiner Schwester herüber. Diese ließ eine Hand in der Tasche ihres Kleides verschwinden und zog dann die kleine Dose hervor. Helene riss sie ihr aus der Hand.

Gierig öffnete sie den Deckel und steckte ihre Nase tief hinein. Sie atmete schwer. Es half nichts. Die Buttersäure war überall. Schien in ihrer Kleidung zu hängen, in ihren Haaren. Sie steckte zwei Finger tief in die Paste und begann zuerst ihre Oberlippe zu betupfen, dann rieb sie sich ihr gesamtes Gesicht ein.

Es half nicht. Überhaupt nicht!

»Helft mir«, wimmerte sie.

Sofort war Moritz bei ihr. »Was ist passiert? Was kann ich tun?«

»Es tut so weh!«, keuchte Helene. »Es tut so sehr weh!«

»Aber ...«, stammelte Moritz. »Wie kann dir etwas wehtun?«

»Ich weiß es nicht!«, rief sie und jedes Wort drohte sie zu zerreißen.

Pleurren, Chrachern und Rigoulen.

Von einem Herzschlag zum nächsten erwachte der Wald rings um die Burg zum Leben. Die Elster flog auf. Dr. Mehltau rannte zu den Fenstern, während Helene in Moritz' Armen zuckte. »Es tut so weh«, schrie sie wieder und wieder.

Moritz hielt sie fest und streichelte sie. Konstanze begann zu weinen. Sie hatte Angst. Angst um Helene.

»Mein Kopf! Meine Nase! Meine Arme! Mein Bauch! Meine Brust! Meine Beine! Alles!«, rief sie immer wieder. »Hilf mir! Alles ist so schwer! Alles tut so weh!«

Moritz wiegte sie und presste seinen Mund auf ihre Stirn. Sie war eiskalt und nass. Helene zappelte haltlos. Mal riss sie an dem Verband an ihrem Arm, mal krallten sich ihre Finger in ihrem Gesicht fest.

»Seit wann ist das so?« Moritz' Stimme klang heiser.

»Ich weiß nicht ... es wird immer schlimmer. Der Geruch! Die Schwere! Die Schmerzen! Mach, dass es aufhört!«

Moritz konnte keinen klaren Gedanken fassen. Sein Magen verkrampfte sich und der Boden unter seinen Füßen begann zu schwanken. Was ging hier vor?

»Moritz, wir kriegen Besuch!«

Die Worte des Doktors wirkten wie ein Schwall Eiswasser. Sofort klärte sich sein Geist.

»Konstanze, ich brauche deine Hilfe. Du musst jetzt tapfer sein! Du bleibst bei Helene und passt auf sie auf.« Moritz half Helene in eine sitzende Position. »Ich muss zu Dr. Mehltau, verstanden?«

Konstanze rührte sich nicht von der Stelle. Sie schluchzte. Moritz kniete vor ihr nieder und wischte ihre Tränen fort. »Bitte, Konstanze! Helene braucht dich jetzt! Du musst auf sie aufpassen. Ich bin gleich wieder da, versprochen!«

Das kleine Mädchen nickte. Moritz küsste ihre Stirn. »Du bist meine Rettung!« Er sprang auf und machte einen Satz hin zu der Stelle, an der Dr. Mehltau wartete.

Konstanze ließ sich neben Helene nieder und begann sie zu streicheln. »Hab keine Angst«, sagte sie schniefend. »Ich bin ja da.«

»Mir ist so kalt«, flüsterte Helene und rollte sich zusammen wie ein verwundetes Tier.

Dr. Mehltau deutete in die Nacht. »Da!«, war das Einzige, was er herausbekam.

Moritz folgte seinem Blick und sah Augen. Unzählige Augen. Sie geisterten durch die Finsternis und krochen über den Wall, schlüpften durch Mauerspalten, drangen durch Wände und hinterließen dabei seltsame Spuren. Schattenhafte Leiber kletterten, flogen, taumelten und stürzten die Stufen hinauf. Ein Anblick wie aus einem Albtraum.

Moritz wandte sich ab und sprang von Fenster zu Fenster. Überall bot sich dasselbe Schauspiel. Sie waren umzingelt. Die Geschöpfe krochen höher und höher. Sie klammerten sich an den Steinen fest, quollen durch das Mauerwerk und waren nur noch wenige Meter vom Turm entfernt.

Die Geräusche verstummten und das erste Geschöpf legte seine Pranke auf die Türschwelle. Ein Zischen, ein Schnaufen, ein Geifern, dann rieselten glühende Salzkörner von der Tatze herab. Sie hatten eine tiefe Wunde in das Fleisch gebrannt. Hinter einem Schleier aus Dampf, der von der Schwelle aufstieg, zuckte das Geschöpf vor Schmerz. Es schien einem Fiebertraum entsprungen zu sein mit seinen katzenhaften Zügen, dem krummen Rücken und einem Fell in der Farbe der Mitternacht. Das Monster war so groß wie ein Löwe und überall mit silbrig glänzenden Spitzen bewehrt. Moritz schluckte. Nadeln. Lang und fein wie Haare sprossen sie aus dem Fell und rasselten bei jeder Bewegung wie Degen. In dem langen und spitzen Gesicht leuchteten gelbe Augen, die starr nach außen schielten wie die einer Ziege. Die Reißzähne standen so weit und schief nach vorn, dass sie von den Lefzen nicht bedeckt werden konnten.

Die groteske Katze schnaufte und stieß einen seltsamen Laut aus, sie *hurrelte*. Es klang wie ein Gurren, doch es war viel mehr. Worte schienen sich darin zu verstecken. Da war eine Andeutung von Sprache.

Das Hurreln pflanzte sich durch die Reihen der Monster fort, wurde von Wesen zu Wesen weitergegeben, bis die Botschaft – oder was immer es war – auch die letzte Höllenkreatur erreicht hatte.

Moritz und Dr. Mehltau wichen zurück. Die Elster flatterte nervös über ihnen. Überall zeigten sich neue Fratzengesichter. Riesige Augenpaare stierten ins Innere des Turms. Sie glotzten durch die Fensterlöcher und klammerten sich an den Außenmauern fest. Sobald ein Monster dem Salz zu nahe kam, stoben glutrote Funken auf und Schmerzensschreie ertönten. Jedes Mal zogen sich die Kreaturen daraufhin etwas zurück. Doch wie Kinder, die zum ersten Mal Feuer sahen, kamen sie wieder und verbrannten sich erneut die Pfoten.

»Bleibt zurück, wir wollen nur mit euch reden!« Seine eigene Stimme kam Moritz fremd und weit entfernt vor. Er durfte seinen Plan nicht vergessen. »Wir sind nicht hier, um zu kämpfen. Wir wollen friedlich sprechen.«

Seine Worte gingen im allgemeinen Hurreln, dem Zischen des Salzes und den damit verbundenen Schreien unter. Verdammt!

Rücken an Rücken mit dem Doktor bewegte er sich zu Helene und Konstanze hinüber. Dort angekommen hob Moritz Helene auf. Er trug sie mit Konstanzes Hilfe den Trümmerberg in der Mitte des Turms hinauf.

Dr. Mehltau raffte zusammen, was er tragen konnte, und schulterte die Taschen mit den Waffen und dem Salz.

Die kleine Gruppe kletterte die wackligen Steinquader empor, bis sie die Spitze, fünf Meter über dem Boden, erreicht hatte. Hier ließ Moritz die zitternde Helene auf die Knie sinken. Er zückte sein Schwert und hielt es kampfbereit.

»Wir wollen nur reden«, rief er erneut. Es war eher ein Krächzen als menschliche Worte. Niemand hörte ihn.

Der Turm war umstellt – die Kreaturen überall. Sie hockten vor den Fensteröffnungen und starrten sie an. Mit jeder Lücke, die sich füllte, verschwand mehr vom Mondlicht, bis nur noch das Loch über ihnen übrig war. Angstvoll blickte Moritz hinauf. Selbst dort erkannte er dämonische Gestalten. Sie kletterten über die Mauern und belauerten sie wie Aasfresser.

Sie saßen in der Falle.

Helene kauerte apathisch zu Moritz' Füßen. Als die Elster zu ihr flog, griff das Mädchen nach dem Tier. Sie drohte es zu zerquetschen. Der Vogel ließ es geschehen, er war wie erstarrt. Beide hielten gleichsam ihr Leben fest.

Nicht loslassen!, dachte Moritz. *Bitte!*

In die Reihen der Monster kam plötzlich Bewegung. Sie wandten die Köpfe und starrten auf etwas, das durch ihre Mitte schritt. Es schob sich voran, bis ihm nur noch das groteske Katzenwesen den Weg versperrte. Mit einem Grollen trat es von der Türöffnung zurück und gab den Blick frei auf den Neuankömmling.

Das Geschöpf trug eine düstere mittelalterliche Haube und war in dunklen Stoff gehüllt. Es war menschlicher als der Rest der albtraumhaften Horde – bis auf den Kopf, einer abnormen Mixtur aus Fischschädel und Vogelmaul. Lange borstige Schnurrhaare hingen von der schnabelartigen Schnauze herab und erinnerten an die Bartfäden eines Welses.

Das seltsame Fisch-Vogel-Wesen beugte sich nach unten und inspizierte die Türschwelle. Es verhielt sich wie ein Mediziner, der einen Patienten begutachtet. Seine glitschigen Fischaugen rollten in den Höhlen hin und her, bis sie innehielten.

Eine schlanke schwarze Hand kam unter dem Gewand hervor. Sie war gebogen und wies drei krallenartige Finger auf. Neugierig berührte das Geschöpf das Salz. Leuchtender Staub flammte wie frische Glut auf und das Fisch-Vogel-Wesen schüttelte sich.

Moritz nutzte den Moment. »Wir sind keine Feinde«, keuchte er. »Wir wollen nur mit euch reden. Versteht ihr unsere Sprache?«

Die Kreatur beachtete ihn nicht. Sie beugte sich nach unten, brachte ihren haarigen Schnabel nah an die breite Salzlinie heran und blies sie einfach fort.

Moritz sackte sämtliches Blut aus dem Körper.

Der Bann war gebrochen. Das Vogel-Fisch-Wesen trat mühelos über die Schwelle. Die anderen Monster drängten hinterher.

16. KAPITEL

Schwarze Schlangenwesen mit menschenähnlichen Gesichtern wälzten sich kriechend und purzelnd durch den Staub. Ihre Haut glänzte seidig und schien mit leuchtenden Perlen besetzt zu sein. Dazwischen käferartige Geschöpfe, groß wie Hausschweine, mit Reißzähnen und Schmetterlingsflügeln auf der Stirn, die mit einer Vielzahl lumineszierender Augen bemalt zu sein schienen. Als sich die Flügel entfalteten, schauten die Augenpaare umher. Die Zeichnungen blinzelten und beobachteten jede Kleinigkeit, jedes Detail und jede Bewegung.

Doch am beunruhigendsten fand Moritz die Kreaturen ohne Köpfe. Die menschengroßen Unwesen bestanden aus einer sinnlosen Aneinanderreihung von dürren Gliedern, die entfernt an Spinnen erinnerten und sich unkontrolliert durch die Schatten und an den Wänden entlang bewegten. Sie stolperten übereinander und widersprachen jedem Verständnis von Ordnung und Logik.

Moritz zählte bis zu zwölf verschiedene Gattungen von Ungeheuern. Keine davon kam ihm bekannt vor. Alle waren rabenschwarz, als wären sie Gehilfen ein und desselben Meisters – des

Teufels. Verzweifelt versuchte er weiter an seinem Plan festzuhalten, aber blankes Entsetzen hatte die Tafel in seinem Kopf, auf der alles Wichtige notiert war, abgewischt. Helene klammerte sich an seinem Bein fest und Konstanze und Dr. Mehltau rückten zu ihm auf. Dicht aneinandergedrängt verharrten die vier auf den obersten Steinen, während die unheimliche Brut den Turm eroberte.

Das Vogel-Fisch-Wesen schritt von einem Fenster zum nächsten und blies auch dort die Schutzzauber fort. Mehr und mehr Geschöpfe bahnten sich ihren Weg ins Turminnere, begleitet von leise zischenden Funken, wann immer sie mit den weit verstreuten Salzkörnern in Berührung kamen. Es dauerte nicht lange, bis sie jedes freie Fleckchen rund um den Trümmerberg bevölkerten.

Die Wesen chracherten, pleurrten und rigoulten in einem schaurigen Chor und zogen immer engere Kreise. Immer wieder setzte eines der Geschöpfe einen Fuß, eine Klaue oder eine Spinnenhand auf die untersten Trümmerstufen, doch eine Geste von Moritz' Klinge in Richtung der Angreifer genügte, um sie zum Rückzug zu bewegen. Sie schienen zu lauern, zu warten. Aber worauf? Einen Befehl? Ein Wort? Ein Kommando? Wenn es einen Anführer gab, wo versteckte er sich? Das seltsame Vogel-Fisch-Wesen war scheinbar nicht der Kopf des garstigen Gewimmels. Dieses Mischwesen tat nur, was ihm aufgetragen wurde. Es erteilte keine Befehle.

Aus dem Augenwinkel sah Moritz, wie sich etwas aus den Reihen der lauernden Bestien in die Lüfte schwang. Ein bizarres Geschöpf, das der Hölle entsprungen zu sein schien. Ein

Dämon mit spindeldürrem Körper, einem gehörnten Schädel und Fledermausflügeln. Sein Mund war breit und erinnerte an das Maul eines Hechtes, mit unzähligen nadelspitzen Zähnen. Er stieß einen Schrei aus, der Mark und Bein erschütterte.

Moritz erhob die Klinge, um sich zu verteidigen. Doch der Dämon verharrte direkt vor ihm. Er gnasselte und rigoulte die Spitze von Moritz' Waffe an, während seine Schwingen den uralten Staub im Turm in Wallung brachten. Steine und Dreck wirbelten wie Rauch durch den Raum, bis der Dämon einen Ruf ausstieß, abdrehte und neben zwei seiner Artgenossen landete. Sofort schien er eine aufgeregte Unterhaltung zu beginnen.

»Bleibt zusammen!«, beschwor Moritz die anderen.

Dr. Mehltau hielt die Brezelkonstanze in den zittrigen Händen. Es war überdeutlich, dass er keine Ahnung hatte, wie man damit umging. Ein Kochlöffel hätte bedrohlicher gewirkt.

Konstanze hatte sich Helenes gläserne Armbrust geschnappt und zielte auf die Monster, die sich vor ihr befanden. Sie streckte den Geschöpfen trotzig ihr schmutziges, verweintes Gesicht entgegen. Die Angst hatte ihre Tränen versiegen lassen.

Helene kauerte weiterhin zu Moritz' Füßen. Eine unterwürfige Haltung, die ihm körperlich unangenehm war. Sie verwandelte sich immer mehr in ein hilfloses Bündel, das im Schmutz herumkroch. Er konnte es kaum mehr ertragen. Er musste handeln – für Helene!

»Bitte sprecht mit uns!«, rief Moritz über den anhaltenden Lärm der Wesen. »Wir wollen nicht kämpfen! Wir brauchen eure Hilfe!«

Eines der perlenbesetzten Schlangenwesen begann die Trümmerstufen zu erklimmen. Konstanze sah es und feuerte. Eine leuchtend blaue Kugel vereiste die Schwanzspitze der Schlange.

Ein aufgeregtes Pleurren ging durch die Linien der Monster. Einer der ihren war angegriffen worden, war verletzt worden! Der Schlinge zog sich weiter zu.

»Nein! Bitte! Das war keine Absicht! Wir wollen euch kein Leid zufügen. Das müsst ihr uns glauben! Wir wollen nur reden.«

SCHLUSS MIT DEM LÄRM!

Moritz war sich nicht sicher, woher die Stimme gekommen war. Aber an der Reaktion seiner Gefährten erkannte er, dass er sie sich nicht eingebildet hatte.

»Was?«

HÖRT AUF ZU SCHREIEN!

Moritz keuchte. Er musterte die Wesen, die sich um den Trümmerberg drängten, doch er entdeckte keines, das diese Worte ausgesprochen haben könnte.

»Wir schreien nicht«, antwortete er aufs Geratewohl.

EURE STIMME IST LAUT. VERSCHWINDET HIER!

Diesmal hatte es Moritz genau gesehen. Sämtliche Monster hatten die Mäuler geöffnet und gesprochen. Alle zur selben Zeit. Sie chracherten, gnasselten, higgelten, rigoulten und pleurrten gleichzeitig und schufen so eine *gemeinsame Stimme.* Ihre Laute ergänzten sich, wie Noten in einer verzerrten Melodie, die von den Wänden widerhallte. War das möglich? Moritz musste seine Theorie testen.

»Wir gehen, wenn ihr uns angehört habt!«

NEIN! WIR HÖREN NICHT! WIR SIND DIE WÄCHTER UND IHR MACHT ZU VIEL LÄRM. GEHT! SOFORT!

Jetzt war Moritz sich sicher. Die Rufe der Wesen fügten sich in ihrer Gesamtheit zu Worten zusammen. Sie vereinten sich zu einem Geist und einer Stimme. Unglaublich!

»Seid ihr die Wächter der Burg?«

DIES IST UNSER HEIM! IHR SEID EINDRINGLINGE!

»Unserer Freundin geht es sehr schlecht, sie braucht Hilfe.«

WIR HELFEN NIEMANDEM. NUR UNS. WIR HABEN GELERNT.

Moritz blickte in die Augen der Monster, versuchte, so tief wie möglich hineinzusehen. Er suchte Mitgefühl.

»Diese junge Frau hier«, er ging in die Hocke und zog Helene an sich, »sie ist krank. Sie leidet, obwohl sie untot ist. Sie braucht eure Hilfe! Wir suchen nach einem Wesen, das sich Mock nennt. Der Mock kann sie heilen. Bitte, helft uns!«

Stille. Die Monster bewegten sich unruhig um den Trümmerberg herum. Doch sie ließen sich Zeit mit ihrer Antwort. Viel Zeit.

DAS WESEN, DAS IHR SUCHT, EXISTIERT NICHT.

»Das kann nicht sein!«, rief Moritz aufgebracht. »Mein Meister hat mir davon erzählt. Wir haben Bücher gefunden, in denen vom Mock berichtet wird.«

DAS SIND LÜGEN!

»Das glaube ich nicht!«

IHR SEID ZU LAUT! GEHT JETZT!

Moritz versuchte, Helene auf die Füße zu ziehen. Sie hing in seinen Armen, schwer und schlaff wie ein Sack Mehl. »Wir gehen nicht! Ihr *müsst* uns helfen. Ihr seid unsere letzte Hoffnung.«

HIER GIBT ES NICHTS FÜR EUCH!

»Nein! Bitte, ihr müsst –«

Wir müssen gar nichts! Wir sind nicht länger eure Diener.

Moritz erstarrte.

Geht und lasst *Tum-Blat* hier.

»Tumm-blatt?«

Ein Fidolenzen erhob sich im ganzen Turm. Es hörte sich wie Gelächter an. Die Kreaturen amüsierten sich.

Das Wesen, das ihr Boogelbie nennt. Es gehört euch nicht.

Moritz warf Konstanze einen traurigen Blick zu. »Es begleitet uns schon eine Weile. Fips kam freiwillig zu uns. Wir waren gut zu ihm. Aber er wurde verletzt. Wir haben ihm geholfen und –«

Lasst es gehen!

»Ja. Natürlich. Wir lassen ihn gehen.« Moritz gab Konstanze ein Zeichen.

»Aber Fips ...«

»Konstanze, bitte«, flehte Moritz.

Das Mädchen verzog das Gesicht und griff in seine Tasche. Es holte den verletzten, eingeigelten Boogelbie heraus und setzte ihn behutsam im Staub ab.

Moritz blickte in die Augen der Wesen. »Wir haben getan, was ihr verlangt, nun –«

Geht!

»Was?«

Geht!!!

»Aber wir haben getan, was ihr verlangt habt, könnt ihr uns nicht helfen?«

Nein! Verschwindet! Nehmt eure laute Stimme und kehrt nie wieder zurück!

Moritz verstummte. Der Raum begann sich zu drehen. Das

Atmen fiel ihm schwer. Er glaubte, den Verstand zu verlieren. Nein, so durfte das nicht enden!

Plötzlich war da eine Hand. Eiskalt und sanft. Sie berührte seine Wange. Es war Helene. Ihre Berührung ließ ihn erschaudern. »Moritz ... sie werden uns nicht helfen.«

Er betrachtete sie voller Verzweiflung. Ihr totenbleiches Antlitz, zerstochen, verkratzt und mit Paste verschmiert. Die immer dunkler werdenden Ringe unter ihren Augen. Ihr schwarzes Haar, das ihr wie Spinnweben im Gesicht hing. Sie sah traurig und erschöpft aus. Auf ihrem Schoß strampelte die zerzauste, zitternde Elster.

Sie hatte sie losgelassen.

Der Anblick brach Moritz das Herz.

»Nein«, rief er wütend. »Ich werde nicht gehen!«

Ein ungeahnter Ruck ging durch die Reihen der Kreaturen. Sie zuckten und schüttelten sich mit einem Mal. Wildes Aufbegehren erfasste die Masse wie eine zornige Welle. Ein Chrachern ging durch die Menge und einige der Geschöpfe bleckten ihre Fangzähne. Die Tonart hatte sich verändert. Es klang mit einem Mal rauer und feindseliger.

Konstanze stieß einen Schrei aus, als sich ein unheimliches kopfloses Spinnenwesen auf sie zubewegte. Es war keine zwei Meter von ihr entfernt. Die gläserne Armbrust in ihren Händen zitterte klirrend.

»Wir werden nicht gehen! Nicht bevor ihr uns geholfen habt«, sagte Moritz und richtete seine Klinge auf die Monster zu seiner Rechten und wechselte dann schnell zur anderen Seite. Eine hilflose Geste, denn die Meute begann sich wie ein einziger

Organismus zu bewegen. Sie strömte wie ein Schwall Leiber mit aufgerissenen Mäulern den Trümmerberg hinauf. Und tief aus ihren Kehlen donnerten die Worte:

DANN STERBT!

Die wilde Horde aus Leibern und Fratzen brandete den Trümmerhaufen hinauf.

Konstanze, Helene, die Elster und Dr. Mehltau pressten sich aneinander und stießen entsetzte Schreie aus. Moritz schloss die Augen und reckte seine Klinge nach oben, bereit, sie bis zum Letzten zu verteidigen, als ein ohrenbetäubendes Geräusch die Luft erschütterte.

RATT-TATT-TATT!

Die Welle der Kreaturen brach auf und spritzte durch den Turm. Moritz öffnete die Augen und sah einen leuchtenden Platzregen aus Funken, der sich von der Eingangstür her in den Raum ergoss. Die Geschöpfe sprangen panisch durcheinander und zischten Laute, die wie Verwünschungen klangen.

»Kinder? Wo seid ihr?«, brüllte eine Stimme. Rita! Und sie war nicht allein. Eine dürre Gestalt neben ihr schwenkte eine Fackel. Herr Jauche.

»Wir sind hier oben!«, rief Moritz.

Als Jauche ihn entdeckt hatte, reagierte er sofort. Eine brennende Flasche flog mitten in den Raum. Moritz hörte Glas zerspringen und im nächsten Moment stand der gesamte hintere Teil des Turms in Flammen. Eine Feuerlanze bohrte sich durch den Raum und die Luft wurde schlagartig von sengender Hitze durchdrungen.

Die Kreaturen chracherten und rigoulten aus vollem Hals

und wieselten durcheinander. Sie klammerten sich an fliegenden Artgenossen fest und krabbelten die Wände empor, um dem Feuer zu entgehen.

»Raus hier! Los!«, brüllte Rita, während ihr Brezelwächter unaufhörlich Nägel ins Getümmel blies.

Die Elster flog auf. Moritz schlang sich Helenes Arm um die Schulter, packte sie bei der Hüfte und zog sie auf die Beine. Dr. Mehltau hob Konstanze hoch. Sie kletterten stolpernd den Trümmerhaufen hinunter, um den immer noch vereinzelte Kreaturen wuselten. Sie rannten los, taumelten vorbei an wimmelnden Leibern und stürzten zwischen Rita und Jauche hindurch in die Nacht. Hinter ihnen erfüllte das Rattern des Brezelwächters den Turm.

Flammen schlugen aus dem halb verfallenen Gemäuer und erhellten den Nachthimmel wie ein Leuchtfeuer. Nach der sengenden Hitze in der Ruine wirkte die Luft draußen eisig und klar. Moritz hastete die Stufen hinunter. Helenes Bewegungen neben ihm wurden immer kraftloser.

»Moritz, warte, ich kann nicht mehr«, hörte er sie sagen, dann wurde sie mit einem Mal schwer wie ein Stein. Ihr Körper entglitt ihm und sackte zur Erde. Er strauchelte, stolperte über den Saum ihres Kleides und fiel die letzte Stufe hinab. Der Boden traf ihn hart.

Er blickte sich um. »Helene!« Sie rührte sich nicht mehr.

Zwei kräftige Hände zogen ihn auf die Füße. »Lauf weiter, Junge! Ich kümmere mich um sie!« Rita warf sich die Ohnmächtige über die Schulter.

»Was macht ihr hier?«, rief Moritz und sah, wie Dr. Mehltau

mit Konstanze an ihm vorbeiflitzte – hinter ihm erklangen die Rufe der Monster. Sie waren ihnen auf den Fersen.

»Der Werwolf«, schnaufte Rita und rannte auf die Seitentreppe zu. »Er ist ausgebrochen!«

»Um Gottes willen!«, platzte Dr. Mehltau hervor, der mit großen Schritten an Jauche vorbeihetzte.

»Ich glaube, er hat es auf dich abgesehen, Moritz. Er hat die Verbände gefunden und deine Fährte aufgenommen.«

»Das hat mir grade noch gefehlt«, keuchte Moritz.

»Wir müssen die Augen aufhalten!«, rief Rita. »Mir reicht eine Überraschung am Tag!« Damit setzte sie sich an die Spitze der Gruppe und lief mit Helene, deren Arme haltlos auf Ritas Rücken hin und her schlenkerten, die Treppe zum überwucherten Vorhof hinunter. Moritz sah die Steinstufen unter sich hinwegfliegen und hoffte inständig, dass die Wirtin einen Plan hatte. Alle folgten ihr, Jauche bildete das Schlusslicht. Er gab immer wieder seltsame Geräusche von sich.

Rita nahm einen ähnlichen Weg wie bei ihrer Ankunft. Sie führte den kleinen Trupp durch das Gestrüpp auf dem Vorhof und hielt auf die Lücke im Schutzwall zu. Gerade wollte sie hindurchspringen, als die Elster über ihrem Kopf einen Warnschrei ausstieß.

FOPP!

Ein riesenhafter Leib klatschte vom Himmel herab und versperrte den Durchgang. Ein dunkler, mit leuchtenden Perlen besetzter Schlangenkörper erhob sich – so dick wie ein Baumstamm und mit einem finsteren Kopf, der annähernd menschliche Züge aufwies. Als die Bestie den Schlund aufriss, verschwand die Ähnlichkeit augenblicklich. Das Gesicht teilte sich auf bizarre Weise in zwei senkrechte Hälften und entblößte eine Reihe messerscharfer Zähne, die an gezackte Eisenkämme erinnerten.

Rita hob den Brezelwächter und feuerte. Die Nägel prasselten auf die Kreatur ein, doch sie war trotz ihrer Größe flink wie der Teufel. Sie wich aus, schnellte vorwärts und öffnete abermals ihr groteskes Maul. Eine dicke, dampfende Flüssigkeit spritzte hervor und traf die Wirtin ins Gesicht.

Rita schrie und taumelte seitwärts. Sie rieb sich die Augen und feuerte weitere Schüsse ab, doch sie verpufften im Nichts. Das Monster rollte seinen Schwanz ein und ließ ihn wie eine Peitsche auf die Frau zuschnellen.

Moritz packte sein Schwert und sprang dazwischen. Er hieb nach vorn und spürte, wie er die Schwanzspitze durchbohrte. Ein grauenhafter Schrei ertönte, der ihm das Blut in den Adern gefrieren ließ. Das Schlangenwesen schreckte zurück und wand sich vor Schmerzen. Es wurde zu einem bebenden Knäuel, das sich mit zuckendem Schwanz in die Schatten des Schutzwalls zurückzog.

»Meine Augen! Meine Augen!«, schrie Rita immer wieder. Sie brach zusammen und Helene rutschte von ihrer Schulter.

Der Doktor sprang mit Konstanze auf dem Arm zu ihr und griff nach Helene. »Kommen Sie! Wir müssen weiter!«

Die Wirtin stemmte sich hoch und blinzelte in die Nacht. Ihre Augen und ihr Gesicht waren verbrannt. Ätzender Dampf stieg von ihrer Haut auf. Sie kniff die Lider zusammen und versuchte, die schreckliche Flüssigkeit fortzuwischen. Das sorgte nur dafür, dass ihre Wangen aufplatzten.

Die Monster hinter ihnen rigoulten lauter. Sie kamen näher. Immer näher.

Moritz nahm Dr. Mehltau Konstanze ab, damit dieser Helene tragen konnte. »Wo müssen wir hin?«, rief er.

Jauche brabbelte etwas, das sich anhörte, als würde er mit Kartoffeln gurgeln.

Rita verstand ihn sofort. »Folgt ihm! Er kennt den Weg!«

Alle Augen lagen nun auf Jauche. Für einen Mann, der sonst sehr wenig Aufmerksamkeit bekam – die Menschen gaben sich vielmehr Mühe, über ihn hinwegzusehen – verhielt er sich erstaunlich selbstbewusst. Er legte einen Arm um Ritas gewaltige Hüfte und drückte sie durch die Lücke im Wall. Auf der anderen Seite angekommen, wandte er sich nach rechts, in die entgegengesetzte Richtung, aus der Moritz und seine Gefährten gekommen waren.

Sie pressten sich gegen den Mauerstein des Walls und kämpften sich vorbei an blattlosem Geäst und Stacheln von Brombeerbüschen. Lange Dornen schnitten in ihre Gesichter, sodass Moritz Konstanzes Kopf mit der Hand bedeckte. Die Schatten wurden tiefer und dunkler. Die Mauern und der Wald schufen schwarze Löcher, tote Bereiche, denen kein Lichtstrahl etwas entgegensetzen konnte.

Hinter ihnen hörten sie die wütende Meute. Das Feuer hatte ihnen nur einen kleinen Vorsprung verschafft. Rufe und Gebrüll folgten ihnen und rissen nicht ab. Und auch der Gestank ließ nicht nach. Die Mauer schien endlos – bald mussten sie die Ruine umrundet haben. Führte sie Jauche etwa im Kreis herum?

Plötzlich war ihr Anführer verschwunden. Und Rita mit ihm.

Es passierte so schnell, dass Moritz vor Schreck fast mit dem Doktor zusammengestoßen wäre.

»Wo sind sie hin?«, keuchte Dr. Mehltau und drehte sich hastig um die eigene Achse. »Sie können nicht einfach verschwunden sein.«

Moritz' Blicke flogen über die Schatten. Über ihm stieß die Elster einen leisen Ruf aus und lenkte seine Aufmerksamkeit auf eine bleiche Hand, die wenige Meter von ihm entfernt mitten aus der Mauer ragte.

»Worauf wartet ihr?!«, rief Ritas Stimme.

Moritz rannte darauf zu. Hastig befühlte er die Mauersteine und entdeckte eine Nische. Sie war kaum zu erkennen, da sich die Steine derart perfekt überlagerten, dass sie wie eine glatte Oberfläche wirkten. Er sah Dr. Mehltau an und verschwand in der Mauer. Hinter sich die brüllende Monsterhorde ...

17. KAPITEL

Die Elster flatterte als Letzte in die Dunkelheit, danach schloss sich die Tür mit mahlendem Geräusch. Moritz ertastete rechts und links steinerne Wände, über seinem Kopf war nur noch eine Armlänge Platz. Ihn überkam das Gefühl, lebendig begraben zu sein.

Minutenlang verharrten sie in vollkommener Schwärze. Hörten nur ihren eigenen Atem und die unheimlichen Schreie, die die Nacht erfüllten und gedämpft zu ihnen drangen. Die Bestien streiften umher, suchten die Gegend ab. Rufe, die sich wie Kommandos anhörten, wurden laut, gefolgt von zurückgebellten Antworten. Ein Heer von Monstern war auf der Suche nach ihnen. Gewaltige Körper schoben sich an den Mauern vorüber, wetzten ihre Klauen am Stein und hielten inne. Sie schnüffelten und scharrten in der Erde, als ob sie genau wüssten, wo sich ihre Beute versteckt hielt.

Moritz presste seine Schwester an sich und wünschte, die Kreaturen mögen verschwinden. Er betete, dass ihr Versteck unentdeckt blieb und sie irgendwie davonkämen.

Verschwindet, flehte er stumm. Wir sind nicht hier!

Die Wesen zogen ihre Bahnen um die Mauer, wollten ihre Beute nicht aufgeben. Irgendwann, Moritz hätte nicht sagen können, ob Minuten oder Stunden vergangen waren, verebbten die Geräusche in den Tiefen der Ruine und des Waldes, bis vollkommene Stille herrschte.

»Sie sind fort«, murmelte Dr. Mehltau.

Moritz hörte das metallische Klappern eines Gehäuses in der Dunkelheit und wenig später flammte eine kümmerliche Laterne auf. Zaghaft sah er sich um. Sie befanden sich in einem schmalen Gang, Wände und Decke waren aus festem Stein gemauert. Hier passten kaum zwei Menschen nebeneinander.

»Folft mir!« Jauche schritt voran.

Der Gestank, der draußen die Ruine umgab, blieb hier unten ausgesperrt. Stattdessen roch es nach Moder und Schimmel. Der viereckige Schlauch aus Mauerstein schien kein Ende zu haben. Er führte geradeaus und stetig abwärts, sodass Moritz glaubte, sie würden tiefer und tiefer in den Beschwipsten Pfaffen hinabsteigen. Es gab keinerlei Abzweigungen und auch keine Stelle, an der sich der gemauerte Tunnel verjüngte. Alles war gleichförmig, ohne Unterbrechung. Quader an Quader, zu allen Seiten. Der Gang musste Jahrhunderte alt sein. Moritz vermutete, dass er zeitgleich mit der Burg erbaut worden war. Der versteckte Eingang fügte sich zu nahtlos in die Architektur ein, als dass daran ein Zweifel bestehen konnte. Ein Fluchtweg für Adlige oder Ritter?

Jauche schien sich auszukennen. Nun war Moritz endgültig überzeugt, dass es sich bei der grauen Kreatur, die sie im Wald aufgeschreckt hatten, um ihn gehandelt hatte. Sobald sie sich im

Schutz der Schwarzen Katze befanden, musste er ihn ausfragen.

Sein Plan, friedlich mit den Monstern Kontakt aufzunehmen, war gescheitert. Die Wesen, die er gesehen hatte, waren anders als jene, die er bisher kennengelernt hatte. Die Kreaturen auf der Burg sprachen mit einer gemeinsamen Stimme, die sich aus dem Gnasseln, Chrachern, Pleurren und all den übrigen Geräuschen zusammengesetzt hatte. Und als ob diese Tatsache allein nicht sonderbar genug wäre, trugen sie alle das gleiche seidige Schwarz, die gleiche perlen- und stachelbesetzte Haut zur Schau. Moritz fühlte sich unweigerlich an Uniformen erinnert. Eine Garde von Wächtern. Aber was bewachten sie? Welches Geheimnis versuchten sie zu schützen?

Und noch etwas: Was hatte die gemeinsame Stimme gesagt? Hört auf zu *schreien*? Ihr seid *zu laut*? Moritz konnte sich keinen Reim darauf machen. Er war erschöpft und der Weg durch den Tunnel wollte nicht enden. Stunde um Stunde schien zu verrinnen und der Gang in seiner Eintönigkeit veränderte sich nicht. Dann endlich erschienen Stufen. Eine Treppe. Und sie führte bergauf.

Die letzten Schritte beraubten Moritz all seiner Kräfte. Er war völlig außer Atem, als er nach oben stieg und vor einer massiven Tür aus Stein anhielt.

Jauche machte sich daran, den schweren Riegel an der Innenseite zu entfernen, dann warf er sich mit dem ganzen Körper dagegen und schob die Tür so einen Spalt breit auf. Sie blockierte bereits nach wenigen Zentimetern. Der dürre Kerl schlüpfte wie ein Windhauch hindurch, packte die Tür von der anderen Seite und zerrte daran. Rita, Moritz und der Doktor stemmten sich mit dem Rücken dagegen und drückten die Tür Zentimeter für Zentimeter weiter auf, bis die Öffnung breit genug für alle war. Moritz kletterte mit Konstanze auf dem Arm zuletzt hindurch.

Eine Rotunde aus Sandstein erwartete sie. Es war duster, grau und staubig. Massive Säulen unterteilten den Kreis in sechs Wände, in denen gotische Figuren und Reliefs eingelassen waren. Die Wand geradeaus wurde von einem eisernen Portal ausgefüllt. Darüber spannte sich ein kuppelförmiges Dach, durch dessen schmutzige Bleiglasfenster trübes Licht sickerte. Zuerst hatte Moritz vermutet, in einem Keller gelandet zu sein, doch als er den Stufensockel in der Mitte des Rundbaus mit dem wuchtigen Engel darauf erblickte, war ihm klar, dass er sich in einem Mausoleum befand. Hinter ihm versuchten Jauche und Rita derweil die Geheimtür zu schließen. Dr. Mehltau legte Helene auf den Stufen des Grabmals inmitten der Rotunde ab und half ihnen.

Als die schwere Tür einrastete, war sie unter Nischeneinfassungen und Wandverzierungen versteckt. Nichts deutete mehr auf ihre Existenz hin außer ein paar Schlieren im Staub, wo die Steinplatte über den Boden geschabt war.

Moritz entdeckte Fußabdrücke auf dem sandigen Grund. Offenbar wurde dieser Ort regelmäßig besucht. Allerdings nur von einer Person: Jauche. Die ovalen Abdrücke nackter Füße waren unverkennbar.

Moritz setzte Konstanze behutsam ab und ging zu Helene hinüber. Ihr lebloser Körper lehnte am Steinsockel und ihr Haar fiel ihr wie ein dunkler Schleier ins Gesicht. Vorsichtig strich er ihr ein paar schwarze Strähnen aus der Stirn und betrachtete sie im Zwielicht. Ihr Antlitz glich einer Totenmaske. Ihr Kleid hatte die Farbe von Blut. Er wollte ihre Hand nehmen und ihren Puls fühlen, aber da war keiner. Wie töricht von ihm. Er schluckte. Was passierte nur mit Helene? Sie war doch untot, ihr konnte es gar nicht schlecht gehen. Und doch ...

Jauche öffnete die schweren Flügeltüren des eisernen Portals. Draußen vor dem Mausoleum graute der Morgen. Erst jetzt begriff Moritz, dass sie die ganze Nacht über gelaufen waren. Er schob seine Arme unter Helenes schmalen Körper und hob sie hoch. Wankend trat er hinaus in das erste Licht des Tages.

Sie befanden sich auf einer kleinen Anhöhe, die von Ahorn und Ulmen umfriedet war. Aus dem Frühnebel ragten schemenhafte Grabsteine und mächtige Kreuze hervor. Dahinter erhob sich Bad Greifenstein, eingehüllt in milchigen Schleier.

Und als Moritz die leblose Helene über den Totenacker trug, fühlte er sich, als würde er eine Leiche vom Friedhof stehlen.

18. KAPITEL

Als Dr. Julius Mehltau am Mittag des 17. September 1813 die kleine Dachkammer im obersten Stockwerk der Schwarzen Katze verließ, warteten Moritz und Konstanze im Treppenaufgang hinter der Tür.

»Ich fürchte, sie ist sehr krank«, begann der Doktor. »Ich habe keine Ahnung, was es ausgelöst hat, doch sie hat starke Schmerzen. Sie kann ihre Glieder kaum heben und klagt über ein Rauschen im Kopf. Sie ist sehr empfindlich, was Licht angeht und scheint eine übersteigerte Sensibilität für Gerüche und Empfindungen jeglicher Art zu haben. Selbst ihre Kleidung und die Bettdecke bereiten ihr Schmerzen. In klaren Momenten sagt sie, dass sie das Gewicht erdrücken würde. Ich bin ratlos. Alles, was vorher bei ihr nicht der Fall war – Empfindungen, Hautreaktionen und Sinneseindrücke – tritt plötzlich in erschreckendem Maße auf. So heftig, dass sie das Bewusstsein verliert.«

»Wie ist das möglich?«, flüsterte Moritz. »Sie ist doch untot.«

»Ihr Herz schlägt nicht. Sie ist im eigentlichen Sinne tot. Und trotzdem empfindet sie heftige Schmerzen. Wenn ich es nicht besser wüsste, würde ich glauben, dass hier eine Vergiftung oder Ähnliches vorliegt. Ich habe ihren Körper untersucht, um Einstiche oder andere Wunden zu finden. Nichts. Ihr Körper ist zwar übersät von Stichen und Kratzern der Mimose und anderen Kämpfen, in die sie offenbar verwickelt war, und da ist auch die Fleischwunde, die ihr der Werwolf zugefügt hat ... nur das Gewebe blutet nicht. Es heilt aber auch nicht. Es ist mir ein Rätsel.«

Moritz blickte zu Boden. Das alles ergab keinen Sinn.

»Dürfen wir zu ihr?«, fragte Konstanze.

Dr. Mehltau betupfte seinen Mund mit einem weißen Taschentuch. »Ihr dürft. Aber bitte verhaltet euch sehr leise. Selbst kleinste Geräusche verursachen ihr große Schmerzen.« Er griff nach der Türklinke und zögerte. »Ich gestehe, dass ich am Ende meiner Weisheit angelangt bin. Diese Krankheit – Fräulein Helenes Befinden – lässt mich völlig ratlos zurück. Ich kann nichts für sie tun. Dennoch dürfen wir sie nicht weiter derart leiden lassen. Es wäre unrecht. Sie braucht besondere Hilfe, die ich ihr nicht geben kann.« Der junge Mann räusperte sich umständlich. »Mein ehemaliger Doktorvater, Prof. Leopold Reichenbacher von der medizinischen Fakultät in Wien, wüsste vielleicht Rat. Dafür müssten wir das Fräulein Helene allerdings zu ihm bringen ...«

»Sie wollen sie wegbringen?« Moritz' Stimme ging eine Oktave höher.

»Es wäre das Beste für sie«, sagte Dr. Mehltau. »Und wir sollten keine Zeit verlieren. Ein fahrender Mediziner, wie ich es bin, ist nicht qualifiziert, um dieses Leiden zu behandeln.«

»Und was, wenn man sie untersucht und für tot erklärt?« Moritz' Gedanken rasten. »Wenn der Professor, von dem Sie sprechen, die falschen Schlüsse zieht und sie einsperrt? Oder Schlimmeres? Vielleicht machen die irgendwelche Experimente mit ihr, weil sie nicht wissen, was mit ihr ist. Weil sie Helene nicht kennen so wie ich …«

»Ruhig Blut, mein Junge«, sagte der Doktor und legte ihm eine Hand auf die Schulter. »Niemand will das Fräulein Helene einsperren oder an ihm herumdoktern. Aber wenn sie hierbleibt, wird sie leiden – das steht für mich außer Frage. Wir müssen handeln. Das ist unsere heilige Pflicht.«

Moritz' Knie wurden weich.

»Wenn sich Fräulein Helenes Zustand nicht in wenigen Tagen bessert, werde ich einen Wagen organisieren, der uns mitnimmt. Wenn du und deine Schwester uns begleiten wollt, könnt ihr das selbstverständlich tun, aber ich rate dringend davon ab. Der Krieg macht nicht vor Kindern halt.« Mit diesen Worten drückte der Doktor die Klinke herunter und ließ Moritz und Konstanze ins Zimmer treten.

Die Dachkammer war abgedunkelt. Dr. Mehltau hatte ein Tuch vor dem Fenster angebracht, um das grelle Sonnenlicht auszusperren. Das bräunliche Zwielicht ließ den Raum unheimlich und Helene wie eine Statue aus Gips aussehen. Ihre Haut erschien rau und rissig, wie von einem Künstler gespachtelt.

Helene saß aufrecht und blickte die Besucher aus halb geöffneten Lidern an. Neben ihr, auf einem Beistelltisch vor dem verhangenen Fenster, hockte die Elster. Die schwarzen Knopfaugen hefteten sich auf Moritz und Konstanze.

»Wie geht es dir, Helene?« Es war eine dumme Frage, doch Moritz fiel keine bessere ein.

Helene hob kaum merklich die Lider und schloss sie wieder. Sie antwortete nicht.

Moritz trat ans Fußende ihres Bettes. »Es tut mir leid, ich konnte nicht ahnen, dass so etwas passieren würde.«

Helene blinzelte träge. Ihr Mund bewegte sich kaum merklich, doch es kamen keine Worte heraus.

»Kannst du mich hören, Helene?«

Keine Antwort.

Moritz schluckte. Seine Hände schlossen sich um einen der Bettpfosten, der unter seinem Griff hölzern und scharf knackte. Das Geräusch donnerte durch die Kammer und ließ Helene vor Schmerz zusammenzucken.

Die Elster krächzte erschrocken.

»Es tut mir leid«, flüsterte Moritz und zog sofort die Hand zurück. Mit gesenktem Kopf verließ er das Zimmer.

Tränen liefen Konstanzes Wangen hinab. Sie erschauderte unter Helenes Blick, er war unheimlich. Da war alles in ihren Augen. Alles außer Freude.

Wieder bewegten sich ihre Lippen lautlos, als ob sie etwas sagen würde. Doch es war kein Ton zu hören.

Konstanze kam langsam näher und versuchte zu lauschen. Es waren geflüsterte Worte. Vielleicht sprach Helene so leise, weil sie den Klang ihrer Stimme nicht ertragen konnte. Vorsichtig legte das Mädchen ihre Hand auf das Laken. Die Elster bewegte sich. Sie registrierte jede Bewegung im Zimmer mit wacher Genauigkeit. Konstanze beobachtete Helenes Mund.

»Du musst dich in Acht nehmen, Edgar«, murmelte sie.

Konstanze beugte sich näher. Die Elster reckte den Kopf und plusterte die Federn auf.

»Sie wird kommen«, flüsterte Helene heiser. »Wir müssen vorsichtig sein ... Sie kommt und wird dich mir wegnehmen ...« Ihre Lippen bebten. »Sie wird dich finden ... Ich kann sie schon hören ... Sie greift nach dir ... die Baba Jaga.«

Konstanze konnte sich darauf keinen Reim machen. Was hatte das zu bedeuten? Hatte Helene einen Wachtraum? Oder fantasierte sie? Als sie sich abwandte und auf Zehenspitzen das Zimmer verlassen wollte, hörte sie ein weiteres Flüstern. Diesmal etwas lauter und klarer. »Ich fühle ... den Tod.«

Ein Schauer erfasste Konstanzes Körper. Helene hatte sich nicht bewegt. Sie starrte mit halb geöffneten Augen auf eine Welt, die nur sie sehen konnte. So schnell und leise sie konnte, verschwand Konstanze aus der Kammer und ließ die Elster im Halbdunkel zurück. Helenes kleinen Beschützer.

19. KAPITEL

Moritz hatte gehofft, niemanden in der Küche anzutreffen, als er die Treppe hinunterstieg. Er hatte Pech.

Rita stand an der Feuerstelle und hantierte mit zwei Pfannen. Ihre Haare waren zerzaust und sie kratzte sich immerzu unter dem Verband, der die linke Hälfte ihres Gesichtes mitsamt dem Auge bedeckte.

Eine Pfanne entglitt ihr und krachte auf den Steinfußboden. Das Scheppern hallte durch den ganzen Raum.

»Auch das noch!«, fluchte Rita und kniete schwerfällig nieder.

Moritz war schneller. »Hier, bitte.« Er streckte ihr die Pfanne entgegen.

Rita brummte etwas und langte danach. Ihre rechte Gesichtshälfte war stark gerötet und ihr blutunterlaufenes Auge tränte. »Das war bestimmt zu laut«, sagte sie gedämpft. »Meinst du, sie hat es gehört?«

»Ich weiß nicht«, antwortete Moritz. Als er bemerkte, dass Rita Mühe hatte, die Pfannen wieder an ihren Platz über der Feuerstelle zu hängen, half er ihr. »Danke, dass Sie und Herr Jauche uns gerettet haben.«

»Du solltest ihn nicht so nennen«, knurrte Rita.

Moritz wurde rot. »Tut mir leid. Ich kenne seinen richtigen Namen nicht. Wie heißt er?«

Die Wirtin stierte ihn an. »Woher soll ich das wissen, zum Teufel? Aber ihn Jauche zu nennen, klingt unhöflich!«

»Aber Sie haben doch auch ...«

Ritas Blick verriet ihm, dass es keine gute Idee war, diesen Satz zu beenden.

»Verzeihung«, murmelte er.

Rita schnaufte. Sie wandte sich einem hohen Regal zu, auf dem zahlreiche Schalen, Schüsseln und Teller standen.

»Kennen Sie diesen, äh, besonderen Herrn näher?«

»Nein. Er taucht schon seit Jahren hier auf. Sitzt immer still in der hintersten Ecke, bestellt nie etwas zu essen und trinkt nur Wasser. Ich glaube nicht mal, dass er das Wasser trinkt. Er füllt es heimlich ab und nimmt es mit. Ein komischer Kauz.«

»Er scheint sich sehr gut auszukennen.«

»Wenn du den Geheimgang meinst – darüber weiß ich nichts.« Sie fischte nach einem Stapel Teller. »Es interessiert mich auch nicht. Ich bin nur froh, dass der Spuk ein Ende hat.«

»Spuk?«, fragte Moritz.

»Deine absurde Idee, auf die Burg hochzugehen und dich mit den Monstern anzulegen.« Die Teller entglitten ihr und rissen mehrere Suppenschüsseln um.

Moritz sprang zu ihr. Er fing die Schüsseln auf, bevor sie auf der steinernen Arbeitsplatte zerschellten.

»Himmelherrgottsakra!«, platzte es aus Rita heraus. Sie ließ sich auf einen Stuhl sinken. »Wie soll ich so weitermachen?«

»Das mit Ihren Augen tut mir leid«, sagte Moritz. »Ich wollte nicht, dass jemand verletzt wird.«

»Ach, ich hätte euch niemals ziehen lassen dürfen«, brummte Rita. »Ich habe deinen Dickschädel unterschätzt. Ich dachte, ihr kehrt um, wenn euch der Berg zu unheimlich wird. Das war dumm von mir. Ausgesprochen dumm.«

»Ich dachte, ich hätte die Situation im Griff.«

Rita schwieg. Es dauerte eine Weile, bis sie fragte: »Wie geht es dem Täubchen?«

»Dr. Mehltau sagt, dass er sie von hier wegbringen will. Nach Wien in ein Krankenhaus. Er kennt einen Arzt, dem er vertraut.«

Die Wirtin nickte. »Das wird das Beste sein.«

»Das Beste? Wie kann das *das Beste* sein? Wer weiß, was sie mit ihr anstellen, wenn sie sehen, in welcher Verfassung Helene ist! Sie ist eigentlich tot – oder zumindest sieht sie so aus. Wer weiß, was der Arzt dann mit ihr vorhat?«

»Es ist auf jeden Fall besser, als sich selbst den Monstern zum Fraß vorzuwerfen. Und deine kleine Schwester gleich mit!«

»Aber ich wollte doch gar nicht –«

Rita brachte ihn mit erhobener Hand zum Schweigen. »Es war nicht deine Schuld. Es war meine. Ich habe den Fehler gemacht, dir zu viel Verantwortung zuzugestehen. Ich hätte es besser wissen müssen. Hätte mich durchsetzen sollen, anstatt dir eine Geschichte zu erzählen, die du sowieso nicht begreifst.«

Es wurde still.

»Sie sind die Frau des Bäckers«, murmelte Moritz, als ob das irgendetwas nützen würde.

»Das war ja nicht schwer zu erraten.«

»Bitte, ich …«

»Genug.« Rita blickte ihn finster an. »Der Doktor wird entscheiden, was am besten für deine Freundin ist. Und du wirst diese Entscheidung hinnehmen, hast du mich verstanden?«

Das war wie eine Ohrfeige. Moritz hielt die Luft an.

»Ob wir uns verstanden haben?«

Moritz schluckte. Lange. Er nickte – für Helene.

»Dann sind wir uns ja einig. Das war die erste vernünftige Entscheidung, die du seit Langem getroffen hast.«

Moritz verstand die Welt nicht mehr. Wie konnte etwas vernünftig sein und sich gleichzeitig so falsch anfühlen? So unglaublich falsch! Sein Mund öffnete und schloss sich wieder.

Ritas Nasenflügel bebten, als wartete sie nur darauf, dass er einen falschen Ton ausspuckte. Als Moritz stumm blieb, erhob sie sich und schob den Stuhl beiseite. »Wir haben zu tun.« Damit verschwand sie in der Speisekammer. Einmal mehr demonstrierte sie den *übergroße-Frau-verschwindet-in-klitzekleinem-Kämmerchen-Trick*. Sehet und staunet! Sekunden später landeten ein Besen und ein Lappen in Moritz' Gesicht. »Fang an, die Stube zu putzen. Wenn du fertig bist, gehst du mir in der Küche zur Hand.«

Am Abend half Moritz in der Wirtsstube, in der zu später Stunde nur noch wenige Gäste saßen. Konstanze schlief bereits in der Abseite neben Ritas Privatgemach, gegenüber von Helenes Kammer.

Mehrmals hatte Moritz an Helenes Tür gelauscht und beunruhigende Laute vernommen. Ein Stöhnen und Wälzen, als ob ihr das Nachthemd, die Decke, der Raum, ja, die ganze Welt zu eng wäre. Es hätte Moritz nicht gewundert, wenn er die Tür aufgestoßen und einen entsetzlichen Nachtalb auf ihrer Brust entdeckt hätte. Doch er traute sich nicht, nachzusehen. Was war er doch für ein Feigling.

»Das hatte ich nicht bestellt«, sagte ein Mann und knallte seinen Krug auf den Tresen.

Moritz' Gedanken kehrten ins Hier und Jetzt zurück. Er starrte in das Gesicht eines rundlichen Mannes, dessen Bart an rotes Gestrüpp erinnerte. Bis auf die winzigen Schweinsäuglein war es vollkommen zugewachsen.

»Verzeihung, der Herr«, stammelte er. »Was wollten Sie?«

Der Mann winkte ab und griff nach dem Krug. Es war ihm scheinbar zu lästig, seine Bestellung zu wiederholen.

Moritz ärgerte sich. Er war nicht bei der Sache. Er brachte den Gästen die falschen Speisen und schenkte Branntwein statt Bier aus. Rita war nicht erfreut, denn zwischen den Getränken gab es einen Preisunterschied von zwanzig Guten Groschen. »Die Leute werden doch nicht mit dem Silberlöffel im Hintern geboren«, schnauzte sie. Zu seinem Glück beschwerten sich die wenigsten Gäste. Die meisten waren ohnehin nur gekommen, um die Schäden im Schankraum der Schwarzen Katze zu begutachten. Außerdem brannten sie darauf zu erfahren, warum die Wirtin den dicken Armverband vom Kampf mit der Mimose nun gegen ein verbundenes Auge getauscht hatte. Rita gab sich schmallippig und erfand ein Lügenmärchen von einem explodierten Topf, der zu lange auf dem Feuer gestanden hatte.

Je weiter der Abend voranschritt, desto trübseliger wurde

Moritz. Eine Stunde vor Mitternacht leerte sich das Wirtshaus, bis nur noch die Herren Kante, Tonke und Stiller übrig waren. Jauche fehlte. Moritz hatte die ganze Zeit darauf gewartet, dass er zu Tür hereinschleichen würde, um wie immer in der hintersten Ecke Platz zu nehmen. Aber er kam nicht.

»Was ist? Willst du ihn heiraten?«

Moritz starrte Rita entgeistert an. »Wie bitte?«

»Den Suppentopf«, sagte sie. »Du stehst schon seit einer Ewigkeit in der Tür und starrst den Topf an. Worauf wartest du? Stell ihn zu den anderen.«

Moritz tat, wie ihm geheißen. Wenig später bestellte die Respektable Greifensteiner Wach- und Schutzgesellschaft unter dem großen Eisenleuchter eine weitere Lage Bier.

»Letzte Runde, Männer!«, rief Rita aus der Küche und spähte mit ihrem guten Auge hinter dem Türrahmen hervor. »Du kommst anschließend in die Küche, Moritz. Ich muss dir etwas zeigen.«

Moritz nickte, schenkte drei Krüge ein und servierte sie der angeheiterten Herrenrunde, die über ihrem Schreibheft brütete.

»Wohl bekomms!« Moritz wollte kehrtmachen, als ihn jemand am Arm festhielt.

»Hey, Bursche«, lallte Kante. »Lass dich von Rita nich so rumkommandieren.«

»Genau.« Tonke blickte von seinem Notizbuch auf. »Sie kann froh sein, dass du ihr hilfst. Ist ein feiner Zug von dir.«

Stiller nickte.

Moritz wurde rot. »Frau Holzer hat viel für mich und meine Freunde getan. Ich denke, ihr Ton ist angemessen.« Sein Blick glitt in die leere dunkle Ecke. »Sie wissen nicht zufällig, wo der Mann ist, der immer da ganz hinten sitzt?«

Kante stierte in die Ecke. »Meinst du Jauche?«

»Ich glaube, so wird er genannt. Haben Sie ihn heute gesehen?«

»Heute nich, nee«, sagte Kante und kratzte sich am Kinn.

»Eigentlich ungewöhnlich«, ergänzte Tonke. »Er ist sonst immer hier und behält Rita im Auge.«

Kante lachte dreckig, während Stiller den Boden seines Kruges erforschte.

»Wo bleibst du, Bursche?« Ritas Stimme war unüberhörbar und ihre Laune leicht zu identifizieren.

Eilig raffte Moritz die leeren Bierkrüge zusammen, bedankte sich für die Auskunft und flitzte in die Küche. Dort wartete die Wirtin mit finsterer Miene und einer Bratpfanne bewaffnet.

»Was hab ich angestellt?«

Wortlos deutete Rita in die Ecke.

Dort saß ein schuppiges Etwas mit himmelblauen Glotzaugen und verkohlten Öhrchen. Fips! Als er Moritz sah, wackelte er glücklich auf ihn zu.

»Was machst du denn hier?«, fragte er erfreut und ging in die Knie.

Der Boogelbie ließ sich zufrieden kraulen. Moritz fiel auf, dass sein verletztes Bein wieder vollkommen geheilt war. Nicht der Hauch eines Kratzers war zu entdecken. Sogar das zweite, vormals zugeschwollene Auge hatte sich gebessert und die Schuppen wirkten weniger verkohlt. Hier und da kam seine ockergelbe Farbe zurück.

»Merkwürdig«, sagte Moritz mehr zu sich selbst.

»Ob merkwürdig oder nicht, ich will dieses Viehzeug nicht in meiner Küche haben! Hast du mich verstanden?«, rief Rita aufgebracht.

Moritz brummte ein kleinlautes »Ja«, hob den Boogelbie auf und trug ihn hinauf in Konstanzes Kammer. So gab es wenigstens eine Person, deren Tag eine positive Wendung nahm.

In jener Nacht tat Moritz kein Auge zu. Rita hatte ihn in der Küche auf der Holzbank nahe der Feuerstelle untergebracht, einem Platz, der sich trotz der harten Unterlage als behagliches Nachtlager entpuppte. So starrte er in die schwelende Glut und hing seinen Gedanken nach.

Wie konnte er Helene nur helfen? Wenn der Doktor sie nach Wien brachte, was würde der Arzt dort mit ihr anstellen? Es gab Mediziner, die schreckliche Fehler machten. Er hatte es bei seinen Eltern miterlebt. So weit durfte er es nicht kommen lassen. Wenn er doch nur Jauche zu fassen bekäme ... Falls Konstanzes Vermutung stimmte und es sich bei dem Mann um einen Untoten handelte, konnte er ihm vielleicht helfen, das Rätsel um Helenes Zustand zu lüften. Oder war Jauches unappetitliches Äußeres auch Helenes Zukunft?

Unruhig wälzte er sich herum. Er schloss die Augen und versuchte die Gedanken abzustellen. Es gelang ihm nicht. Seit ihrem Aufbruch vor zwei Tagen hatte er nicht mehr geschlafen. Alles, woran er denken konnte, war Jauche.

Im Schein der Glut schob sich ein Schatten über den kalten Steinfußboden. Klein und zaghaft. Fips. Er saß auf dem Küchenboden und lummerte.

Wie um alles in der Welt war er aus Konstanzes Kammer gelangt? Moritz konnte nur hoffen, dass er sich nicht durch irgendwelche Türen gefressen hatte.

»Geh schlafen«, sagte er mit gedämpfter Stimme.

Der Boogelbie rührte sich nicht. Er glotzte nur und leckte sich hingebungsvoll über die Augäpfel.

Moritz seufzte. Würde das ewig so weitergehen? Sah so der Rest seines Lebens aus? Verfolgt von Monstern aller Art – auch wenn sie manchmal drollig waren? Und nicht in der Lage, dem Mädchen zu helfen, das er …

»Gnarrr-sss«, wupperte der Boogelbie.

Moritz blickte zurück in die sterbende Glut. Er durfte Helene nicht in die Hände irgendwelcher Ärzte geben. Er brauchte eine Antwort. Also musste er Jauche finden.

20. KAPITEL

Ein fahler Morgen quälte sich durch die schmucklosen Straßen von Bad Greifenstein. Noch vor allen anderen war Moritz aufgestanden und hatte sich auf den Weg zum Friedhof gemacht. Er fand die von hohen Mauern umschlossene Grabanlage in geisterhaften Dunst gehüllt vor.

Der Gottesacker war in zwei Hälften unterteilt: Der Hauptfriedhof, der größere Teil mit den prunkvolleren Grabsteinen, wand sich nach Nordosten einen Hügel hinauf. Der kleinere Teil, auf dem nur einfache Holzkreuze auf den Gräbern standen, schmiegte sich im Westen in eine Senke.

Moritz überlegte, von wo er diesen Ort zum ersten Mal betreten hatte. Er war aus einer anderen Richtung gekommen, von einer Anhöhe, die von Bäumen umfriedet war. Also wandte er sich der Hauptseite zu.

Er folgte einem gewundenen Pfad, der von jungen Kastanien und Linden gesäumt wurde. Die Grabstätten waren schlicht, aber aufgeräumt, so wie der Rest der Stadt. Einige Gräber besaßen massive Steinkreuze, andere große Grabplatten und hin und wieder sogar eine kleine Statue aus Stein.

Seine Eltern hatten nie das Glück gehabt, an einem Ort wie diesem bestattet zu werden. Ihre Leichen waren nach ihrem Tod durch die Influenza verbrannt worden. Ein anonymer Haufen Asche. Was damit geschehen war, wusste er nicht.

Der Weg nahm eine sanfte Biegung und stieg langsam an. Kurz darauf öffnete sich ein kleines Areal, das von Ahornbäumen und Ulmen eingefasst war. Am anderen Ende entdeckte er das Mausoleum. Augenblicke später stand er vor dem Eingang der Gruft.

Die Schrift über dem Portal war verwittert, doch Moritz konnte die Worte entziffern:

Hier ruht in Gott,
die hochherrschaftliche Familie Wessel

Die Flügeltüren waren verschlossen. Er umkreiste die Grabstätte und sah, dass der rückwärtige Teil des Bauwerks halb in den Hügel eingegraben war. Das war der Bereich, der den Eingang zum Geheimtunnel verbarg. Er ging ein Stück weiter die Anhöhe hinauf und spähte durch die dahinterliegenden Bäume. Vor ihm erhob sich der bewaldete Rücken des Beschwipsten Pfaffen, die Wesselburg obenauf. Burgruine und Gang lagen in einer geraden Linie, wie Moritz vermutet hatte. Er wandte sich um, als es in den Büschen nahebei raschelte.

»Jauche?«

Es dauerte einen Moment, dann stolperte Fips aus den Sträuchern. Er war ganz außer Atem und hatte Gesellschaft mitgebracht. Ein kleines Stachelwesen mit milchig weißen Äugelein.

»Nicht der schon wieder«, stöhnte Moritz.

Der Boogelbie starrte seinen Begleiter an und wackelte begeistert mit dem Hintern. Moritz fühlte sich an Konstanze erinnert. Fehlte bloß noch der Satz *Darf ich ihn behalten?*, gepaart mit großen Kulleraugen.

Als Moritz später unerledigter Dinge zur Hintertür der Schwarzen Katze zurückkehrte, hörte er Stimmen aus der Küche. Julius Mehltau sprach mit Rita. Moritz duckte sich unter ein Fenster. Eigentlich wollte er nicht lauschen – aus Angst, etwas zu hören, was ihm nicht gefiel –, aber er konnte nicht anders.

»Die letzte Nacht war schlimm?«, erkundigte sich der Doktor.

»Ich habe sie die ganze Zeit wimmern gehört«, sagte Rita.

Dr. Mehltau seufzte. »Dann bleibt mir keine Wahl. Ich besorge einen Wagen und werde mich über die Lage an der Grenze erkundigen. Vielleicht bekomme ich in der nächstgelegenen Stadt einen Stadtanzeiger oder einen Gendarm zu fassen.«

Kurzes Schweigen.

»Bereiten Sie den Jungen und das Mädchen bitte darauf vor, Frau Holzer«, fügte er an. »Es ist besser, wenn eine Frau das macht.«

»Wo haben Sie denn das her?«

»Nun, ich dachte, wenn eine mütterliche Person es den Kindern sagt, würden sie es vielleicht besser verstehen.«

»Aha ... interessant.«

»Was ich meinte, war, äh, wenn eine gestandene Frau wie *Sie* die Nachricht überbringt, dann ist die Dringlichkeit einfach –«

»Soso ... eine gestandene Frau wie *ich* ... merkwürdige Wortwahl.«

Man konnte förmlich hören, wie Dr. Mehltau ins Schwitzen kam. »Ich gehe dann besser, Frau, äh ...«

»Gute Idee, Herr Doktor.«

»Ich wünsche Ihnen noch einen guten ... äh, ist alles in Ordnung zwischen uns?«

»Natürlich«, sagte die gestandene Rita.

Der Doktor verließ die Küche hastig durch die Hintertür. Er ging so schnell, dass er Moritz nicht bemerkte, der sich eng an die Hauswand unter dem Fenster gepresst hatte.

Anders Rita. »Hey, du!«, donnerte ihre Stimme auf ihn herab.

Moritz blickte auf.

»Hast du etwa gelauscht?« Die Wirtin stand auf der Schwelle der Hintertür, die Hände in die Hüften gestemmt. Ihr rechtes Auge war immer noch gerötet, doch die Haut sah besser aus. Die andere Seite zierte der Verband.

»Nein, hab ich nicht«, log Moritz.

»Gut«, sagte Rita. »Dann kannst du das, was du nicht gehört hast, schonend deiner Schwester beibringen.« Sie verschwand im Haus. »Und wehe, du bringst diese drei Viecher mit in meine Küche! Dann setzt es was!«

Moritz sah sich um. Neben Fips saßen nun zwei Stachelwesen mit weißen Augäpfeln und starrten ihn erwartungsvoll an. Es war zum Haare raufen. Anstatt dass er Jauche fand, fanden diese Monster ihn. Wie gern hätte er getauscht.

Am Abend hatte Moritz seiner Schwester immer noch nichts von Dr. Mehltaus Plänen erzählt. Er hoffte insgeheim, es würde sich eine andere Lösung finden. Doch je länger der Dienst hinter der Theke dauerte, desto düsterer wurde seine Stimmung. Jauche blieb der Schwarzen Katze weiterhin fern. Und langsam machte sich Moritz' Schlafmangel bemerkbar.

Rita hielt ihn beschäftigt, damit er nicht am Zapfhahn einschlief. Aber es half nichts. Als die erste Gästewelle vorüber war und nur noch die Respektable Greifensteiner Wach- und Schutzgesellschaft ihr Sitzfleisch unter Beweis stellte, fielen Moritz immer öfter die Augen zu. Irgendwann gab die Wirtin auf und schickte ihn auf die Küchenbank.

Erst als Rita die Herren Kante, Tonke und Stiller vor die Tür setzte, die Lichter löschte und nach oben in ihre Kammer stieg, erwachte Moritz. Ein ungewohntes Gefühl beschlich ihn. Die Küche war ruhig. Die letzten Glutfetzen unter dem Feuerstein knackten leise vor sich hin. Etwas hatte sich verändert. Etwas fehlte. Aber was?

Dann begriff er: Er war allein. Der Steinfußboden war leer. Als er den Kopf drehte und hoch zum Fensterbrett starrte, saß dort niemand. Auch nicht auf der Kante der Feuerstelle. Der Boogelbie und seine neuen besten Freunde, die Stachelwesen, waren verschwunden.

Ungläubig presste er die Hand auf den Mund. Sie. Waren. Weg. Zwei Jahre hatte er auf diesen Moment gewartet. Er war frei! Kein Chrachern, kein Fidolenzen, kein Pleurren, nichts. Nur perfekte Ruhe und ein wohliges Feuerchen.

Sein Atem wurde ruhiger, sein Körper entkrampfte sich und er fühlte sich so entspannt, dass er dachte, er müsse jeden Moment wie weiche Butter von der Bank fließen. Dann sah er den langen Schatten.

Jemand stand mitten im Raum.

Mit nackten Füßen patschte er über den Steinfußboden und kam näher. Seine Bewegungen wirkten ruckartig und abgehackt. Wie eine Puppe, die sich gegen ihren Meister wehrt.

Moritz kippte vor Schreck von der Bank und schlug auf dem Boden auf. Der Jemand gab ein gurgelndes Geräusch von sich, das ihm bekannt vorkam.

»Waf foll daf?«

21. KAPITEL

Strähnige Haare, ein schiefes Gesicht und ein langer grauer Fetzenmantel.

»Jauche?«

Der Angesprochene wartete im Schein der Glut.

Moritz rappelte sich auf. »Was machen Sie hier?«

»Igg weich nich.« Der Mann starrte ihn an.

»Ich habe nach Ihnen gesucht, Herr, äh ...« Moritz hielt inne. Er hatte den respektlosen Namen schon viel zu oft benutzt. »Wollen Sie sich nicht setzen?«, schlug er mit gesenkter Stimme vor und wies auf die Bank.

Jauche setzte sich und starrte Moritz weiter an.

»Äh, ich weiß nicht, was ich sagen soll ... Hat Ihnen jemand erzählt, dass ich nach Ihnen gesucht habe?«

Jauche schüttelte den Kopf. Es sah seltsam aus, als ob der Mann fürchtete, dass ihm der Schädel vom Hals kippte.

»Wir haben uns Sorgen gemacht. Ich dachte, Sie kämen jeden Abend in die Gaststätte. Und dann sind Sie nicht aufgetaucht. Ich konnte Ihnen nicht einmal danken, dass Sie uns geholfen haben. Aber jetzt sind Sie hier. Das ist großartig. Was ist passiert? Was haben Sie in den letzten zwei Tagen gemacht? Wo waren Sie?«

»Waf?«

Moritz blinzelte. Sein Übereifer war offensichtlich zu viel für den armen Kerl. »Verzeihen Sie.« Er sammelte sich. »Danke, dass Sie uns geholfen haben.«

Jauche nickte.

»Wo sind Sie seit unserer Rettung gewesen?«

Jauches Augen stierten in unterschiedliche Richtungen. »Üb'rall. Wolde mich verstegg'n.«

Die Worte waren so verzerrt und verquollen wie Jauches Gesicht. Aber je mehr sich Moritz auf den Klang konzentrierte, desto besser verstand er ihn.

»Sie waren überall und wollten sich verstecken? Warum?«

»Igg hadde enn seldsamss Gefühhh.«

»Seltsames Gefühl? Was meinen Sie?«

Jauche rutschte ungelenk auf der Bank herum. »Igg weich nich ... so vie'n Ruffn.«

»Haben Sie *Rufen* gesagt? Sie haben ein Rufen gehört?«

Der Mann nickte langsam.

»Wo haben Sie es gehört?«, fragte Moritz.

Jauche richtete sich auf und deutete auf seine Brust. »Hiier grinn.«

»In Ihnen«, murmelte Moritz, halb zu sich selbst. »Und das hat Ihnen Angst gemacht?«

Jauche wiegte den Kopf. Es war kein Nein, aber auch kein Ja. »Egg iss geltsamn.«

»Wann haben Sie das Rufen zum ersten Mal gehört?«

»Geste'n ... egg wudde immmr laudrr.«

»Es wurde immer lauter«, wiederholte Moritz. »Und was hat es gemacht? Was hat es gerufen? Konnten Sie es verstehen?«

Jauche nickte. »Egg sagde: *Gommm.*«

Moritz beugte sich vor, um sicherzugehen, dass er den Mann richtig verstanden hatte. »Sagten Sie *Komm*?«

Jauche nickte.

»Nur das? Nichts weiter?«

Wieder das Nicken.

»Und wohin?«

Jauche starrte Moritz an. Diesmal schienen beide Augen ihn genau anzusehen. »Tzu gir.«

Moritz geriet aus dem Gleichgewicht. »Zu mir?«, stammelte er.

Die Worte hallten in der Küche wider. Er hörte Geräusche aus der oberen Etage. Holz knarrte. Vielleicht drehte Rita sich nur auf die Seite oder aber sie war wach geworden. Moritz lauschte. Als alles still blieb, wandte er sich wieder Jauche zu.

»Sie sollen zu mir kommen? Warum?«

Der Mann zuckte die Schultern, was seltsam aussah, denn eigentlich schien sich eher sein Kopf auf und ab zu bewegen.

Moritz überlegte. Wieso hörte der Mann ein Rufen, das ihm sagte, er solle zu ihm kommen?

»Können Sie es beschreiben? Ist es eine Stimme so wie meine?«

Jauche schüttelte langsam den Kopf. »Enn Gefühhh.« Er deutete auf seine Brust, dort, wo das Herz saß. »Igg weich, daff igg gomm'n muff.«

Moritz fuhr sich durch die Haare. »Aber ich habe Sie nicht gerufen«, sagte er mit gedämpfter Stimme. »Ich wollte Sie sprechen. Unbedingt sogar. Ich habe mir ein Treffen herbeigesehnt, aber …« Er hielt inne, denn er fühlte, wie sich sein Kopf, sein ganzer Körper schlagartig erhitzte.

Da gab es ein Detail, einen Gedanken, der ihn eingenommen hatte und erfüllte. Einen Wunsch. Den Wunsch etwas zu erreichen. Das Richtige zu tun.

Jauches Augen wurden groß. »Dah! Dah igt egg!« Er deutete mit einem knotigen Finger auf Moritz.

»Wo?«, fragte Moritz und bemerkte, wie seine Hände über seinen Körper wanderten. Da war etwas. Er wusste es. In. Seiner. Hosentasche. Er spürte scharfe Kanten eingewickelt in ein Tuch. Seine Finger fuhren in die Tasche und ertasteten eine glatte Oberfläche und geschliffene Ränder. Er zog die Hand hervor und hörte, wie Jauche die Luft einsog.

Auf Moritz' Handfläche lag der Splitter der schwarzen Glasmaske. Er funkelte im Schein der schwelenden Glut wie ein Messer.

»Das hier?«, flüsterte Moritz. »Haben Sie das gespürt?«

Jauches Augen wirkten seltsam klar, die Pupillen weiteten sich und er erstarrte. Fast ehrfurchtsvoll. Langsam und bedächtig nickte er.

Moritz nahm ein paar Holzscheite und fütterte die Glut. Das Feuer erwachte zu neuem Leben. Er ging in die Hocke und besah sich den Splitter. Er versuchte, durch das Glas hindurchzusehen. Doch die Beschaffenheit war zu dunkel, zu schwarz, als dass der Feuerschein es hätte durchdringen können. Die Flammen spiegelten sich nur an den scharfen Außenkanten des toten Materials und funkelten wie Sterne.

Die Komtesse hatte das Glas als ihren Freund bezeichnet, als einen Gefährten, der sie schon seit Jahrhunderten begleitete. Und es hatte die Kinder zu ihr gebracht. Aber warum?

Ein ekeliger Geruch stieg in Moritz' Nase. Er wandte den Kopf und bemerkte, dass Jauches Gesicht dem seinen sehr nah gekommen war. Der Mann starrte mit geweiteten Pupillen, die aussahen, als würden sie selber aus schwarzem Glas bestehen, auf den Splitter. Der Mann war in einem Rausch gefangen. Und dieser Zustand beeinflusste sein Denken.

»Herr, äh, Jauche?«, flüsterte Moritz so respektvoll wie möglich.

Der Mann stieß einen verträumen Laut aus, der *Ja* bedeutete.

»Könnten Sie bitte etwas zurücktreten?«

Sofort machte Jauche einen Schritt zurück.

»Danke«, murmelte Moritz. »Und dieses Glas befiehlt Ihnen, zu mir zu kommen?«

Die Augäpfel des Mannes gerieten in Aufruhr. Er schüttelte den Kopf und sagte: »Geh eiin Schrigg zurügg ...«

Geh einen Schritt zurück?

Moritz stutzte. »Nein«, hob er an. »Ich meine nicht, was ich gerade gesagt habe, die Frage war ...« Er hielt inne und sah auf den Splitter. War es möglich, dass ... »Bitte setzen Sie sich auf die Bank.«

Ohne zu zögern, setzte sich Jauche auf die Bank, wobei er den Splitter nicht aus den Augen ließ. Er verharrte. Wartend.

Moritz hob das Stück Glas in die Höhe.

Jauches Blick folgten der Bewegung.

Moritz wechselte die Hand und bewegte den Splitter auf und ab.

Der Kopf des Mannes tat das Gleiche.

»Stehen Sie wieder auf«, murmelte Moritz.

Der Mann gehorchte.

»Hüpfen Sie auf einem Bein.«

Jauche gehorchte. Seine nackten Füße patschten auf den kalten Steinboden.

»Wie ist das möglich?«, flüsterte Moritz.

Er drehte den Glassplitter um sich selbst. Mehr und mehr hatte er das Gefühl, etwas Mächtiges in den Händen zu halten. Etwas, das den Willen jedes Wesens beeinflussen, vielleicht sogar brechen konnte. Auf dem schwarzen Schiff der Komtesse hatte er bereits eine Demonstration der Macht bekommen.

Allmählich setzte sich ein Bild zusammen. Er hatte Jauche gesucht und ihn dadurch mit dem Splitter angezogen. Irgendwann hatte sich der arme Kerl nicht mehr wehren können und war zu ihm gekommen. Unfassbar! Moritz lachte laut auf. Er hatte eine Waffe in der Hand, mit der er ungeahnte Dinge tun konnte. Er könnte sogar ...

Ein Knarren drang aus den oberen Räumen. Jemand kam nach unten.

Moritz blickte Jauche an, der weiterhin auf einem Bein hopste. »Schnell, verstecken Sie sich!«, wisperte er.

Jauche erstarrte und vollführte eine schaurige Rückwärtsbewegung.

Ein Licht erschien am oberen Ende der Treppe und Schritte kamen näher. Eine Stimme zischte: »Was geht hier unten vor?«

Rita stand mit einer Laterne auf der untersten Stufe. Sie trug ein weites Nachtgewand mit dazu passender Schlafhaube. Sie sah aus wie ein zu groß geratener Täufling mit geflochtenem Zopf über der Schulter.

»Nichts«, erwiderte Moritz und verbarg den Splitter hinter dem Rücken.

»Ich hab ein klatschendes Geräusch gehört. Warst du das?«

Moritz schüttelte den Kopf.

»Wenn du wieder eines dieser Viecher eingeschleppt hast, bekommst du morgen kein Frühstück! Haben wir uns verstanden, Freundchen?«

Dass jemand mit einer Flüsterstimme derart laut und bedrohlich klingen konnte, war Moritz neu. Eines von Ritas verborgenen Talenten.

»Ich habe niemanden reingelassen. Bestimmt nicht.«

Rita kam nah an ihn heran und leuchtete mit der Laterne den Raum ab. Sie suchte die Regale ab und inspizierte den Boden, dann fiel ihr Blick auf das frisch entfachte Feuer. »Du hast nachgelegt?«

Moritz nickte.

»Dann holst du morgen neues Holz, verstanden? Das wächst nicht auf den Bäumen!«

»Eigentlich schon«, entfuhr es Moritz.

»Du weißt genau, was ich meine, Bürschchen!«

Moritz betete, Rita würde wieder verschwinden. Wünschte ...

»Sie können jetzt gehen«, sagte er ruhig.

Rita bekam einen seltsamen Blick. »Was hast du gesagt?«

Moritz bewegte den Splitter hinter dem Rücken in seiner

rechten Hand und konzentrierte sich. Gebieterisch streckte er die linke Hand aus und begann mit den Fingern zu wedeln. »Gehen. Sie. In. Ihr. Bett. Zurück.«

Ritas Augen wurden groß. Sie bekam einen starren Ausdruck, als ob sich ihr Kopf leeren würde. Dann öffnete sie den Mund und – verpasste Moritz eine Ohrfeige, dass seine Ohren schlackerten. Er glaubte, ihm würden sämtliche Haare vom Kopf fallen.

»Was bildest du dir ein?«, schnaubte Rita. »Noch so eine Frechheit und du kannst dir ab morgen ein neues Zuhause suchen!«

Moritz' Wange brannte, er murmelte eine Entschuldigung und dass das *nicht so gemeint gewesen* wäre. Aber Ritas Schlag hatte solche Schmerzen verursacht, dass er keinen geraden Satz zustande bekam.

»Sieh zu, dass du wieder auf deine Bank kommst!«

Moritz nickte, während sich Rita auf den Weg in ihre Kammer zurückmachte. Er hörte sie murmeln, bis sich die Tür ihres Zimmers leise schloss.

Wieso hatte das nicht funktioniert? Warum reagierte Jauche auf den Splitter und Rita nicht? Moritz erinnerte sich an den Mann, der sich noch immer versteckt hielt. »Sie können wieder rauskommen«, flüsterte er. »Aber ganz leise.«

Ein Arm kam unter der Bank hervor, dann ein Bein, schließlich die Mitte, bis sich Jauche komplett entfaltet hatte und unter dem Möbelstück hervorgekrochen war.

»Wieso hat es bei Rita nicht funktioniert?« Moritz setzte sich auf die Bank.

Jauche blieb stehen und glotzte den Splitter an. Als Moritz bemerkte, dass sich dieser Zustand in der Gegenwart des Glases nicht änderte, griff er nach dem Tuch aus seiner Tasche und wickelte es darin ein. Sofort entspannte der Mann seine Haltung.

Moritz steckte den Splitter zurück in die Tasche und beobachtete, wie Jauches Pupillen sich verkleinerten. Die Macht des schwarzen Glases schien abzunehmen.

»Jauche?«, fragte Moritz verhalten. »Ich meine, *Herr* Jauche? Können Sie mich hören?«

Der Mann nickte, sein Blick war klarer als zuvor – was in seinem Falle bedeutete, dass ein Auge sein Gegenüber musterte und das zweite den Boden nach Klimpergeld absuchte.

»Bitte, setzen Sie sich«, flüsterte Moritz.

Jauche kam der Aufforderung zögernd nach.

»Können Sie den Splitter immer noch hören?«

Dcr Mann nickte.

»Was sagt er?«

»Garte.«

Warte. Moritz legte sanft die Hand auf die Stelle, an der sich der Splitter in seiner Tasche befand. »Wieso hat es bei Rita nicht funktioniert?«

Jauche blickte ihn lange an, doch er antwortete nicht.

»Hab ich einen Fehler gemacht? Hätte ich es mir mehr wünschen sollen? Ich habe mich konzentriert und meinen Wunsch ausgesprochen, so wie bei Ihnen.« Moritz rieb sich die Wange. Sie glühte von Ritas Schlag. Die Frau verfügte über Bärenkräfte. Ihm kam ein Gedanke: »Vielleicht habe ich ihn kaputt gemacht?«

Jauche rutschte unruhig hin und her. Moritz musterte ihn.

Seine hängenden Gesichtszüge, sein strähniges Haar, die ausgemergelte Erscheinung und den zerschlissenen Mantel. Die Erkenntnis kam schleichend. »Sie sind untot!«

Jauches linkes Auge zuckte. Er nickte.

Konstanze, seine kleine unglaubliche Schwester hatte also recht gehabt! Moritz blickte den unheimlichen Kerl unverwandt an. »Was ist Ihnen zugestoßen?«

Der hob und senkte die Schultern. »Gann mich nich erinnernn.«

»Was war das Letzte, was Sie gesehen haben?«

»Viile Tzäne.«

Moritz fröstelte. »Viele Zähne.«

Jauche nickte zögernd. Mit einer langsamen Geste streifte er den Mantel ab und ließ ihn über die mageren Schultern nach unten gleiten. Zuerst wollte Moritz zurückweichen, doch er war zu überrascht von dem, was nun passierte. Ehe er sich versah, hatte Jauche eine vor Dreck und Schimmel starr gewordene Weste mitsamt dem Oberhemd ausgezogen und auf den Boden sinken lassen. Ein leises Klirren war zu hören, als ob etwas Metallisches ebenfalls auf dem Steinboden gelandet war.

Jauches grauer Oberkörper war übersät mit Narben und Wunden. Der Anblick erinnerte Moritz schmerzlich an Helenes Gesicht, mit dem Unterschied, dass ihre Kratzer weniger tief waren. Das Brustbein des Mannes war eingefallen, jede Rippe gut zu erkennen. Ein dickes Geflecht von dunklen, fast schwarzen Adern zog sich darüber. Ein beschämendes Bild.

»Verspüren Sie auch keinen Schmerz wie Helene?«, fragte Moritz mit belegter Stimme und wollte sich im nächsten Augenblick wieder korrigieren. In den letzten drei Tagen hatte Helene sehr wohl welchen verspürt.

Jauche nickte. »Gein Sssmertz.«

»Aber wie ist das möglich?«, fragte Moritz im Flüsterton.

Jauche rollte mit den Augen. Sie wirkten wie zwei unterschiedlich große Äpfel, die ein grausamer Mensch zum Spaß auf Stöckchen gesteckt hatte, um den Schockeffekt dieses Gesichtes zu erhöhen. Mit bestechender Wirkung. »Igg garf es nich sagnn.«

Die Härchen an Moritz' Körper stellten sich auf. Er ahnte, dass er ganz nah daran war die Wahrheit zu erfahren. »Bitte, ich muss es wissen.«

Der Mann wand sich. »Igg garf nich.«

»Jemand hat es Ihnen verboten. Derselbe, der Ihnen den Geheimgang gezeigt hat?«

Jauche stierte ihn mit weit geöffneten Augen an. Moritz hatte nur geraten, doch die Reaktion sprach für sich.

»Bitte«, bat Moritz. »Sagen Sie es mir.«

Stille. Nach einem Moment sagte Jauche. »*Er*.«

Moritz begann am ganzen Körper zu zittern. »Wer ist *er*?«

Jauche wies hinaus auf die menschenleeren Straßen. »Gie Gämpfe.«

»Die Dämpfe? Was ist damit?«

Der Mann spreizte die knotigen Finger und berührte Moritz' Brust. »Heilnn gich.«

Zuerst begriff Moritz die Bedeutung der Worte nicht. Dann weiteten sich seine Augen. »Die Dämpfe können heilen«, sagte er bedächtig. Sein Körper kribbelte mit einem Schlag, als ob frisches Blut durch den Organismus pulsieren würde. Die Rippenbrüche,

Dornenstiche und Würgemale an seinem Hals waren innerhalb weniger Tage verheilt. Sogar Ritas Fleischwunde am Arm und die Verätzung ihrer Augen besserten sich in kürzester Zeit. Von dem Boogelbie, seinen verletzten Beinchen und den Verbrennungen ganz zu schweigen. Und hier saß ein Toter, der trotz schwerster Verletzungen munter durch die Gegend spazierte. All das passte mit einem Mal zusammen. Nur Helenes Zustand nicht. Alle wurden geheilt, aber sie schien zu sterben. Das ergab keinen Sinn.

»Macht *er* die Dämpfe?«

Jauche schwieg.

»Wer ist *er*?«, fragte Moritz leise.

Jauches Augen glänzten und sein Körper bebte. Er wiegte sich vor und zurück, kämpfte gegen den Impuls an, das Geheimnis zu verraten. Doch er konnte nicht widerstehen. Nicht in der Gegenwart des Splitters. »Ger *Ersde.*«

Moritz' Herz hämmerte bis in den Hals hinauf. »Der erste was?«

»Ger ersde *Mogg.*«

Moritz wurde blass. Da war es. Das, worauf er so lange gewartet hatte. Der Mock. Er existierte. Das heilende Wesen, das imstande war, die Wunden der Lebendigen zu heilen und die Toten wieder auferstehen zu lassen.

»Bringen Sie mich zu ihm.«

22. KAPITEL

Er hatte auf der Lauer gelegen. Tagelang. Nächtelang. Immer wieder hatte er den Jungen gesehen. Wie er sich in den Ecken der Stadt herumtrieb, wie er sich des Morgens auf den Friedhof schlich. Doch der Jäger hatte gewartet.

Viele Jahre hatte er auf eine Möglichkeit gehofft, das zu korrigieren, was angeblich nicht mehr zu ändern war. Seine furchteinflößende Erscheinung, seinen Zustand – der ihm trotz allem auch Vorteile brachte: Kraft, Schnelligkeit, Instinkt.

Nun lag er auf der Lauer und beobachtete den Jungen, wie er durch die leeren Straßen von Bad Greifenstein rannte. Mitten in der Nacht, wo kein Mensch mehr einen Fuß vor die Tür setzte. Der Gestank war den Bewohnern zuwider. Hätten sie doch nur sehen können, was der Geruch in ihm auslöste. Nur weil er stärker war, stärker als die Eindrücke, grellen Lichter und Farben, war er noch klaren Verstandes. Aber auch er hatte schwache Momente. In manchen Nächten war die Luft so dick und beißend, dass er sie mit den Krallen packen konnte. Dann brannten seine Augen und Blitze jagten durch seinen Kopf.

Heute war es weniger schlimm. Da waren deutliche Flecken

von Gelb und Orange. Solange er diese Färbung in der Luft wahrnahm, war alles zu ertragen. Aber Rot und Violett ... oh, wie er sie verabscheute.

Er behielt den Jungen und seinen Begleiter im Blick. Da war wieder der Gestank von totem Fleisch. Es war dieser graue Kerl. Kein Leckerbissen, dachte er und konzentrierte sich auf den Jungen. Er hielt auf den Friedhof zu.

Schon wieder zum Friedhof. Was treibt dich um?

Der Jäger verbarg sich in den Schatten und beobachtete, wie der Junge und sein Begleiter das schmiedeeiserne Tor des Leichenackers überwanden. Der junge Bursche war wendig, das hatte er schon bei ihrer ersten Begegnung bemerkt. Er trug etwas am Leib, das ihn flinker machte als all die anderen. Und der Stock, den er bei sich trug, war eine gefährliche Waffe. Das Metall konnte sich nach Wunsch verformen – mal Schwert und mal langer Stab. Eine interessante Erfindung. So interessant wie der ganze Junge und die Melodie, die er aussandte.

Jetzt, in ebendiesem Moment, spürte der Werwolf es wieder. Dieses Drängen, dieses Locken, das er zum ersten Mal gehört hatte, als der Junge seinen Weg kreuzte. Das Lied.

Es schien aus ihm herauszuströmen und den Jäger anzulocken. Wie frisches Blut. »Komm! Komm!«, rief es und das ungezähmte Tier in ihm brauchte all seine Kraft und Willensstärke, um der Melodie zu widerstehen.

Es hatte einen Augenblick gegeben, der ihn in tiefe Bestürzung versetzt hatte. Vor zwei Tagen, als das Lied plötzlich verstummt war. Hatte der Junge das Interesse an ihm verloren? Die Noten hatten sich jemand anderem zugewandt und den Verfolger ver-

schmäht. Kurz hatte er befürchtet, nie wieder das süße, lockende Komm! zu hören.

Als er den Jungen dann wiedergefunden hatte, hätte er sich am liebsten auf ihn gestürzt und ihn zerrissen. Wie konnte er es wagen, ihn zu ignorieren? Doch der andere Teil von ihm, sein Vertrauter, hatte ihn zurückgehalten. Ruhig Blut, hatte er ihm zugeflüstert. Alles wird sich fügen.

Und sein Vertrauter behielt recht. Das Lied kehrte zurück. Leise zwar und gedämpft, aber es war da. Und legte eine Spur, der er folgen konnte.

Der Junge lief über einen gewundenen Pfad, vorbei an Grabsteinen und Kreuzen. Wollte er zu dem alten Mausoleum zurück?

Was hast du vor?

Der Jäger blieb im Schatten. Huschte von Deckung zu Deckung und studierte die Vorgänge an der alten Gruft. Er spitzte die Ohren. Selbst aus dieser Entfernung konnte er jedes Wort deutlich verstehen.

Der Junge wollte in das Gemäuer eindringen. Er sprach mit seinem verfaulten Begleiter: »... und durch den Gang hoch in die Burg.« Sein Gegenüber schüttelte den Kopf und gab seltsame Laute von sich.

»Sie müssen mir helfen«, sagte der Junge. »Ich muss ihn finden, verstehen Sie doch!«

Sein Begleiter wand sich. Wieder stieß er diese Geräusche aus, die keinen Sinn ergaben.

»Ich brauche Ihre Hilfe«, winselte der Junge, »morgen ist es vielleicht schon zu spät.«

Der stinkende Mann zappelte wie ein Fisch, dann versuchte er zu fliehen. Der Junge schrie und griff nach etwas in seiner Tasche. Als er die Hand hervorzog, wurde der Jäger vom Lied durchflutet. Plötzlich war alles wieder da. Eine Sinfonie aus Rufen und Kommen und Drängen und Ziehen. Aber genauso schnell, wie diese heiße Flut aus Verlangen gekommen war, verschwand sie auch wieder. Der Junge richtete seinen Arm auf den Begleiter und beschwor ihn. Er zog ihn zu sich und der Mann musste gehorchen.

Der Jäger war verwirrt. Er war derjenige, der das Lied hören sollte! Er war derjenige, dem dieser Ruf galt! Dem er immer gegolten hatte!

Tu nichts Unüberlegtes, hörte er den anderen Teil in sich rufen.

Doch seine Wut brannte. Wie konnte dieser Junge es wagen, das Lied an dieses wertlose Stück Fleisch zu verschwenden? Wie konnte er es wagen, seinen Jäger mit Missachtung zu strafen?

Sei der Stärkere!, rief der andere Teil. Doch es war zu spät. Weißer Zorn loderte in ihm auf und sein Fell sträubte sich. Seine Klauenhände ballten sich zu Fäusten und die Nägel gruben sich tief in die Innenseiten seiner Pfoten, bis das Fell rot-schwarz triefte.

Er sah, wie der Junge seinen Begleiter zur Umkehr bewegte – ihn zwang, die Tore des Mausoleums zu öffnen, um darin zu verschwinden. Er wollte fliehen, mit seinem Lied!

Ehe der Jäger wusste, wie ihm geschah, verließ er sein Versteck und preschte voran.

Moritz hielt den Splitter erhoben, obwohl er wusste, dass es falsch war. Jauche gehorchte. Er schloss die Tore der Gruft auf, als ein schreckliches Geräusch die Nacht zerriss. Ein gewaltiger Schatten sprang aus dem Gebüsch gegenüber des Mausoleums und raste von der Seite auf sie zu. Moritz sah ein geiferndes Maul, das Gebiss eines Raubtiers und weißes Fell. Der Werwolf!

Instinktiv stieß Moritz Jauche beiseite, packte die Tür des Mausoleums und schleuderte sie der Bestie entgegen. Ein metallisches Geräusch zitterte durch die Dunkelheit, gefolgt von einem unmenschlichen Aufschrei.

Moritz langte nach Jauche und zog ihn in die Gruft. Er stürzte zwei, drei Treppenstufen hinunter und sah sich in der Rotunde um. In der Mitte stand der Engel auf dem Grabsockel, umgeben von Wänden, die alle gleich aussahen. Er sprang zu einer Wand, von der er glaubte, es wäre die Richtige und betastete den Stein. »Wie öffnet man die Tür?«

Jauche war in Trance. Mit Pupillen so groß wie Steinpilzköpfe stierte er auf den Splitter in Moritz' Hand. Draußen jaulte der Werwolf vor Schmerz.

»Bitte, wir müssen die Tür öffnen!«

Jauche setzte sich in Bewegung. Während er langsam den geheimen Mechanismus auslöste, legte sich eine blutverschmierte Klaue um die Tür. Die massige Gestalt des Werwolfs schob sich durch den Türrahmen. Sein weißes Fell leuchtete im Gegenlicht des Mondes. Die Schnauze glänzte tiefschwarz. Mehrere Reißzähne fehlten ihm und die Zunge hing in Fetzen. Blut tropfte ungebremst auf seine Brust, als hätte die Bestie in einem frischen Schafsbauch gewühlt.

Kälte ergriff Moritz. Es war weniger die hünenhafte Gestalt dieses Ungetüms, die ihm den Atem raubte, sondern die Aura blinder Wut und Brutalität, die ihn umgab. Der Zustand absoluter Raserei.

»Beeilen Sie sich!«, flehte Moritz und hörte im selben Moment ein quälend langsames Geräusch von Stein, der über Stein schabte. Zentimeter um Zentimeter öffnete Jauche die Tür des Geheimgangs.

Der Werwolf kam näher. Seine Gestalt schien zu schrumpfen, er ging in die Hocke und setzte zum Sprung an.

»Schnell!«

Der Werwolf geiferte, Blut troff aus seinem Maul. Er riss die Schnauze auf, bereit, zuzubeißen.

»Stehen bleiben!«

Der Befehl schallte glockenhell durch die Rotunde wie ein Choral in einem Kirchenschiff. Moritz hielt den Splitter erhoben und richtete ihn auf den mörderischen Unhold.

Die Bestie gefror in einer Mischung aus Blutdurst und Überraschung. Seine Muskeln versteiften sich, der Atem dröhnte röchelnd und gurgelnd aus seinem Rachen. Die Pupillen des Ungetüms fixierten das Glas und wurden zu riesigen schwarzen Perlen.

»Du kannst dich nicht bewegen«, sagte Moritz so ruhig wie möglich. Er traute sich kaum, den Blick von der erstarrten Bestie abzuwenden, doch irgendwann riskierte er es und wandte sich um.

Jauche sah ihn an. Moritz fand Traurigkeit in dem verzerrten Gesicht. Der Splitter hatte ihn wieder freigegeben, doch die

Augen des Mannes verrieten, dass etwas in ihm zerbrochen war. Er wandte sich ab, griff nach dem steinernen Block, der den Eingang des Geheimgangs verschloss und zog ein letztes Mal daran. Der Spalt in die Tiefe war nun breit genug, dass sie sich hindurchzwängen konnten.

Der Werwolf rang nach Luft. Sein Körper bebte, sein Fell sträubte sich. Anfangs glaubte Moritz, dies wäre das Resultat einer feinen Brise, die durch den Eingang des Mausoleums hereingeweht kam. Dem war nicht so. Die Bestie hatte sich bewegt. Unmerklich zuerst, dann immer stärker. Seine Muskeln zuckten im Kampf gegen die Macht des Splitters. Winzige Erschütterungen erfassten das Ungetüm und ließen das Fell am Körper hochstehen. Langsam ruckte die Bestie vorwärts. Sie streckte ihren rechten Arm aus.

»Nein!« Moritz konzentrierte sich mit aller Macht auf das Glas.

Augenblicklich lehnte sich der Werwolf gegen den fremden Willen auf, kämpfte mit bloßer Muskelkraft dagegen an. Unter dem Fell pulsierten die Adern. Muskelstränge und Sehnen traten hervor, bis zum Zerreißen gespannt. Die Bestie war bereit, sich in Stücke zerfetzen zu lassen, nur um seine Beute zu erreichen.

Kehlige Laute drangen aus dem weit aufgerissenen Maul. Er schien zu fluchen, zu verwünschen, doch Moritz hielt das Glas erhoben. Dies war ein Machtspiel. Zwei Willen, die aufeinandertrafen und sich gegenseitig bekämpften.

Moritz' Hand mit dem Splitter begann zu zittern – halb aus Angst, der Werwolf könne den Bann durchbrechen und sich auf ihn stürzen, halb vor bloßer Anstrengung, sich auf den einen Gedanken zu konzentrieren: Halt!

Moritz machte einen Schritt zurück und erhaschte einen Blick auf Jauche, der bewegungslos neben dem Tunneleingang verharrte.

Ein Moment der Unachtsamkeit genügte und die rechte Hinterpfote des Werwolfes rutschte nach vorn durch den Staub. Das Biest schob sich voran. Japsend, kämpfend, knurrend.

»Gehen Sie durch den Spalt«, keuchte Moritz. »Retten Sie sich.«

Jauche rührte sich nicht.

»Bitte gehen Sie!«, flehte er. »Ich kann den Werwolf nicht mehr lange aufhalten.«

Aus dem Augenwinkel nahm Moritz eine Bewegung wahr, gefolgt von einem schlurfenden Geräusch. Jauche war im Gang verschwunden.

Moritz tat einen weiteren Schritt rückwärts, tastete nach der Geheimtür. Er fand kalten Stein und eine Welle der Erleichterung überrollte ihn.

Sofort rutschte die zweite Pfote der Bestie nach vorn – der Körper des Werwolfes schob sich auf ihn zu. Die Pupillen groß wie dunkle Kristalle.

Du kannst dich nicht bewegen!, dachte Moritz ununterbrochen. Du bist starr! Du bist Stein!

Quälend langsam bewegte sich Moritz seitwärts und schob sich an der dicken Steinplatte vorbei. Er zwängte die Beine, den Oberkörper und schließlich seinen Kopf durch die schmale Öffnung, bis nur noch sein Arm mit dem erhobenen Splitter aus dem Geheimgang herausragte. Irgendwann stieß er mit Jauche zusammen.

»Helfen Sie mir, die Tür zu schließen.«

Wortlos zwängte der Mann sich an ihm vorbei, umfasste die Steinplatte mit beiden Händen und begann zu ziehen. Mehr und mehr rutschte die Tür wieder in ihre geheime Position zurück.

Moritz hörte die Bewegungen des Werwolfes auf der anderen Seite. Eine Pfote bewegte sich, dann noch eine. Der massige Körper rückte näher auf die Tür zu. Dann zeigte sich eine blutverschmierte Schnauze vor dem schmaler werdenden Spalt. Moritz starrte auf die Lücken, die die ausgeschlagenen Zähne im Maul der Bestie hinterlassen hatten und spürte, wie feine Blutströpfchen durch den hechelnden Atem in die Luft geschleudert wurden. Eine zerfetzte Zunge bewegte sich, eine Klaue hob sich. Qualvoll und von Krämpfen geschüttelt.

»Lassen Sie die Tür los!«

Jauche sah Moritz an. Ihre Blicke trafen sich in der Düsternis. Dann zog der Mann beide Hände zurück.

Der Splitter in Moritz' Fingern zitterte. Vorsichtig langte er in seine Hosentasche und tastete nach dem Tuch. Er warf es über das Glas. Dann verschluckte ihn die klamme Schwärze des Tunnels, als der Werwolf gegen die Tür krachte.

Der Jäger schnellte vorwärts und stieß die Tür in ihre unsichtbare Position zurück. Die Krämpfe, die seinen Körper geschüttelt hatten, ließen endlich nach. Das Lied hatte sich aus seinem Geist zurückgezogen. Eine Melodie, die ihm die gesamte Zeit über zugeflüstert hatte: Du kannst dich nicht bewegen! Du bist starr! Du bist Stein! Und sein Körper hatte gehorcht. So sehr er auch dagegen angekämpft hatte, das Lied war stärker als er.

Sein Körper schüttelte und krümmte sich. Das Lied hatte sich gegen ihn gewandt. Hatte ihn zuerst angezogen und nun von sich gestoßen. Der Jäger tobte, raste, schlug die Krallen in die Wand. Irgendwo hier war die Tür versteckt!

Seine Klauen wetzten über Stein, suchten eine Lücke, einen Vorsprung, um den Eingang zu öffnen. Doch da war nichts.

Er bleckte die Zähne, schmeckte Blut und sah an sich herab: Seine Krallen waren voller Blut, die Wand vor ihm war voller Blut, überall war Blut. Sein Blut! Er heulte und fauchte, doch nicht vor Schmerz, sondern vor Zorn. Der miese Bursche hatte es geschafft, das süße Lied gegen ihn zu richten. Dafür würde er bezahlen. Er würde ihn leiden lassen, ihn zerfetzen und ihm das Lied aus seinen toten, kalten Fingern reißen. Er wusste nun, dass man es benutzen konnte; wusste, wie das Lied aussah.

Schwarz und schön und glänzend. So, wie er es sich schon immer vorgestellt hatte. Keine grellen Farben, keine unruhigen Blitze. Ein Schwarz, so weich und samtig wie das Fell eines Wolfes. Es gehörte zu ihm, das wusste er. Er würde es besitzen. Und wenn es soweit war, dann würde es nur noch für ihn singen. Er würde es benutzen, um alle anderen Farben und Gerüche zum Schweigen zu bringen. Dann würde die Welt weich und schön und glänzend sein, wie Wolfsfell.

Er wandte sich von all dem Blut ab und verließ die Gruft. Er musste los, um dem Anderen Bericht zu erstatten.

23. Kapitel

Der lange Gang war ein Schlauch aus undurchdringlicher Finsternis. Jetzt wäre ein Boogelbie durchaus praktisch gewesen. Schließlich leuchteten diese Wesen wie blaue Geisterlichter, wenn man ihnen Holz zu fressen gab. Ohne einen von ihnen musste sich Moritz blind vorantasten. Er berührte den rauen Stein zu beiden Seiten, hinter sich hörte er Jauches nackte Füße über den Boden patschen.

Die Schwärze schien endlos.

Zeit spielte an diesem Ort keine Rolle. Nur das beständige Klappern seiner Schuhe und das Klatschen von Jauches Füßen zeugten davon, dass Sekunden, Minuten, vielleicht sogar Stunden vergingen.

Nach einer Ewigkeit stieß Moritz gegen eine Wand. Der Aufprall war hart genug, um ihm für einen Augenblick den Atem zu nehmen.

»Ger Aufgang«, sagte Jauche und drängte sich an Moritz vorbei. In der Dunkelheit hantierte er an dem verborgenen Mechanismus herum. Dann schob sich der Stein beiseite und sie schlüpften in die Nacht hinaus.

Moritz und Jauche liefen im Schatten des Steinwalls, bis sie die überwachsene Lücke des Burghofs erreicht hatten. Vor ihnen erhob sich die Ruine vor dem mit Sternen gespickten Himmel als schwarzes Felsmassiv.

Sofort erinnerte sich Moritz an Ritas Schmerzensschrei nach dem Angriff des Schlangenwesens. Diesmal waren sie geschützter. Diesmal hatten sie eine Waffe in der Hand, denen sich die Monster nicht widersetzen konnten.

Moritz rannte los, hin zur Haupttreppe, doch er kam nur wenige Meter. Jauche folgte ihm nicht. Er stand noch immer reglos vor der Lücke im Wall, sein Gesicht eine Maske aus Traurigkeit.

»Der Mock«, sagte Moritz mit gedämpfter Stimme, »bitte bringen Sie mich zu ihm.« Er wollte nicht den Splitter benutzen. Es musste auch ohne Gewalt gehen.

Jauche blickte ihn an und trat einen Schritt zurück – er wollte verschwinden.

Moritz fluchte. Er holte den Splitter hervor und befreite das Glas vom Tuch. »Warten Sie!«

Seine Stimme war viel zu laut.

Jauche blieb stehen.

»Bitte«, flüsterte Moritz. Was er tat, fühlte sich verboten an. Er zwang einer anderen Person seinen Willen auf. Aber er hatte keine andere Wahl.

Stille.

Der Wind trieb die seltsamen Gerüche der Wesselburg, die im Gewebe der Nacht festhingen wie Pech, über den Burghof.

Dann regten sich die Schatten.

Langsam traten sie hervor. Dunkle Wesen mit verwobenen

Geweihen, unzähligen Gliedmaßen, geflügelten Köpfen und scharfen Zähnen. Jauche, der immer noch vor dem Wall verharrte, wandte sich Moritz zu und machte einen Schritt durch die Lücke.

Mehr und mehr Kreaturen krochen, schlurften, hüpften und sprangen aus ihren Verstecken. Einige Wesen *truffften* voran, der Stein, der sie umgab, spie sie aus und verschlang sie wieder.

Vielarmige Krebswesen *piggerten*, es wirkte wie eine Art Tanz, den sie rückwärts und vorwärts durch die Zeit vollzogen. Andere, die an glitschige Riesenwürmer erinnerten, *wubladierten*, was dem Piggern sehr nahe kam, allerdings waren hierbei drei Geschöpfe beteiligt, die sich verbanden, wieder teilten und miteinander verschmolzen. Sie schufen ungeahnte, fantastische Gebilde, wie sie Moritz nur aus Prinzlein und Eggerts *Schwarze Verheißungen und Verwünschungen* kannte. Doch die Worte zu lesen, war etwas anderes, als es leibhaftig vor sich zu sehen. Die absurden Bewegungen zerrten an seinem gesunden Menschenverstand.

Der unheimliche Reigen bewegte sich aus allen Richtungen auf ihn zu und ließ ihn langsam zurückweichen. Sie *gnasselten* von den Mauern und *sottelten* von den Bäumen und Wehrtürmen. Sie wurden in Feuerstürmen geboren und tauchten plötzlich aus dem Stein auf, direkt neben Moritz, und der Stein unter ihren Füßen begann zu brodeln.

Tut mir nichts, dachte Moritz. Bitte, bleibt zurück.

Die Wesen schienen zu verstehen. Sie näherten sich alle bis auf wenige Meter und hielten dann respektvoll Abstand. Atemlos blickte Moritz in die starrenden Gesichter, die eine seltsame

Dualität in sich vereinten: schrecklich und schön, feindselig und sanftmütig, unbekannt und vertraut.

Erneut erhob sich die gemeinsame Stimme, die er einige Nächte zuvor gehört hatte. Und wieder drang sie aus den Mäulern jeder einzelnen Kreatur. Sogar aus Jauches Mund.

NIMM DEINE LAUTE STIMME UND VERSCHWINDE!

In Moritz' Ohren klingelte es. Diesen Ausspruch hatte er schon einmal gehört.

»Laute Stimme?«, rief er und hielt den Splitter in die Höhe. »Meint ihr das hier?«

Die unheimliche Horde folgte seiner Geste. Alle starrten das Glas an und konnten den Blick nicht abwenden. Wie Jauche.

NIMM ES WEG!

»Warum?«

ES IST LAUT! ES TUT WEH!

Moritz konnte sein Herz bis in den Kopf hinein schlagen hören. Sein ganzer Körper pochte. »Wenn ich es leiser mache, hört ihr mir dann zu?«

Die Kreaturen überlegten eine Weile.

JA! MACH ES LEISE!

Vorsichtig zog Moritz das Tuch aus der Tasche und bedeckte das schwarze Glas damit. »Ist es so besser?«

Anstatt zu antworten, kam Bewegung in die Reihen der Monster. Sie fletschten die Zähne und pirschten sich näher. Hitze schlug Moritz entgegen, als plötzlich etliche Geschöpfe in Flammen aufgingen und die Luft auf dem Hof zu knistern begann.

»Wartet! Ich will nur mit euch reden! Ich suche keinen Streit! Ich brauche Hilfe!«

Nein!

Die Stimme donnerte über Moritz hinweg und die Geschöpfe zogen die Schlinge weiter zu. Sie kamen von allen Seiten. Drängten sich aneinander und kletterten aufeinander, wie ein einziger wuchernder Organismus.

Ein gehörnter Zergelbock schnappte nach ihm mit seinen drei Mäulern, in denen sich glitschige, wurmartige Zungen wanden. Moritz stolperte rückwärts. Doch auch von hinten näherten sich Monster. Ihre Kiefer klappten auf und zu wie Schnappfallen. Eines bekam seinen Teleskopstock zu fassen, zog und zerrte daran. Moritz hatte keine andere Wahl. Er ließ den Stock los und enthüllte den Splitter.

Aaaah ...!

Die Wesen sprangen zurück. Moritz' Stock wurde ausgespuckt und schepperte über den Steinboden. Die Geschöpfe stürzten übereinander, als hätte man ihnen Weihwasser ins Gesicht gespritzt. Sie chracherten und pleurrten laut auf. Schwänze und Flügel peitschten, Feuer zischten und Stacheln rasselten.

»Ihr sagtet, ihr würdet mich anhören!«, keuchte Moritz. »Ich habe euch vertraut!«

Es dauerte eine Weile, bis sich der unheimliche Monsterreigen beruhigt hatte.

Du musst gehen! Wir können unsere Natur nicht unterdrücken ...

Moritz tastete nach seinem Stock – außer dem Splitter war er die einzige Waffe, die er besaß – und ballte die Faust darum. »Ich werde gehen, wenn ihr meine Fragen beantwortet habt.«

Sprich!

Moritz sah in die lauernden Gesichter der Kreaturen. »Ihr habt mich belogen«, sagte er. »Der Mock existiert.«

Es gibt keinen Mock!

»Ich weiß, dass es ihn gibt! Ich weiß es so sicher, wie dieser Mann da ...«, Moritz deutete auf Jauche, »... eigentlich tot sein müsste. Doch er spricht und denkt und bewegt sich. Wie kann das sein, wenn es keinen Mock gibt?«

Es gibt keinen Mock!

Hilflosigkeit überkam Moritz. Er konnte sich nicht richtig verständlich machen.

Es gibt nur *Mock!* ...

Moritz brauchte einen Moment, bis er begriff, was die Stimme gesagt hatte. »Nur Mock«, murmelte er. Sein Blick glitt über die Reihen der Wesen und endete bei seinen Füßen. Dort saß ein kleiner Boogelbie, der ihm sehr vertraut war: Fips. Und er hatte seine beiden stacheligen Freunde mitgebracht. Alle drei starrten ihn erwartungsvoll an.

Wir ... sind ... Mock.

Es ist nie der Name eines einzelnen Geschöpfes gewesen, dachte Moritz. Es ist der Name *aller* Wesen. *Aller Monster*.

»Ihr. Seid. Mock.«

Rufst du einen von uns, rufst du alle.

»Aber ...« Moritz brach ab, als ihm die absurde Logik klar wurde. Plötzlich erinnerte er sich an die Situationen, in denen ein neues Monster seinen Weg gekreuzt hatte: die Boogelbies, die Schattengecken, die Feuerspeier, die Stachelwesen ... einfach alle. Sogar – er schluckte – der Werwolf. Der Splitter, der die ganze Zeit in seiner Tasche geschlummert hatte, hatte sie gerufen. Für ihn.

Das Band, das sich seit dem Beginn ihrer Reise immer fester um seinen Bauch gelegt hatte, löste sich. Moritz' Blick glitt über die Körper der unheimlichen Wesen. Sie waren alle unterschiedlich in Größe, Form und Art der Fortbewegung. Sie schienen verschiedene Lebensräume zu bevorzugen und individuelle Fressgewohnheiten zu haben. Kaum eines glich dem anderen. Bis auf die Tatsache, dass sie schwärzer waren als eine mondlose Nacht.

»Und warum sind nur die kleineren Kreaturen zu mir gekommen? Boogelbies und dergleichen?«

IHR WILLE. MANCHER IST FOLGSAMER, MANCHER UNGEBÄNDIGT. ANDERE HABEN GAR KEINEN FREIEN WILLEN.

Je schlichter das Wesen, desto stärker der Gehorsam. »Aber der Werwolf –«

ER GEHÖRT NICHT ZU UNS.

»Warum?«

ER BRINGT ZERSTÖRUNG. ER BRINGT TOD.

»Das Gleiche dachte ich auch von euch.«

WIR SIND IM GLEICHGEWICHT. DER WERWOLF BEDEUTET GEFAHR. ER GEHÖRT NICHT ZU UNS. ER DARF NICHT HIERHER.

»Aber auch er ist dem Ruf des Glases gefolgt«, erwiderte Moritz.

ER VERFOLGT SEINE EIGENEN PLÄNE. WIR HABEN NICHTS MIT IHM ZU SCHAFFEN.

Moritz erschauerte. Wenn nicht einmal diese furchteinflößenden Geschöpfe etwas mit dem Werwolf zu tun haben wollten, dann stellte er eine echte Gefahr dar. Aber er musste sich jetzt auf das konzentrieren, weswegen er gekommen war. »Wo befindet sich das Wesen, das alle anderen heilen kann?«

WIR DÜRFEN ES NICHT SAGEN.

»Ich bitte euch! Da unten in der Stadt liegt eine junge Frau. Sie leidet. Sie wird sterben, wenn ihr es mir nicht verratet. Ich brauche eine Antwort!« Moritz hielt den Splitter noch etwas höher, um seiner Bitte Nachdruck zu verleihen. Die Reaktion ließ nicht lange auf sich warten.

AAAH! ZU LAUT! WIR DÜRFEN ES NICHT SAGEN.

»Bitte helft mir! Helene stirbt sonst!«

SIE STIRBT NICHT. SIE HEILT.

Die Worte erreichten Moritz' Bewusstsein und er hielt inne. »Was hat das zu bedeuten?«

Die Monster schwiegen. Hüteten ihr Geheimnis.

Moritz erhob den Splitter. »Ihr müsst es mir sagen!«

Eine Welle aus Schmerz und Empörung wallte durch die Kreaturen. Sie schienen sich weiter zurückzuziehen, wollten in den Schatten verschwinden. Ein paar von ihnen versuchten zu entkommen, doch etwas hielt sie zurück. Ihre Körper zitterten, erbebten. Es erinnerte Moritz an den Kampf, den der Werwolf in der Gruft durchlitten hatte.

»Bitte«, rief er. »Bitte sagt es mir!«

WIR KÖNNEN ES NICHT SAGEN ... WIR KÖNNEN ES NUR ZEIGEN.

Moritz atmete schwer. »Dann zeigt es mir.«

Langsam teilte sich die Menge. Die Wesen wichen zurück und bildeten eine schmale Gasse. Zögernd folgte Moritz dem Pfad, den ihm die Monster bereiteten. Mit ihm setzten sich auch die Kreaturen in Bewegung und begleiteten ihn tief in die Ruine hinein, während langsam der Morgen anbrach.

24. KAPITEL

Da waren Monsterchen überall! Sie zerrten an Konstanzes Kleid, saßen in ihren Haaren fest und zogen an ihrer Nase. Es war schrecklich. Immer dann, wenn sie glaubte, alle Biester von sich heruntergezogen zu haben, waren plötzlich neue da. Sie drehte sich um, sah ihren Bruder, lief zu ihm und ergriff seine Hand. »Moritz, hilf mir! Die Monster!«

Aber ihr Bruder rührte sich nicht. Konstanze schubste ihn, damit er sie endlich bemerkte. Die kleinen Monster rissen an ihrem Kleid, schnappten nach ihren Schuhen und wollten sie ihr stehlen.

»Moritz, hilf mir! Moritz!«

Keine Reaktion.

Konstanze trat nach einem kleinen Monster und erwischte es. Es verschwand in einer Rauchwolke.

PUFF!

Das schien zu wirken! Gleich noch mal!

PUFF! PUFF!

Jetzt waren nur noch zwei Monsterlein übrig.

»Na wartet!«

Sie trat nach ihnen, doch eines hielt ihren Fuß fest. Es war unglaublich stark und wirbelte Konstanze durch die Luft.

»Ah, nein! Moritz, Hilfe!«

Sie schrie, während sie durch die Luft sauste – weit weg von ihrem Bruder, der ihre Rufe nicht hörte.

RUMS!

Konstanze fiel aus dem Bett. Sie konnte sich kaum bewegen, weil ihr Körper in die Decke eingewickelt war. Sie zappelte und zog, bis sie sich befreien konnte. Was für ein gemeiner Traum!

Sie rappelte sich auf und verließ die Seitenkammer. Im oberen Stockwerk war alles ruhig. Nicht einmal aus Helenes Zimmer drangen irgendwelche Geräusche. Mit nackten Füßchen huschte sie den Gang entlang und stieg die Treppe hinunter.

»Moritz?«

Sie fand die Küche leer vor. Der Steinboden unter ihren Füßen war so eisig, dass ihre Zehen taub wurden. Ein Hauch von Holzkohle kitzelte sie in der Nase.

»Moritz, wo bist du?«

Die Feuerstelle war kalt und die Wolldecke, die Rita ihrem Bruder überlassen hatte, lag zerwühlt auf dem Fußboden neben der Bank. Seltsam.

Konstanze überprüfte den Holzkasten. Dort lagen keine frischen Scheite mehr. Vielleicht war Moritz in den Hinterhof gegangen, um neues Holz aus dem Verschlag zu holen? Sie ging zur Hintertür und war überrascht, dass die Welt draußen rein und gar nicht ranzig roch.

»Moritz?«

Er war weder beim Verschlag noch bei den Abfallschütten.

Konstanze wollte gerade ins Haus zurückkehren, als sie leises Pferdegetrappel hörte. Sie lief mit nackten Füßen und wehendem Nachtgewand über den Hof und erreichte das niedrige Seitentor, das hinaus auf die Hauptstraße führte. Durch die Gitterstäbe entdeckte sie eine fremde Mietkutsche mit einer schönen rostbraunen Stute im Gespann.

Soeben sprang Dr. Julius Mehltau vom Kutschbock und ging zum Vordereingang der Schwarzen Katze. Konstanze stellte sich auf die Zehenspitzen und öffnete das Seitentor. Als sie vorne ins Haus und in die düstere Diele lief, prallte sie mit dem Doktor zusammen.

»Wohin so eilig, junge Dame«, sagte Dr. Mehltau und schenkte ihr ein Lächeln. Er trug seinen Mantel über dem Arm und sah sich in der Wirtsstube um. »Bin ich zu früh? Ist die gute Frau Holzer noch nicht wach?«

Konstanze war außer Atem. »Nein, ich glaube, sie schläft noch.«

»Ach, so ein Unglück«, murmelte der Doktor. »Dann hat sie meine Nachricht wohl nicht erreicht ... Zu dumm.«

»Welche Nachricht?« Das Mädchen folgte dem Arzt in die Stube.

Dr. Mehltau legte seinen Mantel über einen Stuhl und setzte sich. »Hat die gute Frau nicht mit euch Kindern gesprochen?«

Konstanze schüttelte langsam den Kopf.

»So ein Unglück«, wiederholte der Doktor. »Weißt du, wo dein Bruder ist?«

Abermals nur Kopfschütteln. »Ich kann ihn nicht finden.«

»Oh weh.« Dr. Mehltau knetete seine Hände.

»Was ist denn passiert, Herr Doktor?«, fragte Konstanze.

»Mein Kind«, sagte er, »ich komme gerade aus der Nachbarstadt. Die Lage im Land hat sich verändert. Es kann sein, dass der Krieg von vorn beginnt und wir nicht mehr über die Grenze kommen.«

»Welche Grenze?«, stammelte Konstanze.

»Ach, du liebes Bisschen, du weißt also gar nicht, was ich mit Frau Holzer besprochen habe?«

Konstanze blickte starr.

Dr. Mehltau schluckte. »Dem Fräulein Helene geht es sehr schlecht, wie du weißt«, begann er. »Ich fürchte, ich kann ihm hier nicht helfen. Es braucht bessere Ärzte. Deshalb müssen wir es in ein großes Spital bringen. Nach Wien.«

Konstanze trat einen Schritt zurück.

»Hat Frau Holzer euch das noch nicht erzählt?«

Ein weiterer Schritt.

Der Doktor erhob sich. Er streckte eine Hand aus, um sie zu berühren, doch das Mädchen wich mit bestürzter Miene zurück.

»Wir müssen ihr helfen«, sagte er sanft. »Sie wird sterben, wenn wir nichts tun. Du willst doch nicht, dass das passiert, oder?«

Konstanzes Kopfschütteln wurde immer heftiger. »Aber sie kann nicht sterben«, flüsterte sie. »Sie ist doch untot. Wie kann sie da sterben?«

»Ich wünschte, ich würde die Antwort kennen«, sagte der Doktor. »Das Wichtigste ist, dass wir dem Fräulein Helene helfen.«

»Moritz ...«, murmelte Konstanze. »Ich muss Moritz finden!« Sie drehte sich um und rannte los, doch da war jemand und hielt sie auf. Sie kämpfte, wollte sich befreien, bevor sie bemerkte, dass es Rita war.

»Was ist denn hier los?«, sagte die Wirtin in ihrem viel zu großen Schlafrock.

»Der Doktor hat gesagt, dass er Helene mitnehmen will und ich kann Moritz nicht finden«, rief Konstanze mit tränennassem Gesicht.

Rita blickte Dr. Mehltau finster an. »Was fällt Ihnen ein, dem Mädchen solche Angst einzujagen!«

»Ich dachte, Sie hätten ihr bereits alles erklärt«, sagte er mit erhobenen Händen.

»Natürlich nicht! So etwas braucht Zeit! Wo sind Sie überhaupt gewesen?«

Der Doktor griff nach seinem Mantel. »Ich war in Geißingen und habe mich dort erkundigt, wie die Lage an der österreichischen Grenze ist.«

»Und?«

»Wir dürfen keine Zeit verlieren.«

Rita blickte auf Konstanze hinab, die ihr Bein umklammert hielt. »Ich muss Moritz finden«, schluchzte das Mädchen.

»Ist er nicht im Hinterhof?«

Konstanze schüttelte stumm den Kopf.

Rita nahm sie bei der Hand. »Komm. Wir suchen ihn. Und wenn wir ihn gefunden haben, ziehe ich ihm die Ohren lang!« Vor der Treppe zum obersten Stockwerk blieb Rita stehen. »Hol einen Mantel und Schuhe«, befahl sie. »So gehst du mir nicht vor die Tür. Hast du mich verstanden?«

Konstanze rannte eilig die Stufen hinauf.

Rita kramte währenddessen in einer Küchentruhe, bis sie einen Mantel gefunden hatte. Sie klopfte den Staub ab und warf ihn sich über, als sie auf dem Steinboden vor der Bank die Wolldecke liegen sah, die sie Moritz überlassen hatte. Ihr liebstes Stück. »Dieser Lausebengel!«

Ein fragiles Funkeln, wie von einem fernen Stern, erregte ihre Aufmerksamkeit. Es glitzerte zwischen der Wolle hervor und leuchtete im ersten Licht des Tages.

Rita schob die Decke beiseite. Ihr Blick fiel auf eine dünne Kette mit silbernen Gliedern und einem Anhänger in Form einer halben, wunderschön geschwungenen Brezel. Ritas ganzer Körper wurde augenblicklich kalt. Dieses Schmuckstück konnte nicht hier sein. Es war unmöglich.

»Alfred?«

Ein Name aus Urzeiten sprang von ihren Lippen. Er trug sehr viel Trauer und noch mehr Schmerz in sich. Ihre zitternden Hände strichen zärtlich über das Silber, das eisig kalt war. Es erwärmte sich schnell, wurde seidig und weich unter den Liebkosungen ihrer Fingerspitzen.

»Oh, das sieht ja aus wie deine Kette«, rief eine fröhliche Stimme neben ihr.

Langsam wandte sich Rita um und blickte dem Mädchen ins Gesicht. Konstanzes Ausdruck änderte sich, als sie den identischen Anhänger um Ritas Hals entdeckte. Zwei Hälften ein und derselben Brezel.

»Ist das ...?«, flüsterte sie.

Ritas Faust schloss sich um das Schmuckstück. »Gehen wir!«

25. KAPITEL

Moritz folgte dem Marsch der Kreaturen in die tiefsten Tiefen der Wesselburg. Eine Hand umfasste den Teleskopstab, für den Fall, dass die Wesen ihn unerwartet angreifen sollten. Doch je weiter sie voranschritten, desto sicherer fühlte er sich durch die Macht des Splitters.

Eine verfallene Treppe führte in ein gigantisches, tonnenförmiges Kellergewölbe hinab – die Heilbäder, von denen der Doktor erzählt hatte. Es gab unzählige Säulen, groß und stark, die zwischen mehreren breiten Bassins mit steinernen Stufen und Sitzbänken standen. Hier fanden bequem über hundert Menschen Platz.

Immer wenn Moritz dachte, die Helligkeit vor ihm würde nicht mehr ausreichen, um genug zu erkennen, entzündeten sich auf wundersame Weise geisterhafte Lichter in der Ferne. Diese Lichtquellen waren Geschöpfe, die überall im Gewölbe verteilt waren. Manche hockten kopfüber an den Säulen wie riesige Asseln oder krabbelten über die dunklen Deckenbögen aus geschwärzten Steinquadern. Andere schwebten laternengleich in der Luft. Ihre durchsichtigen Körper schillerten aus sich heraus wie Glühwürmchen. Die Leiber waren mit Adern verzierte Käfige, die das Licht in sich gefangen hielten. Moritz musste unweigerlich an die Lebensfunken denken, die er vor fast zwei Jahren auf dem Schiff der Komtesse gesehen hatte. Winzige Leuchtfeuer. Jedes eine Seele, ein Leben, das beendet wäre, hätte es nicht zu seinem Körper zurückgefunden.

Sie folgten einem Bogendurchgang mit weiteren Stufen, die in einen riesigen, finsteren Tunnel mündeten. Moritz hörte Wasser vor sich plätschern und gleichzeitig überfiel ihn ein strenger Geruch, der bitter und süß zugleich war. Er blieb stehen, um Mund und Nase zu bedecken.

»Was ist das?«, keuchte er durch den Stoff seiner Jacke.

Er.

Die Stimme hallte von den Wänden wider und vervielfältigte sich so rasch, dass Moritz glaubte, das Wort wäre in ihm selbst entstanden – in seinem Kopf. Er riss sich zusammen und folgte dem Tross weiter bis zu dem Eingang einer unterirdischen Zisterne.

Von einem zum nächsten Moment patschten seine Füße in knöcheltiefes Wasser. Er stand in einem schwarzen Tümpel.

Vor ihm, im Widerschein der Lichtwesen, erkannte Moritz einen diagonalen Riss im unbehauenen Felsen, vor dem sich einmal eine gemauerte Wand befunden haben musste. Herausgebrochene Steine türmten sich nahe der Öffnung im Wasser auf. Hatte jemand diese klaffende Wunde im Berg mit Gewalt freigelegt?

Moritz lauschte in die Finsternis, während er mit einer Hand den Splitter vor sich hielt und mit der Waffenhand seinen Mund gegen den Gestank abschirmte. Der Riss wirkte wie ein Tor in eine andere Welt, unheimlich.

Das Wasser um seine Knöchel erzitterte, als ob sich etwas auf der anderen Seite bewegte. Er starrte auf die Wunde im Berg und stellte sich vor, dass jeden Moment zwei gigantische Augen in der Finsternis aufflammen würden: groß und rot und teuflisch. Doch nichts dergleichen geschah.

KOMM.

Die Stimme drang wieder auf ihn ein, umhüllte ihn. »Was erwartet mich?«, fragte er zitternd.

DIE ANTWORT.

Zögernd sah er sich um. Die Wesen, die ihn bis hierher begleitet hatten, starrten ihn an. Keines von ihnen hatte einen Schritt in das Wasser getan. Sie standen auf den trockenen Stufen, als ob sie sich fürchten würden eine Grenze zu übertreten. Auch Jauche war unter ihnen.

Moritz hob den Splitter. Die Monster hatten ihm verraten, dass Kreaturen mit schlichterem Gemüt leichter zu kontrollieren waren. Und durch sein Erlebnis mit Herrn Jauche hatte er erfahren, dass sogar ein vielschichtigeres Wesen die Macht des Splitters spüren konnte, selbst wenn er eingewickelt in seiner Hosentasche ruhte. Der untote Mann hatte Moritz' drängenden Wunsch, mit ihm sprechen zu wollen, irgendwann nicht mehr ignorieren können. *Ein Rufen ... ein Gefühl*, hatte er gesagt und dabei auf sein Herz getippt ...

Die Monster folgten weiterhin den Bewegungen des schwarzen Glases. Ehrfürchtig. Abwartend.

Moritz legte den Splitter an seine Stirn und konzentrierte sich, so fest er konnte. Es musste klappen. »Bitte rührt euch nicht von der Stelle. Wartet hier«, befahl er. »Und bitte tut meinem Freund Herrn Jauche nichts.«

Langsam und vorsichtig ließ er den Splitter sinken. Die dunkle Meute fixierte ihn – doch sie rührte sich nicht.

Moritz behielt das Glas in der Hand, als er sich zitternd dem Riss im Felsen zuwandte und das Nichts betrat.

Er versuchte, flach durch den Mund zu atmen. Der Gestank wurde durchdringender. Die Schwärze schien unendlich, doch sie unterschied sich deutlich von der Lichtlosigkeit des Geheimgangs. Diese hier war nicht tot und kalt – sie lebte.

Der Boden unter Moritz' Füßen stieg an. Der Untergrund fühlte sich zäh und schlammig an, als ob er auf einer Art Teig stehen würde. Er gab nach und federte leicht. War dies der Leib eines toten Wesens? Die Erkenntnis stürmte auf ihn ein. Ein Kadaver! Das erklärte den beißenden Gestank!

Er musste hier raus! Sofort! Das war eine Falle! Er machte kehrt, rutschte und stolperte die Anhöhe wieder hinab, als sich plötzlich ein dünnes Lichtband vor ihm bewegte. Es flirrte wie eine Libelle durch die Luft und schwebte in einem Meter Abstand vor ihm auf und ab.

Was ist dein Begehr?, fragte das Band und Moritz begriff, dass sich die Stimme diesmal tatsächlich in seinem Kopf gebildet hatte.

Moritz hielt den Splitter vor sich, bereit sich zu verteidigen. »Wer bist du?«, würgte er hervor.

Nur ein Gedanke, antwortete das Band und begann wie ein

Regenbogen zu leuchten. Die Farben waren irisierend und hüllten Moritz ein. Das Gefühl, sich verteidigen zu müssen, ließ langsam nach.

»Wessen Gedanke?«, fragte er durch den Stoff seiner Jacke.

Seiner, sagte das Band und leuchtete blau und grün.

Moritz mochte diese Farben. Sie beruhigten ihn.

Das Band bewegte sich auf ihn zu und strahlte intensiver, erhellte aber nur Moritz' Gesicht. Die Finsternis um ihn herum blieb unberührt.

Was ist dein Begehr?

Moritz haderte mit sich. »Ich brauche Hilfe ... meine Freundin ist sehr krank ... Aber ich fürchte, ich habe den falschen Weg eingeschlagen.«

Das Band rutschte noch näher und wurde blau und violett. Die Farbe von Helenes Augen. Wunderschön.

Hab keine Angst, er kann dir helfen.

»Er?«

Er, sagte die Stimme und glitt langsam von Moritz fort. Das Band aus Licht wurde größer und vertrieb die Dunkelheit. Es strahlte so hell, dass Moritz sich umsehen konnte und erkannte, wo er sich befand.

Ein verwobenes Netz aus leuchtenden Bändern spannte sich durch einen gewaltigen Höhlenkomplex mit Gesteinsformationen und Stalaktiten. Die Bänder glichen Spinnweben, sie hatten Knotenpunkte und Verzweigungen bis in die entlegensten Winkel der schier endlosen Decke. Dahinter befand sich ein seltsames gestaltloses Nichts, das alles sein konnte und vielleicht nichts davon war.

Moritz beobachtete fasziniert, wie das leuchtende Netz über ihm pulsierte und sich bewegte, wie es hier und da neue Verbindungen schuf und alte auflöste. Es wirkte friedlich und ewig.

Als er seinen Blick nach unten senkte, nahm er die bizarre Landschaft wahr, die sich vor ihm ausbreitete. Riesige Hörner und Geweihe wuchsen wie ein Wald vor ihm empor. Sie bildeten Brücken und Bäume mit Verästelungen und Spiralen. Die Formen erinnerten an Gehörne von Rotwild und Steinböcken, aber auch an Schneckenhäuser und Muscheln. Doch es waren keine starren Gebilde. Moritz nahm überall Bewegungen wahr. Unzählige kleine und große Geschöpfe stampften zwischen den hornartigen Auswüchsen hindurch, krochen an ihnen empor und schlängelten sich über die Ebene. Unheimlich und zugleich mäandernd schön.

Unter sich spürte er eine Erschütterung. Der weiche Boden bewegte sich sachte auf und ab und sandte kleine Stöße über das Wasser, das ihn wie eine Insel umschloss.

Moritz stand auf einem lebendigen Wesen. Es war ein riesiges Etwas, das atmete und sich regte und dabei das umliegende Gewässer erschütterte und Hörner und Geschöpfe hoch und nieder tanzen ließ.

Fürchte dich nicht, sagte eine Stimme hoch über ihm. Doch das Band, das vorher zu ihm gesprochen hatte, war nun nicht mehr auszumachen. Es hatte sich mit den anderen Lichtern verkettet und war mit ihnen zu einer Einheit verschmolzen.

Sieh dich um, sagte eine andere Stimme.

Was willst du?, fragte eine dritte.

Verschwinde!, befahl eine vierte.

Moritz war verwirrt. All diese Worte entstanden in seinem Inneren. Es handelte sich stets um seine eigene Stimme, jedoch schwankte ihre Klangfarbe. Mal freundlich, mal fragend, mal launisch, mal wütend. Moritz erinnerte sich an die Antwort des ersten Lichtbandes, das ihn begrüßt hatte. Waren dies allesamt Gedanken?

Sehr gut, sagte eine Stimme.

Er hat es erraten, sagte eine andere.

Was will er nur?, fragte eine weitere.

Verschwinde!, brummte die letzte.

Moritz blickte hinauf, während die Stimmen sich beruhigten. Überall in dem Netz aus Licht leuchteten einzelne Stränge auf und verglühten im Takt der Worte. »Ich höre dich denken«, entfuhr es ihm und er begann zu husten. Der Gestank, der ihn umgab, verdichtete sich. Er benebelte seine Sinne und wurde schwerer als Apfelmost.

Er hört dich denken.

Er?

Ja, er.

Verschwinde!

Moritz schaute zu Boden und bemerkte kleine Dampfwölkchen. Sie drangen aus den Poren und machten die Luft dick und zuckerig. Im Licht der farbigen Bänder wirkte die Haut des Wesens schwach bunt, doch er erkannte schnell, dass sie grau, fast weiß war. Sie schillerte, als ob winzige Kristalle in den Falten der Oberfläche schlummern würden.

Feine Wellen zogen über den Körper, Hunderte von Metern von ihm entfernt. Sie warfen sich auf, hoben Hörner und

Kreaturen in die Höhe und verebbten irgendwo in der Ferne. Moritz fühlte sich an das Meer erinnert. Ein weiter, schier endloser Ozean, in dem Fische und anderes Getier tollten und nur an die Oberfläche traten, um Luft zu holen oder zu jagen. Er hob einen Fuß und sah, wie die Haut des Wesens unter seinen Sohlen klebrige Fäden zog.

»Igitt«, murmelte er.

Unhöflich!

Ein Mensch.

Natürlich …

Verschwinde, sofort!

Moritz' Herz raste. Plötzlich schien er vergessen zu haben, weswegen er hergekommen war. Die schiere Gegenwart dieses unglaublichen Wesens raubte ihm die Sinne. Er wollte sprechen, doch es fehlten ihm die Worte. Im nächsten Moment bestürmten ihn hundert Fragen gleichzeitig und er öffnete den Mund, nur um festzustellen, dass ihm der eklig süße Dunst in die Lungen schwappte. Er hustete und keuchte wie ein Ertrinkender. Panik stieg in ihm auf und seine Knie wurden weich. Er durfte nicht in Ohnmacht fallen! Wahrscheinlich würde ihn das Wesen verschlucken und verdauen, wenn er das Bewusstsein verlor. Moritz rang nach Luft. Mit jedem Husten, jedem Atemzug drang mehr von der süßen Suppe in seinen Körper ein. Er drohte zu ersticken. Er würde sterben.

Atme, sagte eine Stimme.

Hab keine Angst, sagte eine weitere.

Ganz ruhig, sagte eine dritte.

Verdammt!, sagte die letzte.

Und Moritz atmete so tief ein, wie er konnte. Seine Lungen füllten sich mit dem sirupartigen Gemisch. Dann liefen sie über und er brach zusammen.

26. KAPITEL

»Helene, wach auf ...«

Die Stimme kam ihr vertraut vor. Sie gehörte einem kleinen Mädchen, das in den Stunden zwischen Träumen und Wachen an ihrer Seite ausgeharrt hatte. Konstanze.

Sie war es auch, die Helene in ihren schwersten Minuten ein leises Gedicht vorgetragen hatte. Die Worte hatte ihr Helene selbst beigebracht. Oft hatte sie dem kleinen Mädchen im Dampfwagen aus Edgars pflaumenfarbenem Gedichtband vorgelesen, so wie es ihr Bruder früher vor dem Zubettgehen bei ihr selbst getan hatte: *La mélodie mortelle*. Todesmelodie.

Das Buch gab es nicht mehr. Das Feuer hatte es verschlungen. Doch Konstanze erinnerte sich an einzelne Verse voller Traurigkeit und düsterem Witz. Sie ließ die Zeilen aus, die ihr nicht einfielen, und konzentrierte sich auf die Stellen des Sonetts, die sie zum Kichern brachten:

Sie ruft mich an: Lass mich in Ruh!,
Ganz madig ihr Gekröse,
Sie hält sich wild die Ohren zu,
Auf dass ich sie erlöse ...

Helene kämpfte sich aus der Finsternis, die sie umgab, und öffnete die Augen. Da war die Kammer unter dem Dach und da saß Konstanze, ganz nah bei ihr. Das Mädchen atmete schwer, als würde es eine Last mit sich herumtragen. Es hatte geweint.

»Du hast im Schlaf geredet«, flüsterte Konstanze.

Helenes Stimme war nur ein leises Rauschen, als sie fragte: »Was habe ich gesagt?«

»Du hast von Edgar gesprochen. Du hast gesagt, dass er in Gefahr ist. Dass *sie* kommen wird, um ihn zu holen.«

Helene wollte sich erheben, wollte Konstanze umarmen, um ihr zu versichern, dass alles gut werden würde, doch ihre Glieder schmerzten bei jeder Bewegung. Sie stieß einen Laut aus, halb erstickter Schrei, halb erschöpftes Seufzen. »Es war nur ein Traum ... ein Traum ...«, murmelte sie.

»Warum lügst du?« Konstanze schniefte. »Ich weiß, dass du ein Geheimnis hast und du willst es mir nicht sagen.«

»Konstanze, bitte ...«

Auf dem Laken neben Helenes rechtem Arm saß ein schwarz-weißer Schatten und plusterte sein Gefieder auf. Edgar. Er legte den Kopf schief und keckerte leise.

Ein heißer Stich durchzuckte Helene und sie schloss die Augen. Sie war Geist in einem unerträglich steifen Körper.

»Wer ist die Baba Jaga?«

Die Erwähnung dieses Namens erschütterte Helene zutiefst und ließ ihre Seele erkalten.

Es dauerte lange, bis sie die Lider hob und Konstanzes Blick begegnete. Das kleine Mädchen hatte Tränen im Gesicht. Es sah so ängstlich und unglücklich aus, dass es Helene das Herz zerriss. Sie öffnete die Lippen und verriet dem Mädchen ein Geheimnis.

Eines, das mit einem Fluch begann,
den Pakt zwischen Edgar und einer Hexe beschrieb,
vom Tod des Bruders erzählte,
den Auftritt einer unscheinbaren Elster als Seelenhüter feierte
und mit dem Weiterleben in einem fremden Körper schloss.

Nachdem Helene geendet hatte, starrte Konstanze die Elster lange an. Das Tier, das für sie ein treuer, pfiffiger Spielkamerad und Freund geworden war, war ein Gefäß, in dem eine menschliche Seele Zuflucht gefunden hatte.

Edgar van Lichtholms Seele.

Helene konnte zusehen, wie es in Konstanzes Köpfchen zu brodeln begann. Mit einem Mal fielen dem Mädchen unzählige Situationen ein, in denen der Vogel sich wie ein kluges, mitfühlendes Wesen verhalten hatte. Wie er sich geärgert, gefreut oder gar getrauert hatte. Jetzt verstand Konstanze den Grund dafür.

»Er ist da drin«, flüsterte sie.

»Niemand darf es erfahren«, murmelte Helene. »Nicht einmal Moritz.«

»Aber warum?«

»Es stellt ihn vor eine unlösbare Aufgabe.«

Konstanze sah sie an und Helene erkannte, dass das Mädchen nicht wusste, was sie damit meinte. Es war besser so. »Bitte versprich mir, dass du es Moritz nicht verrätst.«

»Das kann ich nicht«, sagte Konstanze traurig.

»Du musst.«

»Nein, das meine ich nicht«, rief Konstanze. »Er ist weg! Moritz ist einfach weggegangen und gleich kommt der Herr Doktor und will dich mitnehmen!«

Konstanzes Stimme wurde lauter und lauter, sie schmerzte Helene wie tausend Nadelstiche. »Wo will er mich hinbringen?«

Eine andere Stimme antwortete für sie: »Zu meinem Doktorvater nach Wien. Ich hoffe, er kann Ihnen helfen, wertes Fräulein.«

Die lange, dünne Gestalt von Dr. Julius Mehltau stand in der Tür.

»Und was ist mit Moritz und Konstanze?«, flüsterte Helene. »Begleiten sie uns?«

»Ich weiß nicht, wo er ist«, schluchzte Konstanze. »Ich kann nicht ohne ihn fahren.« Dicke Tränen rollten über ihre Wangen.

Der Doktor näherte sich mit leisen Schritten. »Es tut mir leid. Aber wir dürfen keine Zeit verlieren. Es heißt, die große Völkerschlacht, von der den Sommer über gemunkelt wurde, stünde kurz bevor. Noch können wir die Grenze ins Kaiserreich überqueren.«

»Aber wir können nicht ohne Moritz gehen! Das geht doch nicht!« Tränenüberströmt warf sich Konstanze auf das Bett. Helene spürte ihr Gewicht nicht, nur den Schmerz. Sie stöhnte.

Dr. Mehltau räusperte sich umständlich. »Der Wagen steht unten bereit. Frau Holzer ist so freundlich, uns mit Proviant zu versorgen. Es wird eine lange Reise.«

In der darauffolgenden Stille war nur Konstanzes Schluchzen zu hören.

»Ich werde Frau Holzer bitten, Ihnen beim Ankleiden zu helfen, Fräulein Helene.« Er zog sich zurück und schloss die Tür.

Helene hörte, wie Konstanze weinte. Sie versuchte, ihren Arm zu heben, um das Mädchen zu trösten. Doch der Schmerz brachte sie fast um den Verstand. Sie blickte Edgar an, der immerzu keckerte und krächzte.

»Konstanze«, murmelte Helene. »Du musst etwas für mich tun.«

Es dauerte eine Weile, bis das Mädchen ihre Flüsterstimme wahrnahm. Sie sah sie an, aus verweinten Augen.

»Nimm Edgar und bring ihn nach draußen. Er wird Moritz finden.«

Konstanze kämpfte gegen die Schluchzer an. Sie nickte hastig und lief los. Edgar folgte ihr.

Moritz, dachte Helene. Wo steckst du nur?!

27. KAPITEL

Da war ein goldenes Licht, das ihn blendete. Seltsame, leuchtende Kreaturen auf vier Beinen umringten und berührten ihn mit weichen Fühlern und Tentakeln. Sie hinterließen ein wohlig warmes Gefühl auf seiner Haut.

Dennoch schrak Moritz zurück. Was hatten die Wesen mit ihm vor? Er fand den Splitter und hielt ihn vor sich. »Verschwindet! Lasst mich in Ruhe!«

Die Leuchtwesen ließen sich nicht beirren. Betupften weiter zärtlich seine Arme, seine Brust und seinen Kopf, bis sie zufrieden lummerten und ihm den Rücken zukehrten. Moritz war außer Atem. Verblüfft starrte er den Kreaturen hinterher. Sie erinnerten ihn an Wildschweine mit strahlenden Buckeln. Als sie von dannen stampften, erkannte er, dass dies keine gewöhnlichen Buckel waren, sondern abermals Käfige. Riesige, lebendige, laufende Behälter, die ein sonniges Licht in sich trugen. Es ließ ihre Körper wie Honig leuchten. Sie wankten davon und Moritz bekam ein schlechtes Gewissen, dass er sie so harsch verscheucht hatte.

Es geht dir besser, sagte eine Stimme über ihm. Sie erinnerte

Moritz an jene, die ihn in der Höhle willkommen geheißen hatte.

»Ja«, sagte Moritz leicht benommen.

Du kannst jetzt atmen.

Es stimmte. Er holte mehrmals tief Luft. Seine Panik war verflogen und hatte ein lieblich süßes Aroma zurückgelassen. »Wie ist das möglich?«

Er hat das gemacht.

Diese Worte hatten Moritz noch nicht zur Gänze erreicht, da erhob sich ein Raunen aus den Tiefen der Höhle. Es klang wie ein Laut aus tausend Kehlen, der tausend Wände erreichte und tausend Echos zurückwarf. Sie alle vereinten sich zu einem einzigen Ruf, der immer und immer wieder ertönte:

MOCK! MOCK! MOCK!

Sämtliche Geschöpfe, die sich auf dem Leib des Giganten befanden, stimmten ein. Sie riefen aus den Falten, in denen sie kauerten, von den Spitzen der Hörner, die sie erklommen hatten, aus der Luft, die sie durchstreiften, und den schwarzen Wassern, die ihn umgaben. Alle stießen den Ruf gemeinsam aus, um *ihn* zu preisen.

MOCK! MOCK! MOCK!

Es dauerte Minuten, bis die Worte verklangen. Moritz war angesichts dieses Schauspiels berührt und verwirrt zugleich. All diese Wesen pilgerten über den Körper des Riesen und saugten die Dämpfe in sich auf. Einige von ihnen schleppten sich mit Mühe voran und brachen dann vor Schwäche zusammen. Immer wenn dies geschah, kamen die vierbeinigen Leuchtwesen mit ihren Käfigrücken angelaufen und befingerten und befühlten den Geschwächten. Wenn sie mit ihrer Behandlung fertig waren, veränderten sich die Tönungen ihrer Lichter. Manche wurden rot, andere blau, wieder andere erstrahlten in Farben, die Moritz noch nie gesehen hatte. Dann richteten die Leuchtwesen ihre Körper auf, erstarrten und stampften mit ihren Beinen drei Mal auf.

MOCK! MOCK! MOCK!

Der Leib des Giganten bebte daraufhin und spie eine Wolke aus Gas und Dampf aus. Funken stoben in die Luft und hüllten nicht nur den geschwächten Körper, sondern auch die Leuchtwesen ein. Inmitten der Funkenwolke wechselten die Farben der Lichter und strahlten wieder honiggelb. Die vormals kranke Kreatur erhob sich langsam und richtete sich auf. Vor neuer Kraft strotzend reckte und streckte sie sich.

Moritz erinnerte sich an Jauches Worte. »Der Erste«, flüsterte er mit bebender Stimme.

Du darfst nicht bleiben.

»Warum nicht?«

Du bist ein Mensch.

Mit Unbehagen bemerkte Moritz, dass überall an seinem Körper das klebrige Sekret des gigantischen Wesens haftete. Er versuchte es abzuwischen und richtete den Blick nach oben. »Ich brauche eure Hilfe. Die Monster draußen sagten, dass meine Freundin Helene im Begriff ist zu heilen. Ist das wahr?«

Die Wächter sprechen die Wahrheit.

Moritz entdeckte ein schmales Band, das hell aufleuchtete, als die Worte in seinem Kopf erklangen. Er richtete seine nächste Frage in diese Richtung. »Aber warum hat sie dann so furchtbare Schmerzen?«

Sie ist nicht diesseits und nicht jenseits.

»Was bedeutet das?«

Ihr Körper heilt, doch ihr Fleisch ist tot.

Moritz drehte sich bei diesem Satz fast der Magen um. »Gibt es nichts, was wir tun können? Kann *er* denn nichts für sie tun?«

Nein, antwortete die Stimme. *Er hat sich von den Menschen abgewandt.*

»Warum?«

Weil die Menschen schlecht sind!

Gewalttätig!

Falsch!

Unwürdig!

Lichtblitze durchzuckten das Netz und die Höhle erbebte. Ein durchdringender Schmerz bohrte sich in Moritz' Kopf und zwang ihn in die Knie. »Aufhören! Das ist zu laut! Das ist zu viel!«

Das Getöse verebbte. Zögernd und zitternd nahm er die Hände von den Ohren.

So fühlt es sich an.

»Was ...?«

Das Ding in deiner Hand.

Moritz öffnete seine Faust und starrte auf das schwarze Glas. »Der Splitter.«

Du bringst eine Waffe an einen Ort des Friedens. Kein Blut darf hier vergossen werden. Die Wächter achten darauf. Jeder Mock, der zu dem Ersten kommt, sucht nach Heilung ... keinen Kampf.

»Aber ich benutze den Splitter nicht mehr«, stammelte Moritz.

Das hast du bereits. Und du tust es weiterhin. Du hältst die Wächter davon ab, die Höhle zu betreten.

Moritz wurde übel. Er wusste, dass es stimmte. »Aber ich musste doch. Ich wäre sonst nie bis hierher gekommen.«

Es gibt Orte, zu denen kein Mensch Zutritt haben sollte. Aber die Menschen verstehen nicht. Sie wollen immer ihren Willen durchsetzen. Wenn nötig mit Gewalt. Gib den Menschen eine Waffe und sie werden sie benutzen.

»Und wenn ich verspreche, den Splitter – die Waffe – nie mehr zu benutzen, helft ihr mir dann?«

Die Stimme brauchte keine Bedenkzeit, um zu antworten.

Du wirst sie benutzen, wenn sich der Erste weigert. Du wirst kein Nein akzeptieren. Du wirst ihn unterwerfen und dir mit Gewalt nehmen, wonach dir beliebt. Das ist die Natur des Menschen.

»Aber ...«

Du kannst nicht siegen. Vergieße Blut, so viel du willst, doch der Erste wird dir nicht helfen. Er ist anders als all die anderen. Er hat einen freien Willen.

Die Worte hallten in Moritz nach. »Was meint ihr damit? Ein freier Wille?«

Die Kraft, die ihm innewohnt, wird nur dann freigesetzt, wenn er es für richtig befindet. Sie ist tief verwurzelt. Sein Wille entscheidet über das, was er tut.

»Das heißt, wenn ich ihn überzeugen kann, mir zu helfen, dann wird er es tun?«

Die Stimme schwieg.

Moritz sah sich um. Sah den Giganten, der sich unter seinen Füßen erstreckte und so groß war wie ein kleines Land. »Darf ich mit ihm sprechen? Darf ich ihn fragen, ihn überzeugen, dass er mir hilft?«

Das tust du bereits.

Die Stimme tönte so voll und so durchdringend, dass sogar das kleinste Härchen an seinem Körper zu zittern begann.

»Du bist der Erste?«, fragte Moritz verblüfft.

Wir alle.

Das Netz über Moritz funkelte in Kaskaden verschiedenster Farben auf und blendete ihn. Eine Stimme, die Viele war, donnerte durch die Höhlenanlage und befand sich gleichzeitig in Moritz' Kopf. Sie war so laut und allumfassend, dass sie ihn in die Knie zwang. Er stemmte sich mit beiden Armen hoch, doch er kam nicht gegen den Druck der Stimme an. Moritz japste und schnaufte wie ein Ertrinkender. Die Last in seinem Kopf ließ genauso schnell nach, wie sie gekommen war.

Ein roter Tropfen traf seine Hand, gefolgt von noch einem und noch einem. Blut. Moritz betastete seine Nase und blickte hinab auf die blutigen Finger.

»Wir Menschen sind nicht alle gleich«, sagte er mit belegter Stimme.

Wie friedlich die Welt wäre, wenn das zuträfe. Siehst du nicht den Krieg und die Zerstörung, die um dich herum ist? Hast du denn nicht die Trommeln gehört? Die Schüsse und Schreie?

Moritz zitterte am ganzen Körper. Er wischte das Blut ab und richtete den Blick nach oben. »Ich habe die Trommeln gehört und auch die Schüsse und die Schreie. Ich bin durch das Land gezogen und habe die Soldaten gesehen, überall. Sie machen mir Angst. Mir und meiner Schwester und allen, die mit uns reisen. Ich will diesen Krieg nicht. Ich will diesen Streit nicht. Es ist nicht mein Krieg. Alles, was ich möchte, ist Hoffnung für eine junge Frau, die sonst keine Hoffnung mehr hätte. Sie ist ganz allein. Sie hat sonst niemanden mehr.«

Wir kennen eure Art, wir wissen, wie ihr kämpft. Wir hören, wie ihr lügt. Wir wissen, dass ihr tötet.

Moritz senkte das Haupt und betrachtete seinen roten Finger. Das Blut begann zu kleben. »Ich wünschte, ich könnte euch vom Gegenteil überzeugen.«

Das kannst du, sagte die Stimme. *Indem du gehst. Friedlich. Und ohne deine Waffe zu benutzen.*

Moritz betrachtete den Splitter. Er sah wirklich feindselig aus. In seinen Händen glich er einem Dolch. »Die Wächter ... sie werden mich attackieren, nicht wahr?«, sagte er und blickte hinauf zu dem Lichternetz.

Sie tun, was sie tun müssen.

Ein bitteres Lächeln flog über Moritz' Gesicht. »Und ich darf mich nicht wehren ... Wenn ich es täte, wäre das der Beweis, dass du recht hast.«

Die Stimme schwieg.

»Kein angenehmer Gedanke ...«

Ich weiß. Die Stimme klang unbarmherzig. Es war die Stimmfarbe, die stets zuletzt gesprochen hatte. Der grausamste Aspekt in der Persönlichkeit des *Ersten.*

»Was hat man euch nur angetan, dass ihr so über uns Menschen denkt?«

Willst du das wirklich wissen? Wieder hatte die feindselige Seite des *Ersten* gesprochen.

Moritz nickte. Es gab kein Zurück mehr.

Dann sieh hin.

Eines der Lichtbänder schoss herab. Es raste auf seine Stirn zu und drang in ihn ein. Für den Bruchteil einer Ewigkeit war da nur helles weißes Glühen. Sonst nichts. Moritz' Sinne wurden taub, bis sein Kopf ganz von dem reinigenden Licht erfüllt war.

Er hörte Stimmen, fremde Gedanken, die zu ihm sprachen und seinen Geist mitnahmen – auf eine Reise an einen Ort, der weit zurücklag in der Vergangenheit.

28. KAPITEL

Allmählich entstanden Formen und Farben. Wie ein Neugeborenes, das zum ersten Mal die Welt um sich herum erblickt, schälten sich vor Moritz Konturen aus dem Weiß. Die Umgebung wurde deutlicher. Er befand sich nicht länger in der Höhle unter der Burg, sondern in einem tiefschwarzen Wald. Über sich konnte er einen vollen runden Mond erkennen, der wie ein satter Laib Käse glänzte.

Kaum ein Geräusch war zu hören. Bis auf ferne Schritte, die im Unterholz knackten. Sie kamen näher. Erst einer, dann zwei, dann drei. Es wurden immer mehr, bis Moritz plötzlich in einem Strom von über dreißig Menschen stand. Sie trugen zerschlissene Umhänge und verbargen ihre Gesichter unter Kapuzen. Sie steuerten durch die finsteren Baumreihen auf einen Punkt zu, der irgendwo im Wald versteckt lag und den nur sie zu kennen schienen. Keiner von ihnen trug eine Laterne oder eine Fackel. Was auch immer sie vorhatten, sie taten es im Schutz der Dunkelheit.

Moritz folgte den Kutten. Als Äste unter seinen Füßen knackten, schaute er sich erschrocken um. Die Menschen nahmen keine Notiz von ihm. Sie konnten ihn weder hören noch sehen. Was er erlebte, war eine fremde Erinnerung – aus dem Leben des *ersten Mock*. Moritz selbst war nur der stille Beobachter eines Ereignisses, das sich bereits vor langer Zeit ereignet haben musste.

Während die Prozession von Kutten voranschritt, lichtete sich der Wald und gab den Blick auf ein gewaltiges Felsplateau frei. Moritz kannte diesen Ort. Es war die Felsnase, auf dem die Wesselburg stand – oder zumindest eines Tages stehen würde. Die Kutten pilgerten zur Felskante hin. Moritz schloss zu ihnen auf und kam dem Abgrund gefährlich nahe. Er starrte in die Tiefe.

Der Mond sprenkelte die Schlucht unter ihm mit gelben Lichtflecken. Moosiger Fels, rau und unwirtlich. Hier und da wuchsen vereinzelte Bäume und Büsche an der Steilwand, unten in der Tiefe erstreckte sich der Wald.

Eine der Kutten trat zurück und enthüllte ihr Gesicht. Es war eine Frau. Sie blickte hinauf in die sternenklare Nacht und murmelte leise Worte. Die anderen scharten sich kreisförmig um sie und senkten die Köpfe.

»Geist aus der Tiefe, erhöre uns! Unter uns ist ein Mann von hohem Rang, der deine Hilfe erbittet«, sagte die Frau in feierlichem Singsang. »Erhebe dich und sprich zu uns aus dem Stein.« Sie war mittleren Alters und trug eine schlichte Haube. Ihr Gesicht war hart und wettergegerbt. Eine Frau, die gewohnt war zuzupacken. Moritz umkreiste die Gruppe, dann ertönte ein Dröhnen, voll und rund.

»Sprecht!«

Moritz schrak zurück. Es war eine fremde Stimme und sie kam aus der Tiefe, dem Boden, dem Felsen. Sie hallte wie ein Donnergrollen über die Ebene und ließ den Wind in den Bäumen rauschen.

»Geist aus der Tiefe«, hob die Frau an, »sei gepriesen.« Sie hob die Hand und winkte eine der Kutten zu sich. »Dies hier ist Seine Hoheit der Markgraf Hieronymus Wessel.«

Der Herbeigerufene streifte seine Kapuze ab. Er war ein ernster Mann mit schwarzem Bart. Sein Blick war wehmütig auf das gerichtet, was sich im Schutze seines Umhangs befand. Ein Bündel, das ganz und gar in Leinentücher gehüllt war. Als der Mann eine der dünnen Lagen entfernte, kam ein Köpfchen zum Vorschein. Es war winzig und haarlos und von ungesunder Farbe. Moritz sah sofort, dass mit diesem Kind etwas nicht stimmte.

»Mein Stammhalter Gustav«, sagte der Mann mit bebender Stimme, »er kam vor wenigen Stunden zur Welt ... doch er atmet nicht.«

»Geist aus der Tiefe«, sprach die Frau wieder und legte ihre Hand auf das leblose Köpfchen, »erweise uns die Gnade deiner Hilfe.«

Die fremde Stimme ließ den Stein erzittern. »Es ist noch nicht zu spät. Da ist noch Leben in diesem Körper. Legt das Kind ins Gras.«

Zögernd tat der Markgraf, wie ihm geheißen.

»Tretet zurück und wendet euren Blick ab.«

Langsam gehorchten die Beteiligten. Die Frau kam an die Seite des Markgrafen und führte ihn fort von der Klippe. Sie gingen, bis sie die erste Baumreihe abseits des Abgrundes erreicht hatten. Dort blieben sie stehen, ihre Köpfe abgewandt.

Moritz war der Einzige, der in der Nähe des Bündels stand. Der fahle Mond ließ das Gesicht des Säuglings noch elender aussehen.

Die Erde bebte. Etwas erhob sich aus der Tiefe. Ein leises Grollen hallte von den fernen Bergen wider. Der Markgraf wollte sich umdrehen, doch die Frau hielt ihn zurück. Sie packte seine Schultern. Niemand durfte sehen, was sich jenseits der Klippe tat.

Der Felsvorsprung verfinsterte sich. Ein gewaltiger Schatten kroch über das Land. Er verschluckte zuerst das Bündel, dann Moritz und schließlich die Reihe wartender Menschen, die unter ihren Kutten erstarrten. Moritz blickte zum Himmel empor und sah, wie sich die Sterne verfinsterten. Vor sich erkannte er ein riesiges Gesicht. Es hatte zwei gigantische Augen, die wie Monde schimmerten, und einen breiten Mund. Es leckte sich über die wulstigen Lippen und bewegte seinen massigen, mit Hörnern und Geweihen gespickten Körper näher an die Klippe heran. Eine kolossale graue Masse, die über keinerlei Anatomie und kein Knochengerüst verfügte. Das Wesen floss dahin, schob sich und sein Gesicht voran, bis seine fleischige Unterlippe den Boden berührte.

Allein die schiere Größe der Kreatur schüchterte Moritz ein. Dies war der *Erste*. Er erinnerte an einen krötenartigen Teigfladen. Die Augäpfel saßen so weit voneinander entfernt, dass ein bescheidenes Königreich dazwischen Platz gehabt hätte. Und die hornartigen Auswüchse, die überall am Körper prangten, formten eine Krone auf seinem Haupt.

Obwohl Moritz wusste, dass er sich nur in einer Erinnerung des ersten Mock befand und ihm somit keinerlei Gefahr drohte, trat er ein paar Schritte zurück. Das Wesen öffnete seinen breiten Mund. Seine Lippen schoben sich über den Boden, ließen das Gras wispern und hielten erst inne, als sie das winzige Bündel erreicht hatten. Es sah aus, als ob ein Riese ein Sandkorn küsste. Der *Erste* spitzte seine Lippen und leiser Dampf entwich seinem Schlund. Ein wohlriechender, lieblicher Geruch breitete sich aus und goldenes Licht erstrahlte. Zarte Funken stoben auf und hüllten das leblose Etwas in honiggelben Staub.

Dann, genauso schnell wie er gekommen war, verschwand der *Erste* wieder. Das Mondlicht kehrte auf den Felsvorsprung zurück und ein einzelner Schrei erklang. Der Schrei eines Neugeborenen.

Moritz' Herz machte einen Sprung, als der Markgraf zusammen mit den anderen Menschen zu dem Bündel hastete und dem Geist aus der Tiefe dankte. Die Frau gab sich als Hebamme zu erkennen. Sie war es gewesen, die den Sohn des Markgrafen auf die Welt geholt hatte. Als sie feststellte, dass das Kind nicht mehr atmete, hatte sie schnell gehandelt. Als erfahrene Frau mit geheimem Wissen hatte sie innerhalb kürzester Zeit ein paar Gleichgesinnte um sich geschart und zusammen mit dem verzweifelten Hieronymus Wessel einen uralten Weg beschritten. Den Weg, der den Toten zu neuem Leben verhalf.

Der Markgraf dankte der Hebamme für ihre Hilfe und versprach, sich für ihre Dienste erkenntlich zu zeigen. Er war ein Mann von Ehre und wollte diesen Ort und das Geheimnis, das er hütete, für ewig bewahren.

Was dies bedeutete, sah Moritz nun in einer schnellen Bilderfolge. Tage vergingen in Sekunden und schon bald sah man wieder eine Nachtszene, in welcher der Markgraf zusammen mit der Hebamme den *Ersten* erneut anrief. Er schilderte einen Plan, nach dem er hier eine Burg errichten wolle. Zu Ehren des *Ersten*. Ein Ort der Einkehr und der Heilung für die Bedürftigen, die ihm in der Stunde der größten Not geholfen hatten. Er selbst wolle über die Burg und ihren guten Zweck wachen und nur die fähigsten Bauherren und Handwerker einstellen, um den Fels so behutsam wie möglich abzutragen. Der *Erste* aber war nicht erpicht, seinen steinernen Thron mit den Menschen zu teilen. Des Nachts kamen nämlich nicht nur Menschen hierher, um seine Hilfe zu erbitten, sondern auch andere Wesen. Gefährliche Kreaturen, die die Menschen verabscheuten und keinen Wert darauf legten, mit ihnen zusammenzutreffen. Hieronymus Wessel versprach, darauf Rücksicht zu nehmen und das Leben des *Ersten* mit seinem Leben zu verteidigen vor Feinden diesseits und jenseits seiner Mark. Man schloss ein Abkommen, demzufolge die Menschen nur am Tage behandelt würden und die Nacht den anderen Kreaturen gehörte, die der *Erste* als Mock bezeichnete, was so viel wie *meine Kinder* bedeutete.

Wieder erlebte Moritz eine Passage, in der die Zeit schneller voranschritt. Die Burg, die er nur als Ruine kannte, wurde innerhalb von sieben Jahren erbaut. Man höhlte einen Teil des Pfaffen aus, um ein Kellergewölbe für Heilbäder und eine Filterzisterne zu errichten. Irgendwann kamen die Arbeiten in der Tiefe plötzlich zum Erliegen. Brave Steinmetze und andere Handwerker rannten um ihr Leben wie verängstigte Schafe.

In der Nacht darauf erschien der Markgraf Wessel zusammen mit der Hebamme. Gemeinsam stiegen sie in den Felsen hinunter und fanden dort das Höhlengewölbe, das Moritz bereits kannte. Sie sprachen mit dem *Ersten* und kamen überein, dass die Arbeiten am Eingang der Höhle enden sollten. Diese Stelle blieb unangetastet. Sämtliche Baumaterialien und Steine blieben an Ort und Stelle liegen und sollten nicht mehr angerührt werden.

Am nächsten Morgen berief der Markgraf einen seiner engsten Vertrauten zum neuen Bauleiter. Er sollte von nun an dafür Sorge tragen, dass dieser Bereich von niemandem mehr betreten würde.

Ein Gewölbe entstand und von nun an gab es keine weiteren Unterbrechungen oder Vorfälle. Nur die strengen Arbeitszeiten waren ungewöhnlich. Niemand, so lautete die Anweisung des Markgrafen und seines Bauleiters, dürfe nach Einbruch der Dunkelheit noch auf der Spitze des Pfaffen verweilen. Moritz wusste warum.

Sobald die Nacht einsetzte, kamen sie. Von überallher. Sie krochen über die Wiesen, wurden aus dem Nichts ausgespien oder stampften schwerfällig durch den Wald. Monster. Grässlich schöne Ungetüme zeigten sich und suchten den *Ersten* auf, um sich behandeln zu lassen. Mit dem Aufgang der Sonne verschwanden sie wieder oder verblieben in der unterirdischen Höhle, unbehelligt von den Bauarbeiten über ihren Köpfen.

Irgendwann kamen die Arbeiten ein weiteres Mal zum Erliegen. Ein schwerer Unfall ereignete sich. Jedoch nicht an der Burg, sondern in Greifenstein am Fuße des Pfaffen. Eine fremdartige Kreatur hatte bei Sonnenanbruch ein paar Arbeiter überrascht und einen Pferdekarren mit Baumaterialien angegriffen.

Die Kreatur war ein Gnasselborg, eine monströse Mischung aus Dickhäuter und Krebs. Sie schien verwirrt zu sein und tänzelte wie ein Kreisel um sich selbst. Irgendetwas stimmte mit ihren Augen nicht. Die Pferde gingen durch und der Wagen, der mit Steinen beladen war, kippte auf vier Männer. Man versuchte, die Verletzten schnell hoch auf die halb fertige Burg zu bringen, um sie vom *Ersten* heilen zu lassen. Doch der Weg nach oben war zu beschwerlich.

Als die Verletzten auf der Burg ankamen, war es für zwei von ihnen bereits zu spät. Hieronymus Wessel, der den Rettungseinsatz selbst geleitet hatte, versuchte, den *Ersten* in seiner Höhle zu überzeugen, alle vier Männer zu retten. Doch der Gigant lehnte ab. Er heilte nur die beiden Männer, in denen noch ein Funken Leben war. Für die anderen beiden gab es keine Hoffnung mehr. Moritz konnte seine Stimme hören, als er erklärte: »Wo *kein Lebensfunken* mehr ist, tritt auch *keine Heilung* ein.«

Die wahrhaft Toten, so sagte er, könne er nicht zurückholen. Ein Versuch, dies zu tun, würde Gevatter Tod um sein Recht betrügen. Ein uralter Vertrag, der nicht gebrochen werden dürfe.

Hieronymus Wessel war betrübt, doch er akzeptierte die Entscheidung des *Ersten*. Moritz hingegen wurde unruhig. Er dachte an Jauche. War er nicht genau eine solche Ausnahme? Ein Toter, der wieder zum Leben erweckt worden war? Was war mit ihm geschehen? Und Helene? War ihr Zustand hoffnungslos?

Sie ist nicht diesseits und nicht jenseits ... Ihr Körper heilt, doch ihr Fleisch ist tot.

Moritz‘ ganzer Körper geriet in Aufruhr. Es *musste* Hoffnung geben! Es musste! Er richtete den Blick auf den Markgrafen. Er stand in der Düsternis der Höhle und schien einen Entschluss zu fassen.

Die fremde Erinnerung, die Moritz' Geist besetzt hielt, machte nun einen sanften Sprung vorwärts in der Zeit. Er sah, wie der Markgraf mit seinem Baumeister sprach und ihm einen Auftrag erteilte. »Ein Gang«, sagte er. »Schaffe mir einen direkten Weg von der Stadt zur Burg. Auf dass wir keine Zeit verlieren, wenn Not und Krankheit uns ereilen.«

»Aber Euer Hoheit«, erwiderte der Baumeister. »Der Felsen ist hart und die Burg steht bereits bis zum Fundament.«

Hieronymus Wessel packte sein Gegenüber freundschaftlich bei den Schultern. »Dann mach dich sofort an die Arbeit. Nimm deine besten und stärksten Männer und beginnt zu graben. Heute noch.«

Karten und Baupläne wurden herbeigebracht und als die Sonne in den Abendstunden hinter den Bäumen verschwand, hatten bereits zehn wackere Männer begonnen, einen Schacht in die Erde zu schlagen. Der Plan sah vor, eine gerade Strecke zu schaffen, ohne Umweg oder Abzweigung. Da der Bau der Burg schon weit fortgeschritten war, entschloss sich der Baumeister, den Ausgang des Tunnels in den Seitenteil des äußeren Schutzwalls einzulassen. Als geheimer Eingang sollte das altehrwürdige Mausoleum der Familie Wessel dienen. So gab es nun zwei Baustellen. Die Burg über Tage und den Geheimgang unter Tage.

Nach sieben Jahren war die Burg vollendet und ein Jahr später waren auch die Arbeiten am Geheimgang abgeschlossen. Aus der Stadt Greifenstein wurde der Wallfahrtsort Bad Greifenstein. Die Menschen kamen von überallher und es hieß, dass man sich nur in der Stadt, dem Wald oder in der Nähe der Wesselburg aufhalten müsse, um seine Lebensgeister wiederzubeleben. Es hieß, dass unterirdische Quellen und Gesteinsformationen dafür verantwortlich wären. Ein Grund, warum die ganze Gegend des Nachts einen besonders süßen und wohltuenden Duft verströme.

Der Markgraf hatte nichts gegen diese Erklärung einzuwenden. Er behielt die Wahrheit für sich. Nur die Menschen, die nah an der Schwelle des Todes standen, brachte er auf die Burg und beherbergte sie dort. Die direkte Nähe zu dem *Ersten*, unter ihren Füßen, wirkte wahre Wunder.

Die Menschen in Bad Greifenstein priesen den Markgraf Hieronymus Wessel und wünschten ihm ein langes und zufriedenes Leben. Doch kein Leben dauert ewig. Der Markgraf wurde älter und obwohl er sich bis ins hohe Alter gesund fühlte, sah er sein eigenes Ende näher rücken.

Der Sohn des Markgrafen, Gustav Wessel, der um das Geheimnis unter der Burg wusste, wollte seinen Vater nicht sterben sehen und flehte ihn an, den *Ersten* aufzusuchen, um ihm noch mehr Zeit zu verschaffen. Der Markgraf lehnte ab. Er hatte ein langes und erfülltes Leben gehabt, in der Gewissheit mehr Gutes als Schlechtes gewirkt zu haben. So bettete er sich eines Abends zur Ruhe und entschlief mit einem Lächeln.

In jener Nacht geriet die Erde in Aufruhr. Moritz bemerkte, wie ein trauriges Beben die Wesselburg erschütterte. Und er glaubte ein seltsames, dumpfes Geräusch aus der Erde dringen zu hören. MOCK! MOCK! MOCK!

Tags darauf waren alle wohltuenden Gerüche über dem Berg und in der Stadt verschwunden. Der *Erste* trauerte. Als ob einer der Seinen von ihm gegangen wäre.

29. KAPITEL

Von diesem Zeitpunkt an übernahm der Sohn des Markgrafen die Geschicke der Wesselburg. Er war von deutlich anderem Schlag als sein Vater. Gustav Wessel war ungeduldig und jähzornig. Gerne wollte er die Kranken weiter auf der Burg seiner Familie beherbergen und versorgen, doch er wollte auch dafür entlohnt werden. Die Uneigennützigkeit seines Vaters war ihm fremd.

Menschen mit besonders schweren Gebrechen zahlten am meisten und wurden darüber hinaus fortan in einem gesonderten Flügel untergebracht, denn Gustav fürchtete sich vor Krankheiten aller Art.

Als im Lande die Pest ausbrach und immer mehr Menschen mit eitrigen Beulen an seine Tür klopften, verweigerte er ihnen den Zutritt. Auch weil die Braut, die sich Gustav genommen hatte, ein Kind erwartete. Sie sollte nicht mit Aussätzigen in Kontakt kommen. So schränkte er den Eintritt zur Burg immer mehr ein, bis schließlich die Tore ganz geschlossen blieben.

Das sah der ehemalige Baumeister mit Schrecken und beschloss, die Pestkranken heimlich in die Burg zu schleusen. In Fässern und unter Lagen von Brennholz versteckt brachte er die

Hilfsbedürftigen zum *Ersten* in die unterirdischen Heilbäder. Wochenlang blieben die Unternehmungen des Baumeisters unentdeckt, bis eines Nachts plötzlich schreckliche Schreie aus dem Wohnturm der Wesselburg drangen.

Die Braut des neuen Markgrafen lag in den Wehen, doch das Kind wollte nicht kommen. Aufgeregte Menschen mit blutbefleckten Händen rannten aus dem Zimmer der Gräfin, um heißes Wasser und Tücher zu holen. Doch alle Anstrengungen fruchteten nicht. Als die Schreie der werdenden Mutter so laut wurden, dass sich Moritz die Ohren zuhalten musste, stürmte Gustav Wessel in das Zimmer seiner Braut. Er packte sein Weib, das vor Schmerzen schrie, und rannte die gewundenen Stufen zu den Bädern hinunter. Seltsamerweise entdeckte er Licht in einem versteckten Seitenarm der Kellergewölbe. Er ging dem Schein nach und traute seinen Augen nicht. Da waren Menschen, Kranke mit schrecklichen Entstellungen und eitrigen Wunden am ganzen Körper. Im Schein hunderter Kerzen bevölkerten sie sein Zuhause.

Der junge Markgraf wurde wütend. »Verrat!« Mit dem Schwert bahnte er sich einen Weg durch die Kranken. Er schleifte die hochschwangere Braut hinter sich her, während er Arme abschnitt und Kehlen aufschlitzte. Moritz wandte sich ab. Der Anblick war nicht zu ertragen.

Dann kehrte Gustav Wessel um und stürzte die Stufen der Zisterne hinunter. Er stieg in das schwarze Wasser vor dem Riss im Fels. »Bringt mir Licht!«, schrie er.

Fackeln wurden entzündet und der junge Markgraf betrat die Höhle.

»Zu dieser Stunde ist Euch der Zutritt zu diesem Ort nicht erlaubt«, sprach der *Erste*.

Gustav Wessel war wie im Wahn. In der Grotte wimmelte es von Monstern. Sie waren krank und gebrechlich, wütend und stark, schön und sanftmütig. Alles auf einmal. Den *Ersten* selbst hatte er noch nie von Angesicht zu Angesicht gesehen. Nur als verletzlicher Säugling war er ihm begegnet, weshalb ihn die Erscheinung zu Tode ängstigte.

Der Baumeister war dem Geschrei gefolgt und versuchte, den Markgrafen zu beruhigen.

»Ich suchte Hilfe und fand Verrat!« Blind vor Zorn erhob der junge Mann sein Schwert. Mit einem Hieb spaltete er den Schädel des Baumeisters und wandte sich an den *Ersten*. »Ihr müsst das Kind meiner Braut retten!«, rief er.

Der erste Mock war verwirrt. Wie konnte ein Mensch, der von ihm das Geschenk des Lebens erhalten hatte, so grausam mit dem Leben anderer umgehen? Dieser Mann schätzte den Wert des Lebens nicht. Warum sollte er ihm da helfen? Sein Zwiespalt wuchs, denn die Braut des Markgrafen und ihr ungeborenes Kind hatten nichts Schlechtes getan.

Als Gustav Wessel sah, wie der *Erste* sich wand, ergriff er abermals sein Schwert und gab den Befehl, alle Kinder des Giganten zu töten. Die Garde des jungen Markgrafen kam diesem Befehl nur zu gerne nach. Sie zückten ihre Schwerter und schlugen auf die Geschöpfe ein. Die Kreaturen wehrten sich mit allem, was sie hatten, doch sie konnten nicht entkommen. Der *Erste* versuchte zwar, ihre Wunden zu heilen, doch es waren zu viele, viel zu viele. So musste er mit ansehen, wie seine Kinder starben.

Als die Nacht vorüber war und die Sonne über der Wesselburg aufging, war das Wasser in der unterirdischen Zisterne blutrot gefärbt. Moritz stand in der düsteren Höhle, die nur noch wenig Leben barg. Auf der einen Seite stand Gustav Wessel, seine halb tote, schwangere Braut an sich gepresst, auf der anderen Seite der *Erste* mit einigen wenigen Kindern, die schwer verletzt überlebt hatten und sich ängstlich in die Dunkelheit zurückzogen.

Der junge Markgraf, eine blutrote Schreckensgestalt, schritt auf den Koloss in der Finsternis zu. »Ich habe diese Höhle in Blut getränkt«, sprach er. »Und ich werde sie in Brand stecken, wenn Ihr nicht tut, was ich sage!«

Der *Erste* blickte auf die Leiber seiner toten Kinder und ein tiefer Seufzer entrang sich seiner Kehle. Sein Atem traf die Braut des Grafen und hüllte sie in goldenes Licht. Binnen Sekunden setzten bei der Frau die Wehen ein und das Wunder geschah. Sie bekam das Kind in einem Meer aus Blut.

»Ihr seid die Letzten«, sagte der *Erste*, als die Braut ihren gesunden Sohn in den Armen wiegte. Die Worte hallten durch die Höhle. Moritz spürte die Vibration bis in sein Innerstes.

Der *Erste* erhob sich und holte Luft. Er blies einen schrecklich ätzenden Wind und fegte alle Menschen aus seinem Gewölbe. Sie fielen übereinander, rutschten durch die blutroten Fluten und wurden gegen die Wände und Stufen der Zisterne geschleudert. Der Riese verjagte sie und ließ sie in dem Glauben, dass an diesem Ort das pure Grauen herrschte.

Wenig später sah Moritz einige Männer und eine Frau mit einem neugeborenen Kind im Arm von der Burg irren. Über und über voller Blut, bahnten sie sich ihren Weg durch Massen von

Pestkranken und liefen orientierungslos in den Wald hinein. Keiner konnte sich an das erinnern, was geschehen war. Sie liefen den Hang des Pfaffen hinunter und kannten weder ihre Namen noch einander. Alles, was sie wussten, war, dass sie verfolgt wurden. Von einem schrecklichen Monster:

»Ein Biest mit riesigen Flügeln und acht Armen …« – »Ein Geschöpf mit drei Köpfen und dem Körper einer Schlange …« – »Eine Kreatur mit dem Gesicht eines Teufels und dem Stachel eines Skorpions …«

Moritz blickte ihnen nach. Ihre Worte ergaben keinen Sinn. Was war in sie gefahren?

Hinter ihm machten sich die Kranken auf den Weg in die Wesselburg, doch bereits im Vorhof wurden sie gestoppt. Die Kinder des *Ersten*, die in der Nacht zuvor nicht gestorben waren, vertrieben die Aussätzigen und kehrten unter die Burg zurück. Moritz folgte ihnen hinab in die Dunkelheit der Zisterne.

Er trat in das Wasser. Die rote Gischt umspülte seine Beine, doch blieb nicht an ihm haften. In all dem Kampf, der Grausamkeit, dem Zorn und dem Hass, der hier unten getobt hatte, war er der Einzige, der von alldem nicht betroffen gewesen war. Seine Kleidung, seine Hände, sein Gesicht waren unbefleckt.

Aus dem Felsspalt drangen Geräusche. Er betrat die Höhle und sah dort im Halbdunkel den riesenhaften Körper des *Ersten* liegen. Er atmete schwer und wand sich vor Schmerz. Ein gebrochener Koloss. Und in der Einsamkeit der Höhle entstand ein feines, leuchtendes Band am Kopf des *Ersten*. Es war kleiner und leichter als eine Feder und taumelte durch das Zwielicht. Ihm folgte ein zweites und dann noch eines. Immer mehr Lichtbänder flogen vom gehörnten Haupt des Giganten hinauf zur Decke und sammelten sich dort. Sie erhellten die Höhle mit ihrem Glanz. Und mit jedem Gedanken, der den Geist des *Ersten* verließ, beruhigte sich sein Körper ein wenig mehr und sank in sich zusammen, bis er nur noch ein platter, ausladender Fladen war. Die Bänder hingegen formierten sich, schufen Verknüpfungen und Abzweigungen. Sie bildeten ein riesiges Netz aus Gedanken.

Moritz verstand. Der Riese zog es vor, nicht mehr denken zu müssen. Dieses monumentale Urwesen hatte so viel Schmerz erfahren, so viel Enttäuschung und Verwirrung, dass er beschloss, sein Bewusstsein aus seinem Körper auszulagern. Es schwebte über ihm, in all seinen Aspekten und Verästelungen, und sah auf den Körper hinab, der unter ihm lag und nichts mehr dachte.

Niemand darf von uns erfahren, sagte eine leise Stimme. Sie klang wie die eines Kindes. Moritz erkannte erst nach einer Weile, dass es seine eigene war.

Niemand darf uns finden.

Niemand?

Niemand!

Nicht die Schlechten. Nicht die Menschen. Erzählt ihnen Lügen, wenn sie uns zu nahe kommen! Lügen, die sich ständig verändern, je häufiger man sie erzählt! Verwirrt sie! Vertreibt sie! Erschreckt sie, auf dass sie uns nicht finden …

Die Gedanken überschlugen sich, wurden lauter. Sie wälzten einander, betrachteten sich und beurteilten ihr Gegenüber. In Moritz' Kopf blieb einer von ihnen hängen: *Erzählt ihnen Lügen! Lügen, die sich ständig verändern, je häufiger man sie erzählt!*

Genau das war geschehen. Der *Erste* hatte der flüchtenden Garde, dem jungen Markgrafen und seiner Braut ihre Erinnerungen genommen und ihnen eine Lüge eingepflanzt. Eine große, bizarre, widersprüchliche Lüge. Eine, die sich immer wieder veränderte, wenn man sie niederschrieb oder weitererzählte. Bis sie so verzerrt war, dass sie mit der Wahrheit nichts mehr gemein hatte.

Moritz lächelte bitter. Es war die perfekte Tarnung.

Nach der Abspaltung seines Geistes lag der *Erste* lange Zeit reglos in seiner Höhle. Doch es kamen weiterhin Wesen, die seiner Hilfe bedurften. Mit der Zeit fanden sich Lichtwesen, die den Riesen umsorgten und ihm die heilende Kraft entlocken konnten. Sie massierten seinen Körper und begannen sich um die Verwundeten und Kranken zu kümmern. Moritz nannte sie insgeheim Kümmerlieschen und beobachtete sie bei der Arbeit. Einige bewegten sich an Land, andere schwammen durch das Wasser oder segelten durch die Luft, unter der leuchtenden Kuppel aus Gedanken.

Aus den Überlebenden der schrecklichen Nacht bildete sich unterdessen eine eingeschworene Gemeinschaft. Die Kreaturen, die den *Ersten* in der Schlacht verteidigt hatten, rotteten sich zusammen und formten eine Garde von Wächtern. Sie hausten auf der Burg und rekrutieren neue Mitglieder. Im Laufe vieler Jahrhunderte legten sie ihre alten Farben ab und wurden sich äußerlich immer ähnlicher. Sie gehörten zwar unterschiedlichen Gattungen an, doch sie wurden alle nachtschwarz. Mit ihren leuchtenden Stacheln, Schuppen, Klauen und Augen schlugen sie ungebetene Gäste in die Flucht.

Und wer von euch Narren heilt den Heiler?, kam es Moritz in den Sinn. Je mehr er sah, desto klarer wurde ihm das Schicksal des *Ersten*. Er konnte sich nicht selbst heilen. Alles, was er tun konnte, war körperliche Gebrechen zu heilen. Sein eigenes seelisches Leiden konnte er nicht lindern.

Ein Blitz packte Moritz und katapultierte ihn vorwärts durch Raum und Zeit. Und als das Licht verschwand, befand er sich wieder in der Höhle und die Erinnerung war vorbei.

>>>
mehr
lesen
Gewinne
eden Monat
Buchpaket im
rt von 50 Euro
suedpol-verlag.de/
gewinnen.html
Südpol
www.suedpol-verlag.de

»Pferde-Schmöker mit Suchtfaktor!«

Volksstimme Magdeburg

Das Wichtigste für die 13-jährige Malu ist das alte Rennpferd Papilopulus, einsames Überbleibsel des maroden Gestüts von Schloss Funkelfeld. Doch dann stirbt Sybille von Funkelfeld und ihre Enkelin Lenka beansprucht Papilopulus für sich. Malu muss hilflos mit ansehen, wie sie das alte Pferd quält und schmiedet einen abenteuerlichen Rettungsplan ...

Funkelsee – Flucht auf die Pferdeinsel
256 Seiten, gebunden, 14,90 €
ISBN 978-3-943086-36-2, **ab 10 Jahren**

Funkelsee – Versunken in der Pferdebucht
ISBN 978-3-943086-48-5

Funkelsee – Das goldene Fohlen
ISBN 978-3-943086-79-9

Funkelsee – Der Ruf der wilden Pferde
ISBN 978-3-96594-013-0

Funkelsee – Das Tal der verlorenen Pferde
ISBN 978-3-96594-058-1

Funkelsee – Das einsame Lied der Pferde
ISBN 978-3-96594-117-5

Film und Infos

auch als e-bo

30. KAPITEL

Wir haben ein Monster erschaffen, sagte die Stimme in seinem Kopf. *Einen Mörder. Gustav Wessel. Seit jenem Tag haben wir keinen Menschen mehr geheilt.*

»Aber was ist mit Jauche?«, fragte Moritz und blinzelte hinauf zu dem Netz aus Gedanken. »Ich meine den Mann, der mit mir hierhergekommen ist.«

Gnorr-Lok-Zarr, sagte die Stimme sanft. *Die Heilung des Menschen, den du Jauche nennst, war nicht beabsichtigt. Er befand sich im Magen eines Gnorr-Lok-Zarr, einem Wesen, das ihr Vielfraß nennt. Es kam zu uns, weil es Schmerzen hatte. Wir wussten nicht, dass der tote Mann, den es verschluckt hatte, die Ursache für die Krankheit war.*

Moritz konnte sich ein Lächeln nicht verkneifen. Manche Erklärungen waren zu einfach, um wahr zu sein. »Gnorr-Lok-Zarr sind Vielfraße?«

Ja. Wir wissen nicht, wer sich eure Namen ausdenkt. Sie sind kompliziert.

Moritz schmunzelte erneut. Offenbar machten die Menschen in den Augen der Mock nicht viel richtig. Eine Frage kam ihm in den Sinn: »Leidet Jauche auch? Hat er Schmerzen in deiner Gegenwart, so wie Helene?«

Nein. Die Dämpfe sind in ihm – wurden zu einem Teil von ihm. Sie fügen ihm keine Schmerzen zu. Deine Freundin hingegen … ihr Körper heilt, ohne zu leben.

Ein Schauer erfasste Moritz. Er musste Helene irgendwie helfen, doch immer mehr Fragen drängten an die Oberfläche. »Warum habt ihr uns entkommen lassen? Ihr wusstet um den Geheimgang.«

Deine Waffe, war das Einzige, was die Stimme sagen musste.

»Ich habe mir gewünscht, dass die Wächter verschwinden. Ich habe sie mit dem Splitter fortgeschickt.« Seine Gedanken rasten. »Und Herr Jauche, ist er euer Freund?«

Er hilft uns.

»Inwiefern?«

Es ist schwierig für uns, eure Fallen zu öffnen. Er befreit unseresgleichen in den Wäldern. Und er wahrt unser Geheimnis.

Ein weiteres Mosaikstück fiel an seinen Platz. Der *Erste* hatte Jauche verraten, wie man in den Geheimgang hinein und wieder hinaus kam. So konnte er ungesehen zur Burg gelangen, wenn sich ein Wesen in Not befand.

»Werdet ihr Herrn Jauche bestrafen, weil er uns geholfen hat?«

Die Stimme schwieg. Zu lange. Dafür leuchteten plötzlich ein paar Bänder mehr, als ob man den Lichtern beim Denken zusehen könne. Moritz verfluchte sich, weil er argwöhnte, den Gedanken an Rache in das Geflecht gesät zu haben.

Er ist gestraft genug, sagte die Stimme nach längerer Zeit.

Moritz atmete auf.

Aber ich fürchte, wir müssen ihm die Erinnerungen an den Geheimgang wieder nehmen.

»Die Sache mit den Erinnerungen ... wie funktioniert das?«

Es ist ein Austausch. Man teilt viel während der Heilung.

»Das verstehe ich nicht.«

Das ist auch besser so, sagte die Stimme und Moritz verstand. Ein paar Geheimnisse wollte der *Erste* für sich behalten. Sein Blick glitt über den Leib des Giganten. Vereinzelte Wesen wanderten zwischen den Hörnern und Geweihen auf und ab. Viele suchten nach Heilung und die Kümmerlieschen gewährten sie ihnen. Dies war ein Ort des Friedens. Es war schwer vorstellbar, dass man ihn freiwillig wieder verließe.

»Warum greifen die Mock die Stadt an?« Er hoffte, den neu erlernten Ausdruck richtig benutzt zu haben. Es war sein Weg zu zeigen, dass er sich auf die andere Seite einließ. Nicht ohne gewisse Hintergedanken und Hoffnungen.

Manche Mock sind verwirrt, sagte die Stimme. *Sie finden den Weg nicht und bekommen Angst.*

»So wie die Mimose?« Er musste an die violetten Pusteln und Narben zurückdenken, die den Körper des Pflanzenwesens verunstaltet hatten.

Die Stimme musste einen Augenblick überlegen.

Dieses Wesen wird Uh-bla genannt. Sie hat aus irgendeinem Grund die Orientierung verloren.

Moritz betrachtete den Splitter, der sich immer noch in seiner Hand befand. »Ich kann mir denken warum«, sagte er grimmig. Mit einem Mal empfand er eine tiefe Traurigkeit. All die Wesen, die seinen Weg gekreuzt hatten und ihn unter anderen Umständen gemieden hätten, waren ihm nur aufgrund des Splitters vor die Füße geraten. Und er hatte auf sie eingeschlagen, anstatt ihnen zu helfen. Aus Unwissenheit. Aus Angst.

Es gibt Wesen, die sehr anfällig sind für … deine Waffe.

»Es ist nicht meine Waffe«, sagte Moritz. »Sie ist nur durch einen Zufall in meine Hände geraten.«

Wir glauben nicht an Zufälle.

Moritz reagierte instinktiv. »Wenn das stimmt, dann ist auch mein Hiersein kein Zufall.«

Schweigen.

Moritz setzte nach. »Und wenn das alles kein Zufall ist, dann habe ich euch aus einem bestimmten Grund gefunden. Damit ihr Helene heilt.«

Wir helfen nur unseresgleichen. Kein Mensch, kein Tier wird mehr von uns gerettet. Sie tun immer nur das Gleiche: morden! – Weißt du, warum sich der Erste von uns getrennt hat?

»Weil er die Zerstörungswut der Menschen nicht ertragen konnte?«, riet Moritz.

Nein, sagte die Stimme. *Er zweifelte. Er konnte nicht mehr aufhören, sich zu fragen, ob es nicht besser gewesen wäre, dieses Kind, den Sohn des Markgrafen, sterben zu lassen.*

Der Satz schnürte Moritz die Kehle zu. Ihm war die Tragweite der Entscheidung bis zu diesem Zeitpunkt nicht zur Gänze bewusst gewesen. Was, wenn genau der Mensch, den er zu retten versuchte, später eine große Katastrophe auslöste? Der *Erste* wollte sich nicht länger in das Schicksal der Menschen einmischen, denn es konnte die Geschicke der Mock empfindlich beeinflussen. Für den Giganten war Moritz nur der nächste Markgraf, der um das Leben seiner Geliebten bangte.

»Ich weiß nicht, ob es die richtige Entscheidung ist, Helene zu retten«, flüsterte er. »Aber für mich bedeutet es die Welt.« Als Moritz die Worte aussprach, wurde er sich seiner Gefühle für die junge Frau bewusst. Er konnte nicht mehr ohne sie sein.

Das Netz über ihm schwieg. Unter seinen Füßen spürte er das leichte Auf und Ab des Riesenwesens. Gerne wollte er wiedergutmachen, was hier vor vielen hundert Jahren geschehen war. Doch er musste zu Konstanze und Helene zurück. Vielleicht, wenn der *Erste* Helene sehen würde – von Angesicht zu Angesicht –, in ihre Augen blicken könnte, dann würde er ganz sicher erkennen, dass sie niemals einen Krieg auslösen würde. Dass sie das Leben verdiente. Eine Zukunft.

Du wirst ihnen von uns erzählen, nicht wahr?

Moritz nickte bitter. »Und ihr werdet mich am Gehen hindern?«

Wir haben keine Wahl, sagte die Stimme.

»Ich weiß«, sagte er und packte den Splitter fester. Dann wandte er sich um und begann so schnell zu laufen, wie er konnte.

Auf den Stufen der Zisterne bot sich Moritz ein bizarrer Anblick: eine Wand aus schwarzen Wächtern.

Die Treppe war verstopft mit Kreaturen. Die Geschöpfe stapelten sich bis zur Decke durch das viel zu kleine Nadelöhr, das der Tunnel war.

Unzählige Augen starrten ihn an. Doch ihre Bewegungen waren träge – fast schläfrig. Sie schienen wie von einem Zauberbann befallen. Der Befehl, den er zuvor auf diesen Stufen geäußert hatte, wirkte noch immer. Die Macht des schwarzen Glases war selbst außerhalb der Höhle noch spürbar. Schwächer vermutlich, aber unweigerlich spürbar. Vielleicht verfügte der Splitter über einen bestimmten Wirkungsbereich. Je weiter die Wesen entfernt waren, desto schwächer war seine Macht. Wo also die Monster in vorderster Front noch dem Glas gehorchten, verlor der Befehl in der Entfernung an Wucht. Das erklärte auch die zusätzlichen Wesen, die von hinten über ihre Kampfgenossen geklettert waren, um an vorderster Linie zu erstarren.

Mitten im Gewühl entdeckte Moritz Jauche. Der Mann steckte eingeklemmt zwischen erstarrten Körpern. Moritz ergriff einen von Jauches Armen und versuchte ihn aus dem Gedränge zu ziehen. Als dies nicht funktionierte, erhob er den Splitter und verfluchte sich im gleichen Moment, dass ihm keine bessere Lösung einfiel.

Niemand kann sich bewegen außer Herrn Jauche!, dachte er.

Wie zähes Wachs floss Jauche langsam aus dem Getümmel. Er starrte Moritz an und schüttelte den letzten Rest Steifheit aus seinen untoten Gliedern.

»Wie kommen wir da durch?«, fragte Moritz.

Jauche sah ihn an. Er berührte mit Daumen und Zeigefinger den Splitter in Moritz' Hand und sagte: »Alle Nonsterr, gie gen Weh fersperrnn, zollnn güggwärss gehnn.«

Moritz verstand kaum eine Silbe.

Ein zartes Beben ging durch die eingezwängten Körper. Und aus dem Beben wurde eine Rückwärtsbewegung. Mit einem Mal zogen sich die Wächter rückwärts nach oben zurück. Sie strömten in das Bädergewölbe, von dort die gewundene Treppe hinauf und hinaus an die frische Luft.

Moritz blinzelte verblüfft. Die Monster mussten also jedem gehorchen, der den Splitter berührte.

In einer absurden Rückwärtsspirale sprangen, krochen, truff-ten und piggerten die Wächterkreaturen nach oben und gaben den Weg frei. Jauche rannte los und Moritz folgte ihm, nicht ohne schlechtes Gewissen. Dass er den Splitter zur Flucht benutzt hatte, bestätigte die Entscheidung des *Ersten*. Er hoffte inständig, dass er die Gelegenheit erhielt, das irgendwie wiedergutzumachen.

31. Kapitel

Die Schwarze Katze war verwaist, die Küche leer, als Moritz und Jauche am Vormittag das Wirtshaus erreichten. Von Rita und Konstanze fehlte jede Spur. Was war hier passiert?

»Sehen Sie im Hinterhof nach«, bat er Jauche. »Ich gehe in den ersten Stock.«

Moritz rannte die Stufen hinauf. Sein Herz pochte so laut in seinem Kopf, dass er glaubte, überall Schritte zu hören. Für einen kurzen Augenblick stand er im oberen Flur, unschlüssig, welchen Raum er zuerst prüfen sollte. Doch er hatte nur einen Gedanken: Helene. Er drückte die Klinke und betrat ihr Zimmer.

Das Krankenbett war leer, Betttuch und Kissen sorgfältig gefaltet. Nichts deutete auf einen überhasteten Aufbruch hin.

Ich bin zu spät, dachte er verzweifelt. Zu spät! Er riss die Türen der anderen Zimmer auf, aber auch da war niemand. Alle waren fort. Er stürzte die Treppe hinunter, als ein Schatten in der Hintertür auftauchte. Moritz prallte zurück.

Der Werwolf! Seine hünenhafte Gestalt pumpte und pulsierte wie ein einziger Muskel. Sein Gesicht war zu einer verschlagenen Fratze verzerrt. Die unheimliche Heilung, die in der Stadt wirkte, hatte bei ihm längst eingesetzt. Zwar war sein weißes Fell rostrot verfärbt von ihrem Zusammenprall im Mausoleum, doch seine ramponierte Schnauze sah besser aus als in der Nacht zuvor. Er hielt jemanden in den Klauen gepackt.

»Jauche!« Moritz vollführte einen Satz zurück und kramte in der Hosentasche. Er fand den Splitter und reckte ihn in die Höhe. »Stehen bleiben!«

Der Werwolf erstarrte für einen Moment, dann begann er zu zittern. Seine Muskeln spannten sich wie dicke Taue.

»Bleib stehen!«, befahl Moritz, so konzentriert er konnte. »Lass den Mann los.«

Der Werwolf kämpfte. Sein Körper krampfte und entspannte sich. Immer wieder in hektischer Folge. Langsam öffnete er seine Krallen. Jauche zappelte, versuchte, sich zu befreien, doch die Bestie gab nicht auf.

»Lass. Ihn. Los!«, sagte Moritz fest.

Der Unhold zuckte, fletschte die Zähne. Seine Hand öffnete sich ...

»Du liebe Güte, was ist denn hier los?« Die Stimme kam aus dem Durchgang zur Gaststube hinter Moritz. Der drehte schnell den Kopf und sah Dr. Mehltau, der den Werwolf wie versteinert anstarrte.

»Bleiben Sie zurück, Doktor. Ich halte das Biest in Schach! Er wird uns nichts tun!«

»Bist du sicher?«, fragte Dr. Mehltau voller Neugier.

»Ich habe ihn unter Kontrolle«, sagte Moritz und lächelte angestrengt.

Der Doktor kam vorsichtig näher. »Wie meinst du das?«

Moritz trat einen Schritt auf die Bestie zu, den Splitter deutlich sichtbar in der Hand. »Lass den Mann los, den du da festhältst!«

Moritz nahm eine Bewegung in seinem Rücken wahr, doch bevor er reagieren konnte, wurde ein scharfer Gegenstand schmerzhaft in seine Hand gestoßen. Er schrie auf und ließ den Splitter los. Der Schlag, der daraufhin seinen Hinterkopf traf, schickte ihn zu Boden.

Ein Klappern am Fenster. Jemand klopfte mit spitzem Schnabel gegen eine Scheibe und riss Moritz aus seiner Bewusstlosigkeit. Dann ertönte das Knurren eines Raubtiers.

»Lass sie«, sagte der Doktor. »Die Elster ist unwichtig.«

Moritz versuchte, sich zu orientieren. Er lag vor der kalten Feuerstelle auf der Seite und spürte ein Ziehen an den Armen. Seine Hände – sie waren auf dem Rücken gefesselt. Er zog und zerrte, doch die Seile schnürten sich nur fester und schnitten ihm in die Handgelenke.

Auf der gegenüberliegenden Seite der Küche machte er einen grauen Körper aus – Jauche. Auch er lag gefesselt am Boden. Moritz wollte sich hochstemmen, doch als er es versuchte, erklang wieder das Knurren. Sehr nah an seinem Ohr.

»Ich würde liegen bleiben, wenn ich du wäre, Junge«, ließ sich der Doktor vernehmen. »Du hast irgendwas an dir, was mein Bruder überhaupt nicht leiden kann.«

Moritz wandte den Kopf, augenblicklich wurde das Knurren feindseliger. Es drohte ihm durch die Schädeldecke zu dringen. Etwas tropfte auf seine Wange. Eine Mischung aus Geifer und Blut. Es roch nach Hundeatem.

Moritz riskierte einen Blick und sah die Schnauze des Werwolfes über sich. Er hockte halb auf der Bank, halb auf den Kantsteinen der erkalteten Feuerstelle. Ein kehliger Laut entrang sich seinem Rachen. Schnell kniff Moritz die Augen zusammen, weil er fürchtete, jeden Moment zerfleischt zu werden.

»Sachte, Brüderchen!«, sagte Dr. Mehltau mit höhnischer Stimme. »Ich möchte nicht, dass du ihm das Gesicht wegreißt. Zumindest nicht, bis er mir erklärt hat, wie dieses Ding hier funktioniert.«

Moritz' Herz raste. Es schlug so heftig, dass er glaubte, sein Hals müsse explodieren. Was hatte das alles zu bedeuten? Hatte sich Dr. Mehltau gegen ihn gewandt? Und wen bezeichnete er als Brüderchen? Etwa ... den Werwolf?! Er blinzelte und sah eine Hand vor sich auftauchen. Dort glänzte der Splitter zwischen Daumen und Zeigefinger.

»Was soll das? Ich verstehe das nicht!«, flüsterte Moritz.

»Das hatte ich befürchtet.« Dr. Mehltaus fein geschnittene Gesichtszüge schoben sich in Moritz' Blickfeld. Er zeigte ein klares, sehr sauberes Lächeln. »Hoch mit ihm!«

Moritz' Körper wurde mit Wucht am Nacken in die Luft gezogen. Er baumelte einen Meter über dem Steinboden und sah aus wie ein Gehängter. Dr. Mehltau hielt ihm den Splitter vor die Nase. »Noch mal von vorn: Woher hast du dieses erstaunliche Ding?«

»Warum tun Sie das? Ich dachte, Sie wären auf unserer Seite«, keuchte Moritz und spürte, wie ihm der Kragen die Luft abschnürte.

»Ich stelle hier die Fragen«, sagte der Doktor und schwenkte das Glas. »Also?«

Eine schreckliche Ahnung packte Moritz. »Wo sind Konstanze und Helene?«

Dr. Mehltau seufzte. »Das hab ich mir irgendwie anders vorgestellt. Versetz dich mal in meine Lage: Da mimt man den harmlosen Doktor, legt den eigenen Bruder in Ketten, überwacht dich auf Schritt und Tritt, kümmert sich rührend um ein paar Mädchen und hält die gesamte Zeit die verdammte Fassade aufrecht, nur um von dir keine vernünftige Antwort zu bekommen. Findest du das angebracht?«

Moritz versuchte den Worten, die er hörte, einen Sinn zu geben, doch sein Kopf drohte zu platzen. Schwarze und weiße Punkte tanzten vor seinen Augen. Er öffnete den Mund, doch es kam nur heiße Luft heraus.

»Was hast du gesagt?«

Moritz versuchte zu antworten – wieder nur Zischen.

»Runterlassen«, sagte Dr. Mehltau.

Der Werwolf knurrte.

»Ludwig!«

Die Bestie gehorchte.

Moritz spürte den Boden unter den Füßen und japste und keuchte nach Luft. Er tauschte einen Blick mit Jauche. Dann zischte er den Doktor an: »Ich habe Ihnen vertraut! Fahren Sie zur Hölle!«

Statt einer Antwort machte Dr. Mehltau eine lässige Handbewegung in Richtung des Werwolfs. »Hol die Kleine.«

Die Bestie stieß Moritz grob zur Seite und sprang zur Kellertreppe.

»Nein! Warten Sie!« Moritz' Stimme überschlug sich. »Ich sage Ihnen, was ich weiß!«

»Du hast gesagt, ich solle zur Hölle fahren. Da wirst du landen, wenn du deine Schwester noch mal in Gefahr bringst!«

»Ich habe verstanden«, keuchte Moritz.

»Gut. Also?«

»Ich weiß nicht, was es mit dem Glas auf sich hat ...«

»Ludwig!«, bellte Dr. Mehltau und der Werwolf hetzte zur ramponierten Kellertür.

»Nein, ich sage die Wahrheit! Ich habe keine Ahnung, was es ist! Wir haben es auf einem Schiff gefunden. Der Splitter war Teil einer Maske. Wir haben ihn mitgenommen, aber nie herausgefunden, worum es sich handelt. Ich kann Ihnen weder verraten, was es genau ist, noch wo es herkommt.«

Dr. Mehltau studierte Moritz' Gesicht. »Aber du weißt, was es für Fähigkeiten hat.«

Moritz wand sich. »Ich bin mir nicht sicher. Man kann damit andere Wesen kontrollieren. Man kann ihnen seinen Willen aufzwingen. Aber es funktioniert nicht bei Menschen, glaube ich.«

»Soso ... und wie muss ich mir das vorstellen? Sagt man einfach, was man will?«

Moritz stöhnte. Das Entsetzen und die Enttäuschung über den Verrat des Doktors saugten ihm die letzten Kräfte aus. »Vielleicht geht es auch nur um die Gedanken«, murmelte er. »Ich bin nicht sicher.«

Dr. Mehltau betrachtete das Glas. »Ich glaube dir«, sagte er dann. »Und weißt du warum? Ich denke, dieses Kleinod ist viel zu komplex, als dass du seinen Zweck begreifen könntest. Ich fürchte, keiner von uns kann das. Nun ja, vielleicht einer ...« Er lächelte.

Langsam schritt er durch den Raum, begleitet von den Geräuschen, die die Elster vor dem Fenster verursachte. Sie hackte mit dem Schnabel auf die Scheibe ein und schlug mit den Flügeln dagegen. Ohne Erfolg. Dr. Mehltau bedachte das Treiben mit einem Schmunzeln und umrundete den gefesselten Jauche. Dann vollführte er einen galanten Hopser und blieb auf dem Arbeitsblock in der Mitte der Küche sitzen.

»Ich habe sofort gemerkt, dass etwas mit dir nicht stimmt, Junge. Du spazierst in die Stadt und sofort greift eine Mimose an.«

»Uh-bla«, brummte Moritz.

»Was?«

»Nichts.«

Julius Mehltau ließ die Beine baumeln. »Jedenfalls verfolgen dich all diese Wesen und du denkst nicht eine Sekunde darüber nach, was der Grund dafür sein könnte. Wie ignorant kann ein Mensch eigentlich sein?« Er breitete die Arme aus. »Aber ich sehe alles. Und Ludwig, mein Bruder, wittert alles. Und wenn ich *alles* sage, dann meine ich *alles*!«

Der Werwolf knurrte, stieg die Kellerstufen wieder hinauf und begann in der Küche umherzustreifen.

»Ludwigs Instinkte sind überragend«, fuhr Dr. Mehltau fort. »Er hat dich und dein Schmuckstück bereits gewittert, da hattet ihr die Stadt noch nicht einmal erreicht. Und dann fragte er sich, was das wohl ist, was er da wahrnimmt. Sein ganzes Denken kreiste nur noch darum, herauszufinden, was dich so besonders macht. Warum du ihn anziehst.«

Der Werwolf fixierte Moritz gierig.

»Ludwig und ich, wir sind Zwillinge, weißt du. Menschen wie wir haben eine besondere Verbindung. Als Kinder konnten wir die Gedanken des anderen erraten, noch bevor er sie ausgesprochen hatte.« Er lächelte. »Heutzutage ist das leider nicht mehr so. Offenbar verliert man einen Teil von sich selbst, wenn man älter wird. Das Fragment, das Schwingungen wie diese am Leben hält. Trotzdem haben mein Bruder und ich noch immer eine tiefe Verbindung. Ich spüre, wenn ihn etwas beunruhigt. Ich fühle mich in seine Gedankenwelt hinein. Und er empfindet das umgekehrt genauso.« Dr. Mehltau seufzte. »Es ist schwer zu beschreiben, aber es funktioniert. Selbst in seinem Zustand.«

Plötzlich erinnerte sich Moritz an Helenes Worte: »Der zerkratzte Schriftzug auf Ihrem Wagen – was stand dort ursprünglich?«

Der Doktor grinste breit. »Die Gebrüder Mehltau – Fahrende Mediziner & Pharmazie. Ich dachte, es wäre klüger, den Schriftzug vor unserer Reise zur Burg geringfügig abzuändern.«

»Helene sagte, dass da Schilder im Wagen gefehlt haben. Da standen Ihre beiden Namen drauf, oder?«

Dr. Mehltau nickte amüsiert.

»Die Geschichte mit dem Bilwiss war frei erfunden«, schloss Moritz. »Sie wurden von etwas anderem angegriffen ... einem Werwolf! Aber keinem Gewöhnlichen, habe ich recht?«

»Ein Hoch auf den, der denken kann«, lachte der Doktor hämisch. »Die Bestie, die meinen Bruder angegriffen hat, war krank. Und diese Krankheit hat sie an ihn weitergegeben. Nach seiner Transformation konnte er sich nicht zurückverwandeln. Seitdem versuche ich, ihm zu helfen, denn diese Gegend hier ...«, er pfiff durch die Zähne, »ist die reinste Hölle für ihn. Der Geruch, verstehst du? Ludwig kann ihn sehen!«

Der Werwolf winselte und Dr. Mehltau legte ihm zärtlich eine Hand auf das Haupt. »Es ist kaum auszuhalten für ihn.«

»Warum gehen Sie dann nicht weg von hier, wenn ihn der Geruch so quält?«, fragte Moritz.

»Das können wir nicht.« Dr. Mehltau lächelte bitter. »Nicht bis mein Bruder wieder ein Mensch geworden ist. Und genau das war bis vor kurzem unser Problem: Er konnte nicht ins Innere der Burg. Die Wächter ließen ihn nicht durch zu dem Wesen, das sich da oben verbirgt.«

»In der Burg liegt nichts verborgen«, sagte Moritz fest.

»Lügner!«, lachte Dr. Mehltau. »Du hast es selbst gesagt, als wir uns zum ersten Mal getroffen haben. Wie waren deine Worte noch mal?« Er räusperte sich theatralisch. »*Wir suchen nach einem Wesen, das Mock genannt wird. Es verfügt über die Gabe, Krankheiten zu heilen.*«

»Das war nur eine Hoffnung, nichts weiter.«

Dr. Mehltau klatschte in die Hände. »Bemüh dich nicht. Wenn man so lange wie ich hier in dieser gottverdammten Stadt festhängt, lernt man, die richtigen Schlüsse zu ziehen.« Er begann an den Fingern abzuzählen. »Ein ehemaliger Wallfahrtsort, unerklärliche Wunderheilungen, ein seltsamer Geruch, ständige Angriffe von Monstern und dann taucht ein Junge auf, der nach einem Wesen sucht, das eine heilende Gabe haben soll. Man muss schon sehr einfältig sein, um da nicht hellhörig zu werden.« Julius Mehltau rutschte von seinem Platz auf dem Küchenblock. »Außerdem streift mein Bruder seit seinem Unfall ständig durch die Gegend. Er hat die Burgruine besucht und hatte einige Auseinandersetzungen mit den Wächtern dort. Sie haben ihn verletzt. Mehrfach.« Er entfernte ein Wolfshaar von seiner Schulter. »Sie beschützen da oben etwas. Und ich denke, du weißt, worum es sich handelt.«

Moritz schüttelte den Kopf.

Der Doktor betrachtete den Splitter in seinen Fingern. »Sag es mir.«

Erneutes Kopfschütteln.

Dr. Mehltau trat unerwartet nahe an Moritz heran. Er hielt den Splitter konzentriert vor sich. »Sag mir dein Geheimnis. Was befindet sich oben auf der Burg?«

Moritz' Gesicht erstarrte. »Ich. Weiß. Es. Nicht.«

Dr. Mehltau lächelte. »Du hattest recht, es funktioniert nicht bei Menschen. Dann werden wir uns selbst ein Bild machen müssen.« Er wandte sich an Ludwig. »Sperr die beiden zu den anderen. Das untote Mädchen kommt mit uns.«

Moritz wurde bleich. »Nein! Was wollen Sie mit Helene?«

»Wie ich dir vor mehreren Tagen sagte«, säuselte der Doktor, »ist das Fräulein ein medizinisches Wunder. Eine derartige Sensation lasse ich mir doch nicht entgehen.«

32. Kapitel

Die Tür schwang auf. Moritz und Jauche stolperten im Halbdunkel des Kellerraums übereinander und prallten an der rückwärtigen Wand gegen etwas Weiches.

»Rita?«, flüsterte Moritz.

Die Tür fiel zu und auf der anderen Seite mühte sich Dr. Mehltau damit ab, das schwere Eisenschloss einrasten zu lassen. Ein metallisches KLONK! und es war vollbracht. Schritte und Raubtiertapsen entfernten sich.

»Rita, wachen Sie auf!« Moritz versuchte sich auf die Knie zu stemmen, was ihm mit gefesselten Händen nicht auf Anhieb gelang. Die Wirtin schien bewusstlos zu sein. Wo sie war, konnte auch seine Schwester nicht weit sein.

»Konstanze?«

Moritz vernahm ein ersticktes Murmeln. Der Kellerraum war nicht sehr groß, eher ein unterirdischer Verschlag. Staubige Regale und muffige Möbel befanden sich an den Wänden und vereinten sich zu undefinierbaren Schemen. Das wenige Licht fiel durch zwei halbrunde Kellerlöcher direkt unter der niedrigen Decke. Sie waren mit Gittern und Brettern verschanzt.

Moritz suchte den Raum ab, bis er einen kleinen Schatten fand, eingeklemmt zwischen ein paar nassen Kartoffelsäcken. Konstanze saß in einer Ecke in Reichweite der Tür. Sie war wach und geknebelt. Ihre Hände hatte man ebenfalls auf dem Rücken festgebunden. Moritz drückte einen der Säcke beiseite und zwängte sich zu ihr.

Konstanze riss die Augen auf und gab einen wimmernden Laut von sich. Sie war an einem Metallring an der Wand gefesselt.

»Ich befreie dich«, flüsterte er. »Hab keine Angst.«

Er drehte ihr den Rücken zu, damit er mit seinen verschnürten Händen an den Ring greifen konnte. Seine klammen Finger ertasteten dicke Knoten und versuchten sie zu lösen, doch sie rutschten immer wieder ab. An solchen Eisenringen leinte man Schweine oder Ziegen an, bevor sie ihrem Schöpfer gegenübertraten. Moritz zog und zerrte an dem Ring, doch er war fest im Stein verankert. Mühsam erhob er sich. »Bin gleich wieder da.«

Gebückt suchte er die staubigen Schatten zu seiner Linken ab. Von der rückwärtigen Wand, an der er mit Jauche gelandet war, kamen Geräusche. Der Untote versuchte schnaufend die Fesseln zu lösen.

Moritz zwängte sich zwischen ein paar abgedeckten Körben hindurch und stieß gegen einen hüfthohen Kasten – eine Anrichte, in der es schepperte. Glas klirrte im Inneren. Er wandte dem Möbelstück den Rücken zu und ging in die Knie. Mit gefesselten Händen tastete er sich in Richtung der Türen vor und zog eine von ihnen langsam auf. Dann durchsuchte er den Inhalt mit spitzen Fingern. Da war etwas Glattes und Staubiges – ein großer, gläserner Ballon. Er versuchte, den Flaschenhals zu packen, spürte etwas Raues, hoffte, es würde sich um den Korken handeln und zog. Ein Klirren hallte durch den Keller und sofort füllte sich die Luft mit beißendem Geruch.

»Branntwein«, keuchte Moritz.

In Sekundenschnelle roch der Keller wie eine Schnapsbrennerei. Die Dämpfe benebelten ihn und zwickten ihm in die Nase. Eilig suchte er den nassen Boden ab, bis er eine große Glasscherbe gefunden hatte. Dann machte er sich auf den Weg zurück zu Konstanze.

»Es ist gleich geschafft.« Geduldig bewegte er die Scherbe an ihren Fesseln vor und zurück. Die Kanten des Glases schnitten tiefer und tiefer in seine Handflächen. Er schluckte den Schmerz herunter. Die Wunden würden schnell heilen, so viel war gewiss. Dann war Konstanze frei. Sie rappelte sich auf, zog sich den Knebel aus dem Mund und versetzte ihm einen Schlag auf die Brust.

»Was fällt dir ein, einfach so wegzugehen?«, schrie sie. »Wir haben dich überall gesucht!«

»Es ging nicht anders«, sagte Moritz. »Ich musste etwas überprüfen.«

»Ach, ja?« Konstanze holte aus und trat ihrem Bruder in die Seite. »Du bist ein blöder Blödkopf! Das bist du! Du hast uns einfach allein gelassen!«

Moritz versuchte, sich den Schmerz nicht anmerken zu lassen. »Wir haben keine Zeit, Konstanze. Bitte mach mich los, dann können wir Rita und Jauche helfen.«

Mürrisch sank das Mädchen auf die Knie und begann seine Fesseln am Rücken zu untersuchen, wobei es leise schluchzte.

»Es tut mir leid«, flüsterte Moritz.

»Du bist dumm«, gab Konstanze zurück.

Moritz fühlte sich elend. Er hatte sie im Stich gelassen. Alle.

»Der Doktor hat Helene«, murmelte er.

»Ich weiß«, sagte Konstanze und kämpfte mit den Tränen. »Er hat Rita niedergeschlagen, nachdem wir ihm geholfen hatten, sie anzukleiden.« Sie hielt einen Moment inne. »Was hat er mit ihr vor?«

Moritz ließ den Kopf sinken. »Ich fürchte, er will sich ihren Zustand zunutze machen und sie als Wunder präsentieren. Er bringt sie bestimmt zu diesem Doktorvater nach Wien und will sie dort zur Schau stellen.« Ihm wurde speiübel.

»Moritz«, sagte Konstanze ganz leise, »ich glaube, sie stirbt.«

Er schüttelte den Kopf. »Sie stirbt nicht. Helene hat unglaubliche Schmerzen ... Ich war noch mal auf der Burg.«

Konstanze erstarrte.

»Dort ist ein gewaltiges Monster versteckt. Es ist der erste Mock! Das erste Monster, das es je gab. Und es kann alle Wesen heilen! Es hat sogar die Macht, Tote zum Leben zu erwecken. Ich habe es selbst gesehen und mit ihm gesprochen. Es wird von den Kreaturen beschützt, denen wir begegnet sind. Sie sind seine Wächter. Sie lassen nur andere Monster zu ihm, denn der erste Mock will mit uns Menschen nichts mehr zu tun haben. Er hat sich von uns abgewandt, weil ihm von Menschenhand Schreckliches angetan wurde.«

Konstanze lauschte ehrfürchtig.

»Wir müssen noch mal dorthin. Der Doktor will seinen Zwillingsbruder Ludwig heilen lassen, aber ich glaube, er macht einen Fehler. Die Wächter lassen den Werwolf nicht durch. Er ist grausam – er kann nicht gebändigt werden.« Er schluckte. »Ludwig darf die Höhle nicht erreichen. Wenn er dem *Ersten* etwas antut, wird nie wieder ein Wesen geheilt werden. Weder Mock noch Mensch.«

»Und Helene?«, fragte seine Schwester mit erstickter Stimme.

Darauf wusste Moritz keine Antwort.

Konstanze seufzte und zog ein letztes Mal an den Fesseln. »Du bist frei.«

Moritz wandte sich seiner Schwester zu und umarmte sie. »Es tut mir leid, dass ich alleine zur Burg gelaufen bin.«

Konstanze erwiderte seine Umarmung. »Schon gut, Holzkopf.«

Moritz lächelte im Halbdunkel, dann löste er sich von seiner Schwester, um Rita und Jauche zu helfen.

Die Wirtin war immer noch bewusstlos. Sie atmete flach und ihr ganzer Körper war in sich zusammengesunken. Moritz öffnete ihre Fesseln, während sich Konstanze um Jauche kümmerte. Als beide befreit waren, packte Moritz Ritas breite Schultern und rüttelte sie. Als das nichts half, versetzte er ihr eine Ohrfeige – auch auf die Gefahr hin, sich selbst eine mächtige einzufangen.

»Nichts«, murmelte er.

Jauche kroch näher und beugte sich über Rita. Er öffnete seinen Mund und blies ihr direkt ins Gesicht. Eine Wolke aus Fäulnis und Käse traf die Bewusstlose. Und das wirkte besser als jedes Riechsalz! Rita fuhr hoch und versetzte Jauche einen derartig heftigen Kopfstoß, dass dieser zurücktaumelte und umkippte. Jetzt war Jauche ohnmächtig.

»Auch das noch«, brummte Moritz.

»Was ist passiert?«, stammelte Rita. Es dauerte eine Weile, bis sie Moritz und Konstanze im Halbdunkel erkannte.

»Sie waren bewusstlos«, erklärte Moritz. »Jetzt hat es Herrn Jauche erwischt.«

Rita rieb sich den Kopf und kniff die Augen zusammen. »Ich hatte dir doch gesagt, du sollst ihn nicht so nennen!«, knurrte sie. Sie beugte sich über den Niedergeschlagenen und packte ihn beim Kragen. »Das haben wir gleich!«

Mit diesen Worten verpasste sie ihm eine Ohrfeige, wie Moritz sie noch nie erlebt hatte. Allein der Luftzug ihrer Ausholbewegung hätte ausgereicht, um sämtliche Körner von einem Weizenfeld zu pusten. Jauches schlaffe Gesichtshaut wackelte wie Teig in der Düsternis und er schlug die Augen auf.

»Waff ifft lof?« Er sortierte seine Zähne.

»Was los ist?«, polterte Rita. »Ich sag dir, was los ist, Freundchen! Was zum Teufel geht in deinem Kopf vor?«

Moritz hob beschwichtigend die Hände. »Bitte, Frau Holzer, er kann nichts dafür, er ...«

»Zu dir komme ich gleich, Bürschchen«, blaffte sie. »Zuerst hat der feine Herr Alfred ein paar Fragen zu beantworten!« Sie zog etwas aus ihrer Tasche und warf es ihm vor die Füße. Es blitzte in der Finsternis und Moritz konnte eine Kette mit einem Anhänger erkennen. Der halbe Teil einer silbernen Brezel. Moritz verstand nicht, was das zu bedeuten hatte.

Dafür schien Jauche umso besser zu verstehen. Er brabbelte unverständliches Zeug und zuckte mit den Schultern.

»Komm mir nicht so, du Hund«, schnauzte Rita. »Wieso hast du nie etwas gesagt?«

»Fieh miff goch an«, sagte er mit gesenktem Kopf.

»Ich bitte dich! Du riechst viel schlimmer, als du aussiehst!«

Jauche schniefte.

Rita wurde leiser. »Du hättest etwas sagen können. Nur ein Wort.«

Der Mann blickte zu Boden. Beide schwiegen für einen Augenblick.

Moritz rutschte zu Konstanze hinüber und versuchte, so leise wie möglich zu sprechen, um sich keine Ohrfeige einzuhandeln. »Was geht hier vor?«

Konstanze rollte mit den Augen. »Das ist ihr Mann Alfred. Sie hat gedacht, er wäre tot. Na ja, das ist er auch, aber irgendwie doch nicht. Es ist kompliziert.«

Moritz starrte das seltsame Pärchen vor sich an, das dort in den Schatten voreinander kniete. Die riesige Frau und der kleine Mann.

Unvermittelt hob Rita die Hand. Moritz fürchtete bereits, sie würde Alfred erneut schlagen, doch stattdessen berührte sie sanft seine Wange. »Kein Tag ist vergangen, an dem ich nicht an dich gedacht habe.«

Alfred hob die Kette aus dem Staub und legte sie an. »Gein Dag is vergangn, an dem iff niffd bei bier war«, erwiderte er.

Ritas gewaltiger Busen erbebte – auch dort glänzte ein silbernes Kettchen. Nun schimmerten sie in der Düsternis um die Wette.

Nach einer Weile reckte Rita das Kinn und schenkte ihrem Mann ein Lächeln. »Wollen wir los?«

»Und wie?«, fragte Moritz überrascht.

Ritas eiserner Blick traf ihn. »Soll das ein Scherz sein? Das hier ist *mein* gottverdammter Keller! Glaubst du etwa, ich weiß nicht, wie ich aus meinem Keller entkomme?« Sie sah ihren Mann an. »Los, Alfie, pack mit an!«

Moritz und Konstanze nahmen Reißaus, als die gewaltige Frau und ihr untoter Ehemann sich durch den Keller bewegten. Sie positionierten sich – einer links und einer rechts – zu beiden Seiten der Kellertür.

»Auf mein Kommando! Eins, zwei, drei – hopp!«

Mit einem Ruck hoben sie das Türblatt nach oben – so weit, dass die dicken verrosteten Stifte aus den Angeln rutschten. Sie fielen zu Boden und rollten durch den Staub. Die Tür hing nun nur noch am Schloss mit dem Riegel und der Kette. Die schnellste Befreiungsaktion, die Moritz je erlebt hatte.

Rita klappte die Tür zur Seite und wandte sich zu ihm. »Kommst du, Werwolfjunge?«

33. KAPITEL

Dr. Julius Mehltau legte das Mädchen auf der Schwelle des Mausoleums ab. Sein Bruder Ludwig schlich ruhelos hin und her und beschnüffelte die eiserne Doppelflügeltür, die immer noch mit seinem Blut besudelt war. Sogar der Boden und die Stufen waren voll dunkler rotbrauner Flecken. Was hatte sein Bruder nur wieder angerichtet? Ludwig war von jeher der Gefühlsbetontere und Explosivere von ihnen gewesen.

Julius Mehltau dagegen war ein besonnener Mann. Er verabscheute Hast. Und erst recht verabscheute er es, die Kontrolle zu verlieren. Es führte zu nichts. Wenn jemand in seiner Umgebung in Zorn oder gar Panik verfiel, so hatte das bei ihm den gegenteiligen Effekt. War sein Gegenüber aufbrausend und laut, so war er gefasst und still. Wurde jemand aggressiv, verfiel er in stoische Ruhe. All das, was sein Bruder nicht war.

Ludwig war ein Mensch mit Tatendrang und Leidenschaft. Bereits in jungen Jahren hatte er dafür gesorgt, dass Dinge in Bewegung kamen, dass Pläne Form annahmen. Deshalb ergänzten sie sich so gut. Sie waren zwei Seiten derselben Münze. Die Ruhe und die Kraft.

Doch mit zunehmendem Alter und Ludwigs *Verwandlung*, hatte sich auch ihre Beziehung verändert. Es war ein schleichender Prozess gewesen, gewiss, doch für Julius deutlich spürbar.

Sie kamen aus gutem Hause. Der Vater, Dr. Dr. Xaver-Augustus Mehltau war Obermedizinalrat der Krankheiten des Geistes und der Psyche gewesen, zuständig für die Heilung und Unterbringung sogenannter *unglücklicher Seelen* auf dem Gelände des Allgemeinen Wiener Spitals. Die Mutter, Josefa-Maria, hatte nicht nur durch ihre Schönheit, sondern auch durch ihren Scharfsinn bestochen. Eine belesene Frau, leider von unbeständiger Konstitution.

Es begann, als die Zwillinge Julius und Ludwig ungefähr fünf Jahre alt waren. Da wandte sich die Mutter immer mehr von ihnen ab. Sie war traumversunken, sang vor sich hin und führte Selbstgespräche. Als sie Julius und Ludwig eines Tages nicht mehr erkannte, sah sich der Vater zum Handeln gezwungen. Zuerst versuchte er, sie mit selbsterdachten Therapien zu behandeln. Als keine Besserung eintrat, endete Josefa-Maria in der Nähe ihres Gemahls – in einer Zelle des sogenannten Narrenturms.

Im Alter von sieben Jahren erfuhren die Brüder dann vom tragischen Selbstmord der Mutter. Sie hatte den Schlüssel eines Wärters gestohlen und sich damit die Halsschlagader geöffnet. Von da an glitt der Vater in unerreichbare Seelentiefen. Er verbrachte seine Tage nur noch bei den Unglücklichen im Turm und gab sich des Nachts dem Wermutwein hin.

Der nächste Schicksalsschlag ereilte die Brüder nur zwei Jahre später. Dr. Dr. Xaver-Augustus Mehltau stürzte im Zustand der Volltrunkenheit die Stufen des Narrenturms hinunter. Es war ein großer Skandal. Obwohl die Menschen versuchten, Entschuldigungen für seine Verfassung und den daraus resultierenden tödlichen Sturz zu finden, machten bald Gerüchte die Runde. Es hieß, der Herr Obermedizinalrat habe im Vollrausch falsche Behandlungen und Medikationen verordnet. Sogar von Folter war die Rede. Der gute Ruf der Familie Mehltau war zum Teufel.

Julius und Ludwig kamen daraufhin in die Obhut eines Onkels in der Schweiz. Ein Mann, den sie so gut wie nie zu Gesicht bekamen. Er arbeitete als Rechtsbeistand in einer Kanzlei und war so dunkel und robust, wie die Zwillinge hell und zart waren. Dieses Helle und Zarte, so wusste Julius, kam von der Mutter. Ihr Gesicht war so frisch wie Milch gewesen, ihr Haar so silbern wie der Mond. Das hatte sie an ihre beiden Söhne weitergegeben. Und dieses klare, einnehmende Äußere hatte ihnen viele Türen geöffnet.

So hatten sie sich ihr Medizinstudium in der Schweiz nur durch ihr überaus gepflegtes und gewinnendes Auftreten erschlichen.

Gemeinsam studierten sie Allgemeine Medizin und wenn es nach Julius gegangen wäre, hätten sie sich einfach in der Schweiz als Doktoren niedergelassen. Doch Ludwig trug eine Unruhe in sich, körperlich wie psychisch, die es unmöglich machte, dass die Brüder längere Zeit an einem Ort verweilten. Es erinnerte Julius hin und wieder an die Unrast der Mutter, wenn diese plötzlich aufgesprungen war und, nur mit einem Nachthemd bekleidet, in die Kälte hinausspaziert war. Manchmal sang Ludwig auch. Leise. Kaum hörbar. Eine feine, schräge Melodie, die Julius' Herz schwer werden ließ.

Auf Ludwigs Drängen hin kauften sie sich im Spätsommer des Jahres 1805 einen Wagen und verließen die Schweiz, um als *Fahrende Heiler* durch die Lande zu ziehen.

Ein Frösteln überkam Julius, wenn er an die Nacht zurückdachte, die ihrer beider Leben von Grund auf verändert hatte. Vier Jahre waren sie unterwegs gewesen, hatten in Dörfern ausgeholfen, wo kein vernünftiger Arzt ansässig war. Nur diese alten Tattergreise mit ihren verknöcherten Ansichten über die Medizin des ausgehenden 18. Jahrhunderts, die den Blick in die Vergangenheit richteten. Die Gebrüder Mehltau waren die Zukunft.

Julius erinnerte sich lebhaft an die schmale, nächtliche Landstraße. Sie hatten gerade das Dorf Hinzlingen verlassen und waren auf dem Weg in die nächstgrößere Stadt Bad Greifenstein, als die unheilvolle Bestie vor ihnen auftauchte. Sie stand mitten auf der Straße, als ob sie drauf warten würde, von einem Wagen überfahren zu werden. Ein hochgewachsenes graues Tier, dessen gelbe Augen in der Dunkelheit wie Kohlen glommen. Zuerst hatte Julius es für einen normalen Wolf gehalten, der im Licht der Wagenlaterne vor sich hin stierte. Doch dann richtete sich das Tier auf und stand mit einem Mal auf den Hinterbeinen.

Ihr Pferd scheute. Es zog den Wagen im Schlingertanz von der Landstraße auf den nächsten Acker, wo die Achse brach und das Fahrzeug kippte.

Als Julius wenig später zur Besinnung kam, beugte sich die graue Bestie gerade über Ludwigs leblosen Körper und labte sich an seinem Blut. Nie hatte Julius eine derartige Angst verspürt. Er schaffte es mit Mühe, durch die Ackerfurchen zu kriechen und in den Wagen zu klettern. Dort holte er mit zittrigen Händen

Gebrüder Mehltaus Nieren- und Blasenstärkungsmittel heraus. Er entzündete eine Laterne, kletterte aus dem Gefährt und warf die stinkende Mischung auf das Höllenbiest.

Zu seinem Entsetzen traf er das Ungetüm! Und als es durchnässt und übelriechend auf ihn zustürmte, schleuderte Julius ihm auch die Laterne entgegen. Die Bestie ging in Flammen auf. Kurz starrte er in das aufgerissene Maul des brennenden Ungeheuers, bevor es sich auf dem Acker wälzte und schließlich wie eine Fackel in der Finsternis verschwand.

Immer wenn Julius an jene Nacht zurückdachte und ihm die Fänge des Untiers in Erinnerung kamen, sah er seinen Bruder an und dessen langgezogene, zähnefletschende Schnauze. Ein Biss von ihm genügte. Eine Unbeherrschtheit und auch Julius würde dem Fluch anheimfallen.

Dieser Moritz hatte seinem Bruder grässliche Schmerzen zugefügt. Julius konnte die Raserei, mit der Ludwig vorgeprescht war, körperlich spüren.

»Sachte, mein Brüderlein«, murmelte er. »Wir sind fast am Ziel.«

Ludwig knurrte und riss mit einem Streich die Tür aus den Angeln.

Julius schmunzelte. Wie dumm Rita, Moritz und die anderen doch gewesen waren. Zu glauben, sie könnten eine Urgewalt wie Ludwig in einem Keller einsperren. Dazu waren alle noch heillos gutgläubig und hatten ihm seine Lüge sofort abgenommen. Das *Gift* war nichts weiter als eine nutzlose Mixtur aus Alkohol und Kräutern gewesen. Sie roch nur scharf. Genauso wie der Rest seiner Arzneien.

Natürlich hatte es einige Überredungskunst gebraucht, Ludwig davon zu überzeugen, im Keller auszuharren. Julius brauchte

Zeit, um Moritz zu durchschauen. Er wollte erfahren, was der Junge wusste und vor allem, was ihn für die Monster, die ihn verfolgten, so unwiderstehlich machte. Deshalb hatten sie auch seinen Dampfwagen zerstört. Es war wichtig, den Jungen unter ständiger Aufsicht und Kontrolle zu haben. Und diesem Einfaltspinsel den alten Pharmaziewagen anzudrehen, unter dem Vorwand, die Stadt verlassen zu können, hatte genau den Effekt erzielt, den Julius erhofft hatte. Es hatte den Wunsch des Jungen, zu bleiben und dem Geheimnis der Burg auf den Grund zu gehen, zusätzlich verstärkt ... Was für ein Tölpel!

Und was hatte sein Bruder gemacht? Er hatte mal wieder die Beherrschung verloren und war ausgebrochen, um sich an den Hühnerbiestern aus Ritas geheimem Kellerverschlag gütlich zu tun. Das frische, warme Blut hatte Ludwig rasend gemacht. Wie immer. Wenn er Blut roch, war er nicht mehr zu bremsen. Dann wurde er unvorsichtig, leichtsinnig.

Julius atmete tief durch. Sein Plan hatte trotzdem funktioniert.

Soeben betrat sein Bruder die Gruft und beschnüffelte den rückwärtigen Teil des Rondells. Auch hier befand sich Blut auf dem Boden und an der Steinwand – abermals Ludwigs.

Julius trat vor und untersuchte die Wand eingehender. Genau hier waren sie letztens herausgekommen – nach der schrecklichen Nacht auf der Burg. Es war ohne Übertreibung eine der haarsträubendsten Erfahrungen in seinem Leben gewesen. Zum ersten Mal war Ludwig nicht an seiner Seite gewesen. Zum ersten Mal war er auf sich allein gestellt. Zum ersten Mal hatte er sein Leben in die Hände einer fremden Person gelegt. Wenn Rita und dieser Jauche nicht gewesen wären ...

Aber wie funktionierte der Mechanismus dieser Steinwand? Da waren unverkennbar Schleifspuren am Boden. Er versuchte, sich zu erinnern. Was hatte Jauche hier getan? Aufmerksam befühlten Julius' Finger die Steinmetzarbeiten an der Wand. Da waren geschwungene Ranken, ein bildschöner Engel, zwei Putten mit Posaunen über einem großen Kreuz, das von Rosen umschlungen wurde. Und wenn er eine dieser Rosen drückte ...

KLACK! Die Wand knirschte und schob sich ihm sanft entgegen – nur wenige Zentimeter. Julius wollte just nach der Steinplatte greifen, um sie zu sich zu ziehen, als ihn eine mächtige Pranke grob beiseiteschob. Ludwig packte den Rand der Platte und zerrte mit unbändiger Kraft daran. Der Stein ächzte – die Tür hatte keine Chance.

Mit gierigem Knurren starrte sein Bruder in den finsteren Schlund, der sich hinter der Geheimtür verbarg. Er wandte sich zu Julius um. Sein Blick hatte etwas so Verstörendes, dass Julius wieder an die Mutter zurückdenken musste. Feine, helle Härchen stellten sich an seinem ganzen Körper auf.

Mit einem Satz verschwand Ludwig in der Finsternis. Julius wartete noch einen Moment und spähte in die Schwärze, die seinen Bruder soeben verschluckt hatte. Ludwig verhielt sich noch unberechenbarer als sonst. Immer häufiger beherrschte die Raserei sein Handeln. Julius schlimmste Befürchtungen wurden wahr. Was, wenn die Krankheit der Mutter auch ihn heimsuchte? Was, wenn sich nicht nur sein Äußeres, sondern auch sein Geist in eine rasende Bestie verwandelte? Ein Ungeheuer, das den Unterschied zwischen Mensch und Tier, Bruder und Beute, nicht mehr kannte?

Julius atmete tief ein und aus und versuchte, die Angst zu kontrollieren. Sie hatte in seinem Kopf nichts zu suchen. Der Wolf war sein Bruder. Er mochte sich Impulsen und Stimmungen hingeben, doch sie beide waren eins!

Er hörte, wie Ludwig in der Finsternis des Tunnels knurrend nach ihm rief. Julius sah hinüber zu Helene, die auf der Schwelle des Mausoleums lag. Er trat zu ihr, hob die leblose Hülle vorsichtig hoch und war überrascht, als sie plötzlich die Augen aufschlug.

»Was haben Sie vor, Doktor?«, fragte sie so leise, dass er ihre Worte nur erahnen konnte.

»Ich werde meinem Bruder helfen«, antwortete er sanft. »Und wenn er gesund ist, machen wir dich zum berühmtesten Forschungsobjekt dieses Jahrtausends.«

Der Name Mehltau würde wieder klingen. Sie würden den blasierten Wiener Ärzten, die ihren Vater auf so schändliche Weise diffamiert hatten, ein Phänomen präsentieren, dass ihnen den Weg zurück in ihre Heimatstadt ebnete.

Er lächelte und machte sich auf den Weg in den Tunnel. Es war ihm gleich, dass hundert Meter über seinem Kopf eine Elster krächzte. Was konnte sie ihm anhaben? Er war mit den Gedanken längst oben auf der Wesselburg und bei dem, was ihn und seinen Bruder dort erwartete. Der Splitter, dieses außerordentliche Kleinod, würde ihnen Tür und Tor öffnen. Und Dr. Julius Mehltau hatte bereits eine Idee, wie er die Wächter überwinden konnte. Auf eine Art und Weise, die ganz seinem Stil entsprach.

34. KAPITEL

Als Moritz, Rita, Konstanze und Alfred das Mausoleum erreichten, war es später Nachmittag. Das Bild, das sich ihnen bot, glich einer Warnung. Eine Hälfte der Flügeltür war aus dem Rahmen unter dem Portal gerissen. Die Kraft, mit der der Werwolf vorgegangen war, verriet mehr über seinen Geisteszustand, als ihnen lieb war. Er war von Sinnen.

Ein Krächzen ertönte. Über ihren Köpfen kreiste ein schwarz-weiß gefiederter Schatten und setzte zum Sinkflug an. Moritz streckte den Arm aus und die Elster nahm die Einladung an. Sofort begann der Vogel zu schimpfen. Selbst Moritz' Streicheleinheiten und Entschuldigungen besänftigten ihn nicht. Nachdem er sich heiser gekrächzt hatte, flog er auf und verschwand in der staubigen Gruft.

Die Geheimtür im Inneren stand offen. Moritz zückte seinen Teleskopstab und Rita reichte ihm eine der Laternen, die an einem Tragekorb auf ihrem Rücken hingen.

Moritz fröstelte. Einmal mehr stand ihm die Schwärze des Tunnels bevor. Er blickte auf die kleine eingeschworene Gemeinschaft. Rita führte ihren Brezelwächter mit sich. Alfred trug mehr

Messer unter seinem Mantel versteckt, als ein Eisenwarenladen und Konstanze saß in Ritas Tragekorb mit allem, was Ritas Küche an Waffen hergegeben hatte.

Sie nickten sich stumm zu, dann verschwand Moritz im Geheimgang. Wenn irgendwo vor ihnen der Werwolf wartete, wollte er ihm als Erstes begegnen.

*****

Als Ludwig das Ende des Ganges erreicht hatte, warf er sich mit solcher Wucht gegen die Steinplatte, dass Julius die Schulter seines Bruders knacken hörte. Der Hüne stürzte ins Freie und blickte sich hastig um.

»Sachte, sachte, Brüderlein«, mahnte Julius und legte Helene vor dem Steinwall im hohen Gras ab, das von den vorabendlichen Schatten verschluckt wurde. Der Wald sprenkelte das Gemäuer mit goldbraunen Sonnenflecken.

»Lass mich deine Schulter sehen«, sagte er so ruhig wie möglich, doch Ludwig drehte sich rasend vor Schmerz im Kreis.

Der Werwolf zuckte ruckartig, schnappte nach der Hand seines Zwillings und verfehlte sie nur um Haaresbreite. Schweiß trat auf Julius' Oberlippe und eisiges Entsetzen packte ihn. Erstmals stieg Panik in ihm auf. Sein Bruder mit den geschärften Instinkten würde nicht lange brauchen, um dies zu wittern.

»Ich kann dir helfen«, sagte er mit gesenkter Stimme.

Sein Bruder blickte ihn an, starr und feindselig.

»Du musst nur stillhalten«, murmelte er. Vorsichtig streckte er eine Hand aus und berührte das weiße Fell der Schulter.

Ludwig ruckte herum und schnappte abermals nach seinem Zwilling. Der stolperte und fiel rücklings ins Gras. Der Wolf näherte sich mit gebleckten Reißzähnen.

»Sei vernünftig!«, mahnte Julius mit gepresster Stimme.

Zur Antwort bekam er nur ein kehliges Knurren.

»Bruder, bitte zwing mich nicht!«, rief Julius und langte in seine Brusttasche.

Ludwigs Pupillen zuckten, dann schnellte er auf seinen Bruder zu.

»Stehen bleiben!«

Die Werwolfgestalt erbebte. Ludwig starrte auf das schwarze Glas in der Hand seines Bruders und versuchte, sich dagegen zu wehren. Zögernd erhob sich Julius vom Boden und deutete auf den Splitter.

»Du lässt mir keine Wahl!« Seine Stimme stieg eine Oktave höher.

Ludwig kämpfte gegen die Macht des Glases an. Seine Muskeln spannten sich, Sehnen und Nervenstränge traten hervor. Eine Anatomiestudie, bedeckt mit schneeweißem Fell.

Bedächtig schritt Julius auf den Bruder zu, hielt ihm den Splitter direkt unter die Nase und sagte: »Rühr dich keinen Zentimeter von der Stelle!« Er umfasste die verdrehte Schulter und drückte den hervorstehenden Gelenkkopf mit einem Ruck zurück in die Pfanne. Ludwigs Körper erzitterte und ein herzzerreißendes Winseln entrang sich seiner Kehle. Dann beruhigte sich seine Atmung. Das Zittern verebbte stoßweise.

Julius ließ den Splitter sinken. »Du darfst dich jetzt wieder bewegen.«

Die Erstarrung löste sich. Für einen kurzen Moment schien der weiße Hüne in sich zusammenzusacken. Dann legte er die Ohren an und blickte seinen Zwillingsbruder unterwürfig an. Abermals winselte er.

»Bist du jetzt friedlich?«

Der Werwolf sah zu Boden.

Julius verstaute den Splitter wieder in seiner Brusttasche. Er ging hinüber zu Helene und hob ihre bewusstlose Gestalt aus dem Gras. Als er sich umwandte, starrte er in eisblaue Augen. Ludwig stand hinter ihm, den massigen Körper vornübergebeugt. Etwas Unaussprechliches lauerte in seinem Blick. Eine Kampfansage. Einen Augenblick lang standen sich die Brüder wie Feinde gegenüber. Keiner bewegte einen Muskel. Dann leckte sich Ludwig die Lefzen mit wunder Zunge und sprang davon.

Julius sah seinen Zwilling den von goldenen Schatten betupften Steinwall entlangjagen und wusste in diesem Moment, dass er ihn bald nur noch mit dem Splitter kontrollieren konnte. Das Tier in ihm hatte die Oberhand gewonnen. Und es würde ihn töten, wenn er ihm in die Quere kam. Bruder oder nicht.

*****

Als Moritz und seine Gefährten später der drückenden Finsternis des Gangs entstiegen, leuchtete die Burg im Abendrot. Sie schlugen sich durch das hohe Gras, bis die dornenbehaftete Lücke im Burgwall in Sichtweite kam.

Ein absurdes Bild erwartete sie im Vorhof. Mehrere Wächter standen auf der überwucherten Steinebene verteilt. Zum ersten

Mal sah Moritz sie nicht im Schutz der Nacht, sondern bei Tag. Schuppen, Borsten, Stacheln, Fell und Ledernacken zeigten sich dort und wirkten wie betäubt – eine träge Masse, die es zum Bädergewölbe zu ziehen schien.

Als Moritz begriff, was hier vor sich ging, sprang er beherzt durch die Lücken und betrat den Hof. Es schien, als hätte jemand die Zeit angehalten und würde sie nur sehr langsam vorwärts fließen lassen.

Moritz, Alfred und Rita mit Konstanze auf dem Rücken umrundeten die gebannten Geschöpfe. Die Elster flog im Zickzack zwischen den lebendigen Statuen hindurch, und suchte sich den Kopf eines riesenhaften Schlangenwächters als Landeplatz aus, der zu einer graziösen Skulptur verdreht dastand.

Moritz sah Blicke, die ihm nicht geheuer waren. Die Monster starrten die Neuankömmlinge an und versuchten ihnen nachzustellen. Ihre Gesichter verzerrten sich, sie wollten losspringen und aus ihrer Erstarrung ausbrechen – aber es gelang ihnen nicht. Ihre Muskeln bebten und zitterten vor Anstrengung bis zum Zerreißen. Doch die Kraft, die sie gefangen hielt, war zu mächtig. Die Macht des schwarzen Glases besiegte ihre Körper, so wie sie es auch bei Moritz getan hatte. Dr. Mehltau musste offenbar die gleiche Idee gehabt haben.

Ein Gedanke durchzuckte Moritz. Was war mit Alfred? In der Nacht zuvor war auch er durch den Bann des Glases gelähmt gewesen. Jetzt jedoch bewegte sich der Mann frei durch die Reihen der erstarrten Wesen. Hatte der Doktor den Splitter klüger und zielgerichteter verwendet als er selbst? Moritz beschloss, Alfred im Auge zu behalten, und hoffte, dass der dürre Mann nicht doch noch stocksteif wurde, sobald sie sich dem Splitter näherten.

Die vier hetzten die verfallene Treppe zu den Kellergewölben hinunter, vorbei an den Heilbädern mit ihren gewaltigen Säulen und steinernen Sitzbänken. Sie passierten den Bogendurchgang und folgten den Stufen hinab in die Finsternis des Tunnels. Je tiefer sie kamen, desto starrer und dichter standen die Monster, die ihren Weg säumten. Dies bestätigte Moritz' These, was den Wirkungsbereich des Splitters anging. Je näher die Wächter dem Glas kamen, desto größer war sein Einfluss auf sie. Zu seiner Erleichterung blieb Alfred weiterhin von der lähmenden Macht unbeeinflusst.

Sie zwängten sich an den Körpern vorbei, bis sie den Fuß der Zisterne erreicht hatten. Dort flimmerte das Wasser wie schwarzes Öl. »Der *Erste* sagte, dass in der Höhle Waffenstillstand herrscht«, flüsterte Moritz. »Es ist ein heiliger Ort. Dort darf kein Blut vergossen werden.«

»Der Doktor und sein Bruder geben den Splitter sicherlich nicht kampflos auf«, gab Rita zu bedenken.

»Ich weiß, aber wir brauchen eine andere Lösung ... eine friedfertige.«

Rita sah zu Alfred, auf dessen Kopf sich die Elster niedergelassen hatte, dann wandte sie sich wieder Moritz zu. »Und was schlägst du vor? Sollen wir uns fressen lassen?«

Moritz schüttelte den Kopf. »Wir müssen einfach klüger sein als sie. Schießt von mir aus auf die Wände, erschreckt sie, aber tötet niemanden!«

Rita seufzte. Sie nickte Alfred zu und gemeinsam stiegen sie in die schwarzen Fluten.

35. KAPITEL

Als die leuchtenden, sprechenden Bänder den Höhlenkomplex tief unter der Wesselburg erhellten, wusste Dr. Julius Mehltau, dass er am Ziel seiner Träume angelangt war. Die schwarzgewandeten Wächter, die ihn und seinen Bruder bis hierhin geführt hatten, warteten erstarrt und ergeben auf den Stufen jenseits des Höhleneingangs, bis er zurückkam und sie erlösen würde. Was angesichts der Wunder, derer er hier ansichtig wurde, noch einige Zeit dauern könnte. Mit einer fließenden Bewegung legte der Doktor die bewusstlose Helene auf dem feuchten Boden ab und genoss den Ausblick.

Der Raum im Berg war groß genug, um ein kleines Dorf zu beherbergen, und je mehr Julius davon sah, desto deutlicher wurde ihm, dass der Vergleich nicht treffender hätte gewählt sein können. Es gab Straßen aus Licht und glühende Wesen, die wie Passanten über einen riesigen Fladen wanderten. In den Wassern, die die seltsame Landmasse umschlossen, zogen leuchtende, aalähnliche Kreaturen ihre Bahnen, während strahlend helle Geschöpfe unter den Bändern und zwischen Stalaktiten umherschwebten.

Julius spürte, wie sich der Fladen unter ihm plötzlich hob und senkte. Jetzt fielen ihm auch die gewaltigen Hörner und Geweihe auf, die überall in unterschiedlicher Form aus dem Boden ragten. Wie gebogene Schiffsmasten ragten sie mehrere Meter in die Höhe und formten seltsame Gebilde, Schanzen und Spiralen. Er begriff, dass er auf einem lebenden Organismus stand! Eine pulsierende Landschaft. Dies hier war ein abgeschlossenes System. Eine heile Welt, gänzlich abgeschottet vom Leben da draußen, vom Menschen unberührt.

Die Haut des Riesen war hart und federnd zugleich. Flink zauberte Julius Pinzetten, Glasröhrchen und Phiolen unter seinem Mantel hervor. Dies hier war eine Goldgrube. Winzige Kristalle fanden sich überall. An den Tropfsteinen, den Hörnern, ja, sogar in den glitschigen Falten dieses absurden Urzeitriesen. Er wollte niederknien, um Proben aufzusammeln, als er ein kleines Geschöpf entdeckte: einen Boogelbie, der seine Schuhe beschnupperte. War das nicht dasselbe Biest, das das kleine Mädchen im Wald aufgegabelt hatte? Die abgeflämmten Ohren sahen ähnlich aus, auch wenn sich zarte neue Haut auszubilden schien ... Ach, er hätte gleich alle Monster mit dem Glas erstarren lassen sollen, nicht nur die rabenschwarzen Wächter.

»Verschwinde!«, zischte er und trat nach dem schuppigen Quälgeist. Sein Fuß ging ins Leere. Der Boogelbie war erstaunlich wendig. Er stieß ein wütendes Chrachern aus, bevor er verschwand.

»Lästiges Ungeziefer«, fluchte Julius und widmete sich den Kristallen. Sorgfältig verstaute er sie in Röhrchen und Beutelchen, während sich ein seliges Grinsen über sein Gesicht zog. »Fantastisch«, murmelte er.

Von der Decke tropfte eine silbrig glänzende Flüssigkeit und er fing einige Tropfen mit einem Fläschchen auf.

»Wunderbar«, seufzte er und beobachtete, wie sein Fund seidig im Glas hin und her schwappte. Dies würde dem Namen der Familie Mehltau wieder zu Ruhm und Ehre verhelfen. So viel stand fest.

»Und wie funktioniert das mit der Heilung?«, fragte er in die Weite der Höhle hinein. »Muss man etwas Bestimmtes tun? In dem Wasser baden? Die Kristalle zerstoßen und zu sich nehmen? Oder die Flüssigkeit trinken?«

Er erhielt keine Antwort. Julius richtete seine Augen auf die Decke. Welches dieser unzähligen leuchtenden Bänder hatte ihn bei seiner Ankunft in der Höhle empfangen?

»Entschuldigung, ich habe etwas gefragt.«

Die Bänder schwiegen beharrlich.

Julius seufzte. Warum musste man immer erst Gewalt anwenden? Es war lästig. Gerade wollte er den schwarzen Splitter hervorholen, als er eine zitternde Gestalt nahebei wahrnahm – Ludwig. Seinen Bruder hatte er angesichts dieses wundersamen Wesens fast vergessen. Das Wolfsfell wirkte zerzaust und Ludwigs Kopf hing tief zwischen den Schultern, seine Arme baumelten schlaff an den Seiten. Die hohen, gebogenen Bocksbeine schlotterten wie unter zentnerschweren Gewichten.

»Brüderlein.« Mit grimmigem Blick packte Julius den Splitter und richtete ihn auf das Gewebe aus Licht. »Mein Bruder ist krank. Heilt ihn! Sofort!«

Die Bänder schienen taub zu sein.

»Antwortet!«, rief Julius und seine Stimme wurde von den

weiten Wänden wie ein Peitschenknall zurückgeworfen. »Wie funktioniert die Heilung? Sagt es mir!«

Einige Leuchtwesen in der Ferne erstarrten. Selbst die seltsamen fliegenden Kreaturen schienen in der Luft innezuhalten. Sie versteckten sich hinter Stalaktiten und den schweigenden Bändern, die eine rötliche Tönung annahmen. Julius registrierte die Farbveränderung und spürte eine Erschütterung unter seinen Füßen. Vielleicht konnte er die Lichter nicht bedrohen – vielleicht zielte er in die falsche Richtung ...

»Sagt es mir!«, schrie er und richtete den Splitter langsam zu Boden.

Die Erde bebte stärker. Der Leib unter ihm schwankte wie ein Floß in Seenot. Julius hielt sich nur mit Mühe auf den Beinen. Verstohlen blickte er zu Ludwig. Der stand geifernd einige Meter von ihm entfernt, unheimliche Laute drangen aus seiner Kehle und er begann sich wie ein Kreisel um sich selbst zu drehen. Wieder und wieder. Julius ahnte, was in Ludwigs Kopf vorging. Farben und Formen explodierten und trieben ihn in den Wahnsinn. Grelle Lichter peitschten seine Sinne und zwangen ihn in die Knie, bis er sogar das Atmen vergaß.

Hör auf, sagte eine Stimme in Julius' Kopf. *Wir können ihm nicht helfen!*

Das waren die Lichter gewesen – sie hatten gesprochen.

»Warum nicht?«, rief er und sah sich suchend um. »Warum helft ihr meinem Bruder nicht?«

Es ist eine Krankheit, die der Erste nicht heilen kann.

»Wovon sprecht ihr?«, fragte Julius, obwohl er die Antwort fürchtete.

In deinem Bruder kämpfen drei Leiden. Da sind Melancholie und Raserei, von Kindesbeinen an, und dazwischen steht der Wolf. Er tötet jeden, der versucht, sich ihm zu nähern.

Julius erschauerte. »Was hat das zu bedeuten?«

Das Tier hat die Überhand gewonnen, sagte die Stimme. *Der Wolf wird sich mit aller Macht dagegen wehren, dass er aus Ludwigs Körper verbannt werden soll. In dem Moment wird er sich gegen seinen Wirt wenden und ihn zerstören. Dein Bruder wird alles verlieren. Seine Erinnerungen. Seine Gefühle. Sein Leben.*

»Ihr lügt!«, zischte Julius. »Ihr wollt ihm nicht helfen!« Er richtete den Splitter auf den *Ersten*. »Helft ihm! Heilt ihn! Tut es!«

Der Riese bäumte sich auf. Eine Welle durchzuckte seinen Körper und ließ die Leuchtwesen, die über ihn trabten, durcheinanderpurzeln.

Ludwigs Augen verschleierten sich. Er sabberte und keuchte. Sein Blick war der eines Tieres, das im Blutrausch gefangen war. Ein uralter Instinkt schien ihn zu packen und das letzte Quäntchen Menschlichkeit aus seinem Körper zu schleudern. Er setzte zum Sprung an.

Julius fiel zu Boden, packte den Splitter fester und richtete ihn auf den Bruder. Dieser erstarrte mitten in der Bewegung. Seine Glieder versteiften sich und er glitt aus. Mit einem schmatzenden Geräusch klatschte der Werwolfkörper auf den Leib des *Ersten*.

»Ludwig, bleib zurück! Ich will dir nur helfen!« Julius' Stimme überschlug sich, während der kolossale Körper unter ihm langsam zur Ruhe kam. Sein Bruder versuchte krampfartig sich aus der Erstarrung zu lösen. Die Pupillen dunkel und weit, wie schwarze Kirschen, mit wahnhaftem Blick auf seinen Zwilling. Das war nicht länger sein Bruder – das war eine ungezähmte Bestie.

»Ich will dir helfen«, krächzte Julius.

Ludwig hörte ihn nicht. Seine Augen verrieten, dass er an einem Ort angekommen war, der nur animalische Brutalität kannte.

Julius' Blick irrte umher. Die Lichter über ihm wechselten nun noch schneller die Farben. Aus Rot wurde Violett, dann Blau und Grün. Sie hatten sich von der Decke der Höhle herabbewegt, als ob sie Zuschauer des grausamen Schauspiels sein wollten. Nicht weit entfernt von ihm lag die untote Helene. Starr und reglos, genauso bewegungsunfähig wie sein Bruder, den er nur unter Einsatz übermenschlicher Kräfte in Schach halten konnte. Julius wusste, dass er eine Entscheidung treffen musste. Entweder sein Zwillingsbruder oder der *Erste*. Er vermochte sie nicht gleichzeitig zu befehligen.

*****

Gemeinsam mit Rita, Konstanze, Alfred und der Elster presste sich Moritz gegen eine Gesteinsformation hinter dem Höhleneingang und spähte hinüber zu Dr. Mehltau und dessen Bruder, der sich wie ein verwundetes Tier krümmte. Helene musste sich ebenfalls dort befinden, doch von seiner derzeitigen Position aus konnte Moritz sie nicht sehen. Er fröstelte. Zum einen, weil ihm das eisig kalte Wasser bis zu den Knien stand und zum anderen, weil er sich um Helene sorgte. Der Werwolf war nicht nur eine Bedrohung für sich, seinen Bruder und den *Ersten*, nein, auch Helene war in Gefahr.

»Wir müssen Mehltau den Splitter abnehmen.«

Es klickte hörbar, als Rita den Brezelwächter durchlud. »Dann werden wir den guten Ludwig mal ablenken.«

Moritz legte eine Hand auf die Waffe. »Ablenken – nicht töten!«, erinnerte er.

»Ich weiß«, knurrte die Wirtin und gab Alfred und Konstanze ein Zeichen. »Ihr zwei kümmert euch um Helene. Schafft sie weg von der Bestie.«

Ihr Ehemann nickte und Konstanze kletterte auf seine Schultern. Rita ergriff Alfreds Hand und drückte sie. »Viel Glück!«

»Gir augg.« Er lächelte schief und begann einen Lauf durch das Wasser, der mehr mit einem hüpfenden Frosch als mit einem Menschen gemein hatte. Seine Frau folgte ihm, die Waffe im Anschlag. Gemeinsam stiegen sie den Leib des *Ersten* hinauf: Rita links, Alfred und Konstanze rechts.

Als sie hinter ein paar großen Hörnern verschwanden, wandte sich Moritz an die Elster. »Ich brauche deine Hilfe.«

36. Kapitel

Julius Mehltau hielt den Splitter auf seinen Bruder gerichtet. Ludwig kämpfte dagegen an, sein Körper wurde von Zuckungen geplagt. Er winselte und japste herzzerreißend.

»Bitte, helft ihm!«, flehte Julius und heftete seine Augen auf die leuchtenden Bänder.

Unruhe lag in der Luft. Die Bänder wechselten immer schneller ihre Farben und schienen förmlich zu knistern. Julius konnte die Stimmen in seinem Kopf hören, konnte jeden einzelnen Gedanken nachvollziehen.

Sollen wir ihm helfen?

Was wenn sich die Geschichte wiederholt?

Wir überlassen die Menschen sich selbst.

Wir können ihn nicht leiden lassen.

Die Heilung würde misslingen.

Er muss sich in sein Schicksal fügen.

Eine endlose Unterhaltung toste in Julius' Kopf. Die Stimmen wurden lauter, überlappten sich und schienen sich gegenseitig zu bekriegen. Frage, Antwort, Frage, Antwort. Sie drehten sich im Kreise, bis er das Gleichgewicht verlor. Er taumelte, ließ für eine Sekunde den Splitter sinken und sah dann aus dem Augenwinkel, wie sein Bruder Ludwig winselnd Reißaus nahm. Julius wollte ihm nachlaufen, als er einer verschwommenen Gestalt gewahr wurde, die aus den Schatten eines Hornhöckers auf ihn zuhuschte. Es war dieser Kerl, Jauche!

Doch er sah anders aus als sonst. Julius blinzelte verwirrt. Für einen Augenblick sah es so aus, als ob der Kerl zwei Köpfe hätte. Dann löste sich jemand von Jauches Rücken und rannte auf die leblose Helene zu. Die kleine Konstanze!

Wie hatten sie sich befreien können? Sie wollten das untote Mädchen holen! Wollten es ihm entreißen!

Heiße Wut wallte in ihm auf und schien seine Stirn in Brand zu setzen. Das Feuer in seinem Kopf breitete sich so rasend aus, dass er fürchtete, seine Augäpfel würden aus dem Schädel springen. Er richtete sich auf, lenkte den Splitter auf den herannahenden Jauche und spie aus: »Bleib stehen, elendes Stück Vieh!«

Jauches Körper versteifte sich abrupt. Er kippte in einer absurden Pose vorneüber und landete mit einem schmatzenden Geräusch auf dem Gesicht. Es sah aus, als ob er in eine riesige Schokoladentorte fallen würde. Das kleine Mädchen ließ sich nicht beeindrucken und lief weiter.

»Geh weg!«, fauchte Julius und deutete mit dem spitzen Glas auf den am Boden liegenden Jauche. Sein Arm bildete eine gerade Linie mit dem Splitter, der urplötzlich noch länger, schärfer und gefährlicher aussah. Ein irrsinniger Gedanke schoss durch seinen erhitzten Geist: War der Splitter gewachsen? Er sah mehr und mehr wie ein Messer aus.

Ein Schatten huschte über die geschliffene Klinge. Etwas fiel vom Himmel und Julius blickte nach oben. Die Elster stürzte ihm mitten ins Gesicht. Sie war ein Wirbelsturm aus Krallen und Schnäbeln. Ohrenbetäubendes Krächzen und peitschende Flügel kamen über ihn und er hatte Mühe, die Augen abzuschirmen. Diese Elster war ein Teufel, der gnadenlos auf ihn einhackte.

Alfreds Glieder erwachten. In dem Moment, als die Elster den Doktor angegriffen hatte, fiel der Bann von ihm ab. Er rappelte sich auf und lief Konstanze hinterher.

Moritz bewegte sich im Schatten der großen Hörner. Sie erhoben sich überall auf dem Leib des *Ersten* und verwandelten seine Oberfläche in einen Irrgarten aus riesenhaften Bögen und Schneckenspiralen. Hinter einem gewaltigen Horn fand er Deckung. Es hatte geriffelte Einkerbungen wie das Gehörn eines Steinbocks. Bessere Stufen konnte man sich nicht wünschen. In wenigen Sprüngen hatte er mithilfe seiner Weste die Spitze erklommen und lief den geschwungenen Grat entlang, bis er sich gut vier Meter über dem Geschehen befand.

Alfred hatte Helene aufgehoben und versuchte, sie mit Konstanze vom Körper des *Ersten* herunterzuschaffen, als Dr. Mehltau die Elster packte und fortschleuderte. Der Vogel taumelte durch die Luft und landete im Schatten eines gigantischen Geweihs. Benommen kam das Tier wieder auf die Krallen, schüttelte sich ausgiebig und richtete sein zerzaustes Gefieder.

Moritz atmete auf. Sein Blick glitt über den Körper des *Ersten*, auf der Suche nach Ludwig. Der Werwolf war wie vom Erdboden verschluckt. Wo steckte er? Und wo war Rita? Verdammt, er durfte nicht länger warten!

Der Doktor taumelte, kämpfte blinzelnd gegen das Blut an, das sein zerkratztes Gesicht verunstaltete. Doch seine Wunden verheilten in Sekundenschnelle. Die Macht des *Ersten* war allgegenwärtig.

Er hob den Splitter, der wie polierter Stahl blitzte und richtete ihn auf Alfred. Sofort knickten die Beine des Flüchtenden ein und er sank mit Helene auf die Knie.

Konstanze zerrte an Alfred, doch es war zwecklos. Das Glas war zu mächtig. Moritz wusste, dass sein Moment gekommen war. Er stieß sich ab und stürzte kopfüber in die Tiefe.

Als Rita um das nächste Horn bog, war der Werwolf plötzlich verschwunden. Eine üble Ahnung ließ sie den Brezelwächter enger an ihre Brust pressen. Gerade war er noch da gewesen – sie hatte gesehen, wie er sich vorwärtskriechend aus dem Blickfeld des Doktors bewegt hatte. Zitternd und winselnd, nicht mehr als ein Bündel Schmerz.

Ein Schrei ließ sie herumfahren. Sie sah Moritz, der in einiger Entfernung wie ein Falke auf Dr. Mehltau hinuntersauste und ihm einen sauberen Aufwärtshaken verpasste.

Ein guter alter Faustkampf. Rita lächelte.

Dr. Mehltau torkelte, dann ging er zum Gegenangriff über.

Plötzlich vernahm sie ein Keuchen und Hecheln hinter sich. Der Brezelwächter ruckte in die entsprechende Richtung und ehe sie sich versah, stand da Ludwig. Keine fünf Meter von ihr entfernt im Schatten eines gewaltigen Gehörns. Seine Gestalt sah hager aus, ausgemergelt, und sein Fell wirkte, als hätte er sich große Büschel Haare ausgerissen. Ein Bild des Jammers. Er hatte kaum mehr Ähnlichkeit mit dem majestätischen Biest, das Rita in den Kellerräumen der Schwarzen Katze angegriffen hatte.

Ludwig starrte wie hypnotisiert auf den Kampf zwischen Moritz und dem Doktor. Dass Alfred und Konstanze im Hintergrund versuchten, die reglose Helene fortzuschaffen, schien er kaum wahrzunehmen. Und auch Rita hatte er nicht bemerkt.

Langsam begann die Bestie zu laufen – setzte zögernd und zitternd einen bocksbeinigen Fuß vor den anderen – und verfiel dann in taumelnden Trab. Rita umfasste den Brezelwächter, richtete die Waffe auf eine ferne Wand und drückte ab.

RATT-TAT-TATT!

Die Salve bellte ins Leere. Ludwig fuhr herum. Rita warf sich ihm entgegen und versetzte ihm einen Tritt in die Magengrube. Der Werwolf fiel japsend zu Boden und wälzte sich hin und her. Fast hatte die Wirtin Mitleid mit ihm. Er erinnerte sie an einen geprügelten Hund.

Rita hielt den Brezelwächter schussbereit. »Bleib liegen! Sei brav, dann passiert dir nichts!«

Moritz fixierte den Splitter in Dr. Mehltaus Hand, den Stock zum Schlag erhoben. »Hören Sie auf zu kämpfen, Doktor! In dieser Höhle darf kein Blut vergossen werden! Das ist ein Ort des Friedens!«

»Und was passiert, wenn ich mich nicht an diese Regel halte?« Dr. Mehltau langte nach einem klobigen Griff, der aus seiner

Manteltasche herausragte. Die Brezelkonstanze. »Kommen dann die Wächter und machen kurzen Prozess mit mir?«

Moritz versuchte, seinen Stock mit einem Klicken zu verlängern und dem Doktor den Splitter aus der Hand zu schlagen, aber ...

RATT-TATT-TATT!

Die Nagelsalve der Brezelkonstanze schlug in den Boden ein und ein grässliches Beben erschütterte den Leib des *Ersten.*

»Hören Sie auf! Sie verletzen den *Ersten*!«, brüllte Moritz.

»Seltsam, es kommen gar keine Wächter. Ich frage mich, was sie wohl aufhält«, höhnte Dr. Mehltau und wedelte mit dem schwarzen Glas. »Ach, das bin ja ich! Sie können die Höhle nicht betreten. Ich habe ihnen befohlen, vor dem Eingang auf mich zu warten. Starr und reglos! Sie dürfen sich erst wieder bewegen, wenn ich zu ihnen zurückkehre – unverletzt!«

Eine neuerliche Salve zischte durch die Luft. Moritz duckte sich unwillkürlich, sprang dann aber in einem weiten Bogen vorwärts. Seine Weste katapultierte ihn drei Meter nach oben. Er raste auf das Gesicht des Doktors zu. Dieser riss die Waffe unkontrolliert in die Höhe und drückte ab.

Nägel zischten an Moritz' Wange vorbei und ein brennender Schmerz riss an seinem Ohr. Dennoch gelang es ihm, den Teleskopstock mit voller Wucht auf Dr. Mehltau niederdonnern zu lassen. Der Doktor ging zu Boden und Moritz landete auf ihm. Er kämpfte sich hoch, darauf gefasst, dass der Doktor jederzeit wieder angreifen würde. Doch Mehltau rührte sich nicht mehr.

Zitternd befühlte Moritz seine rechte Gesichtshälfte. Eine Welle aus Schmerz schoss durch seine Schläfen, als er sein Ohr berührte. Rotes Nass triefte seine Wange hinab, kalter Schweiß trat ihm auf die Stirn. Die Nagelsalve hatte ihm einen Teil des Ohres abgerissen.

Moritz schluckte die Übelkeit herunter. Die Wunde würde in wenigen Minuten verheilt sein, so voll wie die Luft mit heilenden Dämpfen war. Aber er durfte keine Zeit verlieren! Er tastete nach der Hand des Doktors – doch der Splitter war verschwunden.

37. KAPITEL

Ludwigs Laute wechselten die Klangfarbe. Aus dem wölfischen Winseln wurde ein Knurren und aus dem Jaulen wurde ein Jauchzen. Rita erstarrte, als der Werwolf sie plötzlich anstierte und sein Ausdruck nichts Leidendes mehr hatte. Bevor sie einen klaren Gedanken fassen konnte, sprang das Biest auf und rannte fort. Rita hob die Waffe –

KLICK! KLICK! KLICK! Die Trommel blockierte.

»Himmelherrgottsakra!« Sie schlug auf das Schießeisen ein und versuchte, ihm seine gewohnte Melodie zu entlocken. Zwecklos. Die Waffe schwieg und der Werwolf hetzte auf Moritz zu.

Der Splitter! Wo war er?! Moritz brauchte eine Weile, um sich zu orientieren. Er fühlte sich umzingelt von den Schatten der Hörner, die im ständig wechselnden Licht der Bänder über den Körper des *Ersten* wanderten. Dann funkelte etwas in seinem Augenwinkel – in einer Hautfalte des Giganten. Der Splitter, er schien ihm zuzuzwinkern.

Moritz sprang los und wollte das schwarze Glas packen, als sich ein Schatten auf ihn warf. Ludwig! Der Werwolf drückte ihn mit dem Gesicht zu Boden und spie ihm seinen heißen Atem in den Nacken. Moritz streckte seine rechte Hand nach dem Splitter aus. Er konnte ihn erreichen. Er *musste*! Das Glas lag nur eine Handbreit entfernt und wartete.

Moritz versuchte, seinen Arm mit purer Willenskraft zu verlängern – seine Hand und die Finger zum Wachsen zu bringen –, doch es gelang ihm nicht.

Plötzlich tauchte ein kleiner Schemen vor ihm auf. Und die Zeit schien stillzustehen.

»Fips«, flüsterte Moritz.

Der Boogelbie starrte ihn für einen quälend langen Moment an. Seine Haut und sein Auge schienen wieder genesen, auch wenn seine Öhrchen immer noch ein wenig kahl und zweigartig wirkten. Aber sie bildeten neue, schillernde Haut aus. Im Schummerlicht der Höhle glänzten die einzelnen Schuppen wie hochfeine goldene Plättchen. Die Erscheinung war so schön und zart, dass Moritz der Begriff wieder einfiel, den er beim ersten Mal auf der Burg vernommen hatte.

»Tum-Blat«, murmelte er. »Bitte hilf mir.«

Fips blinzelte und beschnupperte den Splitter. Dann streckte er eine dreifingrige Kralle aus und versetzte dem Splitter einen Stoß. Moritz spürte, wie die scharfe Kante des Glases seine Fingerspitzen berührte, und griff zu.

Im nächsten Augenblick sah er, wie der Boogelbie große Augen machte und Reißaus nahm.

Ein kaltes Heulen erhob sich und die Zeit sprang voran. Der Werwolf riss Moritz rücklings in die Höhe und schleuderte ihn fort. Moritz spürte, wie sein Körper aufkam, dann noch einmal aufkam und noch einmal – bis die Kraft der La-Ka-Weste seinen Sturz so sehr abgefedert hatte, dass er verblüfft liegen blieb.

Mühsam rappelte er sich auf und starrte in seine rechte Hand. Sie war leer! »Oh, nein!«

Wo war der Splitter? Aufgeregt begann er zu suchen. Moritz befand sich vor dem Riss in der Mauer. Hinter ihm plätscherte leise das schwarze Wasser.

»SCHA-RACK-ACK!«

Moritz spitzte die Ohren. Das war die Elster! Sie hatte sich erholt und kreiste über ihm. Ihr ununterbrochenes Keckern wollte ihn auf etwas aufmerksam machen.

Gut fünfzig Meter von ihm entfernt drehte sich der Werwolf wie ein Betrunkener um sich selbst. Auch er suchte den Boden ab. Noch hatte er den Splitter nicht gefunden.

»Hilf mir suchen!«, rief Moritz.

Die Elster krächzte und sauste daraufhin hierhin und dorthin. Dann stieß sie erneut einen Warnschrei aus.

Moritz' Blick glitt hinüber zum Werwolf. Seine Haltung hatte sich verändert. Sein Körper war in Habachtstellung. Jetzt preschte er vorwärts, aber nicht auf Moritz zu. Er spurtete zu einer Stelle rechter Hand dreißig Meter entfernt, wo der Körper des *Ersten* in einem sanften Bogen in das Wasser eintauchte.

Und da funkelte er – der Splitter.

Sofort lief Moritz los. Er sprang einmal, zweimal – seine Weste trug ihn weit. Er raste auf das Funkeln zu und erreichte es gleichzeitig mit Ludwig, als die Stimme einer Frau »Nein!« schrie.

Schüsse bellten durch die Höhle.

Ein schrecklich donnerndes RATT-TATT-TATT!

Plötzlich tauchte Rita auf. Sie rannte ihn um und schleuderte ihn fort, bevor eine Nagelsalve ihre Brust durchlöcherte. Die Wirtin brach zusammen und schlitterte über den glitschigen Boden weiter zum Rand des *Ersten*.

Moritz' Herz raste. Woher waren die Schüsse gekommen? Dann entdeckte er Julius Mehltau. Er stand in einiger Entfernung und hielt die kleinere Version des Brezelwächters in der Hand. Der Lauf, der wie der Fuß eines Kerzenleuchters aussah, rauchte noch.

»Schluss mit den Spielchen!«, rief er.

Moritz konnte keinen Muskel rühren. Ritas Körper rutschte die sanfte Schräge hinunter, die im schwarzen Wasser mündete. Neben ihm hatte Ludwig den Splitter gepackt und drückte ihn an sich.

Ohne zu zögern, stürzte Moritz hinter der Wirtin her, deren Körper von den dunklen Wellen verschluckt wurde. Er tauchte in die eisige Schwärze ein und wühlte in den Fluten. Er musste Rita finden!

»Gib mir den Splitter, Brüderlein«, sagte Dr. Julius Mehltau und streckte die Hand aus.

Ludwig reagierte nicht. Er wiegte sich vor und zurück, wobei seine schmutzig weißen Klauenhände das schwarze Glas fest umschlossen hielten.

»Kannst du mich hören?«, fragte Julius und ging auf ihn zu. Nur wenige Schritte trennten sie voneinander.

Ludwig wirkte wie in Trance. Sein Zwillingsbruder trat näher und musterte ihn. So ruhig und in sich gekehrt hatte er ihn seit dem Tod der geliebten Mutter nicht mehr erlebt. Es war, als ob wieder der Junge von sieben Jahren vor ihm stünde, der sich in seiner Trauer und seinem Schmerz in eine Traumwelt zurückgezogen hatte.

»Ludwig«, flüsterte er, »es ist gut. Du kannst mir den Splitter geben.«

Julius' Hand berührte sanft die Schulter des Bruders, als dieser herumfuhr und ihn anfunkelte. Ludwigs Augen waren Eiskristalle. Seine Lefzen troffen vor Blut – er hatte sich selbst auf die Zunge gebissen.

Der Anblick erschreckte Julius so sehr, dass seine Hand unweigerlich aufwärts zuckte und die Waffe klicken ließ. »Nein, Ludwig!«, hörte er sich rufen, doch es war zu spät. Die Klaue des Werwolfes schoss ihm entgegen und hinterließ nichts als Dunkelheit.

38. Kapitel

Ludwig umklammerte den Splitter, als sein Bruder zu Boden sank. Jetzt gehörte das Lied ihm. Endlich! Er hielt die wunderschöne Melodie ganz nah an sein Herz und wollte ihr lauschen. Doch da war nichts. Das Lied schwieg.

Nein, nein, nein, das durfte nicht sein! Das Lied durfte nicht verstummen. Er musste es wieder zum Klingen bringen – musste ihm die herrlichen Töne entlocken. Doch es gelang ihm nicht. Die Farben, die Lichter um ihn herum waren zu laut. Sie blendeten ihn, versengten seine Augen.

Die Gerüche, die aus dem Wanst dieses Riesenwesens hervortraten, verteilten sich überall wie Gift. Ja, es war Gift, auch wenn sein Bruder das Gegenteil behauptete! Es war pures Gift, das ihm, dem Jäger, die Sinne verätzte.

Doch das würde aufhören. Jetzt und hier!

Er nahm den Splitter in die gekrümmten Klauen und richtete ihn auf den Leib unter seinen Pfoten.

Hör auf zu sein!, dachte er immer wieder. Hör auf!

Und der Leib begann zu sterben.

Mit einem beherzten Ruck verfrachteten Konstanze und Alfred die reglose Helene auf einen Felsvorsprung nahe dem Höhlenausgang. Helenes Gestalt war dunkel und leblos. Konstanze schniefte, als sie das geschundene Gesicht ihrer Freundin vor sich sah. Sie legte den Kopf auf Helenes Brust, in der Hoffnung, ein Pochen zu hören, dann rollte eine einzelne Träne ihre Wange hinunter. Sie war so dumm, so unglaublich dumm. Helene hatte gar keinen Herzschlag ... Konstanze hatte es einfach vergessen.

Edgar krächzte in der Nähe. Konstanze wandte den Kopf und sah Moritz keine zehn Meter entfernt im Wasser wühlen. Er durchpflügte die Fluten am Fuße des *Ersten*, während über ihm die Elster kreiste.

»Gas is gassiert?«, rief Alfred Moritz zu. Als er keine Antwort bekam, ließ er sich ins Wasser plumpsen und watete durch die nasse Düsternis.

»Ich kann sie nicht finden«, rief Moritz immer wieder, »Ich kann sie nicht finden ...«

»Gen?«, fragte Alfred.

»Rita!«

Alfred zögerte keine Sekunde. Er tauchte mit dem ganzen Körper unter Wasser, wühlte und wälzte die Wellen um. Edgar brachte sich vor dem spritzenden Schaum in Sicherheit und kam zu Konstanze geflogen. Als er Helene sah, landete er direkt neben ihrem Kopf und hüpfte dort hin und her – sein aufgeregtes Keckern spiegelte Konstanzes Herzschlag wider. Sie wollte ihn streicheln, ihn beruhigen, doch da verdunkelte sich die Höhle. Sie blickte hinauf und sah, wie die glänzenden Bänder erloschen. Eines nach dem anderen ... In glimmenden Fäden segelten sie auf den Körper des *Ersten* hinab und verendeten auf ihrem Weg wie sterbende Glühwürmchen.

»Moritz«, rief Konstanze. »Sieh nur!«

Moritz hörte Konstanzes Stimme nicht sofort. Alfreds verzweifeltes Planschen machte ihn fast taub. Doch als er ihre Worte endlich vernahm, wusste er, dass etwas nicht stimmte. Über seinem Kopf verdunkelten sich die Gedankenfetzen des *Ersten*.

»Oh, verdammt!«

Irgendwann dröhnte Alfreds Stimme an sein Ohr. »Gas geh hhie voor?«

»Ein Unglück«, stammelte Moritz, den Blick nach oben gerichtet.

Alfred stieß ihn an. »Geh! Igg suuhe weida nahh Hita!«

Moritz sah ihn verzweifelt an.

»Geh!«, brüllte Alfred.

Moritz sprang los. Er stieß einen hellen Pfiff aus und pflügte durch das dunkle Wasser. Die Elster verstand und folgte ihm.

Der Körper des *Ersten* bebte. Unzählige Erschütterungen durchzuckten den Leib und übertrugen sich auf die gesamte Höhlenanlage. Moritz fühlte die Stöße bis in die Haarspitzen und sah Steine und Staub von der Decke rieseln. Sie mussten sich beeilen.

Moritz streckte seinen Arm aus und die Elster benutzte ihn als Landeplatz. »Wir müssen die Brüder aufhalten!«, sagte er. »Schnapp dir den Splitter!«

Die Elster krächzte und schwang sich in die Lüfte. Moritz rannte los. Welcher der beiden Mehltau-Brüder auch immer dafür verantwortlich war, dass die Gedanken des *Ersten* erloschen, war dort zu finden, wo das Unheil seinen Anfang genommen hatte. Im Zentrum unter der dunkler werdenden Decke.

Die Farben verblassten und nahmen die beißenden Lichter mit sich. Ludwigs Sinne kehrten wieder zurück. Mehr und mehr konnte er atmen, sich freier bewegen und seine Glieder ausstrecken. Sein Körper, der sich monatelang verkrampft hatte in dem Versuch, die unerträglichen Gerüche auszusperren, löste sich und wurde leicht. Die Last wich von seinen Schultern.

Er spürte, wie die Welt um ihn herum erbebte und fühlte sich wohl. Als ob jedes Zucken und Zerren seine Glieder mehr lockern und sie von ihren Zwängen befreien würde. Herrlich.

Der Boden unter seinen Pfoten hatte die Farbe von Stein angenommen. Ruhigem, kalten Fels. Keine schrillen Farbtöne mehr. Segensreiches Grau, das seine Sinne beruhigte. Wenn alles vorbei war und dieses riesige Ungetüm aufgehört hätte zu sein, würde er sich wieder dem Lied widmen. Niemand würde sie dann trennen. Nicht der dreiste Junge, nicht das tote Stück Fleisch und auch nicht sein Bruder. Dann würde er frei sein.

Moritz spurtete durch den Irrgarten aus Geweihen und Hörnern, den Blick zur Höhlendecke gerichtet. Er hatte das Zentrum der Dunkelheit fast erreicht, als er stehen blieb. Alles wurde durch das sterbende Licht in geisterhafte Schatten gehüllt. Aber noch etwas geschah: Der Boden unter seinen Füßen wurde hart wie Stein. Die riesenhaften Hörner um ihn herum wurden hellgrau und wirkten wie von Raureif überzogen.

Moritz begriff, was vor sich ging: Der *Erste* starb. Und die Gedanken, die sich vor vielen hundert Jahren von seinem Körper abgespalten hatten, starben mit ihm. Das Dunkel breitete sich aus und hüllte den erstarrenden Leib mehr und mehr in Finsternis.

In einiger Entfernung sah er eine hochgewachsene graue Gestalt stehen, halb verdeckt von einem großen Horn, das die Farbe von Schnee im Dämmerlicht angenommen hatte. Moritz schlich näher und erkannte Ludwig. Er stand mit dem Rücken zu ihm und hielt den Splitter auf den *Ersten* gerichtet. Unter ihm breitete sich der Tod aus. Von seinem Zwillingsbruder Julius fehlte jede Spur.

Hoch oben zog die Elster lautlos ihre Kreise und wich geschickt fallenden Steinen und rieselndem Staub aus. Lauerte auf ihre Gelegenheit.

Moritz atmete tief durch, zückte den Teleskopstock und lief los. Er sprang – einmal, zweimal – und flog mithilfe seiner Weste auf Ludwigs Rücken zu.

Die Elster stieß einen Schrei aus, als plötzlich Schüsse krachten.

RATT-TA-TATT!

Eisennägel schlugen in ein Horn ganz in seiner Nähe ein und tausend Splitter spritzten überallhin. Moritz bremste seinen Lauf, als eine frische Salve Nägel vor ihm in den Boden einschlug.

RATT-TA-TATT!

Nur wenige Meter entfernt auf der linken Seite stand Julius Mehltau und feuerte auf ihn, wie im Rausch, das Gesicht zu einer grotesken Fratze verzerrt. Sein Kiefer hing unnatürlich schief und seine Nase sah aus, als wäre sie gebrochen.

Moritz wich den Schüssen aus und suchte Schutz hinter einem der Hörner. Seine Deckung hatte einen Durchmesser von gut zwei Metern und glitzerte im Zwielicht.

Die Schüsse erstarben.

»Gib auf, Junge«, rief Dr. Mehltau mit hängendem Kiefer. »Ich habe mehr Munition, als ich je verschießen kann.«

Ein metallisches Rasseln ertönte. Der Doktor schüttelte offenbar einen ganzen Sack mit Nägeln.

Moritz schloss die Augen und konzentrierte sich auf das Geräusch. Wo war es hergekommen?

Die Elster über ihm krächzte zwei Mal – ein Warnruf, der mit einer Nagelsalve belohnt wurde. Der Irre schoss auf den Vogel! Vielleicht war das die Gelegenheit ... Der Junge spähte links um das Horn herum.

Nichts.

Er wandte sich nach rechts und sah einen Arm. Dr. Mehltau war genau auf der Rückseite des Horns. Blitzschnell packte Moritz seinen Teleskopstab, duckte sich und schnellte um die Ecke. Er betätigte einen der Knöpfe an der Unterseite des Stabs – die Waffe verlängerte sich und traf Julius Mehltaus dürre Beine.

Ein Schrei – dann warf sich Moritz auf seinen Gegner. Für einen Augenblick entstand ein menschliches Knäuel, das versuchte, die Brezelkonstanze in die Finger zu bekommen.

Der Doktor klammerte sich im Liegen an die Waffe und ließ sie nicht los. Moritz lag auf ihm, mit aller Kraft bog er das Schießeisen von sich fort. Doch Dr. Mehltau war stärker und rammte Moritz ein Knie zwischen die Beine.

Der Schmerz ließ Moritz zur Seite rollen. Julius Mehltau

erhob sich, packte die Waffe und zielte auf Moritz' Kopf, als die Elster auf ihn hinabstieß.

RATT-TATT-TATT!

Die Nagelsalve verfehlte den Kopf des Jungen um Haaresbreite. Steine und Splitter schossen empor.

Dr. Mehltau fluchte undeutlich. Er bedeckte sein Gesicht und schlug nach der Elster. Moritz kam auf die Knie. Die Schmerzen in seinen Lenden brannten wie Feuer. Der Doktor musste weg hier, sonst würde das nie enden ...

Sehr. Weit. Weg.

Etwas in Moritz' Kopf rastete ein. Er griff nach seinem Teleskopstab und stopfte ihn in den Hosenbund. Dann öffnete er die Knöpfe der La-Ka-Weste. Im Nu hatte er das silberdurchwirkte Fell abgestreift und packte es mit beiden Händen. Dann sprang er auf und stürzte auf den abgelenkten Doktor zu, zerrte dem Wildgewordenen die Weste über den ausgestreckten Arm und versuchte auch die Hand mit der Waffe zu erwischen. Dr. Mehltau wand sich wie ein Aal. Moritz spürte, wie sein Gegner den Abzug drückte. Nägel zischten an ihm vorbei – die Elster flog davon.

Julius Mehltau zappelte. Moritz versenkte sein Knie in die Weichteile des Mannes und sah, wie er zu Boden sackte. Mit einer schnellen Bewegung umarmte er den Doktor, zerrte die Weste um dessen Leib und schloss einen der Knöpfe auf dem Rücken. Der Doktor kämpfte sich auf die Beine und fuchtelte erneut mit der Waffe herum. Doch bevor sich weitere Schüsse lösen konnten, sprang Moritz auf ihn zu.

»Guten Flug!«

Er streckte das Bein aus und traf den Verblüfften mitten auf die Brust. Der Stoß ließ ihn nach hinten schnellen. Der Doktor prallte gegen mehrere Hörner, bevor er aus Moritz' Blickfeld verschwand.

Ein Krächzen ließ Moritz aufschauen. Die Elster, selbst über und über mit Blut befleckt, flatterte zu ihm.

»Gut gemacht«, sagte Moritz. »Jetzt zu Ludwig!«

Alfred wühlte noch immer im Wasser. Seine Bewegungen wurden abgehackter, die Wellen schleppender. Rita war nirgends zu finden. Irgendwann erlahmten seine Arme und er sah verzweifelt auf.

»Ich helfe dir.« Konstanze war zu ihm in die schwarzen Fluten gestiegen und hatte Helene auf dem Vorsprung zurückgelassen. Das dunkle Nass reichte ihr bis zur Brust.

Meter für Meter durchpflügten beide die finstere Brühe, doch sie fanden nichts bis auf leuchtende Schemen – seltsame Aalwesen, die unablässig ihre Bahnen durch die Dunkelheit zogen. Ihre langgezogenen Körper leuchteten an unterschiedlichen Stellen honiggelb, als ob pures Gold durch ihre Adern flösse. Sie schwammen über den stockdunklen Grund, beschrieben Bögen, Kreise und Achten.

Wie hypnotisiert starrte Konstanze auf das Treiben und bemerkte, dass die Wesen einige Meter entfernt unter einem schwarzen Objekt verschwanden und kurz darauf wieder zu sehen waren. Dort lag etwas Großes unter der Oberfläche. »Da!«, rief sie und kämpfte sich vorwärts. Die Aalwesen stoben sofort auseinander.

Alfred stürzte sich in die Fluten. Als er wieder auftauchte, zog er einen massigen Körper aus dem Wasser. Rita.

Gemeinsam brachten sie die Reglose hinüber zum sanft ansteigenden Leib des *Ersten*. Alfred krabbelte an Land, packte Rita unter den Armen und zog sie hoch, bis ihr Oberkörper außerhalb des Wassers lag. Sie rührte sich nicht. Mehrere Nägel steckten tief in ihrer Brust und dünne Rinnsale von Blut sickerten daraus hervor. Sie vermischten sich wie rote Tinte mit dem Nass auf ihrer Haut.

Zitternd packte Alfred die starren Nägel und zog sie mit einem Ruck aus dem Fleisch. Dann begann er, auf den Brustkorb seiner Frau einzuhämmern – versuchte, das Leben wieder in sie hineinzutreiben.

»Atme! Los! Atme, Rita!«, rief er. Doch so wild er auch schlug, Ritas Körper blieb unbewegt und starr. Irgendwann hielt er inne und Konstanze legte ein Ohr auf Ritas Brust. Als sie aufblickte, schüttelte sie den Kopf. Über ihnen starben die Gedanken des *Ersten* und ließen nichts zurück außer Finsternis.

Ein leises Lummern erhob sich. Konstanze sah sich um und entdeckte eine kleine Gestalt nahe Ritas Kopf.

»Fips!«

Der Boogelbie näherte sich und beschnupperte Ritas nasses, dunkles Haar. Dann wackelte er zu ihrem Gesicht und schnüffelte hierhin und dorthin. Nachdem er sie ausgiebig begutachtet hatte, stellte er sich auf die Hinterbeine und begann mit einem Krallenfuß aufzustampfen. Es ging so schnell, dass sein Beinchen kaum zu sehen war.

Er rief die Aalwesen. Ihre Körper glitten heran mit strahlendem Leuchten. Sie zogen durch das Wasser und umkreisten Ritas Beine wie einen Köder. Zuerst wollten Konstanze und Alfred sie verscheuchen, doch Fips stieß ein warnendes Zarren aus. Die Aalwesen durchbrachen die Wasseroberfläche und erhoben ihre Köpfe.

Es waren fünf Geschöpfe. Ihre langen, geschmeidigen Körper leuchteten und pulsierten im Takt einer Melodie, die nur sie selbst hören konnten. Während weiterhin Steine von den Wänden und der Decke rieselten, reckten sich die Wesen, bis ihre silbrig glänzenden Perlaugen mit Fips auf Augenhöhe waren.

Konstanze fühlte sich an Schlangen vor einem Kaninchen erinnert, doch der Boogelbie ließ sich nicht aus der Ruhe bringen. Er begann einen *gnasselnden* Monolog. Seine Krallen deuteten auf Rita, er wiegte den Kopf und schien irgendwelche Anweisungen zu geben: ein Lummern, zwei Fidolenzer, ein Chrachern, ein Schränzen, dann wieder ein Lummern. Als er geendet hatte, blinzelten die Aalwesen verwirrt. Sie starrten auf den leblosen Körper und schüttelten die Köpfe.

»Sie wollen ihr nicht helfen«, entfuhr es Konstanze.

»Gie is ein Nensch.« Alfred seufzte tief.

Konstanze stemmte die Hände in die Hüften und sah die Aalwesen wütend an. »Wieso könnt ihr keine Ausnahme machen?«, rief sie. Fips stimmte gnasselnd zu. »Das ist nicht gerecht! Warum könnt ihr uns nicht helfen? Rita ist so lieb! Und sie hat immer Kuchen dabei! Sie ist es wert, gerettet zu werden!«

Fips schien zu übersetzen.

Die Aalwesen blickten einander lange in die Augen, dann schauten sie hinauf zur Höhlendecke, wo Dunkelheit die Lichtbänder verschlang. Furchtsam zogen sie die Köpfe ein und glitten zurück ins Wasser.

»Wartet!«, rief Konstanze. »Wenn der *Erste* stirbt, wird auch nie wieder einer von euch gerettet.«

Doch die Wesen waren bereits verschwunden.

Konstanze ließ den Kopf hängen. Sekunden verstrichen. Minuten.

Dann hörte sie ein hastiges Klopfen und blickte zu Fips hinüber. Er stand noch immer auf den Hinterbeinen und sah sie mit hellblauen Augen an. Sein kleines Gehirn schien zu arbeiten. Lange Zeit geschah nichts. Dann ging er auf alle viere und begann den Körper des *Ersten* mit seinen winzigen Krallenfüßchen zu walken und zu kneten. Mit sanften Bewegungen kratzte er über den Boden. Es dauerte nicht lange, bis der *Erste* reagierte ...

Ein Laut, seltsam und schräg entrang sich seinem Körper und hallte von den fernen Felswänden wider. Es erinnerte an das Glucksen eines besonders dicken, zufriedenen Mannes. Und Konstanze begriff, dass Fips den Giganten kitzelte.

Ein Ruck erschütterte den Leib des *Ersten*. Ein Gas, süßlich und schwer, drang aus der Haut des uralten Wesens und schien die Luft um ein paar Grad zu erwärmen. Das Gas sickerte in Ritas Körper ein, der daraufhin von innen heraus zu leuchten begann. Ein warmer goldgelber Schein umhüllte sie.

Fips stieß einen Ruf aus.

MOCK! MOCK! MOCK!

Konstanze ergriff Alfreds Hand über Ritas gewaltigen Brustkorb hinweg und schloss die Augen. Sie sprachen die Worte nach: »Mock! Mock! Mock!«

Leise und andächtig.

Das Glucksen des *Ersten* verebbte und Ritas Körper bäumte sich auf. Sie spie einen Schwall nasser Schwärze aus. »Moritz! Vorsicht!«, hustete sie und rutschte beinahe wieder ins Wasser zurück. Alfred hielt sie fest und drückte sie an sich.

Konstanze sah zu Fips hinüber. »Danke«, flüsterte sie.

Rita blickte sich verwirrt um und tastete ihre Brust ab. Die Wunde war verschwunden. Nur ihre vom Blut verfärbte Bluse verriet, was ihr eben zugestoßen war. »Ich wurde erschossen«, stammelte sie. »Warum bin ich nicht tot?«

Konstanze deutete auf den Boogelbie. »Fips hat dich gerettet. Er hat die Regel des *Ersten* umgangen. Er hat ihn ausgetrickst!«

Rita starrte das schuppige Wesen überrascht an. »Teufel noch eins«, murmelte sie.

Der Boogelbie lummerte zur Antwort.

»Wo ist Moritz?«

Konstanze versuchte, die richtigen Worte zu finden, und blickte hoch zu der sich immer weiter ausbreitenden Dunkelheit. »Die Lichter«, sagte sie, »sie gehen alle aus. Moritz ist losgerannt, um dem *Ersten* zu helfen.«

Rita löste sich aus der Umarmung ihres Mannes. »Ist Helene in Sicherheit?«

Konstanze nickte langsam. Dann hellte sich ihr Gesicht plötzlich auf. »Fips, kannst du auch Helene wieder gesund machen?«

Rita erhob sich mühsam. »Ich verstehe nicht ...«

»Moritz hat gesagt, dass Helene heilt«, rief sie und stieg ins Wasser. »Vielleicht kann Fips ihr dabei helfen.«

39. KAPITEL

Ludwig genoss die Stille. Obwohl alles um ihn herum in Aufruhr war, empfand er nur Frieden. Der Boden unter seinen Pfoten bäumte sich ein letztes Mal auf, dann schien er vollends zu erstarren. Nichts störte mehr ... außer dem Schrei der Elster. Seine Ohren stellten sich auf. Er wirbelte herum und sah den Jungen auf sich zukommen. Etwas blitzte in den Fingern des Burschen – ein Stab! Er schlug nach Ludwigs Händen!

Ein pochender Schmerz durchzuckte ihn und das Lied sprang aus seinen Klauen. Er wollte danach schnappen, es wieder an sich reißen, als der Boden zu zittern begann. Da war immer noch Leben in diesem unsäglichen Etwas unter seinen Füßen. Ludwig stolperte, glitt aus und versuchte auf dem bebenden Untergrund Halt zu finden. Plötzlich flammten Lichter vor seinen Augen auf. Wilde Töne von Gelb, Grün und Blau zischten durch seinen Kopf und augenblicklich wusste er, dass einige der seltsamen Bänder wieder zu neuen Kräften gekommen waren. Ein Blick zur Decke bestätigte seine Befürchtung. Die Lichter waren noch nicht tot!

Beißender Zorn flammte in ihm auf und er sprang nach

vorn. Der Junge tanzte wie ein Blatt im Wind über die Wellen am Boden, wollte ihm sein Lied stehlen. Das durfte nicht sein! Ludwig preschte vorwärts. Schneller als ein Pfeil, schneller als eine Idee im Kopf eines Genies. Er schnappte sich den Jungen.

Etwas hatte sich an ihm verändert. Er war schwerer und träger als sonst, außerdem glänzte er weniger. Umso besser – lahmes Fleisch ließ sich einfacher erlegen. Ludwig presste ihn zu Boden. Er trieb seine Krallen tief unter die Haut seiner Beute.

»Nein, bitte nicht!«, winselte der Junge.

Ludwig zog seine Finger zurück und kratzte dem frechen Burschen über den Bauch, zerfetzte sein weißes Hemd und färbte es rot.

Doch was war das? Die purpurnen Wunden, frisch und rein, begannen sich wieder zu schließen. Gerade erst ins Fleisch geschlagen, veränderten sie sich und zogen sich wieder zusammen. Ludwig fluchte, spie Gift und Galle. Versuchte, den gemeinen Trick zu durchschauen, doch er war zu benebelt von den Gerüchen, die um ihn herum aus der Haut dieses widerwärtigen, riesenhaften Ungetüms strömten.

Farben blitzten vor seinen Augen. Aus dem Gelb wurde schnell ein Orange und aus dem Orange wurde Rot – ein unbarmherziges, teuflisches Rot. Heißer als Glut. Die Farbe aller Farben explodierte in Ludwigs Kopf und ließ ihn jaulen und japsen.

Ein fliegender Schatten tauchte auf. Hackte und hieb auf ihn ein. Die Elster! Ein weiterer Feind, der seine Pläne vereiteln wollte. Weg mit dir, knurrte er und erwischte sie mit seinen Krallen. Selbst mit seinem getrübten Geist war Ludwig immer noch schneller als jedes Federvieh! Unter ihm strampelte der Junge – wollte fliehen – sich das Lied schnappen!

Der Bursche langte nach dem Stab. »Wie schmeckt dir das!«, rief er und rammte ihn Ludwig quer ins Maul. Die ätzende Kälte von Metall schoss ihm in die Kiefer und ließ seine Reißzähne triefen und schmerzen. Ludwig biss wieder und wieder zu, versuchte, den Stab zu zerbrechen. Seine Kiefer waren eine Waffe und sein Wille aus Stahl. Er packte den Leib des Jungen und drückte fester zu. Irgendwann würde dieses Stück Fleisch aufhören zu atmen.

Helenes Körper glitt ins Wasser. Rita, Alfred und Konstanze ließen sie hinab und achteten darauf, dass ihr Gesicht nicht unter Wasser geriet. Sie trugen sie auf den Wellen hinüber zum Körper des *Ersten*. Dort legten sie sie ab und wandten sich an den kleinen Fips.

»Bitte hilf ihr«, flüsterte Konstanze.

Der Boogelbie schnupperte, blinzelte und begann über die Haut des *Ersten* zu tänzeln. Er walkte und streichelte und kitzelte auf allen vieren, bis der Boden abermals bebte. Die Poren des riesenhaften Urwesens wollten sich gerade öffnen, als …

RATT-TATT-TATT!

Ein abgehacktes Bellen hallte über das Wasser. Rita riss Konstanze und Alfred aus der Schusslinie, als die spiegelnden Wellen von mehreren Nägeln getroffen wurden. Eine weitere Salve entlud sich in den Körper des Ersten – genau dort, wo Sekunden zuvor Fips gesessen hatte. Doch der Boogelbie war bereits bei dem ersten Rattern der Waffe geflüchtet.

Der Urzeitriese bäumte sich vor Schmerz auf und schickte Erdbeben um Erdbeben durch den Höhlenkomplex. Rita, Konstanze und Alfred zogen die Köpfe ein, als ein Regen aus Steinen und Schutt von der Decke herabstürzte. Wie Kanonenkugeln schlugen kleine und große Felsbrocken und Stalaktiten auf die Wasseroberfläche ein und ließen scharfe Fontänen emporschnellen.

Dann verstummte das Getöse.

Dr. Julius Mehltau stützte sich, eine Waffe in der Hand, an einem der riesigen Hörner ab und starrte auf die kleine Gruppe hinunter wie ein dunkler Dämon. Mit einem Knacken richtete sich sein verschobener Kiefer. Ein schmutziger Fetzen Fellweste baumelte an ihm herab und als er zu Boden fiel, leuchtete er silbrig im Gegenlicht.

Rita schluckte. Es war Moritz' Weste! »Oh, nein ...«

»Tretet zurück!«, befahl der Doktor und deutete mit der Waffe vage in Helenes Richtung. Als sich niemand rührte, betätigte er den Abzug. Eine dritte Nagelsalve zischte vor Konstanze ins Wasser. »Wird's bald?«

»Elender Quacksalber!«, knurrte Rita und ergriff Konstanzes Hand. Langsam zogen sie sich tiefer ins Wasser zurück. Als sie fünf Meter von der Wasserlinie des *Ersten* entfernt waren, stieg Dr. Mehltau zu Helene hinunter.

»Ich kann nicht zulassen, dass ihr sie rettet! Sie ist meine Entdeckung, mein Wunder!«, sagte er. »Genau das, was ich brauche, um den Ruf meiner Familie wiederherzustellen.« Er packte Helene am Arm und schleifte sie grob zu sich hinauf. Es war unerträglich mit anzusehen.

»Sie sind genauso ein Monster wie Ihr Bruder«, rief Rita. »Der *Erste* wird Ihnen niemals helfen.«

Der Doktor ließ Helenes Arm fallen. Er klatschte leblos auf den Boden. »Und ob er das wird!«, brüllte er und kam die Anhöhe hinunter.

»Und wie soll er das tun, wenn er nicht mehr lebt?«, rief Rita und deutete nach oben.

Dr. Mehltau folgte ihrem Blick.

Nur noch wenige leuchtende Bänder waren vorhanden. Dreiviertel der Decke war in Dunkelheit gehüllt. Der Doktor wollte soeben etwas erwidern, als ein Schmerz sein linkes Bein durchzuckte. Er schrie auf und starrte an sich hinab. Etwas hing dort. Goldig, schuppig und mit Zweigohren auf dem Kopf – Fips! Der Boogelbie hatte seine Raffzähne in den Knöchel des Doktors geschlagen. Ein wildes Chrachern und Pleurren entrang sich seiner Kehle.

Dr. Mehltau taumelte rückwärts und richtete die Waffe auf das Wesen, als sich ein nasser Schatten auf ihn stürzte und ihn mit sich zerrte. Der Doktor feuerte wahllos in die Luft, während Fips sein Bein losließ.

Mit einem Gurgeln wurde der Schießwütige unter Wasser gedrückt. Alfred hielt ihn fest am Kragen und durchpflügte mit ihm die schwarzen Fluten. Er schleifte ihn in Richtung des Höhlenausgangs und zog dabei eine riesige Gischtwelle hinter sich her.

»Wird er ihn ertränken?«, fragte Konstanze.

»Würde ihm recht geschehen«, brummte Rita. »Aber das würde mein Alfie nie tun. Er hat etwas anderes vor.«

Moritz litt Höllenqualen. Er lag auf dem Rücken und versuchte den Werwolf über sich mit ausgestreckten Armen auf Abstand zu halten. Die Pfoten der Bestie bohrten sich in seine Seiten.

Hoffentlich war die Elster nicht tot. Der Schlag des rasenden Werwolfs hatte sie hart getroffen.

Die Schmerzen raubten Moritz den Verstand. Seine Lungen brannten und er fürchtete jeden Moment Blut statt Luft einzusaugen. Lange konnte er das geifernde Wolfsmaul nicht mehr von sich fernhalten. Moritz konzentrierte sich. Mit dem letzten Fünkchen Kraft versuchte er, den Teleskopstock loszulassen und gleichzeitig die Arme aus ihrer Versteifung zu lösen. Sie knickten ein und rauschten abwärts. Seine Ellenbogen schlugen auf dem Boden auf. Ludwigs Wolfsschädel sauste mit all seinem Gewicht nach unten.

Moritz drehte den Kopf schnell zur Seite, um der fallenden Schnauze zu entgehen. Ein grauenhaftes Geräusch erklang, als Ludwigs Maul von dem verkeilten Stab gestoppt wurde. Die Reißzähne splitterten.

Ludwig heulte kreischend auf, ließ Moritz los und sprang zurück. Der Schmerz musste unerträglich sein. Er wälzte sich auf dem Boden und hielt sich die Schnauze.

Moritz versuchte zu atmen. Versuchte, seine Arme wieder zu spüren, doch alles an ihm protestierte. Mühsam drehte er sich auf den Bauch und fühlte sich schmerzhaft an seinen ersten Kampf mit dem Werwolf erinnert. Aber hier befand er sich in der Gegenwart des *Ersten*. Die Luft um ihn herum war geschwängert von heilenden Dämpfen. Moritz füllte seine Lungen. Zug um Zug pumpte er die Ausdünstungen des riesigen Urwesens in jeden

Winkel seines Körpers. Dann schob er sich vorwärts. Direkt vor ihm lag der Splitter. Funkelte geheimnisvoll im Dunkellicht der Höhle. Moritz packte ihn und konzentrierte sich. Nicht auf sein Atmen, nicht auf seine Schmerzen, sondern auf einen Befehl.

Du hast keine Macht mehr!, dachte er an den Splitter gewandt. Lass alle frei!

Endlich hatte der Kerl ihn losgelassen. Zappelnd kämpfte sich Julius an die Oberfläche und rang nach Luft. Er konnte nichts sehen, nur Düsternis überall. Unter sich fühlte er den Boden. Festen Grund. Er stieß sich ab, taumelte kurz und stand dann aufrecht. Überraschenderweise ging ihm das Wasser nur bis zu den Knien. Dieser Mistkerl hatte doch tatsächlich versucht ihn zu ertränken. Dafür würde er bezahlen!

Er blickte sich um und sah Jauches grauen Mantel durch das schwarze Wasser planschen, wie ein spielendes Kind. Er bewegte sich auf einen dunklen diagonalen Spalt zu, der den Höhlenausgang markierte. Wenn sich Julius beeilte, konnte er ihn noch erwischen.

Schnell fischte er nach seiner Waffe. Sie musste hier irgendwo im Wasser liegen ... Er würde diesem stinkenden Stück Dreck eine Salve Nägel in den Hinterkopf jagen! Aber die Waffe blieb verschwunden. Als er den Blick wieder hob, sah er, dass Jauche am Ausgang der Höhle stehen blieb und ihn anstarrte.

Dann würde er ihn eben ohne Waffe erledigen. Als Julius losstapfte, vernahm er ein geflüstertes Hurreln. Langsam drehte er sich um und blickte in weit nach außen schielende Ziegenaugen. Eine groteske schwarze Katzenkreatur mit länglicher Schnauze hatte sich aus den Fluten erhoben. Spitze Nadeln glitzerten überall an ihrem Körper und sie entblößte ein paar schiefe Raffzähne. Hinter ihr lauerten weitere albtraumhafte Kreaturen.

Wie war das möglich? Er hatte den Wächtern befohlen, die Höhle nicht zu betreten. Aber wenigstens bewegten sich die Kreaturen nicht. Julius atmete auf. Sie waren starr und reglos, so wie er befoh–

Eine der Bestien hatte soeben geblinzelt. Und da! Eine andere bleckte die Zähne.

Dr. Julius Mehltau wich zurück. »Ihr dürft die Höhle nicht betreten!«, rief er.

Die Katzenkreatur, die ihm am nächsten stand, verzerrte ihre Schnauze zu einer Parodie eines Lächelns. Eine gemeinsame Stimme hob an, wie er sie bei seinem ersten Besuch auf der Burg vernommen hatte.

WIR HABEN DIE HÖHLE NIE BETRETEN ...

Ein sanftes Leuchten erfasste die Perlenkörper der Wächter. Julius erstarrte, als er in der Düsternis die Stufen der Burg erkannte und begriff: Er befand sich *vor* dem Eingang der Höhle – auf der anderen Seite des Spalts.

»Nein, wartet!«, schrie er. »Ihr könnt euch nicht bewegen! Das schwarze Glas bezwingt euch!«

WIR HABEN AUF DICH GEWARTET, SO WIE DU ES WOLLTEST ... STARR UND REGLOS ... NUN BIST DU DA ... UNVERLETZT ... WIE SCHÖÖÖN ...

Julius taumelte rückwärts. Moritz' Worte kamen ihm in den Sinn. »Ich habe kein Blut vergossen!«, log er. »Das war jemand anderes! Ich schwöre!«

Die Katzenkreatur machte sich nicht einmal die Mühe, zu

antworten. Während sie sich näherte, verteilten sich die anderen Wächter im gesamten Wasser. Sie hurrelten, pleurrten und gnasselten vor Hunger, als sie Dr. Julius Mehltau einkreisten und zerrissen.

Ludwigs Schnauze hing in Fetzen. Er spie Blut. Das würde ihm dieser niederträchtige Junge büßen!

Gerade als er versuchte auf die Hinterbeine zu kommen, kehrten die Farben zurück. Intensiver als je zuvor. Der Boden unter seinen Füßen erwachte zum Leben und in der Ferne hörte er das Getrappel unzähliger Beine.

Was ging hier vor?

Er richtete sich auf, blinzelte durch die stärker werdenden Farben zur Decke. Über ihm erwachten die Lichter zu neuem Leben. Ein prächtiges, kraftvolles Flackern.

Nein, das durfte nicht sein!

Wo war der Junge? Da, er war bis zu dem Lied gekrochen und hielt es schützend in den Händen. Ludwig sprang nach vorn, wollte dieses wertlose Stück Fleisch packen, es zerreißen, doch plötzlich waren überall schwarze Kreaturen. Sie umkreisten ihn, umzingelten ihn wie eine Beute. Dabei war er der Jäger! Sein Bruder hatte den Wächtern doch befohlen, sich nicht von der Stelle zu rühren. Wie konnte es sein, dass diese Geschöpfe hier herumliefen?

Wild funkelte er den Jungen an, der langsam wieder auf die Beine kam. Er wollte das Lied für sich haben, hatte Melodie und Klang verändert. Ludwig machte einen Schritt nach vorn. Die schwarzen Wächter umkreisten ihn, belauerten ihn, doch sie griffen ihn nicht an. Noch ein Schritt. Wieder blieben sie auf Abstand. Nur wenige Meter trennten ihn von seinem Opfer. Dann stürzte er voran. Das Lied gehörte ihm und er würde es sich nehmen.

Der Werwolf sprang auf ihn zu.

»Hör auf!«, brüllte Moritz, als sich die Krallen der Bestie um den Splitter schlossen. Der Kampf würde nie enden ... alles wiederholte sich.

Ludwig zog und zerrte wie ein Besessener an dem spitzen Stück Glas, während die Masse unheimlicher schwarzer Wächter ihnen folgte. Sie umzingelten die beiden wie ein lebendiger Schutzwall – lauernd, wartend.

Moritz stemmte sich Ludwig entgegen, hielt fest an dem Splitter und an dem Wunsch in seinem Geist: *Hör auf! Lass los!*

Ludwigs Kopf ruckte hin und her. Auch er stemmte sich gegen Moritz – erheblich größer, weitaus kräftiger. Er zwang Moritz zitternd in die Knie.

Das Glas erhitzte sich unter dem Druck zweier konkurrierender Wünsche. Moritz hielt fest. Der Splitter schnitt in seine Hände. Dampf stieg auf und versengte seine Haut. Aber sein Griff blieb eisern.

Ludwig starrte in Moritz' Augen und der erwiderte den Blick. Es schlummerte etwas in den Iriden der Bestie, die einst Ludwig Mehltau gewesen war. Tief verborgen hinter dem Blau versteckte sich das Bild eines Mannes: einer Kopie von Julius.

Moritz konzentrierte sich. Nicht auf die Werwolf-Bestie, sondern auf den Mann, der sich unter dem blutigen Fell und der rasenden Raubtierfratze verbarg. Für einen kurzen Moment trat er an die Oberfläche. Sein Gesicht verblüffend schön, seine Züge milchig und sein Haar so blond, dass es fast weiß war. Plötzlich entstellten Wut und Hass sein Äußeres. Dieser junge Mann würde niemals aufgeben. Die Bestie in Ludwig würde nie die Waffen strecken.

Da erkannte Moritz, wie töricht er gewesen war. Die Worte des *Ersten* kamen ihm wieder in den Sinn: *Siehst du nicht den Krieg und die Zerstörung, die um dich herum ist? Hast du denn nicht die Trommeln gehört? Die Schüsse und Schreie?*

Moritz war die Trommel. Er hatte geschossen. Und die Monster waren diejenigen, die geschrien hatten. Er war der Sohn des Markgrafen.

Die Welt schien stillzustehen. Genau so lange, wie Moritz brauchte, um eine Entscheidung zu fällen. Er hatte gekämpft, hatte alles getan, um das Unheil wiedergutzumachen. Alles bis auf eines ...

Als sich das Bild des menschlichen Ludwigs aus seinem Kopf zurückzog und die reißende Bestie wieder zum Vorschein kam, hörte er auf zu kämpfen. Er hielt den Splitter umklammert, trat nach den Beinen seines Gegners und ließ sich nach hinten fallen.

Ludwig stürzte vornüber und landete mit seinem ganzen Gewicht auf Moritz. Nach einem kurzen Schmerz war alles vorbei. Der Splitter durchstieß seine Brust. Dann schloss Moritz die Augen und ließ die Schwärze in sein Herz.

40. Kapitel

Es gab kein Entkommen. Die Wächter hatten Rita, Konstanze, Alfred und die bewusstlose Helene umzingelt. Die Kreaturen waren durch den Felsspalt gedrungen, hatten sich an Hörnern und Geweihen emporgeschlängelt oder chrachernd durch die Luft genähert.

Während die Lichtbänder über ihren Köpfen wieder zu voller Leuchtkraft zurückfanden, achtete Rita darauf, dass die unheimlichen Biester nicht zu nahe an sie heranrückten. Doch ohne Waffen oder Verstärkung wusste sie, dass ihre Verwünschungen nicht mehr als leere Drohungen waren. »Wage es ja nicht! Hey, was fällt dir ein?!? Einen Schritt weiter und es setzt eine Tracht Prügel!« Nicht einmal Fips' Rufe konnten die Wächter auf Abstand halten.

Dann ertönte ein Geräusch in der Ferne. Dumpf und grollend. Drängend und rasselnd. Ein Tosseln. Es schien aus den Untiefen der Höhle zu kommen und pflanzte sich fort wie ein Erdbeben.

Ein Ruck ging durch die Wächter. Zögernd brach der Kreis auf, den sie um Rita und die ihren gezogen hatten, und eine schmale Gasse bildete sich.

Rita reichte Konstanze Moritz' schmutzige, nasse Fellweste. »Sei vorsichtig!«, sagte sie und hob Helene sanft vom Boden.

Konstanze begann zu laufen, immer schneller, bis sie plötzlich stehen blieb. Vor ihr lagen zwei Körper, umringt von Wächtern. Ein junger, nackter Mann, dessen Gesicht zur Seite gewandt war und der einen schmaleren Körper unter sich begrub. Trotz der ramponierten Nase und den ausgeschlagenen Zähnen war Ludwigs Ähnlichkeit mit Julius Mehltau frappierend. Unter ihm, blutverschmiert und reglos, lag Moritz.

»Oh Gott«, entfuhr es Rita und weckte damit Konstanze aus ihrer Starre. Das Mädchen begann wie wild an dem Arm des Mannes zu zerren, der ihren Bruder erdrückte. »Geh runter von ihm! Du erdrückst ihn!«, schluchzte sie.

Rita ließ Helene in die Hände ihres Mannes gleiten und packte Ludwigs Körper. Mit Schwung drehte sie ihn zur Seite. Der Splitter steckte wie ein Dolch mitten in Ludwigs Brust. Er hatte sie beide durchbohrt.

Konstanze stieß einen Schrei aus, als sie das Blut auf der Brust ihres Bruders entdeckte und warf sich auf ihn.

»Nein, Moritz, nein ... steh auf ... bitte, sei nicht tot ... du bist nicht tot!« Sie streichelte sein Gesicht, befreite seine Stirn von den schweißnassen Haaren. »Bitte, steh auf! Bitte, bitte, bitte ...«

Rita wandte den Blick ab. Sie war unfähig zu sprechen. Ihre zitternden Finger glitten über Ludwigs nackte Brust, fanden das schwarze Glas und zogen es mit einem schmatzenden Geräusch heraus. Es funkelte böswillig in ihrer Hand. Ein Krächzen drang an ihr Ohr.

Blutbefleckt und humpelnd, mit einem Flügel, der seltsam

verdreht von ihrem Körper abstand, taumelte die Elster vorbei an den Klauen und Beinen der schwarzen Wächter. Sie ließen sie passieren und zu Fips hinüberhüpfen, der still neben Rita hockte.

Moritz rührte sich nicht mehr. Konstanze griff seine Hand und hielt sie an ihre Wange. »Du bist ganz kalt! Warum bist du so kalt? Wir müssen dich warm halten!« Packte die nasse Weste und warf sie ihm über. »Du darfst nicht frieren, sonst wirst du krank.« Sie umarmte ihren Bruder und begann hemmungslos zu weinen.

Rita begegnete Alfreds Blick. Er hielt die leblose Helene in den Armen und rührte sich nicht von der Stelle. Hinter ihm lauerten die Wächter. Ihre Körper bewegten sich hin und her. Ein seltsamer Reigen aus Bewegung und Gegenbewegung, kriechen und schlängeln, piggern und wubladieren und zarren. Er entwickelte einen Sog, eine hypnotische Anziehung, die Rita die Augen schließen ließ.

Dann verstummten die Geräusche und die Leiber hielten inne. Rita öffnete die Augen und ein leuchtendes vierbeiniges Etwas stand hinter Alfred. Es dauerte eine Weile, bis er es bemerkte und beiseitetrat. Mit wiegenden Schritten näherte sich das Wesen dem Zentrum des Kreises.

Es erinnerte an ein großes Wildschwein, dem man einen leuchtenden Buckel aufgesetzt hatte.

Und der Buckel war ein Käfig und in dem Käfig strahlte ein Licht und dieses Licht hatte Arme und diese Arme waren Gold und das Gold machte alles weich und gut und friedlich und gesund.

Man konnte versuchen, all das in sich aufzunehmen, konnte versuchen den Dingen, die man sah, einen Namen zu geben. Doch es war unmöglich. Alles was blieb, war ein Wort – Güte.

Konstanze blickte auf, als das Leuchtwesen begann, Moritz' Körper mit seinen honigfarbenen Tentakelarmen zu befingern. Wo es den toten Körper berührte, hinterließ es goldene Tupfen, die wie Kerzenlicht strahlten. Vier weitere dieser Geschöpfe erschienen in ihrer Mitte. Sie wackelten herbei und begannen ein seltsames Ritual aus Betasten und Hurreln, das nur sie verstanden. Als es beendet war, erhoben sie ihre Käfigkörper, bis sie nur noch auf den Hinterbeinen standen und ließen sich nach vorne fallen. Ihre Vorderfüße stampften auf und überall erhob sich ein Raunen und Rufen:

MOCK! MOCK! MOCK!

BUMM!

MOCK! MOCK! MOCK!

BUMM!

MOCK! MOCK! MOCK!

BUMM!

Dann war es vorbei.

Konstanze hatte jede Erschütterung bis tief in ihr Herz gespürt. Mit einem Mal begannen die leuchtenden Bänder über ihr in hellem Glanz zu erstrahlen. Kaskaden von Rot, Orange, Gelb, Grün, Blau und Violett pulsierten. Das riesenhafte Geflecht an der Decke schickte Gedanken von einer Ecke der Höhle zur anderen. Und als sie zur Ruhe kamen, fielen sie herunter.

Ein Band nach dem anderen, in den Farben des endlosen

Regenbogens, stürzte wie eine Sternschnuppe zu Boden und sickerte in den Leib des Urzeitriesen ein. Dort, wo sie auftrafen, tauchten sie den Körper in leuchtende Flecken, bis er in einem Teppich aus Licht und Wärme badete.

Konstanze schloss die Augen. Nur für einen Augenblick. Als das wohlige Gefühl auf ihrem Gesicht schließlich nachließ, öffnete sie ihre Lider und fand die Höhle in Dunkelheit gehüllt vor. Nur noch die Leuchtwesen mit den Käfigen auf dem Rücken spendeten Licht wie goldene Fackeln.

Dann erschien er. Ein riesiges Gesicht in der Finsternis. Der *Erste.*

Er hatte Augen groß wie Monde, einen langen breiten Mund, der immer zu lächeln schien und Hörner ... Hörner und Geweihe überall am Körper. Zwei besonders große drehten sich zu imposanten Widderbögen ein, dort, wo seine Ohren hätten sitzen müssen. Nur die Tatsache, dass Konstanze die eisige Hand ihres Bruders umklammerte, überzeugte sie davon, dass dies hier kein Traum war.

Mit der Langsamkeit einer Schnecke bewegte sich das Gesicht auf die kleine Gruppe Menschen zu, die da auf seinem Leib kauerte. Es schob sich schmunzelnd voran, bis es einen Meter vor Konstanze stehen blieb. Das Mädchen reckte schluchzend das Kinn und hielt dem Blick des Giganten stand, der irgendwann blinzelte und sich die Toten besah.

Minuten vergingen, in denen niemand sich rührte – nicht einmal die Wächter.

Dann, ohne Vorwarnung, öffnete der *Erste* sein langgezogenes Krötenmaul und entblößte eine fleischige violette Zunge, mit der er überraschend geschickt Konstanzes Tränen aufnahm. Es geschah so schnell und präzise, dass das Mädchen keine Möglichkeit hatte, seinen Kopf zurückzuziehen.

Der *Erste* wandte sein Gesicht und die Leuchtwesen wichen zurück. Sie schufen eine Gasse für Alfred, der die bewusstlose Helene im Arm hielt. Der Riese betrachtete sie lange und ehrfürchtig. Seine Augen, ohnehin schon groß, weiteten sich, bis sie zwei perfekte lidlose Kugeln bildeten.

In der Präsenz des *Ersten* begann sich Helene leicht zu bewegen. Sie gab Laute und Geräusche von sich, quälend, leidend, als wäre sie von Schmerzen geplagt. Dann erfasste sie ein Schauer, der viel zu lange anhielt. Instinktiv streichelte Alfred ihren Arm, bis ihr Körper wieder erschlaffte.

Ein Seufzen, tief und schwer, entrang sich der Kehle des *Ersten*. Es war das Tosseln, das sie schon vorher gehört hatten. Er wandte sich ab und beugte sich über Moritz. Dann öffnete er seinen Mund.

Goldener Dampf strömte aus ihm heraus. Süß und wohlriechend wie Honig und warm und lebendig wie ein Sommertag. Er sickerte in Moritz hinein. Sein Körper fing an zu glühen und zu strahlen, wurde leicht und leichter, bis er sich vom Boden erhob und ein paar Zentimeter über dem Leib des Giganten schwebte. Das Leuchten wurde so hell, dass alle Anwesenden ihre Augen bedecken mussten. Dann verschwand es wieder.

Kein Lüftchen regte sich.

Bis auf Moritz, der einen langen Seufzer ausstieß.

Konstanze schossen Tränen in die Augen. Tränen des Glücks.

Der Bann war gebrochen. Sofort stürzte sie sich auf Moritz,

während der *Erste* mit der Langsamkeit eines Hefeteigs den Rückzug antrat. Dann blickte er auf Helene, tosselte kurz und spie ihr ebenfalls seinen Leben spendenden Atem entgegen, bevor er sich in die Finsternis zurückzog.

Eine Aura von goldenem Sonnenlicht erfasste Helene und hob sie in die Luft. Alfred trat zurück und ließ es geschehen. Wie ein Engel schwebte sie mehrere Sekunden in der Luft, bis das, was über dreihundert Jahre ihren Körper und ihre Seele besetzt gehalten hatte, restlos verschwunden war.

Sie sank mit der Anmut einer Feder zur Erde und schlug verwirrt die Augen auf. Ihr bleicher, kranker Teint und ihre Wunden waren verschwunden. Im warmen Schein der Leuchtwesen wirkten ihre Wangen rosig und ihr Blick weit und lebendig. Sie blinzelte.

Moritz' Schädel fühlte sich an wie Mus. Nachdem er den Kopf geschüttelt und die Ohren von einem seltsamen Druck befreit hatte, verschwand das zähflüssige Gefühl. Er hob den Kopf und entdeckte seine Schwester. Sie hing auf ihm und knuffte und drückte ihn wie wild. Er erinnerte sich.

»Ludwig ... die Lichter ... der *Erste* ... lebt er noch?«

Konstanze nickte lächelnd. Ihr Gesicht war rot und schmutzig und tränennass. »Du lebst«, flüsterte sie in einem fort. »Oh, Gott sei Dank, du lebst ...«

Moritz sah sich verdutzt um. Er war umringt von den seltsamen Leuchtwesen, den Kümmerlieschen mit ihren Käfigen aus Licht. Dahinter erkannte er die Wächter, deren Gesichter in der Dunkelheit lauerten. Die Decke der Höhle war schwärzer als schwarz. Dann entdeckte er Rita, die lächelte, und Alfred und ...

»Helene!«

Sie saß nur eine Armlänge von ihm entfernt. Munter und rosig und schön. Tränen liefen ihr über die Wangen, doch ihr ganzer Ausdruck hatte sich verändert. Da waren winzige Bewegungen in ihrem Gesicht. Als ob ihr Kopf voller Empfindungen steckte, die nach draußen in die Welt drängten. Die Gefühle hatten ihren Käfig verlassen und zeigten sich mit jedem Lächeln, jeder Träne, jedem Blinzeln und Zwinkern.

Konstanze ließ ihn los und Moritz rückte zu ihr. »Du weinst«, flüsterte er und berührte Helenes Wange – so warm, so weich.

Verwirrung zeigte sich in ihrem Gesicht. Vorsichtig betastete sie ihre Haut und starrte auf ihre nassen Finger. »Ich weine?«

Er nickte und Helene lächelte – *ein Lächeln, das ihm galt.* Sie fiel ihm um den Hals und hielt ihn fest, während die Tränen weiter flossen. Moritz erwiderte die Umarmung und genoss den Duft ihrer Haare. Lavendel und Rosmarin, der Duft des Dampfwagens.

Als sie sich voneinander lösten, blickte Moritz zu seiner Schwester. Die zerzauste Elster war zu ihr gehüpft und wurde gestreichelt, liebkost und mit Konstanzigkeit überschüttet. Fips wartete bereits ungeduldig darauf, als Nächster an die Reihe zu kommen.

Gestört wurde dieser friedliche Anblick nur durch ein Detail – den toten Körper eines jungen Mannes. Eine tiefe Stichwunde zierte seinen entblößten Oberkörper. Ludwig Mehltau.

Unwillkürlich fuhr Moritz' Hand hinauf zu seinem rechten Ohr. Es war verheilt. »Ihr müsst mir erzählen, was passiert ist.«

Es gab viele Fragen, die beantwortet werden sollten und noch mehr, die niemand zu stellen wagte. Doch Moritz musste bis zum Morgen warten – bis der *Erste* geruht hatte und bereit war zu sprechen.

41. KAPITEL

Als das erste Licht des Tages in blassrosa Streifen über die Berge glitt, kamen die Wächter und begleiteten sie zurück in die Höhle. Kaum etwas hatte sich verändert. Immer noch war die versteckte Anlage unter der Wesselburg dunkel und unheimlich. Die einzigen Lichter, die den Körper des Riesen erhellten, waren die Kümmerlieschen, die seinen Körper bewanderten, in seinen Wassern badeten und durch seine Lüfte schwirrten. In dieser Atmosphäre der Schatten standen sich Moritz und der *Erste* gegenüber.

Das gehörnte Gesicht des urzeitlichen Giganten wirkte gütig, so wie er es aus dem Traumfetzen einen Tag zuvor in Erinnerung hatte. Eine Frage brannte Moritz auf der Seele. »Werden wir bestraft?«

Die großen runden Augen des *Ersten* blinzelten. »Ich verstehe nicht.«

»Wir haben Blut vergossen. In der Höhle. In deiner Gegenwart.«

Der Koloss lächelte. »Ihr habt noch etwas anderes getan. Ihr habt euch füreinander geopfert. Mehr noch, ihr habt euch für mich geopfert. Damit habt ihr euch mit den Wächtern auf eine Stufe gestellt. Es ist lange her, dass ein Mensch etwas Derartiges für einen von uns, einen Mock, getan hat.«

Moritz schaute verlegen zu Boden. »Und Ludwig, der Mann, der ein Werwolf war? Du hast ihn nicht zurückgeholt ... als Strafe?«

Der *Erste* seufzte schwer. »Wo kein Lebensfunken mehr ist, tritt keine Heilung ein. Der Mann, den du Ludwig nennst, war ganz auf der anderen Seite. Es gab nichts, was ich noch für ihn tun konnte ... und auch nichts, worum er mich noch bitten konnte. Dich konnte ich noch zurückholen, auch wenn ich damit meinen Eid gegenüber dem alten Schnitter gebrochen habe.«

Moritz hob den Blick. »Es gibt einen Eid zwischen dir und dem Tod?«

»Ja«, sagte der *Erste* und die Wände erzitterten. »Niemand darf dem grimmigen Gesellen seine Beute wegnehmen. Doch deine Melodie ist noch nicht erklungen. Vielleicht lässt er dich ziehen.«

Moritz brauchte eine Weile, um die Worte zu verstehen. »Heißt das, dass der Tod mich bald holen wird?«

Der Urzeitgigant hüllte sich in Schweigen.

»Und Helene?«, fragte Moritz besorgt.

»Sie war nie ganz hier und sie war nie ganz dort«, sprach der *Erste*. »Einer der meinen hat sie damals verflucht. Ein *Snarler*, ein Nachtalb, ein Mock durch und durch. Deshalb konnte nur ein anderer Mock sie wieder zurückholen.« Er lächelte.

Moritz schwieg. Sein Blick fiel auf seine Freunde, seine Familie, die sich um ihn herum versammelt hatte: Konstanze, Helene, die Elster, Rita und –

»Herr Holzer?«, fragte Moritz. »Was ist mit ihm?«

»Der Tag ist nah, an dem der Tod sein Recht fordert«, antwortete der *Erste* sanft.

»Soll er nur kommen«, sagte Rita und ergriff Alfreds Hand. »Mein Brezelwächter ist bereit.«

Die Mundwinkel des Riesen wanderten in die Höhe. »Darauf freue ich mich schon.« Als er Fips in ihrer Nähe erblickte, veränderte sich allerdings sein Ausdruck. »Dich werde ich in Zukunft genau im Auge behalten!«

Der Boogelbie legte die Ohren an und machte sich ganz klein.

»Das ist nicht das erste Mal, dass mich ein Tum-Blat kitzelt und sich ohne meine Erlaubnis meiner Kräfte bedient. Ihr glaubt, nur weil ihr putzig seid, gelten für euch keine Regeln.« Der Koloss mühte sich redlich, nicht in den übergroßen blauen Augen des Boogelbies zu versinken. Er seufzte. »Für heute lassen wir es dabei bewenden. Offenbar war in der Frau, die du gerettet hast, noch genug Leben, um den Tod zu überlisten. Aber lass mich dir sagen, dass man den Tod nicht ewig hinhalten kann. Früher oder später holt er uns alle. Dich, genauso wie mich.«

Der *Erste* atmete schwer. Die Unterhaltung strengte ihn an. Er schnaufte eine Weile und ließ seine Augen über die Gesichter der Besucher gleiten. Bei Helene verharrte er. Er sah zu, wie sie die Elster, die auf ihrem Arm hockte, zärtlich streichelte.»Du weißt, dass *sie* nun kommt«, sagte er tonlos. »Der Fluch ist gebrochen und Edgars Zeit ist um ...«

Helene hielt seinem Blick stand. »Ich hatte gehofft, es ließe sich hinauszögern.«

»Alles muss enden. Und alles wird enden. Da, wo es begonnen

hat.« Die Augen des Riesen verengten sich. »Ein Vertrag ist ein Vertrag.«

Moritz' Blick wanderte von Helene zum *Ersten*. Er verstand nicht ein Wort von dem, was hier vor sich ging.

»Woher weißt du von ihr?« Helenes Stimme zitterte.

»Ich weiß, was du weißt«, sagte der *Erste*. »Jede Heilung hat ihren Preis.« Langsam machte sich das gehörnte Gesicht des Giganten wieder auf den Weg zurück in die unendliche Dunkelheit.

»Warte!«, rief Moritz. »Wovon sprecht ihr?«

»Er sollte es erfahren«, murmelte der *Erste* an Helene gewandt, während er tiefer und tiefer in die Schatten zurücksank. »Findest du nicht?«

»Was sollte ich erfahren?«, fragte Moritz.

Helene seufzte. Sie rang nach Worten und wollte bereits den Mund öffnen, als etwas Unheimliches geschah. Das riesige Gesicht des *Ersten* hielt mitten in der Bewegung inne und schob sich mit ungeahnter Schnelligkeit auf sie zu. Es geschah so unerwartet, dass Moritz vor Schreck fast umgekippt wäre.

Der Gigant glotzte ihn unverhohlen an. Näher und größer als je zuvor. »Eines noch«, brummte er. »Das Ding in deiner Tasche ...«

Moritz wusste sofort, dass er den Splitter meinte.

»Du glaubst vielleicht, du könntest mich und meinesgleichen damit kontrollieren. Aber du irrst.« Er bekam einen ernsten Ausdruck. »Es kontrolliert dich. Es ist eine Waffe. Sie erlaubt dir, Dinge zu tun, die kein Mensch tun sollte, kein Mensch tun dürfte. Nimm dich in Acht. Es ist wie ich. Es gibt nicht nur, es nimmt auch. Es. Wächst.«

»Es wächst?«, wiederholte Moritz leise. »Woher stammt es?«

»Von einem Ort, der mehr Dunkelheit als Licht sein Eigen nennt.«

»Was bedeutet das?«

»Du wirst es herausfinden, wenn die Zeit reif ist.«

Moritz bemerkte, wie das Gesicht des *Ersten* sich langsam wieder in die Finsternis zurückzog. »Aber was hat es mit seiner Kraft auf sich? Warum tut es das, was es tut?«

»Eine gute Frage«, sagte der Riese. »Warum sorgt es als Maske dafür, dass ein Mädchen nicht mehr einsam ist? Warum schart es unzählige Monster um sich, wenn ein Junge nach einem Mock sucht?« Sein Gesicht verdunkelte sich mehr und mehr. »Das sind gute Fragen ... Hör nie auf, sie zu stellen und Antworten zu suchen.«

»Aber ...«

Das Gesicht hüllte sich in Schatten, wurde langsam zu einer undeutlichen, wundersamen Ahnung in einem Meer aus Schwarz, bis es ganz abtauchte. Für den Bruchteil einer Sekunde schien der *Erste* zu blinzeln. Oder zu zwinkern? Ja, es war ein Zwinkern. Klein und verschmitzt. Eines, das an das Blinken eines fernen finsteren Sterns erinnerte.

Moritz spürte, wie Helene seinen Arm berührte. Sein Mund klappte auf, er wollte etwas sagen, doch sie legte ihm leise den Finger auf die Lippen.

Eine heiße Woge überkam ihn. Diese Berührung war mehr, als er sich je erträumt hatte. So sanft wie ein Kuss. Und genauso flüchtig. Er folgte ihr hinaus in den neuen Tag, bereit zu hören, was sie ihm zu erzählen hatte.

»Edgar?!« Moritz saß auf den Stufen der Freitreppe im Vorhof der Wesselburg und starrte in die kleinen Knopfaugen der Elster. Sie krächzte munter und richtete eifrig ihr Gefieder. Ihr vormals verdrehter Flügel war in der Nähe des *Ersten* so schnell geheilt, dass einem schwindlig werden konnte.

»Er ist es«, flüsterte Helene.

»Warum flüsterst du?«

»Um den dramatischen Effekt zu erhöhen«, sagte sie augenzwinkernd.

Moritz runzelte die Stirn. »Weiß Konstanze davon?«

Helene nickte.

»Oh, vielen Dank! Ihr erzählst du es, aber mir nicht?«

Helene seufzte und blickte hinüber zu Rita, die mit Konstanze vor einem halben Dutzend Wächter stand. Konstanze wollte der grotesken Katzenkreatur auf den Steinplatten Sitz, Platz und Rolle rückwärts beibringen. Aus Gründen, die nur die Kreatur selbst kannte, machte sie allein Männchen.

»Sie hat es durch Zufall erfahren«, sagte Helene.

»Das beantwortet nicht meine Frage«, brummte Moritz.

Helene seufzte. »Ich wollte dich nicht vor eine unmögliche Aufgabe stellen«, sagte sie. »Edgar hat damals einen Pakt geschlossen. Er gab seine Seele im Tausch für den lebensverlängernden Trank her. Doch er war gewieft. Er hatte verhandelt, dass seine Seele erst in den Besitz der Hexe übergeht, wenn seine Aufgabe auf Erden erledigt ist. Und seine Aufgabe war, mich zu erlösen.«

Moritz erinnerte sich an Edgars Worte, als dieser ihm im Winter vor zwei Jahren von dem Pakt mit der Hexe Baba Jaga erzählt hatte. Damals hatte er dieser Formulierung wenig Beachtung geschenkt. Nun dämmerte es ihm. »Das bedeutet, solange du nicht erlöst warst, war Edgars Seele in Sicherheit.«

Sie nickte. »Und genau da liegt das Problem: Indem du mich erlöst hast, lieferst du ihn aus. Du hättest Edgar also nur beschützen können, indem du mir nicht geholfen hättest.«

Ein seltsames Gefühl erfasste Moritz, als ob ein dunkler Wurm in seiner Brust erwachte.

»Es gab keine Lösung für diese Aufgabe«, murmelte Helene. »Deshalb habe ich nichts gesagt.«

»Aber vielleicht hätte ich doch eine Lösung gefunden.« Moritz' Stimme war nur noch ein Flüstern.

Helene sah ihn an. »Wie hättest du dich entschieden?«

Diese Frage traf Moritz wie ein Hammerschlag. Er spürte, wie er errötete.

Helene ergriff seine Hand. Beide schwiegen. Es war eine Art von Schweigen, die lauter und deutlicher sprach als Worte. Still beobachteten sie, wie Konstanze die riesige Katzenkreatur dazu brachte, Fips auf dem Kopf zu balancieren. Für Moritz stand fest, dass sich von nun an einiges ändern musste. Sie brauchten offene Käfige. Kein Mock durfte sie mehr aus Zwang begleiten.

Irgendwann fiel sein Blick auf Edgar. »Warum eine Elster?«

»Elstern sind Seelenhüter. Gefäße. Wenn jemand in ihrer Nähe stirbt, dann geht der Geist des Verstorbenen in den Körper der Elster über. Und sie war da, als Edgar gestorben ist.«

Moritz erinnerte sich, diese Formulierung schon einmal gehört zu haben. Ebenfalls vor fast zwei Jahren. »Hüterin«, murmelte er. »So hast du die Elster genannt, als wir uns trafen. Damals im Dampfwagen.«

Helene nickte.

Moritz betrachtete den Kopf der Elster, versuchte, ihre Gedanken zu lesen. »Kann Edgar uns verstehen?«

Die Antwort ließ nicht lange auf sich warten. Die Elster krächzte und schimpfte. Ihre Flügel schlugen so wild, dass Moritz seinen Kopf in Sicherheit bringen musste.

»Schon gut, schon gut«, rief er. »Dumme Frage! Hab's kapiert!«

Helene lachte und auch Moritz konnte sich ein Grinsen nicht verkneifen.

»Hast du die Hexe je getroffen?«, fragte Moritz nach einer Weile. »Die Baba Jaga?«

Helene schüttelte den Kopf. »Edgar ist damals allein losgezogen. Und als er zurückkam, hatte er den Vertrag bereits gemacht und eine Wagenladung Elixier im Gepäck.«

Moritz atmete tief durch und schaute der Elster in die Augen. Das alles musste er erst einmal verdauen. Bis vor wenigen Minuten hatte er geglaubt, dass sein alter Lehrmeister tot und verloren wäre. Und nun das! Edgar lebte! Wenn auch in einem kleineren Körper und mit einem Appetit auf Käfer, Spinnen und hin und wieder eine Eidechse.

Moritz begann die Elster zu kraulen. »Schön dich wiederzuhaben, Edgar.«

Edgar keckerte vergnügt.

Helene lächelte Moritz an und er lächelte zurück. Seine Ohren wurden warm. Er wollte bereits wegsehen, als sich ihr Ausdruck veränderte. Für einen Moment schien sie wie versteinert. Sie blinzelte. »Ich habe sie verloren«, sprach sie leise, fast flüsternd.

»Was meinst du?«

»Meine Gabe, die Wahrheit in den Augen des anderen zu erkennen«, antwortete sie. »Ich bin wieder ganz Mensch.«

Moritz starrte sie überrascht an und begriff. Die Kraft musste in dem Moment aus ihrem Körper gewichen sein, als das letzte Bisschen untoten Seins von ihr genommen worden war. Halb wehmütig, halb selig umfasste Moritz ihre Hand.

Lange saßen sie beieinander. Mal lachend, mal weinend, mal schweigend und trauernd. Denn sie wussten beide, dass Edgars Stunden gezählt waren. Die Baba Jaga würde kommen, um sich zu holen, was ihr zustand.

Als der Abend anbrach und ein frischer Septemberwind die violetten Wipfel des Beschwipsten Pfaffen wie einen Wildbach rauschen ließ, entstiegen Alfred und die Respektable Greifensteiner Wach- und Schutzgesellschaft dem Geheimgang. Den Herren Kante, Tonke und Stiller, die zum ersten Mal die Burg betraten, bot sich ein bizarrer Anblick: Im Licht der untergehenden Sonne kamen seltsame Geschöpfe aus dem Wald gestapft – einzelne buddelten sich direkt durch den Stein. Sie sammelten sich im Vorhof und strebten zur Höhle des *Ersten* hin, um seine Hilfe zu erbitten. Die schwarzgewandeten Wächter hatten alle Klauen voll zu tun, dem Andrang Herr zu werden.

Ein besonders großer Wolpertinger mit einem merkwürdigen Ausschlag auf dem Rücken schubste und knuffte die kleinen Kreaturen in seiner Nähe immer wieder beiseite. Rita ging dazwischen. »Nicht drängeln! Der *Erste* nimmt euch alle dran.« Als der dreiste Kerl nicht hören wollte, reckte sie wütend eine Faust. »Wird's bald?«

Mit einem mürrischen Zarren schob sich der Wolpertinger zurück in die Reihe. Es dauerte aber nicht lange, bis das Geschubse von vorne losging.

Rita ließ ihren Blick über die Meute schweifen und entdeckte die Neuankömmlinge aus der Stadt. »Hey, ihr!«, rief sie. »Krempelt die Ärmel hoch und macht euch nützlich. Wir können hier ein paar Leute gebrauchen, die für Ordnung sorgen.«

Die Respektable Schutzgesellschaft blinzelte stumm im Chor.

»Heute noch, sonst bekommt ihr nie wieder ein Bier, verstanden?«, brummte Rita.

Die Reaktion ließ nicht lange auf sich warten. Tonke zückte sein Schreibheft und begann die Monster zu katalogisieren und ihre Wehwehchen aufzunehmen und Stiller teilte alle Wesen mithilfe der Wächter in saubere Reihen auf. Es fiel kein böses Wort – nicht ein einziges. Nur Kante schien keine Aufgabe zu haben. Rita übertrug ihm die Rolle des Schlichters. »Behalte besonders den großen Wolpertinger da hinten im Auge. Der bedeutet Ärger.«

Kante nickte und ging zu Werke. Im Hintergrund hielt ein Schindelwagen vor der überwachsenen Lücke im Mauerwall an. Der Wagen der Gebrüder Mehltau! Rita staunte nicht schlecht, als sie sah, wen Moritz, Konstanze und Helene vor den alten Kasten gespannt hatten – die groteske Katzenkreatur. Sie chracherte und rigoulte unruhig.

Konstanze sprang als Erste vom Kutschbock, ging hinüber zu dem rabenschwarzen Riesenbiest und redete beschwichtigend auf es ein. »Danke, dass du uns bis runter in die Stadt bringst«, sagte sie. »Wenn wir ein liebes Pferd gefunden haben, kannst du gleich wieder hoch zu deinen Freunden. Es sei denn, du hast Lust, mit uns zu kommen.«

Die großmütige Wächterin verdrehte die schielenden Ziegenaugen und rasselte mit den Nadeln, die überall von ihrem Körper abstanden. Es war kein Ja, aber auch kein Nein.

»Überleg es dir«, sagte Konstanze. »Rita würde dir bestimmt etwas Leckeres zu Essen machen, wenn du mitkommst.«

»Würde sie nicht«, brummte die Wirtin. Sie hielt ihren frisch geölten Brezelwächter griffbereit – für alle Fälle – und ging zu Moritz und Helene herüber. »Wie habt ihr dieses Biest dazu gebracht, euch in die Stadt zu bringen? Der Splitter?«

Moritz schüttelte den Kopf. »Das war nicht nötig«, sagte er. »Ich weiß nicht, wie Konstanze das macht, aber sie hat irgendwie ein Gespür für diese Wesen.« Nicht ohne Stolz beobachtete er, wie seine Schwester die Katzenkreatur am Kinn kraulte. Die Bestie hurrelte zufrieden.

»Seid ihr sicher, dass ihr nicht mitkommen wollt? Du und Alfred?«, fragte Helene, als auch Alfred zu ihnen an den Wagen trat. Überraschenderweise klebte etwas Kleines an seinem Revers. Eine Kreatur, deren zartes Gefieder im Abendrot leuchte. Ein Schattengeck, der Rita seltsam bekannt vorkam.

Die Wirtin sah ihren Mann an und sog die frische Abendluft ein. Nie war sie süßer, nie reiner, nie hoffnungsvoller gewesen als heute. Es war ein neuer Wind – einer, den Bad Greifenstein seit der Zeit von Hieronymus Wessel nicht mehr erlebt hatte.

»Wir bleiben hier«, sagte sie. »Es ist unser Zuhause. Vielleicht können wir dabei helfen, die Annäherung zwischen Menschen und Mock etwas reibungsloser zu gestalten. Nicht wahr, Alfie?«

Alfred lächelte schief und ergriff Ritas Hand. »Wohiin gehd eure Heise getzz?«

Moritz und Helene sahen einander an. »Wir müssen eine Seele retten«, antworteten sie gleichzeitig.

Wenige Minuten später verabschiedeten sie sich voneinander. Zu schnell, zu überstürzt, wie Rita fand, doch sie ahnte, dass dieser Zeitpunkt genauso gut war wie jeder andere.

»Ich habe noch etwas für euch«, sagte sie, als Helene, Edgar und Konstanze mit Fips auf dem Kutschbock Platz nahmen. Rita durchforstete die tiefen Taschen ihres Rocks und zauberte ein dickes Päckchen hervor. »Nehmt das mit.«

Die Mädchen wickelten das Geschenk aus und staunten nicht schlecht. »Das ist ja ein Stollen!«, riefen sie. »Hast du den die ganze Zeit bei dir gehabt?«

»Er ist zwar etwas nass, aber man kann ihn noch essen.« Sie lächelte und umarmte sie. »Merkt euch: Geht nie ohne Kuchen aus dem Haus!«

»Danke, Rita«, sagten die beiden.

Moritz drückte Alfred zum Abschied an sich und wollte schon auf den Bock klettern, als –

»Warte!« Rita machte einen Schritt auf ihn zu und drückte ihm den Brezelwächter in die Hand. »Nimm ihn mit.«

Moritz betrachtete das klobige Schießeisen. Es wog gefühlt eine Tonne. »Danke«, ächzte er.

»Der Auslöser klemmt manchmal, da braucht es Fingerspitzengefühl. Und achte darauf, dass du die Waffe gerade hältst, wenn du abdrückst. Ach, und fülle nie mehr als zweihundert Nägel ein, sonst blockiert die Munitionskammer! Die Nägel sollten alle gleich dick sein – also nicht Kraut und Rüben einfüllen! Alle schön gleich groß, verstanden? Außerdem musst du die Waffe einmal in der Woche ölen und schmieren, sonst schleift das Lager – wenn das Lager hin ist, kannst du das gute Stück vergessen. Wenn du Hilfe brauchst, darfst du jederzeit vorbeikommen, dann schaue ich mir das Problem an. Möchtest du noch irgendwelche Instruktionen? Schießübungen? Der Rückstoß ist höllisch, da solltest du etwas trainieren. Geht ganz schön auf die Oberarme. Brauchst du noch Kuchen?«

Moritz sah sie dankbar an.

Rita verdrückte eine Träne. »Was ich eigentlich sagen will, ihr seid jederzeit willkommen.«

Moritz umarmte sie. »Danke.« Dann stieg er auf und schlug die Zügel an. Mit einem Ruck setzte sich der Wagen in Bewegung.

Rita wandte sich ab und trocknete ihre Wangen. Neben ihr hatte Alfred begonnen, einigen neu angekommenen Geschöpfen durch die Lücke im Wall zu helfen. Da waren fehlende Beine, gebrochene Flügel und hier und da auch ein fehlendes Ohr. Der *Erste*, die Wächter und seine neuen Helfershelfer würden viel zu tun haben.

»Rita?«

Sie reckte den Hals, denn es war Moritz' Stimme. Der Wagen hatte am Waldrand Halt gemacht. »Schieß nicht gleich auf alles, was mehr Zähne hat als du!«, rief er.

Rita erhob die Faust. »Sieh zu, dass du Land gewinnst, Freundchen! Sonst zieh ich dir die Hammelbeine lang!« Sie hörte Moritz lachen und sah dem Kastenwagen hinterher, bis er in den Schutz der Bäume eintrat und den Pfaffen hinunterrumpelte.

EPILOG

Die alte Frau gähnte und tastete nach ihren Hausschuhen. Ihr Griff ging ins Leere. »Vasili«, rief sie in uraltem Russisch. »Trägst du schon wieder meine Pantoffeln?«

Ein gewaltiges Maunzen drang aus den tiefsten Tiefen ihres hochbeinigen Hühnerhauses. Ehe die Alte etwas sagen konnte, schleuderte jemand zwei weiße Kaninchen durch eine Luke im Boden nach oben. Die Tiere schüttelten sich und machten sich auf den Weg zu den missgestalteten Zehen der Frau.

»Dummes Vieh!«, fluchte sie und schlüpfte in die warmen Rücken der Hasen. Sie passten perfekt und lamentierten auch nicht. Ein Zauber machte dies möglich. Es war schwer genug, passende Schuhe zu finden, in denen man nicht schwitzte und die sich nicht beschwerten – besonders, wenn man die Füße eines riesigen Hahnes besaß.

Mühsam quälte sich Großmütterchen Jadwiga aus dem bauschigen Daunenbett und ihre Schuhe machten sich auf den Weg zu der Luke. Dort klemmte sie sich ihren buschigen Fuchsschwanz unter ihren Schlafrock und kletterte die Strickleiter hinunter – ein leises Quieken begleitete sie.

Ein Stockwerk tiefer in der Stube, auf einer Holzbank, in deren Rinde mehr Zaubersprüche eingraviert waren, als es Menschen auf der Erde gab, wartete Vasili. Groß und schwarz und weiß und hungrig. Der Kater von der Größe eines Ponys miaute und seine grünen Augen funkelten wie Messerspitzen.

»Komm mir nicht so!«, rief die alte Hexe, als sie ihn erblickte. »Du weißt, ich mag es nicht, wenn du an meine Sachen gehst. Und es gehört sich auch nicht, ohne Erlaubnis das Schlafzimmer einer Dame zu betreten. Hast du keine Manieren?«

Vasili leckte sich beiläufig eine Riesenpfote.

»Und jetzt unschuldig tun. Schäm dich, alter Zausel, schäm dich!«

Vasili schämte sich. Für fünf Sekunden. Dann spitzte er die Ohren und richtete seinen Blick hinauf zur Deckenluke. Von dort kam eine Stimme:

»Vasili, trägst du schon wieder meine Pantoffeln?«

Die Hexe stutzte und der Kater maunzte. Von einer zu anderen Sekunde bäumten sich die Schuhe auf und rissen sich von ihren Füßen los. Die Hexe fiel auf den Hintern und sah zu, wie die zwei weißen Kaninchen die Strickleiter hinaufflitzten.

»Was zum Teufel ...?«, murmelte sie.

»Dummes Vieh«, fluchte eine Frauenstimme, gefolgt von quietschenden Schritten. Dann kletterte eine uralte Hexe in einem überaus kleidsamen Schlafrock die Strickleiter hinunter. Unten angekommen drehte sie sich zu dem Kater auf der Bank um und wollte bereits losschimpfen, als sie die zweite Hexe ohne Schuhe auf dem Boden sitzen sah.

Die zwei Hexen, die in Wirklichkeit ein und dieselbe waren,

blickten sich lange an. Keine sagte ein Wort. Das übernahm eine dritte Stimme, die soeben von der Dachluke herunterdonnerte: »Vasili, trägst du schon wieder meine Pantoffeln?«

Und während sich die erste Hexe langsam in nichts auflöste und die zweite Hexe von den flüchtenden Hasenschuhen zu Boden gerissen wurde, dachte der Kater: *Jetzt hat das Haus eine Schraube locker … Zeit, eine Seele abzuholen.*

ENDE

DAS SPEKTAKULÄRE FINALE DER ATEMBERAUBENDEN GLASTRILOGIE

Moritz reist mit seiner Schwester Konstanze und ihrer Freundin Helene durch das düstere mittelalterliche Deutschland. Sie sind auf der Flucht vor der Hexe Baba Jaga, die die Seele von Helenes Bruder Edgar fordert, die sich in eine kleine Elster zurückgezogen hatte. Um Edgars Seele zu retten, nehmen es die drei sogar mit den sieben Monsterknechten der mächtigen Hexe auf und geraten dabei immer tiefer in ihre Fänge. Doch Moritz hat noch einen viel größeren Kampf zu bestehen, denn der schwarze Splitter der todbringenden gläsernen Maske streckt seine dunklen Kräfte nach ihm aus ...

Foto: Alexandra Lier

DER AUTOR

Heiko Hentschel ist Filmillustrator, Geschichtenerzähler und Vollzeitverrückter. Wenn er nicht als Zeichner an Animationsfilmen arbeitet oder die schlechtesten Filme aller Zeiten in Dauerschleife konsumiert, erfindet er haarsträubende Abenteuergeschichten, schaurig-schöne Kreaturen und bittersüße Happy Ends. Mit seinem Lebensgefährten lebt er in Hamburg. Vermutlich isst er gerade.

Für alle Glas-Fans gibt es die Kurzgeschichten zur Glas-Trilogie als kostenloses E-Book – einfach anfordern unter info@suedpol-verlag.de:

Lügen haben spitze Zähne
aus der Welt von
»Das hungrige Glas«

Wir kaufen nichts!
aus der Welt von
»Das flüsternde Glas«

GLOSSAR

Dem geneigten Leser wird nicht entgangen sein, dass neben den Boogelbies diverse andere Geschöpfe ebenfalls pleurren, chrachern, zergeln und vieles mehr. Daher wird die Liste verwendeter Boogelbiegeräusche aus **Das hungrige Glas** unbenannt in:

Liste verwendeter Monstergeräusche

Gnasseln, das

Ein Laut, der mit den Füßen erzeugt wird. Er geht auf den *Gnasselborg* zurück, der mit seinen verkrusteten Gliedmaßen eine spezielle Tonabfolge erzeugen kann.

Higgeln, das

Die Monsterversion eines Giggelns oder Lachens. Es hört sich seltsam und gemein an. Aber alles hört sich seltsam und gemein an, wenn man ohne menschliche oder tierische Stimmbänder geboren wurde.

Hurreln, das

Eine Mischung aus Knurren, Gurren und Schnurren. Eine Tonabfolge, die sämtliche Muskeln beim Zuhören entspannt. Vergleichbar mit Khoomei-Kehlgesang.

Sotteln, das

Bei diesem Geräusch läuft alles über die Stirnhöhle. Vermutlich sind mehrere Stirnhöhlen von Nöten ... oder mehrere Köpfe ... oder beides. Und bitte schön verschleimt, wenn's recht ist. Für den raumfüllenden Klang.

Tosseln, das

Im Grunde ist Tosseln *hörbares Denken*. Ein Klang wie das Rasseln von 1.000 Würfeln im Kopf, bevor eine wichtige Entscheidung gefällt wird.

Klonzen, das

Ein Geräusch, wie mit Steinen im Mund zu gurgeln*.

PRINZLEIN UND EGGERTS LISTE ABSONDERLICHER FORTBEWEGUNGSARTEN:

Truffen, das

Das Durchdringen von fester Materie zum Zwecke der Fortbewegung. Geübte Truffer können sämtliche natürliche Baustoffe durchdringen, z. B. Stein, Holz, Schilf, Flachs, Hanf und getrockneten Kuhmist. Für den Zuschauer wirkt es, als ob man verschlungen und wieder ausgespuckt werden würde.

Piggern, das

Ein einsamer Tanz, der rückwärts und vorwärts durch die Zeit vollzogen wird.

Wubladieren, das

Eine Fortbewegungsart, die dem Piggern nahe kommt. Allerdings sind hierbei mehr als zwei Geschöpfe beteiligt, die sich miteinander verbinden, zu einem Organismus verschmelzen und sich wieder trennen. Ein unheimlicher Reigen, der fernab jedwedem Verständnis von Zeit und Raum vollführt wird.

** Nach einem Selbsttest rät der Autor davon ab, das Geräusch nachzustellen.*

MONSTER-GLOSSAR

Bilwiss, der

Ein kleinkindgroßer, stark behaarter Hausdämon, der gerne Schabernack treibt. Er nistet sich bei den Menschen ein und durchforstet die Kleiderschränke. Er hat ein Faible für Ballkleider mit Rüschen und Puffärmeln.

Boogelbie, der

Boogelbies gehören zur Familie der Tum-Blat, was in der Sprache der Monster so viel wie *Schuppiges Ei mit Ohren* bedeutet. Man sollte sich allerdings nicht von ihrer rudimentären Körperform oder ihrem ängstlichen Auftreten täuschen lassen. Boogelbies verfügen über einen starken Gemeinschaftssinn und knüpfen familiäre Bindungen untereinander. Darüber hinaus sind sie gewitzt, flink und mutig, wenn es darum geht, ihre Artgenossen – und in Ausnahmefällen sogar einen Menschen – zu verteidigen. Dann schlagen sie die scharfen Raffzähnchen schon mal in die Wade, die Hand oder das Ohr eines viel größeren Angreifers. Dank eines hochentwickelten Gehörs nehmen sie jede feindliche Bewegung im Umkreis von einer Meile wahr und schlagen Alarm. Dabei kommt eine eigene Geräuschwelt zum Einsatz, die sich dem geneigten Leser nur allmählich erschließt. Es ist daher ratsam, Papier, Bleistift und den ersten Band griffbereit zu haben.

Dickschädel, der

Sehr stures, behäbiges Wesen, aus der Kategorie der Borstigen. Er hat Ähnlichkeit mit einem Bieber, allerdings einem mit Panzerplatten auf den Schultern und einer breiten, verhornten Stirn. Dickschädel gehen von Natur aus immer mit dem Kopf durch die Wand. Sie würden eine Tür nicht mal benutzen, wenn man sie damit schlägt.

Feuerspeier, der

Obwohl er zu den Feurigen gehört, ist der Name irreführend. Die Haut dieser einäugigen, echsenartigen Kreatur sondert ein Sekret ab, das einen brennenden Schmerz verursacht, wenn man daran leckt. (Sehr beliebt bei Mutproben.) Feuerspeier betrachten jedes Wesen als überlegene Spezies, die mehr Augen hat als sie.

Geringen, die (nach A. P. Bellhopp)

Zu den Geringen zählen laut *Dämonenlexikon Band IX* u. a. Zitterwarge, Brummzargen, Leuchtwarten und Schnattermolche. Sie ähneln pelzigen Fröschen und unterscheiden sich durch ihre Eigenschaften und Vorlieben, gemäß ihrem Namen. Sie zittern, brummen, leuchten und schnattern also. (Die Handys der damaligen Zeit.) Konstanze hat herausgefunden, dass sie in Schockstarre verfallen, wenn man laut in die Hände klatscht.

Gluhschwanz, der

Das Paradeexemplar eines Feurigen. Ein Gluhschwanz lebt, atmet und spürt das Feuer. Es ist wie eine warme Dusche für ihn. Am wohlsten fühlt sich dieser flammensprühende, eichhörnchengroße Geselle bei angenehmen 1030 Grad Celsius. Angeblich sind sie Abkömmlinge des Vod-el-Rash, dem Feuerkönig aus Papier geboren.

Gnasselborg, der

Eine riesenhafte Mischung aus Dickhäuter und Krebs. Gnasselborge verfügen über keine Lautsprache, sondern verständigen sich durch komplexe Klopfgeräusche. Diese haben ihren Weg in die Monstersprache gefunden (s. *gnasseln).* Gnasselborge sind ausgezeichnete Tänzer.

Höheren, die (nach Dillbert Gelbfuß)

Laut Enzyklopädie der geringen Wunder zählen dazu u. a. Nachtgiger, Rassel- und Zergelböcke. Kreaturen dieser Kategorie sind leicht mit Nutztieren zu verwechseln, unterscheiden sich aber dadurch, dass sie über mehrere Mäuler, Zungen und zusätzliche Gliedmaßen verfügen. Ihr Speichel kann Wunden faulen lassen.

Krummschweif, der

Ein Geschöpf der Nacht. Man sieht Krummschweife so gut wie nie am Tage. Mit ihren irisierenden Augen können sie alles sehen. Sie sind großartig im Auffinden von Verstecken. Wenn du also wissen willst, wo deine Eltern die Geburtstagsgeschenke horten, besorgt dir einen Krummschweif.

Kümmerlieschen, die

Ein Name, den Moritz geprägt hat. Fürsorgliche friedliche Geschöpfe, die zu Lande, zu Wasser und in der Luft Dienst an den Kranken tun. Sie tragen ihr Seelenlicht stets sichtbar bei sich.

La-Ka, das

Kreatur der Anden *(s. Band 1*).

(Abb. 1, Mimose)

Mimose, die (Uh-bla)

Heimtückische, unterirdisch lebende Kreaturen, die an überdimensionale Wurzeln erinnern. Sie wachsen bis zu einer Meile in die Breite. Ihr Körper besteht zum Großteil aus Fangarmen, die mit Dornen und Stacheln gespickt sind.

Mimosen packen ihre Opfer und würgen sie bis zur Bewusstlosigkeit. Anschließend ziehen sie ihre Beute unter die Erde, um sie zu verspeisen. Ihren Namen erhielt die Mimose aufgrund ihres Schreis, der wimmernd und klagend anmutet. Der Kopf der Mimose ist mit einem Kronengeflecht aus Dornen geschmückt, bei dem ein Horn auf der Stirn besonders hervorsticht. Schneidet man dieses ab, verdorrt das Geschöpf.

Mock, der

Eine Lüge.

Nachtalb, der (Snarler)

Haariges schwarzes Geschöpf, das sich nachts auf die Brust Schlafender setzt, um dunkle Schrecken hervorzurufen. Es

(Abb. 2, Die Wächter)

ernährt sich von schlechten Träumen und der Aura der Angst vor dem Ersticken.

Schattengeck, der

Eine abenteuerliche Kreuzung aus Raupe und Dompfaff. Er ist der Inbegriff rotgefiederter Schlichtheit. Sein quiekender Ruf kann aufgrund seiner besonderen Frequenz in bis zu einem Kilometer Entfernung gehört werden.

Sperlingsmäuler, die

Entzückende vogelartige Kreaturen, die stets zu sechst auftreten und sich ausschließlich von Katzenfleisch ernähren. Ein zuckersüßer Albtraum.

Stachelwesen, die

Weitgehend unbekannte Wesen. Durch ihre Stacheln sind sie den borstigen Monstern zuzuordnen. Sie starren. Die ganze Zeit. Ohne Unterlass.

Vielfraß, der (Gnorr-Lok-Zarr)

Die Verkörperung des Hungers, der nie gestillt werden kann. Vielfraße können sowohl ihren Kiefer als auch ihren Kopf aushängen, um einen Menschen im Ganzen zu verschlingen. Sie leiden oft unter Sodbrennen.

Wächter, die

Eine Riege loyaler Wesen, die sich zusammengeschlossen hat, um das Geheimnis der Wesselburg zu wahren. Unter ihnen befinden sich Borstige, Feurige und Versteckte gleichermaßen, daher sind alle möglichen und unmöglichen gestaltlichen Merkmale vertreten: Schlangenartige, Geflügelte, Wildschweinartige, Katzenhafte, Fischköpfige, sogar Kopflose. Ihre Körper haben alle das gleiche Schwarz und sie sind mit leuchtenden Perlen, Stacheln und anderen Auswüchsen bedeckt, was den Eindruck einer Uniform erweckt.

Werwolf, der

Ein Mensch, der die Gabe zur Verwandlung in einen Wolf bzw. eine wolfsartige Kreatur besitzt. Dabei unterscheidet man zwei Ausprägungen. Erstens diejenigen, die von Geburt an die Fähigkeit zur Verwandlung haben, und zweitens diejenigen, die von einem Werwolf gebissen wurden und somit selbst verflucht sind.

Wolpertinger, der

Scheue Mischwesen, ursprünglich aus Bayern (*siehe Band 1*).

Anmerkungen des Autors

Die Stadt Bad Greifenstein, sowie der Beschwipste Pfaffe und die Wesselburg in *Das flüsternde Glas* sind fiktiv. Historische Bezüge, wie die Ankündigung der Völkerschlacht bei Leipzig, habe ich nur dann einfließen lassen, wenn sie für den Fortgang der Geschichte nützlich waren. Natürlich habe ich mir kleinere Freiheiten genommen, was den Stand der Medizin und Technik anbelangt, doch ich habe mich bemüht weitestgehend geschichtlich korrekt zu sein. Entsprechend sind auch abwertende Begriffe wie *Irrenarzt, Irrenanstalt* oder die Verwendung des *Narrenturms* zu verstehen. Sie waren in der Zeit um 1800, in der das Buch spielt, gebräuchlich, und spiegeln die Sprache und den Kenntnisstand der damaligen Gesellschaft wider. Diese Begriffe entsprechen nicht mehr unserem heutigen Wissen und ethischen Verständnis und gehören der Vergangenheit an.

Alle Personen, Kreaturen, Orte und Vereinigungen (wie die Respektable Greifensteiner Wach- und Schutzgesellschaft), sind entweder meine Erfindung oder werden fiktiv verwendet. Jede Ähnlichkeit mit realen Ereignissen, Orten oder Personen, ob lebendig oder tot, wäre reiner Zufall. Da können Sie meinen Boogelbie fragen.

Wie auch beim ersten Buch, möchte ich an dieser Stelle einigen Personen danken, ohne die dieses Buch nicht möglich gewesen wäre: Danke, Michael, für deine Unterstützung und dein Ausharren, wenn ich mich in mein Kämmerchen verziehe, um Moritz und die Monster zu besuchen.

Danke Papa, dass du mich im November 2016 bei dir hast unterschlüpfen lassen, und mich umsorgt hast, damit ich mich auf dieses Buch konzentrieren konnte.

Danke, Norbert und Marianne, dass ihr mir euer Haus an der Ostsee im Januar 2017 zur Verfügung gestellt habt, um die letzten Kapitel fertigzustellen. Der Nebel hat dem Buch gutgetan.

Danke, Christiane, für dein erstes Lektorat und für deinen Scharfsinn. Du bist und bleibst die Killer-Queen.

Danke, Sarah, dass du mich mit dem NaNoWriMo bekanntgemacht hast. Es ist ein Rausch, den ich nicht mehr missen möchte.

Danke an die Organisatoren des NaNoWriMos, dem National Novel Writing Month, und die Hamburger Nanoaten. Danke, Johanna.

Danke, liebes Schreibnacht Forum. Danke, liebe Brainstormers. Dieses Buch ist ein echtes Schreibnachtkind, von der ersten Idee bis zu den Testleserinnen aus meiner Writing Buddies Gruppe.

Danke, Alina, Sophia und Mirjam, dass ihr euch vor allen anderen in Moritz' zweites Abenteuer gestürzt habt, um Fehler und Ungereimtheiten aufzuspüren. Alles, was jetzt noch unrund ist, geht auf meine Kappe.

Und danke, Andrea Poßberg und Corinna Böckmann vom Südpol Verlag, für die aufmerksamen Kommentare und den zusätzlichen Platz im Buch. Manche Monster sind einfach größer und verschlingen zusätzliche Seiten.

BAD
GREIFENSTEIN
ANNO 1813
FRIEDHOF
FRIEDHOFSTORE
DIE
SCHWARZE KA
N
W
O
S